论"谱属诗"

——《天问》《神谱》比较研究

李川 著

中国社会科学出版社

导　　论

一　研究对象、主题

本书以超验意志（天命，宙斯或命运）下的爱欲和灾难关系为题。爱欲和灾难是贯通《神谱》和《天问》的一个共同主题。《神谱》通过爱欲建构起诸神系统并借此审视人间的苦难和灾殃，从而引出"宙斯的意志"及"命运"的超验问题。《天问》通过爱欲这条伏线构建了吉妃圣主—淫妃惑主的史传叙事模式，并在这一叙事模式中展开人间政治兴亡及在面对尤挚时天理—人欲之间的冲突，最终指向"天命反侧"这一"究天人之际"的发问主旨。

《神谱》和《天问》的独特之处在于其超验视角。《神谱》通过"代缪斯立言"的诗作形式自如地叙述自天地开辟到奥林波斯神统建立以来的宇宙大事，展现出异常宏阔的诗学视野。而《天问》则以"设天以问人"的"曰"字开端统领全诗并用"谱属"式结构呵问自遂古之初到楚国当下政治的种种疑端。为了能够更好地理解这两首诗之间的这一共性，笔者将这种形式的诗作称为"谱属诗"，并试图从理论上给予界定。

两首诗作在超验的"人生苦难"背景下展开爱欲问题。分别言之，《神谱》在神—民之辨的结构下，以"宙斯的意志"为核心构筑诸神和人间的价值，并凸显了人类在苦难中挣扎的现实困境，潘多拉叙事便是这人生际遇的象征，以永生和不死、幸福与苦难的人神差别，将爱欲看作人之自我实现从而也自我毁灭的象征。而《天问》则通过天人之辨的模式，通过"天命反侧"的发问主旨探究宇宙万有和人世兴亡，采取"淫妃惑主"和"吉妃圣主"的双线提问模式引导人思考政治宿命，从而也就在政治命运的语境下启发人对自身价值的定位。由此，引申出一系列具有共性的命题：天理与人欲、信仰与理性、秘索思与逻各斯、永恒与短暂、此岸与彼岸等。

赫西俄德将人生的苦难放在诸神的幸福这个大背景下叙述，这更加深了人类对自身悲剧命运的体悟。而屈原则通过对三代兴亡的发问，频繁地重复"孽""忧""害"等词语，忧愤深广地追问着理想的政治归宿。苦难是理解屈原和赫西俄德诗作的重要话题，不过屈子更加侧重于政治上的灾难，王朝覆灭是他追问的中心。而赫西俄德则关注的是，在宙斯构建的宇宙秩序之下，凡人所遭受的悲戚命运。换言之，二人一则重视政治运数，一则重视个人命运。

神民之辨视野下，爱欲充满模棱两可的含糊性。潘多拉便是诸神赠予人间的、象征不确定性的礼物。它既是宙斯留给人间的希望，是满浸着哭声的人生中偶尔掺杂的稀稀朗朗的歌笑；同时也是诸神对凡人的惩罚，是人类招灾受难的根源。因为人之大限这个必然运数，如何处理爱欲和其他人生问题的关系（爱欲与死亡、爱欲与德行、爱欲与智慧），就是我们不得不面临的，从而也具有普遍意义的问题。在人生悲苦的大视野下审视爱欲问题，便不能不深刻感触到欢笑背后浓厚的悲凉，过怎样的生活乃是这个天理—人欲问题烛照下的艰难抉择。在潘多拉的诱惑面前，形成了两条截然相反的道路，就是沿袭厄庇米修斯的浑浑噩噩道路（人之必然性）从而走向纵欲的自我毁灭之路，还是沿袭普罗米修斯的求知道路（人之可能性）从而走向完善的自我拯救之路。

诱惑这一命题在《天问》中以呵问的形式凸显出来，"淫妃惑主"的循环模式展现了难逃的历史宿命，爱欲问题在国运兴亡（而又以亡为重点）的政治背景下被反复提出来。屈原悲悯地意识到人在欲望面前的荏弱和荒谬，通过圣人—庸主和吉妃—惑妇的对比模式，曲折地传达了政治命运中应当如何选择的命题，从而与赫西俄德遥相呼应。

如何选择绝不仅仅是个理论问题，同时也是个实践问题①，亦即潘多拉—惑妇的诱惑面前（当然是隐喻意义上的），人必须思考并选择合适的存在方式。

二　学术思想来源和方法

选题有三方面的学术渊源。

---

① 《荀子·儒效》："不闻不若闻之，闻之不若见之，见之不若知之，知之不若行之，学至于行之而止矣。行之，明也，明之为圣人。"（清王先谦：《荀子集解》，中华书局 1988 年版，第 142 页）"行"或者说实践，乃是学（学问）的根本归宿。从此而言，本论所提出的潘多拉—惑妇问题，根本上乃是一个政治—哲学的实践问题。

第一，对西学理论本位的反思，选取神话学理论。中国神话学是参照西方进化论神话学为样板构建而成，存在片面以西例中从而割裂中国本土文化的做法。西方经验理论有其局限，而西方古典学①的引入是突破西方经验理论之局限的有效途径，这对"神谱"文学有更为直接的、更为深刻的认识，在比较的视野中将中国古典的世本—谱属传统置入更为开阔的跨文化层面来理解，进而直观到"神话"的本质。

《神谱》《天问》曾长期被进化论神话学视为神话经典样式，后者更是在"神话历史化"的假说下长期被割裂地解读、被扭曲地"还原"。现象学主张直面事物本身，从现象学视角观照，这两诗都是经过伟大心灵过滤过的私人化的思想文献。它们首先属于屈原和赫西俄德，其次才属于楚国和波俄提亚，最后才属于华夏和古希腊。为此笔者没有越过作者去考察原型、结构、母题、史实等，也摒弃了诸如统计、田野调查等现代学科的方法，而是试图以古还古，贴近文本理解作者原意，在古典学传统基础上寻找理解现代神话问题的途径。

《天问》的神话和古典注疏的"多奇怪之事"问题密切相关，通过对中国古典语境"多奇怪之事"（"语怪"）和"神话"概念所由出的古希腊"秘索思"传统的勘察表明，需重审神话—语怪简单对应的经验—实证研究模式，返回主体实践的主观赋义世界，通过回溯王逸（约89—158）《天问章句》的注疏意图、"不语怪"的阐释路径和思想渊源并进入屈原《天问》创作语境及其诗学形式，直观到《天问》之作为"非语怪"传统下的"图谱—世本"形式的"谱属诗"本质。"神话历史化"理论之所以曲解此诗，乃由于视《天问》为某种科学研究对象，这和以其为生活方式是完全不同的思想取向，立足于"理解之同情"的立场，才能更体贴地了悟古典作家主体赋义。这个途径自然是重归文献本身，并在中国古典思想传统的烛照下理解上古叙事。

正是由于进化论神话学研究碰到上述这些困难，笔者于是重新将眼光返回到文献本身，从而选取了比较研究的文本细读模式。需要着重说明的是，尽管本书的研究有神话学背景，但我不是在现代学科意义上理解"神话"问题，或者说，本书的研究其实是在对现代"神话"学科反思基础上进行的。写作中几乎没有用到任何现代神话学理论，并且尽可能摒弃以现代神话学理论进入文献这种研究模式。

---

① 古典学一词源于希腊文 philologia，其含义与传统之校雠学相当。参见张强《西方古典学的名与实》，《史学史研究》2012 年第 2 期。当然，古典学作为参照系，应当与现代问题妥善结合。古典学一方面带有保守主义的现代性特征，而另一方面又可能带来某种狭隘的民族主义。参见聂敏里《古典学的兴起及其现代意义》，《世界哲学》2013 年第 4 期。

第二，古典注疏学和西方古典学。中国古典注疏迥异于现代意义上的、纯粹学术的文字考据或文献研究，而是副翼于阐发先公先王之道的经学传统。注疏传统源于解经，无论古今文之争还是作为其变体的汉宋之争，都是围绕经学传统展开对价值—意义的追问。西学东渐以来，现代学人才渐渐将古典注疏学传统转化为现代科学学术传统，这个转化在张扬科学理性、输入平等民主等观念的同时，也以瓦解古典道统为其特征。如何理解古典注疏传统，也成为一个古人今人是否能够有效对话的问题。比如，《天问》王逸注以为"天尊不可问"，今人则指斥王逸之迂，将题目轻巧地理解为关于天的问题。这看似是个学术枝节问题，却蕴含着问题意识、学术关怀、思想理念各方面的重大转型。在古典注疏学传统那里，"尊天"观念背后是一套和现实政治运作有关的"天人合一"的政治神学理念，而现代的理解却基于科学的、知识论的现代问学方式。哪种理解更接近诗作的本意呢？恐怕还是前者。为此，著者尽力将问题还原到古典思想语境中予以阐释，而尽可能纠正现代学术思想对古典注疏传统的曲释和消解。同样，西方古典学也存在类似问题，现代科学兴起以来，辨伪成为很重要的学术手段，辨伪背后折射的是疑古意识，是通过瓦解古典学术传统来构建现代学术优先性的思潮。古典时期，尽管《神谱》的著作权和行次也存在不少争论，近人通过大量地删减将该诗删改得七零八落，各个注疏家以己意肆意去取，造成对诗作完整性的严重破坏。文本的破坏自然导致古人原意的流失。

古典注疏传统是在现代学科意识诞生之前的一种学术样式，该样式紧贴文本，采取小学（对应地，西方则是语文学）手段阐发文章大意。这一做法有效避免了割裂文本的弊端。写作过程中，作者借鉴古典经传注疏传统的做法，力争从文字出发解读思想而避免空谈义理，"以词通道"。正基于这个考虑，本书采取细读文本的研究模式。

第三，西方政治哲学。近年来国内学界大力译介西方学术经典，随着对西方学术经典的逐步吸收，斯特劳斯政治哲学后来居上，渐成显学。① 著者接受这一学术思潮的途径是伯纳德特（Seth Benardete，1930—2001）的解经学并由此上溯施特劳斯。施特劳斯将政治哲学看作第一哲学，其主要问题初衷是为了解决现代政治哲学

---

① 丁耘指出，新时期对中国影响甚大者有四位西方导师：青年马克思、康德（李泽厚化的）、海德格尔和列奥·施特劳斯，其主要概念延续着人—主体—此在—政治动物等环节，而这些主要环节所延续的无非仍是现代化背景下中国文化的主体性问题，其内核仍不脱儒学传统与基督教传统之间的关系问题，而随着施特劳斯保守主义哲学的历史使命完成，新一轮的中国儒学复兴和政治思想复兴可以逆料。丁耘：《儒家与启蒙：哲学会通下视野下的当前中国思想》，生活·读书·新知三联书店 2011 年版，第 3—17 页。

对古典政治哲学的反叛，核心则是以"知性的真诚"取代"高贵的谎言"①。这对于本书的主题无疑提供了一个有益的理论视域。

现代经验的神话学理论将神话看作纯粹的、"非道德性"的客观研究对象，具体到中国神话学而言，就是立足于知识论立场，从传统典籍中发掘、还原或构建合于现代学科理论范式的中国神话学体系，而相对忽略对这些典籍具体语境、思想意识和道德蕴含的考量。这也就是我前面所说的，经验理论对主体实践的瓦解，换言之，就是西方神话学模式对先公先王之道的消解。为此，要解决神话学面临的问题，重要的是应当意识到被现代学术视为神话研究对象的材料，根植于时代传承阐释的先公先王道统，这个道统对民族精神的模塑起着决定性的影响。神话学的目的不应仅仅着眼于材料的发掘、整理，而更应该自觉地思考学科自身之于本土文化实践主体可能做出的贡献。

《神谱》和《天问》是两个显著个案，它们长期以来被视为经验神话学的研究对象，在利用这些材料构建神话学体系时，忽略的恰恰是诗人的主观意图和道德评判。因此，现代研究主要是史料研究。本书借鉴伯纳德特古典政治哲学的探究方法，尽可能贴近文本背后隐藏的"微言大义"。

这些学术渊源决定了著者思考问题的方向及路径，也自然会影响到本书的研究方法。本书主要采取平行比较的研究方法，该方法尽管近来颇受比较文学研究界的质疑，但著者仍然将其视为可行的方法之一。学界更多地认可所谓影响研究，而质疑平行比较。但是这种质疑著者不认为存在多大合理性。任何一种思想都处在某种局部的、区域的文化当中，本文化在强化自我意识的同时，也很可能遮蔽甚或掩盖对自身的认识。② 为此，换一个视角看待本文化或异文化，无疑既有助于了解自身，亦能更好地了解别人。如何突破自我中心的思维方式之狭隘性？比较研究的意义不仅仅是为了纯粹的比较，而是尽可能通过视角转换，达到通过对异文化的勘察而更能清晰地认识本土文化的目的。方法本身并无优劣之别，选取怎样的方法主要在于作者所要处理的问题。西学东渐以来，跨文化的比较研究是学界极为熟稔的学术方法，以域外观念证本土文献的王（国维）、陈（寅恪）学术对中国学界贡献巨大。

---

① [美] 列奥·施特劳斯：《自然权利与历史》，彭刚译，生活·读书·新知三联书店 2003 年版，甘阳《导言》。

② 《庄子·秋水》："以物观之，自贵而相贱。"成疏："夫物情倒置，迷惑是非，皆欲贵己而贱他，他亦自贵而贱彼，彼此怀惑。"（清郭庆藩：《庄子集释》卷六下，前揭，第577—578页）人情如此，文化交流也通常出现"自贵而相贱"的"迷惑是非"状况。

钱钟书、季羡林、饶宗颐等先生的著述也给予著者不少有益的启迪。我认可诸位前贤所使用的学术方法并力图效法他们的做法。

现代学术越来越趋向于专业化、精致化，这是时代风尚使然。然而物极必反，国朝学术也被人批评为精细有余而宏通不足，其重大的弊端就在于画地为牢，而罕具通识眼光。通识并不就是见多识广，其要领在于通会，正如孙过庭（约648—约693）《书谱》所谓"通会之际，人书俱老"①。孙氏所谈，乃临池经验，而于为学为人，皆有启发。学问也同样，需要人生经验和知识的深厚积累。就中国本土传统而言，重视广收博采、自铸一家乃是前人治学共识。当然，就学养而言，著者可能力有未逮。但著者主观的学术意图，恰是朝着会通中西的方向努力。运用平行比较研究，著者主要基于以下两方面的考虑。

其一，中国和古希腊并无历史联系，这种比较意欲何为？从世界历史范围看，18、19世纪的历史比较语言学建构了梵语、波斯语、希腊语、拉丁语等古典语言之间的联系，从而将中国古书上所说的"西域"这一大片地区连成一体。因此有利于在这些文化共同体之间展开研究。而中国与希腊发生联系，明确的记载是明末的耶稣会士如华，国人从传教士的翻译中，才逐渐知道了希腊哲人及伊索寓言等。如此晚近的关联，对于这一课题的研究是否具有真正意义？著者以为，文化之间交流的证据对于本研究并无实质性意义。根本问题在于，人类精神世界自来就是"天下一家"的，无论是否发生实质性的交流，人类物质和精神文明都从属于世界文明这一更高的统一体。不拘华夏的、希腊的还是天竺的、波斯的文明，都只是世界文明体系下的区域性文明。它们共属一体，因此从世界文明的角度，自然有可比性。这是认识异文化也认识自身文化的必要途径。无论文化之间的交流多早或多晚，都有其交流的开始，此前总是处在互不知晓的、各自为政的状态。从这个各自为政的意义上说，任何比较都以平行比较为前提。进入比较工作之前，当然不知道获得怎样的结论。然而比较、比照、比勘的方法乃是基本的学术方法之一（比如，楔形文字和埃及文字的破译，正是基于比较）。

其二，当前世界经济联系紧密，已经是一个沃勒斯坦（Immanuel Wallerstein，1930）所谓的"世界体系"时代。从人类历史进程看，所谓世界体系可以远溯至青铜时代，这方面做出杰出成就的是古人类学家谢拉特（Andrew Sherratt，1946—2006）和经济学家弗兰克（Andre Gunder Frank，1929—2005）。前者于1981年发表

---

① 胡方钺：《书谱探微》，齐鲁书社2012年版，第175页。

《犁与畜牧：次级产业革命诸方面》提到青铜时代的世界体系，这个理论至1993年更被系统阐发。后者也通过对中古世界体系的研究，说明了"青铜时代世界体系机器周期"①。这些理论当然不可能尽善尽美，但其思考路径无疑是正确的。世界交流并非自所谓的西方航海大发现才开始，而是自古以来就有的现象。今天的世界形势，不过是古代体系衍生的自然结果。世界体系早已有之②，"世界文学"的时代也已经来临。在当前形势下，自然不能再局限于一时一地一国一族的研究，顺应潮流，开阔视野，是当下学人面临的较为紧迫的课题。从历史经验来说，中国向来是乐于睁眼看世界的，这并不局限于张骞通西域、法显取经、玄奘西游、鉴真东渡、郑和下西洋等几个耳熟能详的例子。中国文化的开放性更广泛地体现在，自文明之初就已经带有开放的文化因子：远古彩陶符号与西亚的神似，陕西神木石峁古城的游牧色彩，三星堆文明的异域风情，汉唐的胡风流行，明末的西学东渐，等等。凡此，皆足以说明，华夏文化自来并不外在于世界③。从时代潮流和历史传统两面来谈，比较都是文化研究的内在要求。没有比较，就根本不能真正看清自身，也就无从建设当下的新型文化。

　　以上所说乃是比较研究的宏观背景，就具体操作而言，本书主要考虑两点。其一，《神谱》是西方最古的诗作之一，远隔重洋的这部诗毕竟与本土生活经验相去甚远，国人对此诗其实还是相当隔膜的，有鉴于此，著者在本书结构设置上将其分为几个平行的主题予以对比，另外在具体行文中尝试用汉语典籍中的思想、观念、风俗、文化等对《神谱》加以阐释。在前人以西学观念印证中国古籍的学术方法上，著者有意识地反其道而行之，以中国固有观念解读西学典籍。其二，通过平行比较的方式传达个人的学术意图，即中西平等对话的理想。所谓平等对话针对的是片面以西例中的问学方式，亦即以西方某种现成理论阐释中国文化经典的理论—对象的问学方法，长期以来以西例中的学术倾向，导致对汉文化主体地位的严重忽视，造成本土文化主体性的沦丧，从而也使得本土学术失去了参与世界性对话的契机。实际上正如著者上文所说，无论古希腊、古印度还是华夏典籍，都只是人类精神文明这个母体下的组成部分，没有哪一种文明具有先天优越性。老版的欧洲中心论早

　　① 易华：《青铜时代世界体系中的中国》，《全球史评论》，中国社会科学出版社2012年版，第五辑。
　　② 世界体系形成之早，甚至可以追溯到西亚的乌鲁克时期，参见刘健《"世界体系"理论与古典两河流域早期文明研究》，《史学理论研究》2006年第2期。
　　③ 某种意义上，以中国为中心的世界贸易体系乃是平等的世界体系，这足以表明中国在自古以来的世界体系中的重要地位。参见吴苑华《重归以中国为中心的世界新体系：弗兰克的"世界体系论"辨析》，《马克思主义研究》2012年第5期。

已为人所不齿，然而五花八门的变体西方优越论却并未绝迹，这些理论如同天朝上国论一样，都与天下一家的现代潮流相悖，应予以反驳或摒弃。而比较研究的重要意义正在于，通过汉语古籍和西方古典的平等对话，改变习以为常的西方优越论，而认识到：在人类最根本性的问题上，最伟大的心灵之间总是相通的。

三 研究素材、本书框架及价值评估

主要使用两类文献：中国先秦文献典籍和古希腊典籍。中国文献主要选取中华书局整理本，亦酌情使用了中国社会科学院文学所古籍库的藏书。古希腊典籍首先考虑牛津、剑桥的古典注疏系列丛书，亦酌情使用了罗布丛书所收的一些典籍。本书以《神谱》和《天问》的比较研究为题，但古籍书缺有间，在论证中也使用了《天问》注疏及《劳作与时令》[①] 中的材料。

关于《神谱》和《天问》的研究汗牛充栋，著者所做的主要是文本细读，不一一涉及前贤的研究，以下所述仅仅涉及和本书直接相关的成果。

赫西俄德经典注疏公推韦斯特的注本，著者的研究即在其成果的基础上展开。

1991 年，张竹明、蒋平两先生在商务印书馆出版《工作与时日·神谱》，这是国内最早关于赫西俄德的全译本，其开创之功不可没。张、蒋两位先生依据的是Loeb 古典丛书，这个版本初版于 1914 年，对以后数十年的研究成果，并没有及时地反映。其后有王绍辉的《神谱》翻译（世纪出版集团上海人民出版社 2010 年版），译者在序言中提到赫西俄德是希腊的屈原，而《神谱》是希腊的《天问》，反映出一定的对话意识。较有参考价值的是吴雅凌女士的《神谱笺释》，该译分为三部分，首先介绍赫西俄德及《神谱》，其次是译文，最后是笺释，可谓集章句、笺注、义疏于一体。译文虽然偶有细节失误，但确系目前最好的《神谱》译本。此外，陈洪文先生节译了《劳作与时令》的一些段落（465—476、505—517、582—596 等）。

关于赫西俄德的研究主要分为三种途径，传统的古典语文学路径、结构主义和后结构主义路径及作为政治哲学的古典阐释学路径。[②] 研究成果主要集中在英语、法语、德语及意大利语等学界，著者只能直接阅读英语学界的成果。不过这些研究

---

① 关于译名，商务版译为《工作与时日》。史忠义先生质疑，工作是现代资本主义制度之后的概念，用以翻译古风时代的诗作是否贴切？吴雅凌女士译为"劳作"，著者认为这较"工作"更能传达诗篇意旨，故今采其译。另"时日"仅仅表示时间这一层含义，但赫西俄德诗作中，歌咏的是四季和与祭祀相关的特殊日子，为此著者选取古语中"时令"一词，将之翻译为《劳作与时令》。

② ［法］居代·德拉孔波等编：《赫西俄德：神话之艺》，吴雅凌译，华夏出版社 2005 年版，刘小枫序。

成果的精华集结为《赫西俄德：神话之艺》一书译介到中国，文中多次援引其中的观点。

值得关注的是让·皮埃尔·韦尔南（Jean–Pierre Vernant）对潘多拉"相像"的深入而细致的分析，① 加深了本书对潘多拉在"神民之辨"中地位的认识。爱德华（Edwards）对《列女传》的探讨②使著者重新审视了《神谱》末尾两行和该诗的关系，从而将"神谱文学"的观念拓展为"谱属文学"。其他的研究将在行文中提及，此处不再赘述。

与西方古典学比较，中国关于自身古典的阐释除了注疏学手段之外，几乎是步趋西方，在思想方法、问题意识和学术手段方面都没有什么创新和发展。尽管国内关于屈原《天问》的研究汗牛充栋，整体却不外乎两条路径。其一是传统的古典注疏学；其二则是从西方引入的历史学、神话学等阐释手段。而且，在现代学术语境下，《天问》阐释更面临着巨大的问题，就是以西例中的问学方式对本土之主体实践意图的僭越。

在古代，传统章句之学附翼于经学，因此能够承载其道统，故而王逸曰"天尊不可问"，朱子曰"明理之士，可一笑而挥之"，王夫之（1619—1692）曰"有道则兴，无道则丧"……古典注疏传统服务于实际的政治现实或与政治理念密切关联的政治哲学抑或政治神学。但是随着古典政治的终结和现代社会制度的确立，这些"载道"的思想文献便不再和现实语境发生关联，遂退而成为纯粹的客观的学科材料，现代学人因而特别强调屈原之"博闻强识"，而将《天问》看作一部关于知识之问的典籍。《天问》也就逐渐成为神话学、历史学和文学的研究素材，不再和道统有本质关联。为此，在现代学术语境下，如何赓续古典注疏的道统——换言之，如何实现古典注疏学传统的现代转型就是摆在我们面前的紧迫问题。这就意味着必然要接纳古典注疏学的问题，而不是以神话学、历史学等学科自身的问题来取代《天问》自身的问题。

古典—现代之间的不同在于其根本的问题意识和学术方法。古典生活世界根本不关心诸如此类问题：《天问》是否是部中国史诗；它所问的人物是否为神话人物；等等。《天问》有其自身的问题语境，与古人的价值追寻和精神世界息息相关，它是对古人生活世界的一种表达。例如：

① 让·皮埃尔·韦尔南：《潘多拉的相像》，余中先译，载《神话与政治之间》，生活·读书·新知三联书店2001年版。

② G. P. Edwards, *The Language of Hesiod in Its Traditional Context*, Hertford: The Philological Society, 1971.

《天问》的"书法"是否和古典文教传统相关（比如《春秋》有其"笔法"）①？

《天问》中的"天命"折射出怎样的思想意识？

《天问》的整体架构与"天人之际"关系如何？

这些问题都是古典注疏学的老生常谈，但是无疑它们是被各个时代的注疏家们反复阐释的主题，不同时代的注家通过不同赋义赋予其新的时代理念和政治背景。

《天问》研究成果很多，本书吸收了以下几位研究者的成果。

刘小枫的《〈天问〉与超验之问》，该文初次发表在《深圳大学学报》1987年增刊上，后收入《拯救与逍遥》一书。② 其贡献在于，在当时精神分析、结构主义等盛行学术环境下，开始从思想的角度探究《天问》并将其和"超验"问题联系起来。这对本书关于《天问》视角的探讨有重要借鉴意义。

王昆吾的《楚宗庙所见"鸱龟曳衔"图》一文③从系统的角度思考诗句的含义，尽管该文立足于现代神话学、考古学的新解，其侧重整体思维的方法影响了笔者的写作。从王先生的做法中，著者开始思考，《天问》中的诗句只有放在整篇中才有意义，从而逐渐形成"谱属诗"（世本—象教传统）的观点。

叶舒宪的《英雄与太阳——中国上古史诗的原型重构》，该书通过神话原型的方法，将《天问》关于"夷羿"的问题还原为一部羿史诗。④ 叶先生的跨文化研究视野，即在丰富的中西材料比较中研讨问题的思维方法对笔者影响很大，尽管在基本问题意识、具体学术操作上笔者与叶先生持有不同的立场。

正文分为六章，主要思路和框架如下：

第一章是对赫西俄德生平及其诗作的介绍和"谱属诗"的定义。由于国内较易找到关于屈原的研究著述，故而笔者省略了关于其生平和诗作的介绍，可以参考司马迁（约前145—前86）《史记·屈原列传》及近人如郭沫若（1892—1978）《屈原研究》、游国恩（1899—1978）《屈原》、林庚（1910—2006）《诗人屈原及其作品研究》，以及赵逵夫（1942—）《屈原和他的时代》等论著。

第二章则基于"谱属诗"定义的基础上，对两首诗的笔法进行研究。通过笔法问题的探究，就能够了明了这两首"谱属诗"的叙事或发问视角，即这两诗都不仅仅

---

① 古典注疏中最常提及的是"春秋笔法"，著者将"笔法"视为所有文献共有的思想表达方式，参见后文。
② 刘小枫：《拯救与逍遥》，华东师范大学出版社2007年版。
③ 王昆吾：《中国早期艺术与宗教》，东方出版中心1998年版。
④ 叶舒宪：《英雄与太阳——中国上古史诗的原型重构》，上海社会科学院出版社1991年版。

是具体的、经验层面的思考，而是带有超越、普适性的价值关怀。这为下文分析男女爱欲问题打下理论基础。

第三、四章从诗作表层的笔法、视角问题深入其思想和叙事主题。在这两章著者本着由一般而特殊的写作顺序，首先分析两诗中的超验主宰，而后分析经验的爱欲主题——潘多拉和"惑妇"（"淫妃惑主"现象）。

第五章则是三、四两章的升华，从神人互动、天人之际的视角理解两诗的深层结构。在神民之辨或天人之际的二元视角下，分别讨论了女色与神学（"潘多拉"）和女色与政治（"惑妇"）的诗学主题。

第六章是对本书论证问题的回应，面对超验意志下的爱欲和灾难关系，人类何去何从？这既是两位大诗人的共同主题，也是人类普遍关心的话题。从而，这两诗达到有效的沟通和交流。

通过对《神谱》和《天问》的专题比较研究，本书获得如下基本结论。

一、整体架构上皆采取"谱属诗"的创作形式，进而在视角上都是超验的。更有趣的是，两诗都是"谱属诗"的大形式下嵌套着一个"爱欲"（传统表达谓之"男女"）的叙事（发问）结构。从而：

二、《神谱》和《天问》都始终关注爱欲问题，前者以爱神的诞生开端，通过爱欲构建了关于宙斯的诸神秩序。而后者则在问人事部分，以"禹通涂山女"的发问开始，以子文之母"环间穿社"的问题结束，在爱欲结构中穿插王朝更迭的问题。前者可以说是政治神学，而后者则是历史哲学。爱欲问题都在超验背景下展开，就是：

三、两诗都贯穿着至高主宰的超验意志。《神谱》反复强调的是"宙斯的意志"，以宙斯为代表的诸神主宰了人间的一切，而《天问》全篇则不断地重复有关"帝"的问题。他们都是超越人间之上的至高主宰。更巧合的是，《神谱》中隐藏着"宙斯"和"莫伊赖"（Μοῖραι，Moîrai，命运女神）的矛盾，而《天问》也似乎存在着"帝"和"天命"的冲突。如果说，宙斯和帝代表了至高主宰之相对明确的一面，那么命运和天命则代表了含混莫测的一面。故此：

四、两诗都存在二元的思想结构。这分别体现为"神民之辨"和"天人之际"。《神谱》在神灵叙事的罅隙中折射出人类命运的含混性，而《天问》则在呵问上苍的彷徨中探究着反复无定的历史宿命。而面对人类命运的不确定性，面对世界历史的难逃宿命，何去何从乃是两位大诗人共同面临的难题：

五、两首诗作都隐微地指出了人类的两条道路。赫西俄德通过普罗米修斯兄弟名字的隐喻，暗示了人之可能性和人之现实性。而《天问》则构筑了圣人—庸主或吉妃—惑妇这两种不同的生存境界。

　　这种从形式到主题到结构的相似性,如何理解呢? 是历史的偶然巧合,还是人类精神文明的必然表现? 这实际涉及一个更为深层,也更为宏阔的话题,即人类文明究竟同出一源,还是各个独立? 对这种文化现象,至少有三种可供选择的学说:其一是所谓的文化传播论,主张文化系从某区域扩散而来。代表性的意见就有"泛埃及说""泛巴比伦说"及"泛中国说"。其二是自源演进论,这是一种本土文明说。这两种意见各有一偏。比如,埃及、巴比伦、华夏古文明具有鲜明的民族特征,然而也不排除外来影响:埃及与巴比伦之间的交流是显然的,而中国的史前符号与印度河流域的符号多有类同者居五分之二强。① 20 世纪,中国台湾学者苏雪林(1897—1999)从泛西亚主义的立场出发研究楚辞,认为屈子《天问》多有域外文化的影子。② 从其具体结论而言,泰半都是蹈虚之谈;而就其思维方法而论,无疑对《天问》的比较研究建立了"道夫先路"之功。要之,文化现象错综复杂,难以一言而决。而综合二家优长,则是第三种解释方案,就是"世界体系"视野下的文化互动论。文化之间的相互影响不仅仅是历史,而也应当理解为现实和趋势。为此,比较与对话就正是这种文化姿态的一种当下展现。

　　雅斯贝尔斯(Karl Theodor Jaspers,1883—1969)等西方哲学家提出了"轴心时代"的观念,将公元前 800 年至前 200 年这六百年视为世界历史最深刻的转折,③尽管时、地域和文化语境不同,在中国、印度及以希腊为核心地区的欧洲产生了人类最丰邃的思想。雅斯贝尔斯批判黑格尔基督教目的论史观,其整体思想仍不脱西方中心论的陈词滥调。这个姑且不论,雅思贝尔斯指出轴心时代这一现象,确实发人深省,值得借鉴。④《天问》和《神谱》便是这个伟大时代的两部伟大作品。古中国和古希腊这两位大诗人却几乎有着一致的问题意识,这至少能够表明,人类在生存问题上主观赋义的一致性。无论是文化扩散还是独立发生的结果,都足以说明在最深层的精神领域,跨文化的平等对话完全可能。而对于人类共同精神的关注,在当下这个被称作"技术时代"的充满危机时刻,就尤其具有理论和实践的双重意义。

----

　　① 饶宗颐:《符号、初文与字母——汉字树》,中国书店出版社 2000 年版;何崝:《中国文字起源研究》,巴蜀书社 2011 年版。

　　② 苏雪林:《〈天问〉正简》,台湾文津出版社 1992 年版。

　　③ 卡尔·雅斯贝尔斯:《论历史的起源与目标》"世界史"引论,参见朱更生译《卡尔·雅斯贝尔斯文集》,青海人民出版社 2003 年版。

　　④ 关于雅斯贝尔斯轴心时代理论,也有不少持有反对意见。而最有力的批评文章为张京华《中国何来"轴心时代"》(上、下),《学术月刊》2007 年第 7、8 期。

第一章 《神谱》的作者及其架构

上：赫西俄德其人其诗

一 赫西俄德其人与《劳作与时令》

赫西俄德系古希腊最早的诗人之一，其地位仅次于小亚细亚的荷马。他被视为教养了古希腊的承上启下的大诗人①，然而其人生平却扑朔迷离，后赫西俄德时代关于他的传闻虽多，而泰半皆小说家言，难以据信。有人从词源学角度研究过荷马，认为这个名字含义是"人质""诗歌熔铸者"或"盲人"②，这个方法也同样被移用到对赫西俄德的研究。比如，以Ησί－（Hēsí－）打头的名字都有"释放""宣说"等义项，遂将他的名字解释为"He who emits the voice"，或者是"He who takes pleasure in the journey"③。然这种方法与其说是有意义的考据，毋宁视为一种文字游戏。了解赫西俄德，最直接、最可靠的途径是读他的作品。赫氏一生诗作颇丰，但散佚者十之八九，存世无多。最完整的两部传世之作为《神谱》《劳作与时令》。学术史上有所谓的"荷马问题"，视荷马为一个箭垛般的虚拟人物，赫西俄德也面临如此尴尬的境遇。所幸的是，从现存两首长诗看，他显然是个曾经存活过的人，不大可能

---

① 祝宏俊：《赫西俄德的史学地位》，《史学史研究》2002 年第 4 期。

② Homer：*The Odyssey*, trans. A. T. Murray, Cambridge, Mass.：Harvard University Press, 1919, pp. ⅶ—ⅷ. 另参见 *Homeric Hymns/ Homeric Apocrypha/ Lives of Homer*, ed. and trans. M. L. West, The Loeb Classical Library, 2003, p. 321。

③ 前说是 Nagy 的观点，认为这是一个传统称号。后一说的创始人是 Meier Brugger。前人对此名号做过细致探讨，参见 J. S. Clay, *Hesiod's Cosmos*, Cambridge：Cambridge University Press, 2003, p. 3 注释 6。另参见 M. L. West ed., *Hesiod：Theogony*, Oxford：Oxford University Press, 1966, 第 22 行笺疏。

向壁虚构。认识这位大诗人,最重要的是其《劳作与时令》,其次便是《神谱》。

　　根据《劳作与时令》(以下简称《劳作》)提供的线索,他出生于阿斯科拉 (Ascra),该地位于希腊中部偏东、雅典和阿提卡半岛北部的波俄提亚,是个并不起眼的小镇,本是塞斯皮亚城的属地。那里离缪斯的圣山赫利孔不远。乡村阿斯科拉和城市塞斯皮亚之间,存在错综复杂的政治关系,这是希腊城—乡二元结构的一个缩影。① 赫西俄德诗云,他父亲迁来阿斯卡拉之前,居住在"库莫"(kúmē,古希腊的行政区划,犹中国古制之乡遂)② 这个地方,所以也有人推断其出生地即为此"库莫"。诗无达诂,同样的诗句允许不同的理解。赫氏在诗中并未明确交代自己的出生地,只是说到他父亲离开故土,驾船渡过爱琴海来到阿斯科拉定居这件事。据此断定他出生在库莫是否可靠呢? 诗中说,他除了从阿乌利斯渡船到卡尔克斯之外,从不曾乘船到过浩瀚的海面(《劳作》650—651 行)。假如他出生在库莫,那么他童年当随父渡海离开爱奥利达,而不应说从未出过海。所以这一说不那么可信。当然,赫西俄德说自己缺乏"航海经验和技艺"(《劳作》649),假如童年时代是被人带到船上,而不是亲自驾船,那么这与其不曾出海之说也并不凿枘,据此他也有生于"库莫"的可能。只是两相权衡,将其出生地定在阿斯科拉更为稳妥。这样断定的佐证之一是,奥维德在《爱的艺术》一诗中,言及爱人们给予自己桂冠,乃至胜过阿斯科拉和梅奥尼的圣贤,这行诗作显系以生地指代诗人,类似汉语称谓柳河东康南海等。③

　　古来相传的说法以为,赫西俄德是荷马的表亲,并据此编制了详赡的家谱,将他俩的祖先一直上溯到日神阿波罗。④ 不过,传统文献多有夸张虚诞之笔,未必尽可作为史料,这种说法可能并不表示实际的血缘,而只是说明他们神赋的诗歌才华。希腊神话体系中,阿波罗和缪斯一样,都被视为司掌诗歌的神明。荷马和赫西俄德的诗作之间,本就有千丝万缕的因嬗关系,让他们成为亲戚,也是好事文人水到渠成的想法。这与将赫西俄德编派为抒情诗人斯特西寇卢斯(Stesichorus)的父亲一

---

　　① A. T. Edwards, *Hesiod's Ascra*, California: University of California Press, 2004.

　　② D. Hine, *Works of Hesiod and The Homeric Hymns*, Chicago: The University of Chicago Press, 2005. 参见其扉页图版的标注。

　　③ "置(我)于阿斯科拉和梅奥尼的圣贤之上(Praelata Ascraeo Maeonioque seni)",阿斯科拉的圣贤指的便是赫西俄德,而梅奥尼圣贤则指荷马,说明在奥维德时代,这两个地方被视为大诗人的出生地。原文见 J. H. Mozley ed., *Ovid: The art of love, and other poems*, Cambridge, Mass.: Harvard University Press, 1929, p. 66.

　　④ *Homeric Hymns/ Homeric Apocrypha/ Lives of Homer*, ed. and trans. M. L. west, The Loeb Classical Library, 2003, p. 323.

样，只是小说家的稗官之言，不可据以考史。考据还得依赖严肃的史家著述。希罗多德以为赫西俄德和荷马生活年代不会早于他本人4个世纪（《历史》Ⅱ.53.2），如果据此推断，赫西俄德生活年代不会早于前9世纪中叶，但这只是个大概年限。而杨尼斯·泽泽斯（John Tzetzes, 1110—1180）引用亚里士多德之说，以为他只比毕达哥拉斯早1个世纪，则其生年不早于前7世纪。依据这两种史料，赫西俄德的生活年代在前9到前7世纪之间。这些记载也仅得其大概，要得到更加准确一点的数据，还是回到《劳作》这首诗。

古希腊曾经有次海外殖民的运动，《劳作》交代说他父亲迁来之前的地方是"库莫"，学人假设这个迁徙时间与希腊在西西里建立殖民地库莫同时，① 那么其生年应当在前750年到前720年这三十年之间。另外，《神谱》也可为赫西俄德生平断限提供一个参考数据。《神谱》里有段描写宙斯与提丰之战，学者据此推测这可能写的是埃特纳火山爆发，而希腊人西西里殖民在前735—28年，因此推断赫西俄德此诗写作于这一时间段之后。但韦斯特不赞同此说。他驳斥说，如果这确实影射埃特纳火山的话，那么希腊人知晓这一火山应当在西西里殖民之前，故而其时间仍是难以确定的。② 所以这个数据仅供参考。赫西俄德的父亲是从小亚细亚的库莫镇航海迁来波俄提亚的，从那儿向北一点便是勒斯波斯。他父亲的航海经历因此对他有一定的影响，在《神谱》中列举了不少注入黑海的亚细亚河流，这应该是得益于其父的讲述。希腊人知晓黑海沿岸始于前8世纪，最早的定居是在前756年，依据赫西俄德描述的关于黑海的知识，其写作时代不会早于前750年太久。

《劳作》中，诗人说他航海到优卑亚，参加卡尔克斯王安菲达玛斯的葬礼，并因赛诗获胜赢得一方三脚鼎。学人将此和勒兰亭战役（the Lelantine War）联系起来推定其活动年代。③ 普鲁塔克记载说，安菲达玛斯死于卡尔克斯与埃雷特里亚之间的战争，亦即勒兰亭战役。如果《劳作》一诗所咏属实，那么依据这一战役的时间，便可推知赫西俄德的大致活动时段。但关于勒兰亭之战的材料后人所知亦不甚多，其具体时间不易确定，仅可大致断为前8世纪末叶或前7世纪中叶。考古资料和历史文献表明弓箭的使用在前7世纪中叶，如果勒兰亭之战是马战的话，那么依据战争中只是使用剑而尚未使用弓箭这一细节，将这战役定在前730—前700年较

---

① M. L. West ed. , *Hesiod：Works & Days*, Oxford：Oxford University Press, 1978, p. 31 注释1。

② M. L. West ed. , *Theogeny*, Oxford University Press, 1966, p. 41.

③ R. Janko, *Homer, Hesiod and the Hymns：Diachronic Development in Epic Diction*, Cambridge：Cambridge University Press, 1982, pp. 94—96.

为合乎情理。① 可是普鲁塔克说安菲达玛斯死于海战,似乎有必要重新衡量这一战役的时间,史家修昔底德记载,最古老的海战发生在前681年或前661年(在柯林斯和Corcyra之间展开),若安菲达玛斯果真死于海战,其下葬年代不会晚于前661年。虽则不敢十分确定,却又可获得一个有关赫西俄德活动年代的参数。

Rechard Janko指出赫西俄德(Simonides)和西蒙尼德斯的创作之间存在亦步亦趋的关系,他所举例的诗歌创作年代为前664—661年,② 如果确系后者因袭前者的话,可以推断赫西俄德的生平不会晚于前7世纪中叶。

综合以上所说,推断赫西俄德活动年代在前750年到前660年之间,大概比较稳妥,但也仅仅是一参考。

赫西俄德之死颇多异说。诗人在卡尔克斯赛诗获胜,《劳作》中他对此颇为自豪(《劳作》650—661)。后人依据这几行诗作,编造出赫西俄德和荷马赛诗并获胜的传说。③ 诗人赛诗获胜之后就去德尔斐神庙,阿波罗神谕告知他,不要去涅美亚的宙斯的圣林,以逃避死亡的命运。他以为神谕指的是勃罗奔尼撒的阿尔格里斯的涅美亚,因此就去了罗克里斯(Locris)的厄诺埃(Oinoe),在那得到菲古斯两子安菲法尼斯和盖纽克托的盛情款待。但后来怀疑他勾引他们的妹妹,因此将他杀死,并把尸身抛到海中,三日后海豚将他驮到岸边,葬在厄诺埃。原来此地也有一个涅美亚神庙,这可从史家修昔底德笔下得到印证(Ⅲ.96.1)。据说他的这桩风流韵事结了果,就是生下了罗克里斯的抒情诗人斯特西寇卢斯。④ 尽管这故事也出现在严谨的修昔底德笔下,但可能只是个传说,正如学者们所说,如果他赛诗后便死去,那如何会有后来的创作呢?⑤ 古希腊许多重要人物比如俄耳甫斯、埃斯库罗斯、索福克勒斯等都有离奇死亡的故事,这俨然是古希腊文化的一种叙述传统,赫西俄德之死也是这传统的一环。斯特西寇卢斯据信活动年代为前6世纪中叶,未必就是其子,他们更可能是一种诗歌上的传承关系。⑥

关于诗人的家属和交游,从《劳作》这首诗中看,他父亲定居阿斯科拉之后便以务农为业。他有个弟弟佩耳塞斯,游手好闲,在父亲死后向权贵们行贿而攫取了

---

① M. L. West ed. , *Theogeny*, Oxford University Press, 1966, p. 44.

② R. Janko, *Homer*, *Hesiod and the Hymns*: *Diachronic Development in Epic Diction*, Cambridge University Press, 1982, p. 98.

③ *Homeric Hymns/ Homeric Apocrypha/ Lives of Homer*, Cambridge University Press, 1982, pp. 319—353.

④ *Hesiod*, trans. R. Lattimore, Michigan: The University of Michigan Press, 1959, pp. 5—6.

⑤ [古希腊]赫西俄德:《工作与时日·神谱》,张竹明、蒋平译,商务印书馆1991年版,序言。

⑥ *Hesiod*, trans. R. Lattimore,, Michigan: The University of Michigan Press, 1959, p. 5.

大部分家产，坐吃山空。为此诗人写诗加以教育。但也有人以为这只是一种文学设喻，实际本无佩耳塞斯其人。赫西俄德是否成家，无从得知，他在诗中流露出厌女症倾向，多次以工蜂供养雄蜂隐喻男女之间的关系（《神》590 以下、《劳》300 以下），说信任女人就是相信骗子（《劳》375），从这些言辞推测，赫氏或许受过强烈的感情创伤，即便成家，或许婚姻也并不幸福。

赫西俄德原本只是一个年轻的牧人，他的诗歌生涯始于缪斯的启示。《神谱》和《劳作》都重点歌咏了他对缪斯女神的崇拜和礼敬。《神谱》说他在赫利孔山下放牧，遇见缪斯传授他妙不可言的歌唱记忆，因此他便开始作为缪斯的仆人—歌手在人间歌唱，传达诸神的荣耀。《劳作》也说他在卡尔克斯赛诗获胜，将奖品三足鼎献给缪斯女神。

二　赫西俄德的诗歌

如果系名赫氏所作诗歌都可信的话，那么他无疑是一位多产诗人，除了《劳作》《神谱》之外，通常列入赫西俄德文集的还有 11 篇。属于《劳作》一类的有 5 篇：《鸟占篇》《天文篇》《卡戎的格言》《广劳作篇》（或音译为《大厄尔加》）《伊德的长短短格》；属于《神谱》一类的共 6 篇：《列女传》（或译作《名媛录》）《赫拉克勒斯之盾》《科宇科斯的婚姻》《增广列女》（《大欧荷欧》）《爱基密俄斯》《米兰浦蒂亚》。前一组是教喻诗，主要着眼于生活技巧和伦理道德的训诫，被称为"智慧文学"；后一组是神谱，追溯天地万物由来、名门世系所出等古老的传闻，即所谓"神谱文学"。

这些诗作虽然归于赫西俄德名下，但有关其著作权却笔墨官司不断。埃菲斯的赫拉克利特（约前 540—前 480，其说见狄俄根尼·拉尔修《名哲言行录》IX. 1.）、诗人品达（约前 522—前 442）《伊斯米娅颂歌集》（1.6.67）暗引了《劳作》"勤奋催人劳作"的诗行，称其为赫西俄德所作。[①] 喜剧家阿里斯托芬（约前 446—前 385）的剧作《蛙》通过埃斯库罗斯之口说"赫西俄德传授农作术、耕种的时令、收获的季节"，这显系指《劳作》而言。[②] 2 世纪的历史家鲍赛尼阿司（《希腊游记》IV. 31.4—5）也承认赫西俄德写过《劳作》。塞克斯都·恩庇里柯（《反数学家》IX. 193，I. 289）记录克洛封的色诺芬尼（约前 570—前 480）将《神谱》视为

---

① *Pindar* (in 2 volumes), ed. and trans. W. H. Race , Loeb Classical Library, 1997, p.192.

② ［古希腊］阿里斯托芬：《蛙》，1030 行以下，罗念生译《阿里斯托芬喜剧六种》，见于《罗念生全集》第四卷，世纪出版集团、上海人民出版社 2007 年版。

赫西俄德之作，抒情诗人巴克科里德斯（约前 507—前 428）《凯歌》提及赫西俄德，说他是"缪斯的仆人"，这个说法源于《神谱》（《神》100）①，暗示《神谱》的著述者是赫氏，历史学家希罗多德（约前 484—前 425）也记载说，荷马和赫西俄德生活在据他四个世纪之前，他们正是为赫伦人（the Hellenes）编制了《神谱》的人（《历史》Ⅱ. 53.2）。相对荷马来说，编制神谱这个说法似乎更加适合赫西俄德。② 鲍赛尼阿司虽然肯定赫西俄德对《劳作》的著作权，却认为《神谱》并非出自赫西俄德之手（鲍赛尼阿司《希腊游记》IX. 27.2.）。但他又在同书卷九列举了赫利孔的波俄提亚人传统上两种截然相反的观点：一种意见认为除了《劳作》之外，没有写过任何其他诗作；并且他们剔除了有关缪斯的诗行，以不和女神段落作为这诗歌的开篇，他们还向旅行者展示了刻有此诗的铅板。另一种意见认为，赫西俄德不仅创作了《劳作》，还写了一系列诗作，诸如有关女人的《列女传》《增广列女》《神谱》，关于预言者 Melampus 的诗（《米兰浦蒂亚》）、关于忒修斯和 Pirithous 的后代下冥府的诗、卡戎对阿喀琉斯的教育（《卡戎的格言》?）等等。③ 罗马博物学家老普林尼肯定《天文篇》和《广劳作篇》（对后者的肯定见《自然史》XV.1，XXI.17）。此外普鲁塔克（约46—120）也肯定《天文篇》，而认为《科宇科斯的婚姻》系伪作。雅典尼俄斯（约170—230）肯定《米兰浦蒂亚》，但否认赫西俄德对《科宇科斯的婚姻》《天文篇》的著作权，以为《科》是古典时期的作品。

《列女传》（《欧荷欧》）和《增广列女》（《大欧荷欧》）的关系很复杂，著作权也莫衷一是。和著名校勘家阿瑞斯塔科斯同时的阿波罗多若斯写过一篇《诸神论》，其中便用到了这两篇作品。费罗得慕斯（Philodemus）在他的著作《虔诚论》中引述阿氏的著作，但引用《列女传》时，说是赫西俄德的作品，引用《增广列女》时，却只说"《大欧荷欧》的作者"，似乎在费氏那里，《列女传》和《增广列女》并非都是赫西俄德的作品，这也反映了阿波罗多若斯的看法。至少在前 2 世纪，这两诗的著作权已有争端。④

赫氏上述诗作中，除了《神谱》《劳作》两诗外，最重要的是《赫拉克勒斯之盾》和《列女传》。《赫拉克勒斯之盾》存有 480 行之多，和《伊利亚特》中关于

---

① H. Maehler ed., *Bacchylides*: *A Selection*, Cambridge：Cambridge University Press, 2005, p. 45.

② *Hesiod*, trans. R. Lattimore, The University of Michigan Press, 1959, p. 7.

③ 转引自 *Hesiod*, trans. R. Lattimore, p. 6。

④ Gioven Battista D'Alessio, "The Megalai Ehoiai：A Survey of the Fragments", in *The Hesiodic Catalogue of Women*, edited by R. Hunter, Cambridge：Cambridge University Press 2005, pp. 177—178.

阿喀琉斯之盾的描述同一个题材，二者之间或许有因袭关系。《列女传》一名《欧荷欧》，在叙述中引往往通过ἤ οἴη（抑或如是如是）等字样引起下一个故事，以此其另一名称也被题为ἤ οἴαι，《欧荷欧》——这种连珠排比的表达形式，极似昙无谶所译之马鸣《佛所行赞·破魔品》，该品即连用51个"或"字以转叙故事。① 据介绍，目前此诗还残留有1300多行，占其全部诗歌的三分之一或者四分之一。② 此诗向来被分为五卷，卷一、二从潘多拉的故事开始，介绍丢卡利翁的后裔，这叙事脉络与《神谱》《劳作》两诗有着内在的联系；卷三、卷四涉及了阿提卡历史上的闻人，包括阿尔克莫涅和他的儿子赫拉克勒斯；卷五咏唱海伦的婚姻，接续特洛伊战争和英雄时代的结束。③

《劳作》《神谱》存在不少问题，比如它们的作者是否为赫西俄德，两诗孰先孰后？而这两个问题又互相交织，商务版的译者以为《劳作》无疑比《神谱》成诗要早，根据是《神谱》21—25行的诗句，他们认为这几行诗涉及两位诗人（赫西俄德和"我"），将两首诗的作者分属二人。④ 这个说法是否可信呢？诗曰：

"曾经有一天，当赫西俄德在神圣的赫利孔山下放牧羊群时，缪斯交给他一支光荣的歌。也正是这些神女……曾对我说出如下的话，我是听到这话的第一人。"

此处由第三人称变为第一人称，如何理解这个转换关系？"赫西俄德"和"我"是同一人还是两个人？中译者认为《劳作》是赫西俄德所作，《神谱》属于另一诗人。他们将这段话的意思理解为：就像赫西俄德遇到缪斯那样，"我"也遇见了她们，她们对"我"说出了以下的话。如果这样理解的话，既然《神谱》的作者"我"提到了赫西俄德，那么当然赫西俄德在"我"之前，所以他们认为《劳作》的创作时间早于《神谱》。

但是，大多数人倾向于将"我"和"赫西俄德"理解为一人。关键在于如何理解该诗第24行的τόνδε δέ με，这是否为转换主语的标志？吕达尔举出了荷马史诗的例子，认为《伊利亚特》中许多诗行以 τόν（这个）开头，以 πρὸς μῦθον ἔειπον

---

① 饶宗颐《韩愈南山诗与佛书》（《澄心论萃》第二七则，上海文艺出版社1996年版）一文以为韩愈的《南山诗》受该作品影响，但中国古典文献中排比联用之格不胜枚举，如《尚书·说命上》连用19次"惟"字，《文选》所载杨雄《解嘲》8次联用"或"字，而《古香斋初学记》卷二十三引崔玄《山懒乡记》（崔玄为何人，《山懒乡记》为何书，我尚未查出）连用37次"或"字。现在有了《列女传》的例证，说明排比联用是种具有普遍性的修辞，不必一定通过异域文化的影响。

② R. Osborne, "*Ordering Women in Hesiod's Catalogue*", in *The Hesiodic Catalogue of Women*, Cambridge University Press, 2005, p. 6.

③ *The Hesiodic Catalogue of Women*, Cambridge University Press, 2005, p. 2.

④ 《工作与时日·神谱》，前揭。

（对……说话）结束，但此词却不是限定 μῦθον（话语、故事），而是指称说话对象。《神谱》的用例与荷马史诗并无两样。τόνδε 也同样指说话对象，也就是人称 με（我）。① 持同样观点的还有 Waltz，他说 τόνδεμε 是 ὅδε ἐγώ 的宾格形式，并不认为它修饰 μῦθον，而是赫西俄德利用这种反常的形式自指 ②。因此，τόνδε δέ με 就是"这个我"亦即赫西俄德。《神谱》第 24 行实际是交代了赫西俄德放牧，遇到缪斯，缪斯对同一个人说话，应当理解为：诸位女神们第一次对我赫西俄德说出这番言语。"我"就是赫西俄德，赫西俄德就是"我"。《神谱》的作者自属赫西俄德无疑。

也有对《神谱》这段赫西俄德遇到缪斯另出新解的。此说承认赫西俄德对《神谱》的著作权，却否认赫氏写过《劳作》，毕竟《劳作》诗中并没有提到作者便是赫西俄德。该说设想赫西俄德遇到缪斯并写作《神谱》之后，在赫利孔当地声名鹊起，遂有许多游客，其中包括一位当地的年轻人，自然并非是牧人而是农夫。这后者便是《劳作》诗的作者。持此论的人主要是感觉《神谱》《劳作》两诗风格不类，故而做出这般设想，持此论者自己也承认这是一种推想之词。③

从以上的分析看，将两诗作者属之赫西俄德，是一种较为稳妥的看法。

那么，《神谱》和《劳作》孰先孰后呢？其实依据上文的解释，已经可以推导出结论，赫西俄德遇到缪斯才开始了诗唱生涯，因此《神谱》自是其最早的诗作。当然《神谱》在前，《劳作》居后。这里，为了使问题更加清晰，不妨再补充一些证据。

《劳作》开始提到了两个不和女神（《劳》11），一个是坏的一个是好的，前者挑起战争而后者挑起竞争。这两个不和女神在《劳作》中占有重要位置。《神谱》中也提到一个不和女神，是夜神纽克斯之女，被诗人称为"不饶人的""恶意的"（《神》225）。假如《神谱》作于《劳作》之后，何以《劳作》诗中如此重要的不和之神到《神谱》中倒被略去一位便很难理解。那么，只能这样理解，就是《神谱》成诗在前，《劳作》成诗在后，后者是对前者的修订。除此之外还需注意到：《神谱》对君王充满溢美之词，而《劳作》的态度则远为严苛。如何理解这个矛盾？一方面，这可以理解为诗人"到什么山上唱什么歌"；另一方面，可以合理地设想《神谱》是面对君王（们）的特殊场合之作。《神谱》对君王们一通颂词之后，便接着提到了诗歌对心理创伤的疗治妙用（《神》98—103），诗歌的治疗功能与对君王的赞美这两个细节前后相承的有意味的细节，极能刺激诗歌治疗的是君王之痛的

---

① 吕达尔：《〈神谱〉开篇：诗人的使命、诗神的语言》，载赫西俄德《神话之艺》，前揭，第 70 页注释 6。

② F. Solmson, *Hesiod and Aeschylus*, Cornell: Cornell University Press, p. 5, 注释 2。

③ Hesiod: *Theogony · Works & Days*, trans. Dorothea Wender, Pengun books, 1973, p. 14.

联想。在赫西俄德诗唱中，与这一联想有关的就是安菲达玛斯之丧。诗人在那葬礼上获了奖。假如将这一推想与赫卡特颂歌联系起来就更能说明问题，在这一诗节中，作者提及5个阶层：1. 君王们；2. 战士们；3. 骑手；4. 参赛的运动员；5. 海上渔民。阿斯科拉和赫利孔周边既没有马匹，也不会有海上渔民。《劳作》中赫西俄德说他渡海到卡尔克斯参加安菲达玛斯王的葬礼，这葬礼之后，这一切阶层就都见到了。因此，《劳作》中应该提到了《神谱》就是在安菲达玛斯葬礼那一段，赫西俄德正是靠《神谱》赢得了那一枚三足鼎并将之献给了缪斯女神。①

假如将荷马史诗称为伊奥尼亚史诗的话，《神谱》和《劳作》则属于波俄提亚，尽管赫西俄德采用了和荷马一样的伊奥尼亚方言，但却呈现出完全不同的风格。赫西俄德是真正第一个进行个人创作的诗人（也不排除以口授的形式），总之这不同于传统意义上的口头史诗传统。

下：从"神谱文学"到"谱属文学"

一 "神谱文学"定义及修正

"神谱"文学的概念源于赫西俄德的长诗《神谱》。《神谱》讲述了诸神的世系，从赫利孔的缪斯九女神开始歌颂奥林波斯众神，诗人宣称他在赫利孔山脚下放牧，得到缪斯女神的教诲，并传给他歌唱的技艺，他因此开始歌唱自遂古之初以迄奥林波斯神统确立以来的故事；再现出天地分离、宙斯诞生、赐善诸神与提坦之战等故事，通过一系列的斗争，终于确立了现有的宇宙秩序。传世《神谱》全文共1022行，其主要骨架如下所示。

一、序曲（1—115）

从缪斯开始歌唱（1—21）

赫西俄德：从牧人到歌手（22—34）

缪斯的欢唱、出生和职司（35—103）

楔子：即将歌唱的内容（104—15）

二、诸神谱系（116—452）

遂古之初的诸神（116—53）

---

① M. L. West ed., *Theogeny*, Oxford University Press, 1966, pp. 44—45.

　　杰出的古典学家韦斯特据此提出"神谱文学"的概念，用以指称类似于赫西俄德《神谱》的一类作品。他给予这一概念两方面的界定：就内容而言，"神谱"限于叙述世界及诸神之由来乃至现今秩序如何确立诸事件。就形式而论，"文学"兼容散文与诗歌，并含口头与书面。① 依据这一界定，他举了 14 组广泛分布于世界各地的"神谱文学"例证，在此我不做过多的引述。

　　世界文学中确实存在如同韦斯特所说的"神谱文学"一类作品。"神谱"（Θεογονία，Theogonía）字面含义为"诸神世系""诸神的诞生"，这个名称并非赫西俄德诗作原有，而系后人所加。否则，希罗多德引用应直接说赫西俄德的《神谱》，而不是说他和荷马编制了"神谱"。② 因此，"神谱"是后起的观念，应该注意到，上述定义并未尽善尽美，有需要进一步充实之处。韦斯特所举《古事记》，即从天地、诸神诞生叙到神世七代，从天照大神叙到苇原中国，从日本神武天皇东征到推古天皇。其实既有神界的故事，又有凡间的传闻，并不仅仅局限于诸神的内容。因此，著者以为"神谱文学"这一命名似乎可以再酌。固然，许多民族早期文化中神灵对现实秩序的确定起着举足轻重的主导作用，但并非全然如此。比如，韦

① M. L. West ed. , *Theogeny*, Oxford University Press, 1966, p. 1.

② M. L. West ed. , *Theogeny*, Oxford University Press, 1966, 题名笺疏。

斯特所举的《卡莱瓦拉》尽管在短歌中包括不少宇宙起源的故事，但其整体结构和主要故事却是关于现实生活中的人的，万奈摩宁是位多才多艺的巧匠和艺术家，伊尔马利宁是铁匠和木工，而勒明盖宁则是轻浮的武士形象，① 这 50 篇诗作的主人公虽然具有浓厚的神奇色彩，却是现实生活中的人而非神灵，从而不能不加辨析地将之视为"神谱"。中国则更是一个例外，《周礼》"小史""大史"也掌管谱录，且对现实政治生活影响重大，但却并不是诸神的谱系：

> 小史掌邦国之《志》，奠《系》《世》，辨昭穆，若有事则诏王之忌讳
> （注："郑司农云……《系》《世》谓《帝系》《世本》之属是也。小史主
> 定之，瞽蒙讽诵之。"疏："云辨昭穆者，《帝系》《世本》之上皆有昭穆
> 亲疏，故须辨之"）。② 大祭祀读礼法，史以书，叙昭穆之俎簋（注："大
> 祭祀，小史主叙其昭穆，以其主定《系》《世》、祭祀；史主叙其昭穆，次
> 其俎簋"）。③

这些乃是关于帝王或者诸侯世系族谱等历史著述。孔疏指出"序昭穆"实与《帝系》《世本》等"谱属"有密切关联，关于这个"奠系世"实际与"志"密切相关。《周礼订义》"小史中士八人……掌邦国之志，奠系世，辨昭穆"句引用郑锷之说以为：

> 若夫邦国之《志》非杂记邦国之事，乃志诸侯所出之世系与其庙祧，
> 昭穆之《志》如鲁出于周公、郑出于桓公、晋出于叔虞，世系绵远，传序
> 寖多，昭穆久而或乱，王朝亦有《志》以记之，小史掌其志、奠其本系之
> 所出与世数之远近。④

郑锷之义，小史所掌邦国之《志》乃记"世系""庙祧"之书，也就会有许多王族之所由来的神怪叙事，这与西方"神谱文学"虽则略有差异。但究其实质，无非都承载了慎终追远、沿波讨源，以便为现实秩序之合法性确立文化根基的作用。从这一意义上讲，著者有意识地将"神谱文学"修订为"世本文学"或"谱属文

---

① ［芬兰］伦洛特：《卡莱瓦拉》，张华文译，译林出版社 2000 年版。
② （唐）贾公彦：《周礼注疏》卷二六，《十三经注疏》本，中华书局 1980 年版，页 818 中栏。
③ 《周礼注疏》卷二六，前揭，第 828 页中栏。
④ （宋）王与之：《周礼订义》卷四四，《四库全书》本 93 册页 751 上栏。

学",这意味着放弃对诸神谱系的偏执追求（这种偏执往往造成对整部文本的割裂，尤其中国研究界，为了整理出一个"神的谱系"常常舍弃了大量第一手的珍贵资料），而将着重点放到"谱系"本身上来，无论是诸神谱系还是凡间谱系，并没有什么不同。当然，一般而言，对谱系的追溯最终势必会谈到天地开辟，诸神（祖先）由来等内容。

将"神谱文学"修订为"谱属文学"不仅仅是内容上的扩展，而是试图从理论上改变对这一类诗作的认识。这个修正有两方面意义：首先将侧重于关注内容的"神谱"转换为侧重于关注形式的"谱属"，前者注重神灵衍生的创世内容，注重诸神世系脉络的扩张，都是着眼于叙事内容的。著者的修改抽离了这些内容，无论是诸神的繁衍也好，还是帝王将相的家谱也好，只要他符合"谱属"这个形式，就算是"谱属文学"（当然首先得是文学作品）。这样，能够打破对内容的执着，避免对文本的割裂，使其概念更具有包容性。其次，给定一个"谱属"的形式，就意味着其整体的完善性，只有自始至终的一个整体结构才能构成"谱属"，这个结构形式是有意味的形式，它通过整体赋义而获得相应的功能。

姑举一例：《古事记》若依照"神谱文学"的界定，上卷为关于诸神的故事，而中、下卷则更侧重地叙述了人，这就割裂为人神两截。但是从"谱属文学"的视角看，显然上、中、下三卷一脉相承。日本著名学者梅原猛则将该书放置在它形成时期，亦即七八世纪时的日本的政治、思想、宗教的大背景下来分析，通过大量现存史料和实地调查，推断《古事记》序言所提及的稗田阿礼就是当时最大的实权派人物藤原不比等，从而在本居宣长和津田左右吉的研究范式之外，独创性地指明《古事记》包含的二重结构。表面上是一本谱属之书，而其深层则隐蕴着重大的政治动机。它反映出当时佛教、神道教之间的思想斗争，皇室（以持统女帝为中心）与宠臣（藤原不比等）之间的密谋，他们利用分散在皇室和各豪族之间的史料和传说，巧妙地改造了其中几个关键细节，为建立中央集权的天皇制和藤原氏的长期实权统治服务。① 这就说明，"谱属文学"绝非只是材料的汇总，更荷载了现实政治生活的实践功能。

为进一步理解"谱属"意义，可以中国典籍《天问》为例。从整体结构上把握之，其结构恰恰构成一个"谱属"，而内容却不尽为神明。

---

① ［日］梅原猛：《诸神流窜：论日本〈古事记〉》，卞立强、赵琼译，经济日报出版社1999年版。当然，《古事记》一类书籍地位的提高，主要依赖于江户时代四大国学家的鼓吹，排斥儒、佛、道，提倡所谓的神道，从而宣扬日本的民族精神。而此前，居于主导精神的乃是"汉意"。

一、"曰"（总领字，超验视角）

二、遂古之初以来的问题

宇宙开端："遂古之初"—"何本何化"

天体布局："圆则九重"—"列星安陈"

日月星辰："出自汤谷"—"耀灵安藏"

鲧禹治水："不任汩鸿"—"地何故以东南倾"

大地四荒诸怪："九州安错"—"乌焉解羽"

三、有关三代之兴亡及楚先祖的问题

1. 问夏代

"禹之力献功"—"而禹播降"

"启棘宾商"—"而交吞揆之"

"阻穷西征"—"何以迁之"

"惟浇在户"—"而亲以逢殆"

"汤谋易旅"—"汤何殛焉"

2. 问商代

"舜闵在家"—"得两男子"

"缘鹄饰玉"—"而黎服大悦"

"简狄在台"—"夫谁挑使之"

3. 问周代

"会鼌争盟"—"卒然身杀"

"彼王纣之躬"—"箕子详狂"

"稷维元子"—"夫谁畏惧"

"皇天集命"—"尊食宗绪"

4. 问楚国历史

"勋阖梦生"—"能流厥严"

"彭铿斟雉"—"卒无禄"

"薄暮雷电"—"忠名弥彰"

《天问》整体上是一"天地人"的结构，中间尽管会有个别的不依时代为序的细节，整体上的结构却是恒定的。《天问》正是通过这个整体结构传达浓厚的寻根意识，并且将爱欲、生死、道德等问题穿插其中，从而形成极有张力的诗体文本。

一方面，《天问》的谱系特征深切关注世系问题（世系多含"怪力乱神"的叙事），本系之所出与世数之远近正是谱系的关怀之一。而另一方面，谱系也强调了华夷之辨的政治问题，换言之，就是四夷和中央的关系这个核心问题，这既是政治上的同时又是文化上的。其囊括天地人"三才"的"谱系"序列形式；从开天辟地追问到楚国先王先公。其意义指向既不仅仅是抒情的，也不仅仅是哲理的，而是政治教化的。它是一部"观往以知来"（《列子·说符》）① 的著述。对《天问》应该有如下的认识：从表面看来它是楚国或华夏古史的呈现；但这些是"谱系"的，它意味着连续但不一定是按照时间顺序的叙事，只要保证传达出寻根溯源的意义及华夷之辨的政治情怀即可。这也就不奇怪，何以屈原作为一个"蛮夷"，却屡屡对中原王朝的贤圣发问。何以屈原在这一主题下，不断地呵问天命。"谱系"作为超视角叙事，将爱欲问题从一个一般的、特殊的问题放到天地的大视野下考察，从而也就拥有了某种意味上的超验特征。

二 从"谱属文学"的角度重新思考《神谱》

从包罗更广的"世本"或"谱属"角度理解神谱问题，或许会对此诗的认识不无裨益。传本《神谱》以"歌唱凡间的妇女"结尾，而原本是和《列女传》连在一起的，在后来才被亚历山大时期的校勘家断章绝句，成为今本的样子。② 如果从"神谱"的角度思考，这一分割当然是对的，神的谱系毕竟不能混同于人谱。但若从"谱属"的角度看，但凡世系之所出，不论神人，只要其具有谱系的价值，便不宜轻易割裂。比如，就"谱系"而言，除了上文举出的《古事记》之外，《天问》也是从遂古之初一直追问到当下的政治现实，对当下的关怀才是真正的意义所在。③《列女传》接续潘多拉的故事，叙到英雄时代的结束，和《神谱》有着内在一贯的血脉联系；而且《神谱》在唱完宙斯及诸神的婚姻后，接着便叙述了女神和凡间男子的婚姻，歌唱凡间女子本是系谱不可缺失的环节，假如《列女传》原篇不曾散佚的话，和《神谱》合一更为神完气足。

从"谱属"角度，可以重新思考赫西俄德原作的行数问题。《神谱》原作究竟多少行，学界众说纷纭。19世纪以来，在科学—疑古思潮的审视之下，出现了肢解

---

① 杨伯峻：《列子集释》卷八，中华书局1979年版，第240页。

② M. L. Wested.，*Theogeny*，Oxford University Press，1966，p. 50.

③ 关于《天问》一诗的谱属特征，参见笔者《神话历史化之再省察》，博士学位论文，中国社会科学院研究生院2009年版。

《神谱》的学术现象，许多诗行就被看作是后来插入的。比如，有的认为真正原作不过400行左右，从而将大多数诗歌摒弃在外；有的怀疑提坦之战（687—712）、塔尔塔罗斯片段（736—819）、有关提丰的情节（820—880）及女神和凡间男子的婚媾等叙述（965—1022）。但也有的倾向于接受大部分诗作，比如：韦斯特承认前900行；N. O. Brown 认可了除提丰之外的所有诗句；而 P. Walcot 则打算采纳包括上述这一情节在内的所有诗篇。① 诗歌原貌如何的争论诚然是个富有学术价值的问题，但是从接受者的角度来讲，诗歌原作浑然一体，即便偶有插入成分，只要不妨碍其整体意义的传达，亦不能据此否认赫西俄德的著作权。实际上，古人并没有明确的版权意识，已经问世的作品容有"抄袭"或增删，为此，若无切实证据以证明某些诗行的确非赫氏所作，著者宁肯将之全盘视为原作接受下来。

赫西俄德的这个诸神谱系在许多方面和荷马的"神谱"保持着一致，例如宙斯在此丝毫不亚于其在《伊利亚特》中的权威，荷马史诗中所列举的主要神祇神王宙斯、神后赫拉、慧神雅典娜、日神阿波罗、月神阿尔忒弥斯、战神阿瑞斯、爱神阿佛洛狄忒、神使赫尔墨斯、海神波塞冬、冥神哈得斯、冥后波耳塞芬尼和大地女神德墨忒尔等12位主要神祇都出现了。然而荷马和赫西俄德的神谱同中有异，《神谱》前21行列举了19名神祇，其中没有赫尔墨斯和阿瑞斯，反而添出了不那么重要的狄俄涅。《伊利亚特》的描写中，大洋俄刻阿诺斯被称为"诸神所由生"（《伊》14.200），而在赫西俄德笔下，最古的大神却是混沌之神卡俄斯、大地盖娅、大壑塔尔塔罗斯及爱若斯，大洋则是大地与天空之子，18位提坦神之一，远没有荷马所给予他的地位尊荣。与荷马史诗诸神的描述充满浓厚的世俗谐趣不同，赫西俄德的《神谱》更多了几分古穆庄严。例如，以对宙斯的描写而论，赫西俄德过滤了荷马叙述中其风流倜傥、四处留情的一面，却更多地赋予他庄重威严、谨慎机警的特质，将重点放在他如何夺取王权并维护统治等"国之大事"方面上来。这些细节的差异说明，赫西俄德并非是亦步亦趋地重述荷马，而有其自己原始的资料来源，伊奥尼亚史诗和波俄提亚诗歌虽则是同一文化源头的并蒂莲，毕竟还是不同文化土壤的两朵花。

据柏拉图的转述，智者普罗泰戈拉曾说智者的技艺本来古老，只是行此事的人惧怕方才采取伪装，有的用诗歌，有的用宗教仪式和预言。按照普罗泰戈拉的说法，赫西俄德便是伪装成诗人的智者（《普罗泰戈拉》316. D）。假如赫西俄德竟然是智

---

① G. P. Edwards, *The Language of Hesiod in Its Traditional Context*, The Philological Society, 1971, pp. 4—5.

者一流，那么他的诗歌就绝不应该被解读得过于单纯。诗人要表达什么？与荷马传统类似，赫西俄德在诗歌的开始召唤缪斯女神，并且诗人将自己的创作归结于缪斯的启迪。从某种意义上说，《神谱》乃是一部"代缪斯立言"之作，这确保了它传达的故事的真实性——当然，此处的真实属于观念和信仰上的，作为凡人，我们只能如同苏格拉底那样认识到自己无知，而并不能自负地宣称自己完全有能力把握真实，从而也只好听从来自王圣先贤及诸神的教诲。缪斯的教诲当然并非只是纯粹的神谱故事，因为类似的故事完全可以有不同的变格而难以尽数传达出来。《神谱》诗中不断重复使用"宙斯的意志得到贯彻"等话语，因而这是一部有关宙斯权威的诗歌，同样也是一部有关现实秩序神圣性的诗歌，它为现实活动提供话语支持从而保证其行为上的合法性。希罗多德记载波斯帝国的祭祀仪式中，巫师在献祭中会歌唱"神谱"（《历史》Ⅰ.132），同样，在同书的下一卷，这位著名的历史家便用同一个词"θεογονίην（Theogoníēn）"指称荷马和赫西俄德为赫伦人编制的"神谱"。这如果就特指赫西俄德的《神谱》的话，那么便不能不注意到这长诗之于现实政治生活的意义。

第二章 《神谱》和《天问》的"笔法"

对《神谱》《天问》的解读，更多侧重于宏观形式的研究；比较神话学和进化论神话学着眼于宏大理论框架的建构，从抽象的、轮廓的方式解读作品。其中当然不乏可取之处。但是这与古典传统（包括中国的古典注疏传统和西方阐释学传统）还是有相当差距，古典传统恰恰注重对表达本身的分析、义理考据和辞章并重。这就是说，从文章形式进而可介入对书法的分析，乃是理解诗人诗旨的必由之路。诗作形式上乃是谱属性质，以此为理论支点，可进而理解《神谱》的视角。视角是理解诗人思想的立足点，唯有对诗人的视角有深入了解，才能同情地体悟到诗人的思想诉求。赫西俄德和屈原都是懂得微言大义的诗人，"微而显，志而晦，婉而成章，尽而不污，惩恶而劝"（《左传》成四〇年），他们关注的是宇宙人生之整全性，从而采取了"超视角"。这个视角决定了笔法的选取，凡人对真理认知的局限，不能洞悉真理的深层和真相。赫西俄德从神民之辨的角度，通过缪斯的教导而叙述了关于宙斯及神界的"秘索思"①。

上：代缪斯立言——《神谱》的"秘索思"

"秘索思"是陈中梅先生首先提出的一个西方文化范畴，陈先生专文分析了"秘索思"和"逻各斯"此消彼长的历史关系，指出学界目前已经普遍接受"逻各斯"而忽略了另一个重要的范畴"秘索思"。② 本书步武陈先生提出的命题，利用其理论分析《神谱》中的"秘索思"的含义，通过分析赫西俄德《神谱》一诗中

---

① 荷马史诗对言辞的表达功用不乏思考，通过特别的比喻传达。如奥德修斯的言辞"像冬天的飞雪"（《伊》3.222），而他又指责阿伽门农的话"像空空洞洞的风"（《伊》4.355）。

② 陈中梅：《秘索思》，载《言诗》第十章，北京大学出版社 2008 年版。

缪斯的"秘索思",并将之与荷马诗歌中的用例进行比较,指出诗人在创作中可能运用到的两种表达方式。进而据以分析通过"秘索思"表达的"真实"所具有的权威性质,并将其是否具有权威性视作荷马和赫西俄德这两位诗人诗学分野的一个标志,它对应着两种不同的思考方式和生活方式。①

小引:《神谱》序诗写到赫西俄德由牧人向歌手的转化,有几行写了缪斯的"秘索思",她们宣称既能说真话,也可以说假话:

我们懂得如何把一番番假话说得煞有介事,然而如果愿意的话,我们也懂得言说真实。(《神》27—8)

ἴδμενψεύδεαπολλἀλέγειν ἐτύμοισιν ὁμοῖα,∣ἴδμενδ´,εὖτ´ἐθέλωμεν,ἀληθέα γηρύσασθαι. *Th*. 27—8

缪斯的"秘索思"是真是假的问题,成为现代学人所关注的一个问题②。Bruce lincoln 敏锐地意识到这段话中包含着真—假的二元对立,详见下表。

表一　缪斯的话

言说方式	言说内容
"说说" λέγειν	"假的……和真的相似" ψεύδεα……ἐτύμοισιν ὁμοῖα
"演述" γηρύσασθαι	"真理" ἀληθέα

ψεύδεα-ἀληθέα(pseúdea, alēthéa,"真"与"假")构成一组矛盾,此处真实虚假之分针对表述内容而言,而与表达方式密切相关。是否可以认为,不同的表达方式决定表达内容的真实性?缪斯宣称拥有关于"表达"的知识:"我们知道(ἴδμεν = idmen)……"这意味着她们懂得怎样表达和表达什么,缪斯区分出两种表述方式:λέγειν(λέγω = légō)和 γηρύσασθαι(γηρύω = gerúō)。商务本将前者译为"说",后者译为"述说"。不同的表达形式和内容必然应用于不同的场合,从而与不同的生活方式相关。"说"和"述说"的划分和"虚假""真实"问题交织在一起,是否意味着不同的生活场合所讲的话有"真""假"之分?果然如此的话,哪种场合应"述说真事"?哪种场合又"把许多虚构的故事说得像真的"?我们能否将其与赫西俄德的诗作联系起来加以理解?

---

① 荷马提出了"弓弦与竖琴"问题,也就是英雄与歌手之间的关系。在那个时代,英雄常常和歌手互相比衬(《奥》8.483、11.368、17.518)。

② B. Lincoln, *Theorizing Myth*, Chicago:The University of Chicago Press, 1999, p. 15.

（一）缪斯的两种表达方式

韦斯特注疏 28 行指出 $\alpha\lambda\eta\theta\acute{\epsilon}\alpha\gamma\eta\rho\acute{\upsilon}\sigma\alpha\sigma\theta\alpha\iota$（alēthéa gerúsasthai）在荷马史诗中的对应说法 $\alpha\lambda\eta\theta\acute{\epsilon}\alpha\ \mu\upsilon\theta\acute{\eta}\sigma\alpha\sigma\theta\alpha\iota$（alēthéa muthesasthai）①，依他的指点，著者浏览了荷马史诗中的用例，荷马的四次用法中，$\alpha\lambda\eta\theta\acute{\epsilon}\alpha\ \mu\upsilon\theta\acute{\eta}\sigma\alpha\sigma\theta\alpha\iota$ 只是普通意义上的"讲真话""吐露实情"的意思，其用例也全部是在日常生活场景中，并没有这里人神相会的语境。②

因此，这两组用法容有意义相通之处，而后者似乎是一更为普遍的形式。但若考虑到"述说真事"之于全篇的价值意义，两者之间便不能轻易等同，要理解"述说真事"，应当对 $\gamma\eta\rho\acute{\upsilon}\sigma\alpha\sigma\theta\alpha\iota$ 的使用语境进行分析。该词的基本意思是"说，唱，（鸟）鸣"，《劳作》及《赫尔墨斯颂诗》各有一次用例。《劳作》260 行，用于正义女神，诗行说的是无论何时无论哪个王公大人嘲笑她、中伤她，她会立即坐到父神宙斯身旁，数说人间的邪恶心性，直到民众报复了那伙王公大人的倒行逆施。笔者将其翻译为"数说"，这一含义与《神谱》中的用例没有多大关系，姑置不论。《颂诗》中的用例是，赫尔墨斯用龟壳制作了弦琴，站在阿波罗身边，"序曲似地唱起来"，他的演述内容是诸神及黑色的大地，他们如何诞生及如何班禄序爵。这个歌唱内容和《神谱》中缪斯交给赫西俄德演述的相当一致。因此，就语境意义分析而言，《神谱》和《赫尔墨斯颂诗》在相同的意义上使用 $\gamma\eta\rho\acute{\upsilon}\omega$ 一词，并且该词不仅仅是口头的"述说"，而很可能是带有某种音乐性质的、更为庄严而正式的"演述"。究其内容而言，大旨不出遂古之初以来诸神如何建立宇宙秩序，某种意义上，这种"演述"含有神秘的、超验的意义。为此，笔者将 $\gamma\eta\rho\acute{\upsilon}\omega$ 译作"演述"，而将 $\lambda\acute{\epsilon}\gamma\omega$ 译成"说讲"。把这两种含义代入《神谱》开端，就获得两套关于缪斯言辞表达方式：

1. "说讲"的表达方式；2. "演述"的表达方式。

从内容上说，"说讲"的是"许多假话……像真的"，而"演述"的是"真事"，"像真的"之"真"与"真事"之"真"并非一码事，赫西俄德用了两个不同的词表示之：$\dot{\epsilon}\tau\acute{\upsilon}\mu o\iota\sigma\iota\nu$（$\dot{\epsilon}\tau\acute{\upsilon}\mu o\varsigma$，与复）$\alpha\lambda\eta\theta\acute{\epsilon}\alpha$（$\alpha\lambda\eta\theta\acute{\eta}\varsigma$，宾复）。这便意味着，缪斯那里，"说讲"之"真"和"演述"之"真"也应当有所不同。理解这个差

---

① M. L. West ed. , *Theogeny*, Oxford University Press, 1966, p. 163. 例如《伊》6. 382；《奥》14. 125, 17. 15, 18. 342。

② 人神交通，往往通过异象给予启示。埃涅阿斯在向 Evander 求助途中，天降异兆，他说到"I'm the one gods need（ego poscor Olympo）"，《埃》8. 533, K. W. Gransdened. , Virgil: Aeneid（Book 8），Cambridge：Cambridge University Press, 1976.

异,不妨先宕开一笔,看看荷马和赫西俄德在传达"真"和"秘索思"关系方面有怎样的异同。

（二）"秘索思"与"真实"的关系:以荷马与赫西俄德诗作为例

荷马那里,αληθής意义上的"真"通过μυθέομαι表达,后一词和μῦθος源于同一词根,不妨将其译作"言说"。其含义可以理解为:言说"秘索思"（着眼于内容的）。或者,采取"秘索思"的形式进行表达（着眼于表达方式的）。这就意味着荷马所说的讲述"真"的含义是:用"秘索思"的方式讲讲"真"。或者是:言说"秘索思"＝言说"真"。

以上是通过阐释"言说真实"这一词组得出的结论。而就"秘索思"这一词的使用语境看,荷马史诗的全部293次用例中,"秘索思"只是一般意义上的言辞,并不具有什么特殊的含义。因此,"秘索思"意同一般的"说话"。总之,尽管荷马那里,"秘索思"和"真"（αληθής＝alēthés）确实有着某种隐秘的联系。① 但是却并未体现在使用"秘索思"一词的语境中,而是通过"言说真实"这个动宾词组分析才看出"秘索思"和"真实"的关系。

那么,赫西俄德《神谱》中,"秘索思"和"真"之间有什么关系?我们认为,尽管缪斯的表达方式是"演述"而非"言说",但是仍然能够从上下语境中推究出"真"与"秘索思"的关系。不过,《神谱》中的"秘索思"则有特殊意指,Bruce lincoln指出,赫西俄德笔下的"秘索思"用法多与"真""强者""阳刚"等语境有关,就赫西俄德的文本而言,著者认同这一结论。而缪斯和赫西俄德相遇这一场景下的用例,含义尤为特殊。缪斯的"演述""真"这些言辞就是其"秘索思"的具体内容,按照lincoln的意见,这"秘索思"有其权威性。那么,到底是何种意义上的权威性呢?这点后文再谈。

表二　赫西俄德作品的"秘索思"用法

T:神谱；E:劳作	真实否	强者之辞	显与"阳刚气质"有关	军事语境的辩说	律法环境的申辩	是否由"歪曲的"修饰
T24:缪斯	是	?				
T169:克洛诺斯	是	是	是	是		

① 《美狄亚》保傅偶然听到伊阿宋另娶的"消息"（秘索思）,怀疑是否是真的（σφαις,72）,这种"真"便是可靠准确以及真实诸方面的含义,参见 D. J. Mastronarde, *Euripides*: *Medea*, Cambridge:Cambridge University Press, 2002, p. 177。这说明"秘索思"的"真"包含真正和准确的意义。

T：神谱；E：劳作	真实否	强者之辞	显与"阳刚气质"有关	军事语境的辩说	律法环境的申辩	是否由"歪曲的"修饰
T665：科托斯	是	是	是	是		
E194：黑铁时代		是	是		是	是
E206：鹰	是	是	是	是		
E263：作伪证者·贪污的国王		是	是		是	是

总之，如果着眼于"真实"的表达形式的话，荷马和赫西俄德《神谱》采取了不同的形式，前者采取了"言说真实"的方式，而后者则是"演述真实"。但是，"言说真实"就是"言说秘索思"这一语义探查，透露了荷马的"秘索思"和"真实"之间的隐秘关联。而《神谱》的"演述真实"本身就是缪斯的"秘索思"所讲的内容之一，从而也就意味着，缪斯们的"秘索思"暗示了"演述真实"这一意味深长的方式。

前文说过，赫西俄德和荷马使用了不同词组，荷马通过"言说"表达"真"，而赫西俄德则是"演述真"，两者当然会具有不同的含义，尽管都使用了同一个词语"真"。这里将荷马赫西俄德的异同归结为如下："言说"和"演述"的表达方式不同，使用了同一个词语"真"。

这不同暂且放下，荷马和赫西俄德也同样都有使用"言说"的情况，不过，赫西俄德在表达"言说真"这一意义时，却又使用了另外的词：

还有你，佩耳塞斯啊，我将要对你述说真事。(《劳》10)

ἐγώ δέ κε, Πέρση, ἐτήτυμα μυθησαίμην. Op. 10

这一词组还见于《德墨忒尔颂诗》44 行，使用语境是：德墨忒尔爱女被抢走，她悲伤已极，但是却没有谁向她"吐露真情"。这里 μυθησαίμην（中动祈愿式）的动词原形即上文的 μυθέομαι，这就是说，无论荷马的 ἐληθέα μυθέομαι，还是《劳作》及《颂诗》的 ἐτήτυμα μυθησαίμην，都应该和"秘索思"（或是讲述"秘索思"的方式）有关。著者将荷马和赫西俄德的第二个异同归纳如下：两者都是用了"言说"这一词语，却用了不同的"真"。那么，这两个词所传达的含义是否相同？

从表达方式上理解，都是"言说秘索思"，问题只在于荷马之"真"（$\alpha\lambda\eta\theta\eta\varsigma$）与《劳作》之"真"（$\alpha\tau\eta\tau\upsilon\mu\alpha$）所指是否一致。前文交代过荷马之"真"就是生活场景中的"实情""真事"，这里需要判定赫西俄德笔下$\alpha\tau\eta\tau\upsilon\mu\alpha$是何种"真实"？《神谱》27 行把假话说得像真的，用了该词。"说得"希腊文是 $\lambda\epsilon\gamma\epsilon\iota\nu$（légein），它和 $\lambda\delta\gamma o\varsigma$（lógos）同源，也就是"言说逻各斯"。

这里把前文的意思总结一下：荷马和赫西俄德使用了"言说真"这一词组，但用法却大不相同，荷马"言说秘索思"的"真"是$\alpha\lambda\eta\theta\eta\varsigma$，而赫西俄德却是$\epsilon\tau\eta\tau\upsilon\mu\alpha$。此外，赫西俄德还使用了"演述真"（$\alpha\lambda\eta\theta\eta\varsigma$），以及通过"言说逻各斯"表达"真"（$\epsilon\tau\eta\tau\upsilon\mu\alpha$）。这意味着，赫西俄德那的情况较之荷马复杂得多。关于这点如何理解？我们不认为这仅仅是一个随机的选择词的问题，而应当有较为深刻的思想意图。

（三）赫西俄德《神谱》中"真实"（$\alpha\lambda\eta\theta\eta\varsigma$）的含义

根据上文，关于$\epsilon\tau\eta\tau\upsilon\mu\alpha$这个真实，就有以下两种表达方式：

1. 《劳作》之"言说秘索思"的方式；

2. 《神谱》之"言说逻各斯"的方式。

这样，$\epsilon\tau\eta\tau\upsilon\mu\alpha$ 的"真实"就有两种可能性：依据《神谱》是以假乱真的、虚构的真实（赫西俄德的诗句写得很明白）；依据《劳作》，是"言说秘索思"的真实。不过，我们还不太明了这种"真实"的实际含义。为此，需要确定《神谱》中的$\alpha\lambda\eta\theta\eta\varsigma$的含义。

$\alpha\lambda\eta\theta\epsilon\alpha\gamma\eta\rho\upsilon\sigma\alpha\sigma\theta\alpha\iota$ 和$\epsilon\tau\eta\tau\upsilon\mu\alpha\mu\upsilon\theta\eta\sigma\alpha\iota\mu\eta\nu$（etetuma muthesaímen）都出现在赫西俄德的序诗中，我们将其还原到诗作的整体结构中加以理解。《神谱》1—115 行叙述缪斯如何引导作者，交代缪斯诞生及职司；116—1020 为诸神和英雄世谱；最后两行为尾声。$\alpha\lambda\eta\theta\epsilon\alpha\gamma\eta\rho\upsilon\sigma\alpha\sigma\theta\alpha\iota$ 恰恰出现于《神谱》叙述赫西俄德由牧人向诗人转变的关节上。诗人说，缪斯教与赫西俄德妙不可言的歌艺，那时他正在圣山赫利孔之麓放牧。女神们对他第一次说这番言语，并赐他月桂之杖和唱歌技艺。诗中 $\Pi o\iota\mu\epsilon\nu\epsilon\varsigma$ 用了复数（类似例子见于《伊》18.162.）。为什么缪斯对赫西俄德讲话，指称牧人的时候要用复数形式？一种理解认为是泛指，但是此处与《伊》的例子不同，那是比拟，可以视为是普通的泛指（另外，用复数指代单个人的例子也可参见《神》240）。而此处是一个特殊场景，赫西俄德确实在赫利孔山下牧羊，理解为泛指，我认为不妥。"牧人们"不能看作是虚写，而是实有所指。这意味着缪斯所与言者不止赫西俄德一人，女神们在辨认出赫西俄德的诗人潜质之前并未选定某位牧羊人，而是针对所有牧人讲话，以期从这些牧人中发现自己的代言人，但只有赫西俄德才听懂了缪斯的话。为此，缪斯的弦外之音是：你们这些牧人啊，① 只知道浑浑噩噩地度日，却从不曾思考到另一种可能的生活方式。而我们却懂得两种和"真实"有关的表述方式，它们通向两种生活。缪斯进而对这两种表达方式予以区分，指出一种方式是以假乱真的，一种则径直就是真实的：

（1）把假话说得像真的：ἐτύμοισιν。

（2）演述真实的事情：ἀληθέα。

从缪斯的言辞分析，（2）与（1）并非平行关系，而是一种递进关系，也就是说，（2）所传达的"真实"是比（1）更高一层级的真实。在缪斯的谈话语境中，她们用"言说逻各斯"的方式表述第一层的"真实"，而用"演述"的方式表述第二层意义上的"真实"。既然赫西俄德是通过聆听缪斯的"秘索思"受教的，那么缪斯所演述之词也不妨视作"秘索思"，这可以推究出，"演述"的方式暗含了"言说秘索思"的方式。这一假设如果可以成立的话，那么第二层意义上的真实就可以理解为"言说秘索思"。这样，在缪斯的谈话语境下，两种"真实"便是：

以假乱真的"言说逻各斯"的方式；

演述真实的"言说秘索思"的方式。

就赫西俄德本身诗作而言，他的两首长诗在讲述ἐτήτυμα这层意义上的真实时，《神谱》采用的是"言说逻各斯"的方式（以假乱真），而《劳作》采取的是"言说秘索思"的方式（演述真实）。亦即，ἐτήτυμα意义上的真实可以采取"秘索思"和"逻各斯"两种方式进行表达。而荷马笔下的"言说真"只是相当于第一个层次。也就是说，荷马的ἀληθής等同于赫西俄德的ἐτήτυμα。就《神谱》中缪斯的谈话细节分析，"言说秘索思"是较之"言说逻各斯"更深一层表述方式，ἀληθής所对应的"真实"较之ἐτήτυμα更深一层。

（四）《神谱》中缪斯之"秘索思"的权威性

从《神谱》分析，"秘索思"若是缪斯的言谈方式，则不仅是将诗人引向ἀληθής这种真实，同时还因仅有赫西俄德听懂了这番"秘索思"而起了划分牧人与诗人的作用。如果适当地做些引申性的推论，是否可以认为"秘索思"不仅暗示了真实，还是神启（或天启）的标志？既然下文是关于神族的建立，ἀληθής作为

---

① 应当注意到赫西俄德诗作经常变换视角叙事。时而代缪斯立言，时而又以作者的身份直接站出来讲话。《劳作》10行的τύνη（你）似乎是其弟皮尔塞斯之外的另一个听众。

"真"是否可以理解为，诗人赫西俄德受缪斯之教所唱关于缪斯和诸神这一神灵秩序？这个"真"是否就是"代缪斯立言"的全部内容？Nagy 论述说"$\alpha\lambda\eta\theta\acute{\epsilon}\alpha\cdot\gamma\eta\rho$ $\acute{\upsilon}\sigma\alpha\sigma\theta\alpha\iota$ 并不仅仅意味着说出某一具体言语的动作，而是指明了某种言语的行为，某种带有特殊权利的叙述"。他进而对该词进行了词源分析，认为它确实含有真正看见某物的意思。但更为重要的是，$-\lambda\eta\theta\acute{\epsilon}$（$-leth\acute{e}$）的否定概念是何种形式等同于 $\mu\epsilon\nu$（men）的肯定概念，$\mu\epsilon\nu$ 不仅可解释为记忆，而且可以更为确切地解释为恢复存在的根本，在古希腊神话思想里面，类似的存在根本超越感性现实，超越时间。尤其如 Detienne 所言，古希腊传统正是通过诗人的掌控来确定这一存在根本，使人也就是真理或者 $\alpha\lambda\eta\theta\acute{\epsilon}\alpha$ 的大师。①

$\alpha\lambda\eta\theta\acute{\eta}\varsigma$ 的词源学分析揭示此词表示"不被遗忘的"，因此是在"记忆"这一层面的"真实"。如果上文的推论可以成立的话，此处应当承认，"演述真事"的含义就是讲述一个记忆传承。换言之，这种"真实"乃是合于"先王之训""祖宗之法"的真实，是"人之自我立法"意义上的主观赋义的真理，而不必倚待外在的、客观事实的检验。

《神谱》说缪斯赐予赫西俄德月桂之杖，② 给予美妙神奇的声音，"让我歌唱将来和过去的事情"（《神》32）。但是下文的歌唱，只有"过去"而并没有"将来"，缪斯的意图仅仅在于复述陈年旧事？何以理解序诗"让我歌唱将来和过去的事情"而后文内容并无"将来的事情"这一矛盾？就词义而言，$\pi\rho\acute{o}$ 基本意思表示时间或位置的先后，$\tau\grave{\alpha}\tau'\acute{\epsilon}\sigma\sigma\acute{o}\mu\epsilon\nu\alpha\pi\rho\acute{o}\tau'\acute{\epsilon}\acute{o}\nu\tau\alpha$ 的含义当然可以理解为时间的前后——将来在过去的前方，但也不妨从"预见"的角度理解。所谓"将来"犹之"鉴古知今"，通过已发生的预见将要发生的，缪斯"让我歌唱将来和过去的事情"而"我"只是歌唱"过去的事情"，"将来的事情"自可依据"过去的事情"加以推断。$\alpha\lambda\eta\theta$ $\acute{\eta}\varsigma$ 作为"真实"既是"回忆"的真实，也是"预见"的真实，回忆以预见为其归依，预见以回忆为基础。所以 $\alpha\lambda\eta\theta\acute{\eta}\varsigma$ 并不能刻板地理解为过去的那些"事情"，而是事情何去何从的"必然"或"运数"（真理）。如果缪斯的"说说真实"确实属于记忆层面——九位缪斯女神的母亲是记忆女神——那么"说说真实"是否意味着

① 《赫西俄德〈神谱〉的权力和作者》，载《赫西俄德：神话之艺》，前揭，第 140 页。

② $\sigma\kappa\tilde{\eta}\pi\tau\rho o\nu$ 意为"节杖，权杖"，Loeb 丛书译为"rod"；但是商务版汉译本作"便从一棵粗壮的橄榄树上摘给我一根奇妙的树枝"，误。另外原文 $\delta\acute{\alpha}\varphi\nu\eta$ 指的是"月桂"，并非橄榄。故此处不采。原文 $\acute{\epsilon}\delta o\nu$ 和 $\delta\rho\acute{\epsilon}$ $\psi\alpha\sigma\alpha\iota$ 是否皆系缪斯的动作？是缪斯"折下"（$\delta\rho\acute{\epsilon}\psi\alpha\sigma\alpha\iota$）节杖"给"（$\acute{\epsilon}\delta o\nu$）我？还是她们"恩赐"（$\acute{\epsilon}\delta o\nu$，缪斯赐予）我折下（$\delta\rho\acute{\epsilon}\psi\alpha\sigma\alpha\iota$，我折）那枝作为节杖？参见 M. L. West ed.，*Theogeny*，Oxford University Press，1966，该处笺疏。

稽考古说？是否可以认为，缪斯暗示祖传的（故事）才是真实的？

上引 Nagy 的词源学分析是一条新颖可参的路线，但不太容易理解其所谓的"存在根本"究竟是什么意思，循着这一路线可以继续追溯：遗忘（－λνθη）在希腊人的思想中代表什么？希腊人善于将抽象概念具体化，"遗忘"在他们那里就被物格化为一条冥间之流。据讲，人死后，亡魂向左走，就能找到记忆女神摩涅默绪涅（Μνημοσύνης，mvēmosúnes）的清泉，喝了此泉之水，才能保持关于神圣起源亦即人和神同根生的记忆；如果向右走，则是遗忘之水勒塞，喝了此川之水灵魂便会忘记一切前世的事情，从而投胎转世，重新繁衍和生活。由此，从遗忘/记忆引申出一系列相对应的范畴：无知和有知、轮回和永生、世俗和神圣。① 结合这个叙事，我们对αληθέα 有更为深刻的把握，就是说它所代表的正是一种神圣性的真实。现在返回头理解《神谱》中缪斯所说的"演述真"，此"真（αληθέα）"不就恰恰是缪斯授权诗人赫西俄德所歌唱的"神谱"么？

（五）《劳作》—《神谱》及荷马—赫西俄德之异

参照 Bruce lincoln 的分析，如果他关于赫西俄德笔下"秘索思"和"逻各斯"的分析是正确的，那么即便赫西俄德没有明确"秘索思"与αληθέα 的对应关系，仍有理由推论，缪斯所言说的"秘索思"的意涵和αληθέα 是一致的，赫西俄德如果要兑现其教诲意图，就必须保证他所叙述之真实性和权威性，故此强调与缪斯相遇亦即缪斯所说的"秘索思"真实性，αληθέα 指下文关于神族的全部故事之"真相、真实"。赫西俄德只是代缪斯立言而已。② 也就是说，缪斯教授赫西俄德"神谱"之意并非在于传授一神族故事，实蕴有为生民立法的深意在焉；换言之，其目的在于确立文化上的新传统。这里展现了"秘索思"与"传统"（或曰"祖宗之法"）之间剪不断理还乱、千丝万缕的瓜葛。从这一角度，是否可将"演述真"用汉语表达为"祖述尧舜，宪章文武"？——这就是缪斯对赫西俄德的教诲方式，也是赫西俄德《神谱》的写作意图。

缪斯说"我们知道将许多假话说得如同真话一般"③，在此可以理解ατύμος 和α

① 吴雅凌编译：《俄耳甫斯教辑语》，华夏出版社 2006 年版，第 85—86 页。

② 《神谱》第 1 行的αρχώμεθ'的动作发出者并不能仅仅理解为一般的"我们"，此处是神启的标志，是赫西俄德加入缪斯们的歌唱行列，是其代缪斯立言的立场的暗示。参见 J. S. Clay, *Hesiod's Cosmos*, The Cambridge University Press, 2003, p. 50.

③ 商务版译为：我们知道如何把许多虚构的故事说得像真的。原文似乎并没有特别突出"故事"的含义，著者理解为含义更为宽泛的"假话""真话"，这当然并不排除"故事"这样的说"话"方式。

ληθή 这两个词所表示的"真"?"如同真话"意义等于"像真的",亦即比照"真的"依样画葫芦,"如同真的"尽管采取了"真的"的形式,但本质上不是"真的"。缪斯的 ἴδμεν δ 并不是 ἴδμεν 的又一次重复,δ 表示"另外,再者",是递进的意义;因此"将许多假话说得如同真话一般"和"说说真事"不是一件事的两种情况,而是两件不同的事情。也就是说,ἐτύμος 和 ἀληθής 尽管都有"真实"的意义,但是却不能等同视之。

ἀτήτυμα 作为 ἐτύμος 延长体,意义当无大别。如果前文对《神谱》"演述真"的理解不误的话,这里"言说真"作为序诗中的一句也应有统括全篇的意义。《劳作》由 5 部分结构而成。1—10 行为序诗,呼唤缪斯、赞美宙斯;11—382 行劝谕人们勤作,中间穿插潘多拉和夜莺与鹰的故事;383—694 描绘农作、出海、畜牧及四季,基调仍是农事;695—764 是格言集锦;最后 765—828 关于时日宜忌。ἐτήτυμα作为"真"是否可以理解为下文这些"叙述"的"真实",即:我所写的,现实中也如此这般的发生了。ἐτύμος 意思是"字源",其"真实"是否应当理解为"描绘的真实"("字面上的真实"),犹如说"活灵活现""栩栩如生"。① 再对比上文那两句诗:

ἴδμενψεύδεαπολλὰ λέγειν ἐτύμοισινδμοῖα　 Th. 27

ἐγὼδέκε, Πέρση, ἐτήτυμαμυθησαίμην　　 Op. 10

缪斯说:我们能把假话说的活灵活现,靠神明保证其权威而成真(没有的事,却可乱真)。

诗人说:佩耳塞斯啊,我将把生活场景如实地展现在你眼前(对生活,你可以有自己的不同经验)。

如果考虑《神谱》诗人"代缪斯立言"这一细节(荷马史诗、赫西俄德的《劳作》《神谱》在开端都召唤缪斯之神②),我们倾向于将 ἐτύμος(ἐτήτυμος)理解为"立言"之"真",而非终极的"真"。因此,赫西俄德划分出两种真实,"真话"ἐτύμος(ἐτήτυμος)和"真理"ἀληθής:前者属于诗人,后者只属于缪斯之神。缪斯既是神明,又是诗人——她们既可以把谎话说得像是诗人(以身临其境的身份出现)之作,又可以说出真理(赋予权威性的诗歌)。《神谱》和《劳作》有不同

---

① 《海伦》中有 εἰβὰξιςἐτύμος(传言是否属实)的用法。参见 W. Allan ed., *Euripides: Helen*, Cambridge: Cambridge University Press, 2008, 第 351 行。这是在传言"令人信服"这一意义上使用该词。

② 诗人常常在序诗或者诗中呼唤缪斯给予自己灵感,如《神》965—8、《伊》1.1—7、2.484—93 和 760—2、14.508、16.112—3 以及《奥》1.1—10 等等。

的创作取向,《神谱》是缪斯教给赫西俄德的美妙的歌($Th. 22$),而《劳作》则是关于农事、航海、畜牧、吉凶宜忌等日常生活的辞作。ἐτύμος(ἐτήτυμος)和ἀληθής分别属于日常生活的"真实"和具有信仰特色的"真实",联系着两个不同的世界(神圣与世俗)。也可以说,ἀληθής是回忆的、自性的、不倚待外物的真实,而ἐτύμος是亲历的、体验的真实;"演述真"意味着"回忆传统的故事","言说真"则是讲我亲身经历过的事情(教给你我的生活经验)。[①] 在这里也看到荷马和赫西俄德的分别,赫西俄德划分出了两个层次的"真":荷马观念中的"真"就是"秘索思",而赫西俄德则通过不同的诗作,表明一种"真"可以通过"言说秘索思"或者"言说逻各斯"表达,而还有一种真只能通过"演述"——"秘索思"的方式。

下:"设天以问人"——《天问》的发问视角

一 "屈原书法"与超视角叙事

《天问》和《神谱》是古希腊和古华夏文化中"谱属"文学的代表作品,两位大诗人有共同的关怀,具有强烈的宇宙意识和悲天悯人的深沉境界。他们虽远隔重洋,互未谋面,却共处于轴心时代这个大时空语境下;他们不约而同地思考绝对性的、超验性的问题,并在这个绝对性的、超验的视角下观照人生祸福、善恶和生死。理解斯人斯文,只有通过具体的表达,而"书法"当然是第一关注。

(一)"书法"问题

《天问》"笔法"长期为国内外治楚辞学者关注,其中最为棘手的问题便是所谓"文义不次序",《天问》的视角、结构和主题都与这"文义不次序"的"屈原笔法"息息相关。立足于现代学科立场,站在西式编年史逻辑角度,大多数学者指出此系"错简",并试图通过重新调整章句之间的次序,构成一片首尾完整、合于历史发展顺序的"次序"之作。这种理解存在严重缺陷,其根本问题是忽略了传统文献中大量的"不次序"的叙述;这说明,"不次序"乃是经典习见现象,仅仅从文献层面不足以把握这个问题,而应当将其视为一种植根于传统的表达方式。[②] 就

---

① Clay 提出和本书角度不同,但却有内在联系的观点。认为ἀληθής指的是言辞之真,而ἐτύμος则指事情的实际状态。不过她认为一词汇派生自 εἶναι(to be)的观点,著者并不赞同。参见 J. S. Clay, *Hesiod's Cosmos*, Cambridge University Press, 2008, pp. 60—61。

② 参见拙文《〈天问〉文义不次序谫论》,《文学遗产》2009 年第 4 期。

《天问》而言，我们姑且名之为"屈原笔法"，理解这一笔法，当考察屈子所在的文化传统，以及其思想方式、提问视角。

　　就文化传统而言，屈原《天问》所问的 173 个问题，个别提问可能因文献散佚无从解答，绝大多数问题仍是于文献有征的。从整体格局来看，《天问》和中原文化传统并无本质差别，先秦诸子百家所说无非就是黄帝羲农、尧舜禹汤，其不同只在于表达方式及理念：

> 　　故孔墨之后，儒分为八，墨离为三，取舍相反不同，而皆自谓真孔墨。孔墨不可复生，将谁使定后世之学乎？孔子墨子俱道尧舜而取舍不同，皆自谓真尧舜，尧舜不复生将，谁使定儒墨之诚乎？殷周七百余岁，虞夏二千余岁，而不能定儒墨之真，今乃欲审尧舜之道于三千岁之前，意者其不可必乎？（《韩非子·显学》）

　　诸子百家，取材并无二致。也因此，表达方式就成为家数分化的主要标志，换言之，诸家之不同在于其形式，而不在于其质料。正如孔子的"春秋书法"，庄子的"寓言"，韩非子有"储说"，屈原也自有其一套独特的"书法"，①"书法"问题不只是文学问题，更关乎对思想史的理解，不同的表达方式，从而必然也反映不同的思想理念。

　　就《天问》而言，"书法"有字法、句法、章法及视角之别，古典方家注意及此者有汪仲弘、黄文焕、周拱辰、夏大霖诸家，各家皆有其独到之处，其感悟之深刻、评说之透彻远远超过现代，姑且举徐焕龙的评说为例，他以为：

> 　　篇中或相承而问，或突如其问，或遥接而问，章法奇。语调长短错综，变换百出，句法奇。百炼成词，一字若千钧之力，字法奇。一何字、焉字、孰字、安字、谁字，叠成数百言，不厌其多，但觉其妙，体制奇。

　　徐焕龙从结字、成句、布章、谋篇等角度层层深入地分析了《天问》的笔法，从而对其艺术成就给予了言简意赅的评价，可谓独有会心。而后他又指出柳宗元为《天问》做对，而实际《天问》"本不欲有对，正不可有对"，屈子之作本是"言言

---

① 游国恩纂义虽多辑录史实，然于"伯林"句按语亦悟出屈子隐微"书法"，"此亦屈子之皮里阳秋也，篇中此义屡见"。参见《天问纂义》，中华书局 1982 年版，第 426 页。

活，语语圆"。

> 其问不拘时代之后先，多颠倒以问；不循此事之本末，每断续而问。
> 所以然者，譬如今人，知己相对，闲评往古，所疑甚有，欲辩颇多，未免
> 记起即言，触着斯语。如必摆定朝代，挨定门类，做如是谈态，岂不格格
> 喉间，焉能畅所欲吐乎？识得此意，方可读《天问》。①

徐焕龙此处"知己相对"之论何等痛切畅快，若非"知己"有同情之理解，断不能体悟到诗人的表达意图。现代研治《天问》的通病是，机械地从历史编年体思想出发，将《天问》拆来装去，把个圆转鲜活的作品弄成木乃伊般面目。殊不知，《天问》之不"次序"正是屈原"书法"的特征，这一"书法"背后有其文化传统、思想意图乃至创作心理等多种因素的制约，不能因其不次序而肆意瓦解原作结构，并因此曲解诗人的思想意图。恰恰是徐焕龙等人的感悟的、片段的、不体系的评点方式，更为贴近诗歌意旨。姑且只举句法为例："勋阖梦生，少离散亡。何壮武厉，能流厥严？"黄文焕（1598—1667）指出屈子之所以述及仇雠之国，是出于警醒楚襄王的意图。而勋阖之"勋"突出了阖闾复仇的功业，"能流厥严"的"流"字也仍然含有旁敲侧击的暗示作用，所以这两字都字字另有深意，体现了屈原的"书法"。② 又如"悟过更改，我又何言？吴光争国，久余是胜"。"我""余"都是屈原"书法"的表现。传统语境中，自谓则称"吾"或"余"，对着别人自称则称"我"。③ 如果楚国能够改弦易辙，报仇雪耻，我屈原则大快于心，还说什么呢？这里的"我又何言"当有个理想的谈话对象，极有可能是楚王。只有通过对书法和文字的体悟，方可领会到诗作深沉的情感和思想。这是任何一种现代学科的操作方法或理论都难以做到的。这个"我"放在吴楚争雄的大环境下进一步理解。吴光虽则攻破楚国，绝非一朝一夕之功，在其刺杀王僚之初已有远猷长策，所以吴国

---

① 《天问纂义》，前揭，第478页。不过，徐焕龙之说著者不尽认同，如认为《天问》借荒唐之言"游戏笔端"。《天问》非尽为"游戏"之词，或者说，"游"则有之（神游），"戏"则未必。《天问》实借评骂古人浇自己的块垒。

② 黄文焕曰："勋阖者，大其复仇之勋，故特标之曰勋阖也。此原之书法也。严而曰流，则又原之书法也。不能复仇，虽有威严，止于己之一国而已，不克流于他国也。"

③ 《论语·子罕》"子曰：'吾有知乎哉？无知也。'"程树德引《四书纂笺》："就己而言则曰吾，因人而言则曰我。"参见《论语集释》卷一七，中华书局1990年版，第584页。

的取胜可以说是很早以前就注定了。国人怎不警醒?!①

这两例子说明屈原的作品有其独特的表达方式,读《天问》不能仅仅瞄准史实、民俗、文献之类的考据,而更应该关心的是屈子何以要采取这种"书法",以及该"书法"所可能包含的思想意图。在此基础上不妨进一步考察其叙事视角。

(二)"曰"与《天问》发问视角

《天问》开篇是一个"曰"字,这无主语的"曰"意味深长。既然《天问》系屈原之作,将"曰"字看作屈原的发问并非不中肯綮。不过,屈原本人现身说法时,却使用"屈原曰"的表达,例如《渔父》。第一人称和无主语这两种用法,不可轻易掠过,否则可能便会错失认清诗旨的机会。有些学人认为这个"曰"字应当和题目联系起来,读如"天问曰"。以此理解,发问的主语便是"天"。这个理解拓宽了《天问》的发问视野,值得借鉴。

"曰"字基本含义,是约括其词的意思,这是中国言、文分家的传统使然。书面表达讲究凝练、言简意赅,与日常口语殊途。而西方文、言之间差别不大,文字被视为记录语言的工具。《天问》开篇之句"遂古之初谁传道之"②,这"传道"类似于经传中常见的"传曰",《天问》"胡射夫河伯,而妻彼雒嫔"注引"传曰"河伯化为白龙,羿见射之,眇其左目。河伯上诉天帝而天帝左袒羿的事,类似故事《说苑·正谏》引之,然射者乃豫且,与王逸的说法有一定距离,则王逸所谓"传"可能并非《说苑》,是否采自其他典籍或是依据口头传说? 如果"传"可以读作"传道"(《周礼·训方氏》"诵四方之传道",本诗"谁传道之")的话,那么此处当是采录所闻楚地故老相传旧说。《地官司徒》"土训""诵训"郑司农云:"训读为驯,谓以远方土地所生异物告道王也。"③ "能训说四方所诵习,及人所作为久时事。"④ "诵训掌道方志,以诏观事;掌道方慝,以诏辟忌,以知地俗(注:说四方所识久远之事,以告王;观博古所识,若鲁有大庭氏之库,殽之二陵)。"⑤

上述的褒姒、夷羿也就是所谓"四方所识久远之事""博古所识"。当然,诵训

---

① 黄文焕曰:"其特属之曰我也,原盖曰国家诚有复仇之时,《天问》亦可以不作矣;最先慰心,惟我一人……(光)胜在后,而制胜之气志固已久矣。此又原一字之书法也。"

② 追述往古是王教传统中的重要内容,《礼记》对此不乏记载。比如《礼记·曲礼》:"必则古昔,称先王。"《礼器》:"礼也者,反本、修古,不忘其初者也。"《乐记》:"君子于是语,于是道古。"注曰:"道古之事。"参见(清)孙希旦:《礼记集解》卷二,中华书局 1989 年版,第 38、657、1013 页。

③《周礼注疏》卷九,前揭,第 699 页下栏。

④《周礼注疏》卷九,前揭,第 699 页下栏。

⑤《周礼注疏》卷一六,前揭,第 747 页上栏。

所掌的内容较史伯、魏绛所说的要复杂得多，这点应解释为史伯、魏绛等系对问，而《周礼》是职司的总体描述。《国语·楚语上》"昔卫武公年数九十有五矣……倚几有诵训之谏"注："诵训，劳师所诵之谏；书之于几也。"① 此处"诵训"或者与地官司徒所领属的"诵训"当是同一职官。据此，讲述"久远""博古"的"训典"本出自王官。《周礼》记载：

> 训方氏掌道四方之政事，与其上下之志，诵四方之传道（注：传道，世世所传说往古之事也，为王诵之，若今论圣德尧舜之道矣）。②

就是说向君王报告四方诸侯政治行事，讲述古代德治的传闻，如贾公彦所疏："古昔之善道恒诵之在口，王问则为王诵之，以其善道可传，故须诵之。"尤其值得注意这"传道"的"世世所传说往古之事"，虽是地方传说一类的方志素材，而其目的却在于教化，如注谓"布告以教天下，使知世所善恶"，"四时于新物出，则观之，以知民志所好恶；志淫行辟，则当以政教化正之"之意。

如果"曰"字后面所问正是"传道"的内容，那么《天问》述作的潜在主体很可能就是"土训"一类人，屈原的贡献在于，将这些调查性的、资料性的记录，过滤为私人化的、个性化的诗篇，从而提升了这些质料的思想内涵。土训这一类人尽管能够传述往古之事，那又如何有传诵遂古之初这个能力呢？人类的知识的有限，如何窥透大千世界的奥秘，需要一个特殊视角，这个特殊视角建立在对"天问"句法的重新阐释基础上，将句首"曰"字看作是天的发问，《天问》不妨说是"代天立言"之作。③ 这个代天立言的阐释思路，面临一个质疑，它并没有保证诗作前后的一致性。诗人最后用了"我""吾"等，这似乎不能看作是上天的"我"，还问了"天命""皇天"，也不似苍天自问的口气。对这一理解似乎可以做如下解释，便是视角的叠合性，即有时候诗人可以站出来，在自己的立场上发问。换言之，《天问》发问视角有两个，主视角为上天，辅助视角则为诗人。这两重视角叠相为用。这也就是说，在某种程度上讲，《天问》具有"复调"特质。

从发问视角的角度出发，则便于理解《天问》的含蕴万有的发问内容。只有

---

① （民国）徐元诰：《国语集解》第一七，中华书局 2002 年版，第 501 页。.

② 《周礼注疏》卷三三，前揭，第 864 页下栏。

③ 胡浚源曰："总之《天问》题甚明，是设天以问人，非人问天也。"（《天问纂义》，前揭，第 7 页）他指出屈子"代天立言"的发问视角，值得引起重视。

"天"才无所不见,也只有从代天立言的角度,才可能无所不疑、无所不问,穷诘万物之理;也才能有诸如"遂古之初,谁传道之"这样的问题:宇宙开端时没有人类,如何能够传道下来?从理性的角度,既然开辟之初并无人类,不可能知道其有开端还是没有开端,而"天"却可以知道,也只有从"天"的视角可能有这个问题。尽管《天问》从开篇到结尾,诗行背后都有一个彷徨无依、情感激越的屈原,主体一直"在场"(最后有"我又何言"一句,也有校勘者认为"我"是羡文;又有"吾告堵敖以不长"一句)。但从叙事视角的角度,将其阐释为"代天立言"的手法似乎并无不可。唯其采取了代言的手法,所以才会达到对"六合之外"的知识穷究不已而又显得游刃有余的效果。从这一意义上,《天问》不是一般意义上的发问,而是一个"超验之问"①。这种超验之问虽然采取了异于史诗的"神启"(如《神谱》)或超人方式(如印度史诗中的全胜②),然而都是保证叙述者全知全能的一种叙述策略。

(三) 从《淮南子》看《天问》的"超视角"特征

超视角可以这样理解:其一,这是一个笼括万有的表达系统;其二,表述视角不为时空所拘泥,而是带有超验的特征。《天问》恰恰是一篇超视角的诗。为说明《天问》的超视角特征,不妨以《淮南子》做个参照。之所以选择《淮南子》为参照,原因有两点:其一,《淮南子》是杂家著述的代表之一,它代表了中国思想传统中一个很重要的侧面,能够折射出中国思想固有的特质。从某种角度上说,《天问》与之颇多共通之处。其二,这是一篇"博说世间古今得失"的论著,其内容虽不像《天问》那样整饬,却也颇为富赡,此论的著述目的是"以道为化,大归于一",也就是说,探求的是整全的、根本性的"道"("一"),这和《天问》的问旨恰恰可互相参照。尤其令人感兴趣的是,该书末尾对"怪物""鬼神""圣人"关系的思考,正有助于理解《天问》的发问视角和其价值。为此,我们先从这一问题入手,看看"超视角"笔法有哪些特征。

"怪物"问题不仅是《天问》的追问主题之一,也是《神谱》多次涉笔的题材。这样的题材不仅是两位诗人之间的偶尔呼应,更是人类某种共同性在文学中的

---

① 刘小枫:《"天问"与超验之问》,载《拯救与逍遥》,华东师范大学出版社2007年版。

② 《摩诃婆罗多·毗湿摩篇》叙述大战在即,毗耶娑对持国说:"全胜具有天眼,他会成为全知者,向你叙述这场战争。无论公开的事情还是暗中的秘密,无论白天或黑夜,即使是内心思想,全胜都会知道。"(黄宝生等译:《摩诃婆罗多》6.2.9—10,中国社会科学出版社2005年版)全胜依靠"天眼"全知,犹如赫西俄德依赖于缪斯。这是叙述者回应全知叙述视角的诡谲之词。

投影。为此，无论使用哪种文化的资材进行解读，对于另一种文化同样应当是有效的。换言之，对《天问》"怪物"事象的阐释，其结论也可以移植到《神谱》上来。而理解《天问》的"怪物"表述，《淮南子·氾论》乃是一值得参考的思想文献。《氾论》篇以人们对待怪物的态度为划分尺度，指出："雌雄相接，阴阳相薄"等一般自然现象，"人弗怪也"；而"山出枭阳，水生罔象"等，则"人怪之"。这里"怪"与"弗怪"似乎只是一个主观态度问题。① 论者将之归因于见闻浅薄，"闻见鲜而识物浅也"，并从此引申出圣人—凡人之间的思想差等关系。

> 天下之怪物，圣人之所独见；利害之反复，知者之所独明：达也。同异嫌疑者，世俗之所眩，惑也。夫见不可布于海内，闻不可明于百姓，是故因鬼神襪祥而为之立禁，总形推类，而为之变象……为愚者之不知其害，乃借鬼神之威以声其教，所由来者远矣。而愚者以为襪祥，而狠者以为非，唯有道者能通其志。②

上文所引这段话表达了三层意思。第一，说明圣人—知者（智者）和世俗对"怪物""利害"的不同理解。《氾论》强调了圣人—知者"独见""独明"的超越性，他们从功利的、目的论的角度理解"怪物"，将其与现实世界的"利害"关系挂钩，世俗大众由于无从分辨同异，不能像圣人那样具有理解和把握事物本质的智慧，故而会为"怪物"所眩惑，因"利害"而鼓噪。第二层意思说的是"神道设教"的必然性和正当性。从其必然性角度说，一般大众和"百姓"（官员）不会明了"怪物"及与其相关的"利害"之本质，因此圣人和知者方借着鬼神的名义，利用吉凶效验来为世俗行为设置宜忌准则。在这一思路下，根据具体情况，因地制宜地设计了许多相应的仪节。这种思想由来很久远，成为风俗和律法的源泉。第三，划分了三种人，指明他们对"神道设教"的不同态度。智慧一般的认为这是吉凶之验，从而会以此为行事准则；而正直却又鲁莽的径直指责它是错误的，从而不会相信；只有参悟透了各种奥秘的"有道者"才能明了其根本，从而相机行事，待人接物而没

---

① 拉丁文献中，"怪物"一词为 prodigium ［如 Aen. 8. 295, K. W. Gransden ed., Virgil: *Aeneid*（*Book*8），Cambridge：Cambridge University Press, 1976］，其构词由 pro（"向前"）和 ago（"驱动"）两部分构成，意思是"前赶，驱走"。这可能与希腊的 αποπομαιοι 有关，后者意为"将遣走的神"。相关研究可参见简·艾伦·赫丽生《希腊宗教研究导论》，谢世坚译，广西师范大学出版社 2006 年版，第 8 页。这也反映出西方对怪物的主观态度。

② 何宁：《淮南子集释》卷一三，中华书局 1998 年版，第 981—984 页。

有滞碍。承认人与人之间的差别进而做出等级区分，是理解《氾论》思想的一个主要支点。必须指出的是，这与现代意义上的无差等的平等观是有着巨大差别的。那么，人性究竟是有贤愚之别还是终生智慧都平等呢？是否有先知后觉之分？这些问题，我们此处不做过多讨论。与其说这是个理论问题，毋宁说这代表了两种根本不同的立场。尽管现代启蒙论者依托进步等观念主张人类心智日开，然人类心智并不比轴心时代的屈子们、荷马们更为开化。世界历史并没有朝着现代启蒙论者的设计方向进展，却变得更加扑朔迷离。古典的人性差等论或先知后觉论似乎仍在支配着人类历史和现状，尽管包裹上一层平等自由的绚烂外衣。这个问题非本书主旨，不赘。就《淮南子》的观点来说，这段话点明了"神道设教"的现实文教—政治意图，是"圣人""知者"以其"道"来"教"化"世俗"的"百姓"，从而将人群区分为两个基本层次：教育者和受教者。① 鬼神就是为那些受教者而立的。它们担当着移风易俗的社会实践功能。从而《氾论》的鬼神观具有强烈的功利主义色彩，它是世俗的而非超验的，是实践论意义上的而不是认识论的。为此，作者特意强调了道德教化色彩：

> 今世之祭井灶门户箕帚臼杵者，非以其神为能飨之也；特赖其德，烦苦之无已也，是故以时见其德，所以不忘其功也。②

有趣的是，这里点明祭祀井神、灶神乃至簸箕扫帚之神等，但是祭祀他们的理由却是因其有"德"，使人铭记其功劳。在此，引出了一个有意思的命题，是神—德之间的一致性。神灵在此被升华为道德的榜样，因其功劳他们才成为神。而所谓德，犹言得也，实际上也就是他们"生生不已"的本性。③ 尽管传统载籍中对神灵的描述中也有为祸人间的，如《山海经》中的旱魃。④ 但是这类神灵并没有成为祀典中的主流，而只是作为有德神明的陪衬。神灵道德化，从而成为人类现实准则的参照。神灵之所以能够充当道德的中介和载体，和天道的特性有关。天道并非人力

---

① 神道设教是个普遍观念，其指归是先公先王之道。恰如《荀子·天论》所引"传曰"，"万物之怪，书不说……故君子以为文，而百姓以为神。以为文则吉，以为神则凶。"注："《书》谓《六经》也，可为劝诫则明之，不务广说万物之怪也。"参见（清）王先谦《荀子集解》卷一一，中华书局1988年版，第316页。

② 《淮南子集释》卷一三，前揭，第984页。

③ 《说文·示部》："神，天神，引出万物者也。""祇，地祇，提出万物者也。"天神地祇之所以为人类所祭祀膜拜，恰恰在于他们生出"万物"的功德。注意，此处"万物"不应当僵化地理解为可见可感的物质，同时也应当包含精神性的产品。

④ 《大荒北经》叔均所逐的旱魃即一例，其"所居不雨"，参见袁珂《山海经校注》，上海古籍出版社1980年版，第430页。从而成为旱灾之神。《大雅·云汉》说"旱魃为虐"，郑笺："旱既害于山川矣，其气生魃而害益甚。"参见（清）王先谦《诗三家义集疏》卷二三，中华书局1987年版，第956页。

所能窥测，① 为此需要通过神灵这一中介。《淮南子》视道德归依为最终目的，将不可窥测的鬼神—天道以"神道设教"的模式传达出来。

总括而言，所谓怪物问题，实际与神灵问题为一体两面。怪物者，乃是无德的神明；神明者，也可说是有德的怪物。正如《西游记》第十七回所云"菩萨、妖精，总是一念"（当然，《西游记》以佛法空有立论，所以又说"若论本来，皆属无有"）。而神道设教的目的，恰恰在于这个"一念"，在"正人心"，在于教化。

教化的途径千差万别，因人而异。或格物致知，或参禅悟道。当下是一个知识爆炸的时代，而求知是普遍被接受的方式。但是人生有限，而知识无穷，求知果真能够把握真实?② 《天问》（进而言之，包括《神谱》）是纯粹的知识之书吗？尽管现代神话学、历史学、民俗学都将《天问》视为上古知识的秘宝，但是著者不赞成此派之说，《天问》并非神怪知识的大汇集，也不是一部"考卷"或"历史"著作。屈原有自己的问题意识，《天问》经过了伟大心灵的过滤，闪耀着思想的光彩。绝不仅仅是，甚或根本不能是一篇普通的资料汇编。那种"上穷碧落下黄泉，动手动脚找材料"的现代问学方式与理解《天问》完全背道而驰。而从超视角的角度理解，则我们对《天问》的认识则大为改观。在某种意义上，《天问》是一部"问体《春秋》"。它自遂古之初问道当下，将古今以来的所有问题问了个遍，恰如徐焕龙所谓："自惟浇在户至此（指屈原所问'能流厥严'句），杂问夫妇、兄弟、父子、君臣，一切善恶邪正之变故，哲后明卿，暴君乱贼，一切废兴存亡之变端，古今疑案几于尽矣。"③ 价值意义才是诗人屈原所萦怀的问题。试拿怪物问题为例，《天问》问及雄虺、烛龙等怪物，并非出于求知冲动。而是通过追问这个形式，呼应

---

① 《淮南子·主术》："天道玄默，无容无则，大不可及，深不可测，尚与人化，知不能得。"注曰："天道至大，非人智虑所能得也。"（《淮南子集释》卷九，前揭，第609页）

② 古人重视智慧和小知之分。《荀子·儒效》："君子之所谓知者，非能遍知人之所知之谓也，有所正矣。"杨注引一曰，"正"为"止"，以为止于礼义。王念孙是其后说。参见《荀子集解》卷四，前揭，第122页。但作"正"亦可通，这里点出"遍知"和"正"的矛盾，引申之也就是存在和认识的关系问题。《庄子·养生主》："吾生也有涯，而知也无涯，以有涯随无涯，殆矣；已而为知者，殆而已矣。"注云："已困于知而不知止，又为知者救之，斯养而伤之者，真大殆也。"参见（清）郭庆藩《庄子集释》卷二上，前揭，第116页。对人生而言，知识终归难以穷尽，对知识无尽止地追求将导致损性劳神的恶果。同时，不停地追求知识，并利用知识为求知进行解释辩护，则更是误入迷途。《淮南子·主术》："人知（引按：读作'智'）之于物也，浅矣。而欲以遍照海内，存万方，不因道理之术（据王念孙校增'理'字），而专己之能，则其穷不远矣（'远'本作'达'，据王念孙校改）。"（《淮南子集释》卷九，前揭，第625页）"智"有限而远远不能对"物"有整体性的、全面的把握，为此若不通过"术"，而单单靠一己之能，不会走向成功的。《庄子》《淮南子》这两部典籍的思考具有普遍性，它们分别从养生和为政的角度提出的知识—认识的矛盾问题，值得今人认真反思。

③ 《天问纂义》，前揭，第435页。

"天道"（"天命"）这一主要问旨。从全篇的诗脉来看，"褒姒"等女"恶"问题本身也带有"怪物"的特征。传统思想体系中，"怪"并非仅仅着重于罕见奇特的事物，而是与"雅""正"相对而言；代表某种价值判断。①"国家将亡，必有妖孽"，褒姒等祸国的女色不正是被看作"天夭"吗？

这样，从"神道设教"的角度，就既理解了《天问》的超视角特质，也明白了女"恶"和《天问》"多奇怪之事"的关联。这个关联建立在价值意义判断基础之上。中国人很早就将明德作为立身处世的价值规范，除了《诗经》《尚书》等早期传统经典而外，尚有《遂公盨》等出土文物可兹明论。这个传统昭示了中国—希腊不同的文化趋向。而从超视角的角度，却可以异中求同。和《神谱》比较而言，赫西俄德采取第一人称的叙述视角，其诗作全由缪斯女神所授予，如果屈原是"代天立言"的写作方式，则赫西俄德不妨称为"代缪斯立言"（参见《伊安》533E、536C）。《神谱》涉笔之广，堪与《天问》交相辉映，赫西俄德借缪斯之口宣称他讲咏唱"真实"（αληθέα，28），而屈原则茫茫然的无所不疑。尽管《天问》和《神谱》都表达了对终极意义的关注，但两位诗人的思想境界显然是不同的。赫西俄德对他所叙述的故事深信不疑，缪斯既然宣称她们阅古知今，在"神启"感召下的《神谱》便一往无前地歌颂宙斯的权威。而《天问》全篇则并没有一个类似缪斯的神明，通晓过去、未来和现在的事情，屈原的追问尽管有时也明知故问，但更多的是杂糅着彷徨困惑的情绪，对天命将信将疑。赫西俄德的诗歌源于缪斯的神赐，神灵是诗歌的来源，通过"代缪斯立言"的写作手法，诗人在开篇之后就淡出了，而以一个第三者的视角来叙述缪斯们传授的歌。但是，尽管两位诗人表述态度不同，手法各异，却都借助"天"和"缪斯"表达了对人类忧患必然性的思考，以及爱欲和人类的命运等哲学问题，也都指向了一个神圣的、超验的维度：尽管赫氏明确主张信奉宙斯的正义，而屈子含混地影射"天""帝"的不公。《天问》的视角是一个超验的，就在于其无所不问，自遂古之初之百物之琐末，都一一问到。确实，《天问》短短一千五百言，却包含了开天辟地、各方珍奇物怪、人间治乱兴衰等，可谓无所不包。其涉及内容之深之广，在先秦诸子散文中实不多见。

总而言之，《天问》的笔法具有特殊性质，提问的方式有异于直接表达的方式，提问则有所怀疑，从而成为思想的发端。屈子通过对宇宙万有的追问，落脚到"天道"（"天命"）这一层面上，从而在超验层面重估一切价值。为了更深入把握这个

---

① 李川：《论语"子不语怪力乱神"义疏》，《钦州学院学报》2009年第4期。

问题，不妨对屈子的思维方式进一步分析。

二　"文约旨远"与隐微笔法

《天问》采取了"不次序"的笔法形式，这一形式和其主题表达有密切关系。从经史诸子传统看来，"不次"本来是一个极为普遍的书写（也可能包含口传）现象。对这一现象我们不能以现代西式编年体思维强加指责，或是肆意歪曲，而只能"返观事物本身"，只能以"同情之理解"的态度对其加以解释。人性当然具有共通性，比如对生死爱欲问题的关注，比如同情心等，但是各个文化共同体（尽管可能是"想象的共同体"）对人类思想感情的表达形式完全可以不同，对不同问题的关注程度和侧重完全不同。文化交流和文化比较，绝不能以己之长，衡人之短。但近百年以来，由于中国在面对西方侵略中政治军事上的失利，遂尔波及对自身文化传统的认识。正如有识之士所指出的那样，造成阅读西方典籍的病夫心态，如何重塑健康阅读的习惯，却也是当下的一个迫切问题。对《天问》的阅读无非是这种畸形阅读的一种投影。之所以将其阐释为神话学经典，抑或采取编年体的方式重排，其深层问题实际是西式思维对传统思维方式的越俎代庖乃至僭政。唯其立足于本土传统，从古人的思想情感出发，方可真正读懂古人。然而，谁有资格代表古人发言？古人已死，今人所读，"古人之糟粕已夫"（《庄子·天道》）。古人对我们而言，只是一个滋生新意义的视域（horizon），在古今之间、非今非古、亦今亦古的境界中意义自生。现代的病夫阅读不在于其不追求意义，而在于其以西人之是非为是非；若以古人之是非为是非，其病与之同（所谓西人、所谓古人，谁得而知之）。从这个角度看，《天问》自有其独特的思维方式，这个方式既不是神话学的，不是历史编年体的，也不是知识论的，而是植根于观象取类、随事制宜的古典表达传统。站在理解本土古典表达方式的立场上，对许多看似非逻辑的文字，自能说明其内在的思路。

淮南王刘安以为屈子作品："其文约，其辞微，其志洁，其行廉，其称文小而其指极大，举类迩而见义远"①，何谓"文约""辞微""类迩""义远"？淮南诸子（如淮南小山、雷被、伍被之徒）受屈子沾溉甚深，其《淮南子·说山》可视为对此的注释：

---

① （汉）司马迁：《史记》，中华书局1959年版，第2482页。这一段话论者大多以为是刘安之词。

尝一脔肉，知一镬之味，悬羽与炭，而知燥湿之气，以小明大。见一
叶落，而知岁之将暮；睹瓶中之冰，而知天下之寒，以近论远。①

所谓"称文小指极大"针对整体与局部关系而言（当然，这只是大致说明，淮
南子有其自身的角度）。意思是说，屈子文辞上尽管只涉及细枝末节，却常常反映
整体或全局的问题。"举类迩而见义远"则针对的是事态的发展变化，通过现实的
境遇而对未来的预测性。而"心之精微，口不能言"（《汉书·张敞传》），更何况下
笔呢？但是屈子却能够将精微之处传达得贴切款洽。刘安上述几句话本来意在评骘
屈原的《离骚》，但这一评价也完全适用于《天问》。对《天问》的笔法有所感悟，
则现代学人所提出的神话解读方案、错简问题等，将其放还古典阐释语境，则根本
不成其为问题。还是举怪物为例。

在《天问》问完大地之后，有一段关于四方物怪的问题（从"昆仑玄圃"到
"鸟焉解羽"），诗人分别问了昆仑、烛龙、大蛇、怪鸟等，较之《神谱》的怪物章
更为光怪陆离。本来大地问题之后应紧接着鲧禹治水，这在时间和题材上都是连贯
的。但这一节将鲧禹治水的问题隔成两段，表面看打破了时间的连续性，因而通常
被视为错简所致。现代许多学者从编年思维出发，主张将鲧禹治水的发问合并为一。
问题是，这种主张既缺乏文献依据，又会酿成新的问题。将鲧禹治水合为一段，当
然很好；然而这段物怪问题无论放在哪里，仍然显得突兀。为此，必须另外思考阐
释方案。实际上，只要将其放入古典的话语语境中，物怪问题的意义就自我呈现出
来了。这与古典的"博物"传统渊源甚深。依照传统叙事，大禹治水不仅仅只是平
治洪水祸害（古史辨派曾怀疑大禹治水为战国时代层累造神，而今西周中期的《遂
公盨》出土，首行"天命禹敷土，随山浚川"，足与《尚书》《诗经》等经典互
参），同时也极大地拓展了世人的知识视野，所谓"大禹行而见之，伯益知而名之，
夷坚闻而志之"（《列子·汤问》）。在某种意义上说，鲧禹治水恰恰是中国博物传统
的发轫，而博物传统则又与古典政治传统同根并蒂而生，两者之间存在千丝万缕的
关系。四方珍奇物怪关乎政治命运兴衰（比如《汉书·东平王传》刘宇求书，王凤
的谈话则涉及"语怪"与政治问题）。说明这个问题最典型的例子可能是《王会

---

① 《淮南子集释》卷一六，前揭，第1158页。又同书《说林》："见象牙乃知其大于牛，见虎尾乃知其大
于狸，一节见而百节知也。""马齿非牛蹄，檀根非椅枝，故见其一本而万物知。"都以"取象"的论述形式阐
明了古人把握世界的方法。

图》:"昔周武时远国归欵,乃集其事为《王会图》。"① 今检《逸周书》有《王会篇》而无《王会图》,唐大沛解《王会篇》云:"此篇非作于成王之世,盖后人追想盛事,绘为《王会》之图。今则图已泯灭久矣,幸此篇未泯,正如《山海图》失传而《山海经》尚在。"② 图存也罢,泯灭也好,其中语怪内容却是一定的,四方珍怪与政治兴衰的关系也是显而易见的。《王会图》是追想盛事的政治作品,并且在某种程度上是一个承前启后的政治大会。《王会》传递出的信息,类似于夏的"铸鼎象物",也类似于商的《伊尹四方令》,其实是后世职贡制度的参照原型。《王会》的位次奠定了政治—地理的传统,夷狄戎蛮等四海观念首先是个政治观念,其次方是地理观念。远方诸国贡物,自当选择奇珍异宝,因此其图画多有"语怪"之类。这些物怪乃是政治命运的象征,久之则流俗化为瑞应、灾异之类。早期的《山海经》《淮南子·地形》,晚世的《瑞应图》《稽瑞》等都与此一脉相承。总而言之,物怪问题表面看是对四方存在的好奇,而其背后则有深刻的政治文化语境,包含着华夷之辨的思想内核。它不仅是个知识问题,更是价值意义问题。

从"类迩""义远"等角度观察《天问》此节,就能对此诗诗学笔法有全新的理解。天下之物何止千万,若一一发问,定会造成"说而不休,多而无已""逐万物而不反"③ 的局面。明了屈子"类迩""义远"的诗学观,对《天问》问物怪这一段的本旨则有更贴切的理解。屈原绝不仅仅是博物层面的知识论探求,而是基于政治情愫的地缘职贡思想的外化。虽然他所问的物种只有几种,却隐喻着一统四海、四方珍怪齐聚的思想。《天问》不是什么零散的断章残简,而是有着深切的、整体性的思想关怀。在博物—职贡的叙事语境下,这一意义方清晰凸现出来,从而我们应对《天问》书法有所重视。④

《天问》存在一类现象,就是通过具体的、个案的问题"直观"到普遍性的理论或意识到问题的本质。这一思考方法,亦为古人所常用,如《淮南子》所云:

> 见窾木浮而知为舟,见飞蓬转而知为车,见鸟迹而知著书,以类

---

① (宋)《宣和画谱》卷一,《画史丛书》本,上海人民美术出版社1982年版,第7页。

② 黄怀信、张懋镕、田旭东等:《逸周书汇校集注》卷七,中华书局2007年版,第795页。

③ 《庄子·天下》评惠施之词。(清)王先谦:《庄子集解》卷八,中华书局1987年版,第299页。

④ 古人极为重视笔法,这集中地体现为言意之辨的命题。《左传》成一四年就穆姜的称呼,有如下评语:"春秋之称,微而显,志而晦,婉而成章,尽而不污,惩恶而劝善。"(唐)孔颖达:《春秋左传正义》卷二七,《十三经注疏》本,中华书局1980年版,第1913页。

取之。①

所谓"以类取之"，本质上是一种模仿性的创造活动。中国古籍中对"类取"思想有许多近似表述，诸如"像""拟""仿""师"等，这与柏拉图的"模仿说"是否相似？此处不论。《天问》通常先问一个具有普遍性的问题，而后又举一个例子，② 而这个例子代表的则是这一类现象，因此不必再赘列他例。如："登立为帝，孰道尚之？女娲有体，孰制匠之？"这句诗作前两句是一个泛问，后两句就此举了一个特殊的例子，以说明该泛问的普遍意义。诗人问，登上帝位这是遵循何种天道？这是一个放之四海而皆有所惑的普遍问题，而不仅仅是此时此地的"这一个"特殊问题。但是，古今多数学人将类似句子视为倒装，认为乃是蒙下文"女娲"而省略主语，从而争论不休，众说纷纭。倘若将前一问看作普遍的问题，而后一问只是这一普遍性问题下的一个具体例子。这样理解，诗意豁然通贯。屈原此处提问：女娲虽然有怪异的身体，何以能够登上帝位？这完全呼应上一问，"登立为帝，孰道尚之"也可以理解为：帝位遵循什么法则而选出？既然女娲这样的"骇形"③ 何以能够登上帝位？从普遍—特殊这样的发问模式阐释诗作，不仅文从句顺，也有助于理解屈子博大深邃的精神境界。类似的构意如："天命反侧，何罚何佑？齐桓九会，卒然身杀？"贺宽和夏大霖都指出其"比类"的写作手法。天命二问，并非专为桓公而发，三代以来的放伐兴亡之事，都是这一问题的实际反映，齐桓公只是其中的一个例子罢了。④ 也就是说，前一问"天命"是一普遍性的问题，而后一问桓公乃是这个普遍问题下的特殊例子。为了理解这个特点，再举一例，如："何圣人之一德，卒其异方？梅伯受醢，箕子详狂？"前一问乃一泛问，后面举两个代表性的例子，不能拘泥地将前一问的"圣人"坐实为梅伯和箕子。⑤ 其实际含义应当是：为什么圣人德行相同，而终局却如此不同？比如梅伯和箕子，一个受醢，一个装疯。古来有多少这样的圣人，他们德行完美却结局悲惨。

见微知著是传统普遍使用的思考方法。《天问》中当然也不乏类例。

---

① 《淮南子集释》卷一六，前揭，第 1133 页。《原道》篇："圆者常转，窾者主浮"，高注："窾，空也，读科条之科也。"

② 周拱辰曰："盖上二句先述事迹，下二句才道出人名，文中多有此句法。"（《天问纂义》，前揭，280页）周将这种问法理解为倒装，其说虽不为无理，但是却忽略了这一问法传达的思想意图。

③ 钱澄之曰："自桀伐以下，皆言女德……女娲有骇形而王天下。"

④ 贺宽曰："天命二句，承上启下之语，不专为桓公也。"夏大霖曰："此结出天命之福善祸淫，原无常定，其转移如转身之速，而举齐桓以一身当天之佑、当天之罚以证之也。"

⑤ 游国恩曰："盖圣人即谓梅伯与箕子。"

"厥萌在初，何所亿焉？"王逸注曰："言贤者预见施行萌芽之端，而知其存亡善恶所终，非虚亿也。"《补注》："亿，度也。"①

从思想的角度而言，见微知著既是一种思考方法，也必然会沉淀为作者的创作笔法，因此《天问》必然也会采取类似的表达方式传递思想。强调"知化""知几"正是传统文化品性的特点，② 诗人不是依靠逻辑演绎给出一套理论，而是从经验层面实践地把握事态的发展。这种文辞上的表达手法，较为圆融地解决了言意之间的关系问题，从而使《天问》呈现为一个富有深刻内涵的、极有张力的诗学文本。比如，关于"周幽谁诛，焉得夫褒姒"这一类的问题，就不能仅仅拘泥于史实的分析，将屈子错当作一位史料学家，而要能够领悟到其中的"天意"及"深痛郑袖之祸楚也"③ 这两层意思，也就是要悟到他的天命观和现实经验这两层，才算真正把握住了诗人发问的主旨。

发问本身是一种有意味的表示形式。屈原那里，所问的是关于通神明的大事，绝非是一个细节问题。④ 因为这不仅仅是文章的形式问题，更关乎对诗旨大意的理解方式。不同的诗学立场决定了不同的理解，实证的、知识论的诗学必将导致史料学的理解。

把握这些思考方式和表达方法，对《天问》的主旨便有一个体会，不能仅仅着眼于字面理解屈原的具体问题，或对每一个问题给出答案，而应该从根本上把握屈子的主要关怀。屈子通过这些笔法，将意图隐含在字里行间。紧贴文本的方法，其好处在于能够通过对字句细节的把握，尽可能地读出诗人的隐微之意。究其大节而言，《天问》关怀的是"天人之际"，也就是天命和现实政治。这与神道设教的传统也有一定的思想渊源。超验视角下，追随诗人字句，可以更贴切地理解人类苦难的渊源，以及在爱欲面前人类的艰难抉择。

① 《楚辞章句》。陈仁锡评曰："微语"，汪仲弘则说："愚者临境而不觉，智者见始而知终……此屈子慎独之学，见道之言。"（《天问纂义》，前揭，第 276 页）这都从思想的角度对此句意蕴做了阐发。实则，后人尚多用隐微笔法，如扬雄《甘泉赋》"袭璇室与倾宫兮"服虔注曰："桀作璇室，纣作倾宫，以此微谏也。"班固亦指出其"屏玉女而却宓妃"之句，系"以微戒斋肃之事"（《汉书》卷八七上，中华书局 1962 年版，第3529、第 3535 页）。

② 如《后汉书·陈忠传》载其上疏："臣闻轻者重之端，小者大之源，故堤溃蚁孔，气泄针芒。是以明者慎微，智者识几。《书》曰'小不可杀'，《诗》曰'无纵诡随，以谨无良。'盖所以崇本绝末，钩深之虑也。"（范晔：《后汉书》卷四六，中华书局 1965 年版，第 1558 页）强调的是祸患的不可预见，而人必须谨慎。

③ 王远和黄文焕之说，参见《天问纂义》，前揭，第 384 页。

④ "听有音之音者聋，听无音之音者聪，不聋不聪，与神明通。卜者操龟，筮者端策，以问于数，安所问之哉？"（《淮南子集释》卷一七，前揭，第 1178—1179 页）

第三章 《神谱》和《天问》的超验意志

上：宙斯的意志

《神谱》是超视角叙事（发问）的谱属诗作。诗作极为形象地指向了人类根本的生存状态，那就是凡人现实状况的无知状态（至少并非全知）与求知渴望之间的紧张。《神谱》是关于诸神的诗作，整部诗作虽然歌咏了许许多多的神灵，然其中心神明却是宙斯。宙斯的意志是《神谱》的主题，而这种意志却并非人类所能窥测，它属于超验层面。在这超验意志下，诗人追问人之善恶祸福的各个侧面。诗人说，宙斯赐予人类潘多拉，而潘多拉乃是一朵恶之花，她的出现改变了人神和谐相处的境况，将人类推到了个模棱两可的状态之中，这就是善恶相竞无已时的状态（《神》601—603、609）。这种朦胧的生存状况下，人类不能把握对未来的认知。何以行善却未必得福？何以不做错事却未必免祸？祸福吉凶皆非人力所能掌控，[1] 人如此渺小，真的受制于宙斯的意志？[2] 除了宙斯之外，《神谱》还有一位隐藏的主宰者，就是命运之神莫伊赖。这位莫伊赖，在《神谱》叙事中并未参与潘多拉的创造，而《劳作》中却将人类的灾难归因于"命运"（《劳》92），命运无非莫伊赖的代名词。《神谱》中对人类境遇的叙述含糊其辞，诗人尽管交代人类的不幸源于莫伊赖（217、904），却又明确把人类不幸的根源归于宙斯。莫伊赖和宙斯之间似乎

---

① 《淮南子·诠言》："君子为善，不能使福必来；不为非，而不能使祸无至。祸至者，皆天也，非人也。"（《淮南子集释》卷一四，前揭，第1041页）

② 凡人对此有清醒的认识，如奈斯托尔告诫狄俄墨德斯："凡人不能违拗宙斯的意志，不管他多么健壮，而宙斯则强大得多。"（《伊》8.143）

暗自较劲，争夺主宰者的宝座。荷马史诗用命运的天平这个意象凸显宙斯的公正，①
那么到底是宙斯决断还是命运决断呢？阿伽门农的意识里，宙斯、命运和复仇之神
一起给予人类灾难，阿特之神司掌昏聩及祸患，甚至连宙斯也被她愚弄过。② 究竟
有无最高的主宰者？谁是真正的至高主宰？

一　宙斯之"心"（"意愿"）与秩序

命运和宙斯的意志都是"必然"，是宇宙中神秘的主宰力量。人必须要面对这
份神秘，要对这份未知提出应对之策。科技时代来临之初，人类似乎信心满满，人
定胜天的呼声响彻寰宇，人类曾经一度虚妄地宣称诸神已死，从而作为宇宙的主人，
可自由地掌控自然。然而所谓科技昌明的时代，人仍然只是不那么自由的半主宰者，
人仍然受制于神秘的诸神。诸如环境污染、文化冲突、灵魂堕落，等等，都无非是
诸神对人类的警示，神明世界依然在支配着这个科技无限进步的时代。这至少使人
类明白，诸神行事不可揣度。人的谋略和技艺毕竟相当有限。③ 赫西俄德告诫我们，
宙斯的意志是不可违背的。

（一）《神谱》之"心"和"意愿"

《神谱》多次用了宙斯之"心"　（νόος = nóos，537、613、1002；参见 37 及
《劳》483、661）这一词组。这是赫西俄德诗作中重要观念，是一个内涵相当丰富
的词语。希腊语中，该词一般指人的心神、智力、头脑，引申之意则有决心、意图
等。而其哲学用义上，则带有本体论色彩。据苏格拉底转述，阿纳克萨戈曾将心
灵看作万有的根由（《斐多》97C）。黑格尔说，阿氏的原则是"把心灵、思想或一
般的心智认作世界的单纯本质，认作绝对。'心灵'的单纯性并不是一种存在，而
是普遍性（同一性）"④。当然《神谱》中宙斯之"心"的用法，仅仅是经验层面上

---

① 《伊》8.69—74、16.658、19.223 及 22.209—213 等处。

② 《伊》19.87—133。同卷 410 行神马对阿喀琉斯说，他的最后日子已经来临，这"由大神和强大的命
运之神"主掌。埃斯库罗斯曾设想过宙斯和命运的联合，以便实现理性和非理性因素的和谐。参见陈中梅译
注《奥德赛》卷二四，前揭，546 行注释。

③ 和诸神的智慧相反，凡人的阴谋往往带来灾难。《列子·说符》文子引周谚："智料隐匿者有殃。"
（《列子集释》卷八，前揭，第248页）埃斯库罗斯的《被缚的普罗米修斯》一剧中，普罗米修斯说："技艺远
逊于定数"（514）。在表达了技艺的局限性之外，他还认为宙斯也难以逃脱命运和复仇之神的报复，这里"定
数"和"强权"之间的矛盾又一次被提出，这也是希腊典籍中反复出现的问题。如何依照命运安排凡人的生
死，确实需要大神宙斯费一番脑筋（《伊》8.429—430）。不过有一个核心却必须注意到，就是人绝不能背叛
神灵。人也不可能无限制地改造自然。生民有自己的"分限"。

④ ［德］黑格尔：《哲学史讲演录》第一卷，贺麟、王太庆译，商务印书馆 1959 年版，第 353 页。

的、临时语境义上的使用,并未上升到黑格尔所分析的阿氏哲学的层次。《神谱》中的"心"充满感性色彩,宙斯之心虽然神秘莫测,却实实在在地有着七情六欲。①缪斯们的歌唱让他喜悦(37),而普罗米修斯的挑战却使他愤怒。普氏和宙斯比赛,诗人说他竟然敢"欺骗宙斯的心"(537)。普罗米修斯的妄行为他带来了巨大的灾难,他被宙斯捆绑在柱子上,长翅的鹰隼飞来啄食他的肝脏。他的行为也为人类带来了不可逃避的苦难和宿命。不过终究宙斯明察一切,普氏并没有真正将他骗倒,宙斯也通过报复挽回了面子,网开一面,释放了普罗米修斯,恩威并用地维护了其作为人神最高主宰的权威。诗人总结说普氏"不能蒙蔽宙斯的心"(613)②。

"心"是诸神的想法和愿望,而这往往就决定了凡人的命运。《神谱》使用"想法""策略"这一词语时,总是和诸神有关。这是神明作为主宰者的标志。此类用法甚多,比如,"据宙斯的意愿"(465、572、653、730),"按照众神的意旨"(960、993),"爱神的计谋"(122),"按照雅典娜的谋略"(318,参考896),参与决策(802)。《神谱》使用这样的用语,意在传达这样一种观念,人间秩序是在诸神掌控之下。大部分用例中,"心"和"意愿"语义指向超验主观性。

宙斯的决定往往影响到宇宙的秩序和大格局。比如,赫拉克勒斯是宙斯之子,他经历了种种磨难,终于修成正果,成为神族中的一员。他的诸伟业中对人神关系具有重要意义的无疑是解放普罗米修斯。宙斯必须惩罚普氏的肆意妄为,以儆效尤。可是后者的作为可能也是诸神所希望的。试想,莫科涅事件之前,人神平等地一起欢宴,难道诸神不曾担心过,有朝一日自己的权威受到人类的挑战?人神分裂恐怕也正是诸神所期待的,只不过普罗米修斯过于鲁莽,无意中充当了神人矛盾的牺牲品。宙斯既可以借普罗米修斯之名,将人的被贬说成是后者造成的恶果,从而转移人类的仇恨心理(对诸神而言,是否分到牛肉或是牛骨也许根本不是什么问题)。又可以利用普氏来牵制人类。或许"慧神宙斯"也觉得,普罗米修斯那只替罪羊太冤枉,于是索性顺水推舟,让赫拉克勒斯放开这受难的莽夫。此举既缓和了和普氏的矛盾,又能为赫拉克勒斯赢得成神的筹码,一箭双雕,何乐而不为?运筹帷幄决胜千里,宙斯堪称个中高手。

《神谱》还常使用和"心"相似的词,就是"意愿"。其含义通常指,制订一

---

① 在道家理想中,"圣人之心"也带有某种本体论色彩,具有把握整体和真实的能力。《庄子·天道》曰:"圣人之心静乎! 天地之监也,万物之镜也。"成疏:"监天地之精微,镜万物之玄赜。"(《庄子集释》卷五中,前揭,第459页)

② 参见《奥》5.103,亦参见《普罗米修斯》552行。宙斯的主宰对人类的现实秩序形成意义重大。

个"计划"，表达一种"意见"，提出一个"建议"，献上一个"计策"，作出一个"决定"。《神谱》具体运用中，该词是个带有动作意味的名词。比如说，尽管克洛诺斯非常强悍，不过注定要败在乃子宙斯手中，从而确保宙斯的"意愿"得以实现（465）。这里使用的"意愿"不只是头脑中的想法，而是依赖于具体措施使其成为现实。按照宙斯的"谋划"，巧工之神制造出一个女像潘多拉（572，参《劳》71、79），这谋划是宙斯反击普罗米修斯的一步。他不但有此智慧，也完全有此能力。普罗米修斯被罚，他的谋划称心随意。提坦神和克洛诺斯诸后裔整天鏖战，旷日持久。宙斯想起了百臂巨人，这后者是盖娅和乌拉诺斯所生，被幽囚于地下。宙斯和诸神寻求他们帮助，从地下将百臂巨人放出来。宙斯告诉他们要知恩图报，"赖我等之谋，你们才得以（解脱）无尽苦难，出离幽禁，从阴暗的冥界重返阳世"（653）。"谋划"一词总是指向实践性的意图和动作。诸神和提坦之战后，宙斯作出"决定"（730），将提坦神幽禁在地下塔尔塔罗斯。赫西俄德笔下也常出现按照诸神的意旨的说法。宙斯尽管拥有绝对的权威，但是却不能专断独行，有时需要通过众人召开会议，作出裁断。某种程度上说，"诸神的意旨"代表公议结果。

宙斯和诸神眷顾人间英雄，尤其乐于涉足人间婚配问题。然而这无非也是实现诸神统治秩序的手段。《神谱》中的婚恋叙述，根本没有自由选择，而是反映了诸神的协定。依照众神意旨（961），赫利俄斯之子埃厄特斯娶俄刻阿诺斯之女伊丢雅为妻，并赖金色的阿佛洛狄忒之助生下美狄亚。[1] 依永恒诸神之志（993），阿伊松之子通过艰苦的考验，从宙斯养育的王阿尔忒身边娶走其女……伟大的宙斯的意志得到贯彻（1002）。选择何样的人生历程，由不得凡人自己，而是诸神合作和协商的结果，他们干预人间的一切，命运早已注定。男女结合是依照"诸神意旨"来办的，这结合有着很强的目的性。太阳之子和大洋之女的结合本来就是两个神灵家族的婚姻，结果生下了一位名声大振的美狄亚，她被称为坏女人（《美狄亚》408—409），[2] 给丈夫带来了难以挽回的灾难。婚姻体现神灵的意志，为的是神谱家族按照某种目的继续繁衍。婚姻带有强烈的政治神学特性，折射出超验的诸神意志。

（二）"盘算""智慧"与记忆

在表示"宙斯的意志"这一含义时，通常也用"宙斯的盘算"（《劳》245）表

---

① 美狄亚和伊阿松的婚姻由诸神干涉，可参见 W. H. Race, *Pindar: Pythian Odes* (4.213—219), The Loeb Classical Library, 1997。

② D. J. Mastronarde, *Euripides: Medea*, Cambridge University Press, 2002, 第408—409行。

达。而"意志"这个词有时也做"机关算尽"讲(《劳》266)。宙斯的"谋划"举足轻重,这不仅因为他是神界领袖,[①] 同时还与其具有"无所不见"的能力相关。诗人反复形容宙斯的无所不察,知晓一切,称他为"智慧的"(μητι ετα = mētíeta,《神》56、520,《劳》104)。在《神谱》中,"智慧的"一词仅用于修饰宙斯,该词来源于智慧(μῆτις = mětis),后者也用作专名,表示智慧女神谟逖斯。宙斯和她的婚姻是神王确立统治权威的重要环节。

谟逖斯(Μῆτις)是"智慧,机巧"这一抽象名词的人格化,诸神和凡人中她"最聪明"(887)。注意,这里不仅是说她在诸神中的聪颖,而且还拿她和凡人相比,有没有理由认为凡人有可能较诸神聪明呢?或许有此可能。不过,一般的观念中,诸神的智慧在凡人之上,这是一个从荷马以来不言而喻的传统。[②] 有意思的是,力量强大的宙斯居然采取了似乎和其身份不甚相称的手段对付他这位妻子。宙斯吞吃妻子的办法和乃父克洛诺斯吞吃诸子的做法如出一辙。只是宙斯的表现似乎有过之而无不及。他不是通过力量征服她,而是用花言巧语,施展诡计把她吞掉。难道说强大的 (《神》4)宙斯惧怕谟逖斯?这或许表明,力量在智慧面前往往变得柔弱。阴谋诡计、花言巧语反而战无不胜。欺骗和阴谋诡计无疑会为人间道德所不齿,然而神的法则毕竟与人世不同。诗人说,谟逖斯注定要生下聪慧绝伦的儿女:第一胎将生容颜靓丽的女儿特瑞托戈内雅,其力量和智计足可匹敌乃父宙斯,便是那著名的女神雅典娜。她的力量与智慧神人都不陌生。但随之便会生一雄才大略之子做人神之王。王权的更迭不太可能静悄悄地通过和平手段实现,克洛诺斯取代乌拉诺斯,宙斯取代克洛诺斯,其间都经过了冲突,宙斯不会甘心放弃神人之父的尊称,也肯定不会将天地主宰权拱手相让,哪怕就是自己的亲生儿子。在权柄问题上,人间的法则也同样通行于神界,或许人正是学了诸神的样。《神谱》叙事中,权力较之正义、亲情、友谊等而言,后者显得微不足道。宙斯抢先将她吞入腹中,这样女神便可为他就孰吉孰凶出谋划策。也因此,他便得了一个"慧神"的称号。宙斯改变了他的父辈们一味倚仗蛮力的夺权方式,而采取了更为隐蔽的、更有效的斗智方

---

①　有趣的是,《神谱》《埃达》《圣经·旧约》等西方典籍中,神王或是上帝往往都是极为集权的、专断的统治者,而中国小说《西游记》中的神界领袖玉皇大帝却是一个虚张声势的屠头。由此可以看出以《西游记》为代表的"神魔小说"的世俗性、戏谑化倾向。不过,若从经典神话学出发,将其视作中西神话的差别却大谬不然,这两类典籍不存在"圣典"意义上的可比性。百年神话学,常常错位地用通俗文学和西方经典文学作比较,这一误导性倾向值得认真反思。

②　例如,赫拉和雅典娜都认为神灵远较凡人更有智慧(《伊》18.363、《奥》20.46),荷马也说过宙斯的心智永远超过凡人 (《伊》16.688)。

式。智慧加上力量，使得宙斯稳固地统治整个宇宙，没人敢挑战他的权威。他的言行决定了诸神和凡人的命运。

那么，"智慧的宙斯"这类形容词，究竟是套语呢还是别有深意。文献学家主张，荷马史诗应当是文字记录下来的，论据则是希腊化时代的纸草残篇和荷马时代西亚和北非的书写氛围。① 认为荷马史诗为书写之作，未免推之过早。其口头痕迹甚为明显，游吟诗人不可能创作这样的辉煌巨制的观点已然过时。帕里—洛德理论恰恰是针对此类观念而发。② 而中国学者通过田野调查，发现三大史诗（《格萨尔王传》《江格尔》《玛纳斯》）都是口头创作，另外还有大量流行于民间的史诗。以此推论，荷马史诗作为口头作品乃是完全可能的。那么，赫西俄德是否也是一个游吟诗人呢？"智慧的宙斯"这类语言是否也是口头程式的标记呢？又不尽然。首先，就长度而言，赫西俄德诗篇远逊于荷马的篇幅；其次，就思想内容而言，赫西俄德思想较之荷马，晚出得多。赫西俄德是极为讲究笔法和章法的诗人，字句背后往往包含着微言大义。尽管口头程式理论打开了理解史诗的新视角，却未必适于赫西俄德诗作。或许赫西俄德并没有开始写作，但是至少他已经有了从口头到书面的意识，这就是个人意识。诗篇一旦浸润上个人意识，以意逆志的研究方法就能派上用场。对于"宙斯的智慧"这样的词语则不能草草看过。《神谱》四处提到"智慧的宙斯"（56、520、904、914），每次都和文本语境关联密切。这四次用法中，后三次当然揭示的是智慧和命运的关联，从而暗示了《神谱》关于最高意志的"并封"结构。那么如何理解第一次用法的寓意，诗人在描写缪斯女神时为何要提到宙斯是"智慧的"？

赫西俄德清楚地交代了缪斯诸女的诞生。他写了缪斯的母亲谟倪墨茜妮（意思是"记忆"）——俄利希色若斯之山的守护女神和父神克洛诺斯之子共寝，在皮尔瑞亚生下她们。"智慧的"宙斯远离诸神，上了她圣洁的床榻，和她同眠9个夜晚，生下这9个心有灵犀的女儿。记忆对口头诗人的重要性显而易见（《伊》2.488），依据普鲁塔克的说法，诸缪斯也叫谟倪媛（743D），而鲍赛尼阿司记录中赫利孔前三位神女原来叫作谟乐特（Melete，钻研、学习）、谟倪墨（Mneme，记忆）和阿娥德（Aoide，歌曲）。这些名字寓意醒豁，传达的是学习、歌唱和记忆之间的联系。传为荷马所作《赫尔墨斯颂》中赫尔墨斯吟唱的神曲中，记忆女神便被列在诸神中

---

① ［英］弗雷德里克·G. 凯尼恩：《古希腊罗马的图书与读者》，苏杰译，浙江大学出版社2012年版，第35—41页。

② ［美］阿尔伯特·贝茨·洛德：《故事的歌手》，尹虎彬译，中华书局2004年版，第三章。

头一位（《赫》429）。① 记忆和诗歌之间的关系，也可以表达为回忆和智慧之间的关联。记忆女神的圣地俄利希色若斯，有将其坐实为 Cithaeron，但本词实有"自由的"之义，理解为寓意也无不可，它揭示出记忆和自由之间的联系。缪斯诸神是记忆和智慧的自由结合，这暗示了理想的诗人应有的品格。因此，56 行的"慧神"宙斯绝非虚设一笔，而是和这段的语境意义密切相关，展示了记忆和智慧进而自由和智慧之间的关联。

《神谱》和《劳作》关于宙斯有数个称号，这些称号都指向智慧。诸神除了长生不死之外，智慧也是他们和凡人相区别的一个重要标志，宙斯神权的确立恰恰改变了以往的凭借武力，而更多地依靠智慧。

（三）"智慧""意象"与秩序

"智慧永在的宙斯"（《神》545、550、561）最多用于宙斯和普罗米修斯的斗智叙事中。智慧在这场斗争中是个关键词，无论哪方，在这个事件中都采取了相当深的心机。宙斯通过智慧维护了宇宙的秩序。

《神谱》说，普罗米修斯将肥牛分为两份，其中一份看似肥美却只是牛骨，而另一份看似瘦瘠却极为丰美，这与诸神的平均分配原则相悖，为此宙斯讥刺普罗米修斯。他认为后者分配不公。宙斯称其为"所有王中最出色的"（543），这个称号与普罗米修斯对他的称呼形成一个形式上的对等关系，宙斯被称为"永生者中最伟大最光荣的"（548）。不过，宙斯称呼后者并非是出于赞赏，而是绵里裹铁地、旁敲侧击地提醒普罗米修斯，尽管你也是王，却比我宙斯还是弱得多，不要挑战我的权威，引发我的暴怒。故此，形式上的对等却含有实质的不同，宙斯的伟大和光荣显示了一种无与伦比的特权，而普罗米修斯的"出色"却仅仅是比普通大众要好一些而已。因此，当普罗米修斯自以为计谋得逞，要求宙斯挑选他喜欢的那份时，诗人说宙斯"并非没有洞悉"其伎俩。必须承认，宙斯不可能上当受骗，如果智慧永在的宙斯被普罗米修斯骗倒，这就不仅是宙斯本人的耻辱，同时也会对其统治造成威胁，后者未尝不会故伎重演，一次次地采取策略实现其目的。应当注意的是，宙斯在选择那堆白骨之时，正在为凡人谋划一场灾难（551—2），并且让这灾难实现。在这个句子之后，诗人才说了宙斯选择那堆白骨。看到这个把戏之后，他怒不可遏，称普罗米修斯"智慧超群"，指责他仍没能忘记诡计。这里宙斯对普罗米修斯的称谓和赫西俄德对宙

---

① M. L. West ed., *Theogeny*, Oxford University Press, 1966, p. 174. 苏格拉底和美诺的谈话中，主张灵魂不灭，而获取知识的途径就是回忆（《美诺》81B）。

斯的称谓有几分相似。这无疑是对斗智这一情节的一个暗示和照应。

诗人一共使用了三次ἄφθιτα μήδεα εἰδώς这一词组，第一个词的构成α（否定前缀）＋φθίνω（腐烂、败坏），相应地可以有两种理解，基本意义为"不朽的、不灭的"，引申之则可以理解为"不可变更的"。这两个意义之间有一定联系。宙斯作为不朽诸神的一员，称其为"智慧永在的"当然没什么问题。然而他又是诸神中最高领袖，在这一角度称为"智慧不变的"也未尝不可。对诸神和人类而言，宙斯的智慧意味着决策，神人之王"一言九鼎"，语出必践。诗人之所以在此反复使用这个词组，固然是呼应斗智主题，反复强调宙斯的智慧是永在的，是不可变更的，从而也就暗示了普罗米修斯必然失败的结局。明乎此，对宙斯的上当受骗便有了新的理解视角，他并非真的被后者的诡计蒙倒，否则宙斯就不会是"智慧永在"了。恰恰是，当他貌似中了普罗米修斯的圈套之时，正在展示自己的智慧。他抓起了那堆白骨，这个结果就是人类必须献祭诸神，奥林波斯神明没有什么损失，神不会像人类那样一定要依靠这些食物为生，他们的吃喝与凡间有异。[①] 而宙斯也就顺理成章地通过这一事件惩罚凡人，这个最大的灾难便是祸害凡间的潘多拉。最后一步步地将人类逼上劳作之路，从神人平等欢宴的境况下沦落为诸神的奴仆。

作为"造物"的潘多拉体现了宙斯的"意志"，宙斯有一个特别的称呼，就是"智慧的宙斯"，《神谱》叙事中他吞下了智慧女神，与她合二为一。宙斯的意志体现了智慧和机巧。以潘多拉故事为界，《神谱》体现了两种不同的衍生法则，提坦神系通过自然生育法则生产，而支配奥林波斯神统的是一系列的谋略和策划，比如潘多拉的创造、雅典娜的诞生等。潘多拉当然是这些谋划之链上的一环，支配者便是慧神宙斯。《神谱》叙事中，潘多拉故事起因于宙斯和普罗米修斯的斗智。赫西俄德将故事追溯到"当初"（καὶ γὰρ ὅτ᾽，535），在叙述普罗米修斯被缚的场景之后补叙了这一笔。事件发生的双方为诸神和凡人，地点在墨科涅——该地究竟在哪里？著者倾向于将其理解为一个寓言性的地点，它很可能是μηκός的延长音，表示时间的"久远、古老"。普罗米修斯宰杀了一头肥牛，分好放置于神人面前，企图愚弄宙斯。当着众人的面，他把牛肉和牛皮下方油脂丰厚的内脏藏进牛胃；而在宙

---

① 《神谱》三次提到诸神的饮食（640、642、796），荷马也数次言及。诸神所食用的仙膏（安不罗西亚，ἀμβροσία）不仅可食用，而且有美容（《伊》14. 172、《奥》18. 192—196）和防腐保鲜（《伊》23. 186）等功能。同样，仙露（奈克塔尔，νέκταρ）也与仙膏一同混用（《伊》19. 39）。参见陈中梅译注《奥德赛》卷五，前揭，93 行注释。仙膏可能源于"不死的"，《西山经》有玉膏，郭璞注引《河图玉版》："少室山，其上有白玉膏，一服即仙矣。"（《山海经校注》，前揭，第41页）

斯跟前却玩弄诡计，将白生生的牛骨堆好，涂上一层闪亮的油脂。人神之主这时向他发话，"伊阿帕托斯之子，众人中杰出的王，好个先生，瞧你分配的多偏心啊"，智慧永在（545）的宙斯调侃道。545 行的 εἰδώς 在 559、561 行再次被重复。需要注意这个词和 εἰδος（《劳》63）之间的关系。在《劳作》的叙事中，有关潘多拉创造与此颇多细节差异。《神谱》的叙事是一次性的，而《劳作》却叙述了两次。此处的 εἰδώς（εἰδω 的过未 οἰδα 的分词形式）与 εἰδος（εἰδω 派生的名词）具有同一个来源，词源上的相同当然不能作为唯一的论证根据，但是却足以启发我们对"智慧"和"意象"之间关联的思考。

　　奥林波斯神统中，宙斯拥有"永在的"智慧，他的智慧是诸神秩序稳固的有力保障。"智慧"源于见闻，εἰδω 的基本义项有两个：知道和看见。不应该割裂地理解这两层含义，知——见本是互根互用的一体两面。见识广博的会被看作有智慧的，因而宙斯的许多绰号都与"见"有关，比如"视界广远的"（εὐρύοπα = eurúopa，《神》514），"宙斯之眼无所不见无所不察"（《劳》267）等。为此，对宙斯之潘多拉的"意象"的理解便不能仅仅着眼于一个突发而至的念头，而应该将她看作是宙斯"智慧"的体现。"意象""智慧"本自同根而生，"意象"从属于"宙斯"的"智慧"，宙斯通过对潘多拉这一"意象"的创造，而巩固了神灵对凡人的至上权威，从而有效地维护神界秩序，为提坦之战解除了后顾之忧。[①] 诗人非常明确地指出，他其时正为凡众预谋灾难并拟付诸实施（552）。应该看出，"预谋"灾难的正是宙斯，这原因并非由于普罗米修斯的欺骗，而是人神之间的争端所致，宙斯此处的"预谋"和普罗米修斯的诡计同时，只是后来他的诡计成了宙斯报复的一个借口。宙斯的"智慧"还是要比普罗米修斯高得多，作为提坦神的普罗米修斯哪里抵挡得住新兴的奥林波斯之神。

---

　　① 苏格拉底将人看作是神灵的财产（《斐多》62C），而神灵也往往利用这种支配关系干预人间生活，《海伦》一剧中，宙斯将真正的海伦放在埃及，而造了一个"形象"（τόεἰδωλολον，34、669、683）送给那位特洛伊的羊倌，这是在胜败两方搞平衡。固然赫拉和雅典娜不会让爱神如愿以偿地兑现诺言，但后者也需要一个女人来证明自己的权威（W. Allan ed., *Euripides*: *Helen*, Cambridge University Press, 2008, p. 125, 27—29 行笺疏），因此造一个"能呼吸的形象"是折中的好办法。不过，诗人注意到凡人对此不同的感官，在诸人看到这个神灵的造"象"时，换用了不同的指代词"幻象"（δόκησις, 119、121、122）。这个微妙的区别展示出了神和人对"象"的不同视角，对诸神而言，她是一个客观的工具，而对凡人来说，则表示一种视觉的幻象和印象（to mean both "illusion" and "impression", W. Allan ed., *Euripides*: *Helen*, Cambridge University Press, 2008, p. 162），因而带有主观色彩。品达颂歌中，赫拉面临凡人的侮辱时，也通过创造一个假象替代之，故而诗人嘲讽地说那只是一个"甜蜜的谎言"（W. H. Race, *Pythian Odes*. 2. 36—37, The Loeb Classical Library, 1997）而已。

（四）"远望的宙斯"与人间正义

赫西俄德还从视觉的角度形容宙斯的智慧，他称为"远望的宙斯"（《神》514，884《劳》229，239，281）①。"远望"当然不仅是视觉问题，同时也象征着智慧。赫西俄德进一步形容说：

宙斯之眼无所不见、无所不察。②（《劳》267）

πὰντα ἰδὼν Διὸς ὀφθαλμὸς καὶ πὰντα νοήσας Op. 267

εὐρύοπα 有两个理解，其构成是 εὐρύ + ὅπης，前者系构词前缀，意思是"宽的，远的"，后者则有两个来源：或者源于动词ὅψομαι（看），那么意思是"看得远的"；或者源自ὄψ（声音），那么意思是"音域宽大的"，意指"鸣雷的"。《神谱》中关于此的用例见于宙斯对普罗米修斯的兄弟的惩罚：

至于傲慢的梅诺伊提俄斯，因其有恃无恐、肆意胡为，远望的宙斯投下浓烟滚滚的霹雳，打发他去了阿瑞波斯。③（《神》514—515）

似乎翻译成"鸣雷的"更合于文本语境，不过著者认为此处的词不仅仅是个描述性的词，简单交代宙斯的特点，而更可能是一个荷载了甚为丰富之价值内涵的词，宙斯之"远望"和神人之善恶有对应关系，作为神人之父的宙斯，也自然是正义和公平的主宰者。④

---

① 赫西俄德诗作的主题是歌颂宙斯，因此有关宙斯的修饰语也是最多的，诸如"持盾者宙斯"（《神》11）、"雷声轰鸣的宙斯"（《神》601，《劳》8）及"聚云大神宙斯"（《神》558、730、944，《劳》53、99）等。这一称号直到维吉尔时代，Jupiter 仍然是最高的神明领袖（《埃》8.571），K. W. Gransdened. ，*Virgil*：*Aeneid*（*Book* 8），Cambridge：Cambridge University Press，1976.

② Διὸς ὀφθαλμὸς，宙斯之眼，或指正义之眼。《五经》中冥冥中有神灵监察人间的观念较普遍，例如《尚书·皋陶谟》："天聪明，自我民聪明。天明畏，自我民明威。"孔传："言天因民而降之福""天明可畏，亦用民成其威"（《尚书正义》卷四，前揭，第139页下栏）。这是说天因民欲而降祸福。《诗经·大雅·大明》："天监在下"，《鲁颂·閟宫》："无贰尔虞，上帝临女。"《商颂·殷武》："天命降监"等。另外《天问》："帝乃降观"，天帝有查看下情的权威。此处宙斯和天帝带有道德化色彩。正是因此，古典诗人才强调不可能避开宙斯的愤怒，《诗经·大雅·板》也心有灵犀地告诫说要"敬天之怒"。

③ 至于是哈得斯还是塔尔塔罗斯，此处不详。

④《劳作》开篇提出的主题被希罗多德继承下来，在《历史》中，波斯将领玛尔多纽斯向大王述说神明喜欢"枪打出头鸟"。参见 J. M. V. Ophuijsen and P. Stork ，eds. ，*Linguistics into Interpretation*：*Speeches of War in Herodotus* Ⅶ5 & 8—18，The Netherlands：Koninklijek Brill NV，Leiden，1999，p. 114. 尽管这里已经没有荷马史诗中那样强烈的神正论色彩，但诸神仍旧影响着战事的决定。战争是否会发生，要看神是否乐意（同上15.3，211），神灵对人事的干预还是很显然的，毁灭与否仍是"由神驱动的"（同上，18.3，281）。

　　永福的诸神成就勋烈，用强力解决了和提坦神的权位之争，依盖娅之
计，大家敦促远望的宙斯为奥林波斯之王，统治不死诸众，在他们中间宙
斯恰当地分配了权限。（《神》883—5）

　　宙斯之所以被大家"民主地"选为神王，与其远望特征有关，神灵的"远望"
既是一个神学层面的问题，又是一个道德—价值层面问题。[1] 远望意味着见识和智
慧，关于"看"和"智"之间的关系，[2] 上文已经有过分析。世俗价值在神民之际
的范畴下展开。赫西俄德提供了一个"无所不见"的视角，宙斯的意志是人类价值
的源泉。[3] 由于宙斯的至高无上，总揽一切，从而能够保证诸神之间的平衡和公正。
尽管荷马史诗中，诸神好像没有什么德行，正如柏拉图所抨击的那样（《理想国》
卷二、卷三），不过老者福尼克斯却认为神明"有的是更高的美德、荣誉和力
量"[4]，从而成为至善的化身。这一道德—价值意涵，在《劳作》一诗中表现得更
为突出，今引述如下，诗曰：

> 而那些给予过客和居民公正判决，
> 丝毫也不背离正义之道的，
> 则城邦富庶，室家溱溱。
> 那儿，幼婴保护者——和平之神巡游大地，
> 而远望的宙斯也决不会给这城邦兆示不祥的战争。（225—229）
> 而对那念念不忘暴力和作恶的城邦，
> 克洛诺斯之子、远望的宙斯辖之以正义。（238—239）
> 若谁理解了正义并愿意言说这正义，

---

　　① 维吉尔的用法中，拉丁词汇 mos 是 "a great Roman word"，K. W. Gransdened. ，*Virgil*：*Aeneid*（*Book* 8），Cambridge：Cambridge University Press，1976，p. 125. 它既有"意志"的含义，又可以指"礼法"，这词的一语双关暗示出，人间的道德制度基于某种超验的原则，是天人之际的产物。

　　② 柏拉图有名的"日喻"或许与宙斯的无所不见不无关联。《左传》成一七仲尼评鲍牵之词以为"鲍庄子之知不如葵"，洪亮吉诂引《淮南王书》："圣人之于道，犹葵之与日也，虽不能与终始哉，其乡（引按：读如'向'）之诚也。"（洪亮吉：《春秋左传诂》卷一一，中华书局1987年版，第485页）洪所引见《淮南子·说林》。注曰："乡，仰。"（《淮南子集释》卷一七，前揭，第1182页）

　　③ 不同的是，中国古人更注重在具体发展中把握事态，故而强调"知化"。《吕氏春秋·骄恣》："智短则不知化"；《知化》："凡智之贵也，贵知化也。"《淮南子·齐俗》："唯圣人知其化。"《道应》："孔子亦可谓知化矣。"（原作"知礼"，据王念孙校改）

　　④《伊》9. 498—499。

远望的宙斯就会赐福给他。(280—281)

宙斯之所以不给人间降下战争，是因为那些居民不违背正义，而能够和平相处。反之，宙斯则用正义统辖之。这里非常具体地点明了"远望"和"正义"之间的关联。

宙斯之眼无所不察、无所不见，
——愿他现如今就正在注视着这一切，
他不会失察当前这城邦之"正义"是何种"正义"。(267—269)

由此分析，众多有关宙斯的名号都指向一个中心主旨，那就是宙斯的统治，也就是政治神学观念下的宇宙秩序。宙斯是诸神的代表，他的"心"和诸神的"意愿"尽管未必完全吻合，在神民之分这个根本问题上，诸神之间立场一致。宙斯的意愿代表了冥冥之中的至高主宰，他的"盘算"是为了维护奥林波斯神统的秩序。他通过吞食智慧女神获得"智慧的宙斯"这一称号，从而牢牢统治宇宙。他和记忆女神的结合无非是一种宣传攻势，通过诗人的歌咏传达其统治的正义性。潘多拉是诸神在人间的"意象"，代表的是诸神或宙斯的智慧，她体现的仍是人必须屈从诸神这个不可逆转的命运。而宙斯通过无所不见的能力，牢牢监视着人间的一切，合于诸神意志的便是正义。

二 宙斯与莫伊赖

《神谱》中莫伊赖有两组，一组系夜神所生，一组是宙斯和正义女神之女。夜神所生命运女神一共三人，常一起出现，构成一组三联神。《神谱》将之与其他两组神灵并列：

Μόρονκαὶ Κῆραμέλαιναν | καὶ Θάνατον *Th.* 211—212

三个词都可以表示"死亡"，在赫西俄德那儿，不同的词意味着不同的事物。她们都是黑夜之神的女儿。赫西俄德用了三个动词描写夜神的生产：生下……又生下……再生下（ἔτεκεν…τέκεδ᾽…ἔτικτεδέ）。这里和上面"生下"一起，构成极其紧密的语义联系，使得这三次生下的生灵构成一个大组的三联神。《神谱》喜欢用"三"或三的倍数，缪斯有九位，天神乌拉诺斯和大地盖娅生了三个强大的孩子

（145），除了此处的三联神之外，优雅女神也是三位（907）。陪伴爱神的也是三位（201）①，大洋的女儿有三千之众。② 喀迈拉有三个头（321）③。人类依据经验很自然地将宇宙三分，空间上分为天地人三个世界，时间上则分为过去、现在和未来。④荷马也同样喜欢用三。三是一个富于神秘色彩的圣数，这是一个普遍的文化现象。⑤三联之神有着较为深厚的文化心理背景，那么命运女神与这个组合有何关系？

　（一）　三联神与死亡

　　这三组神灵中意义最清楚明白的是"死亡之神"（$\Theta\acute{\alpha}\nu\alpha\tau o\nu$ = Thánaton，宾），一望而知会给神人带来什么。如果仅从字面看来，死亡之神似乎只主宰人类而与诸神无涉。因为赫西俄德的笔下，诸神被称作"不死的"而凡人则是"会死的"，这一组用语常常对举出现（例如296，302）。永生和不死因而成为神民之辨 的一个重要标志。⑥ 因为人类最终会死于这个大限，所以对现实生活意义之追寻才会变得如此重要。"朝闻道，夕死可已。"从理论上说，诸神永远快乐而没有苦恼，因而被称为"永福的"。不过这只是一种神民之分的理念，实际上诸神也有烦恼，荷马多次描写过诸神的痛苦和迷茫。⑦ 而凡人却不得不面对终有一死这残酷的宿命。死亡抹杀了勇敢和胆怯、勤劳与怠惰的差别，体现了人类终极的平等。你虽然家财万贯，

---

　　① ἵμερος：亦见64 行，在那儿和诸位缪斯比邻而居，但这里却ἕσπετο "追随" 这位阿佛洛狄忒，因而和爱若斯的情况不同，这两处的神灵是一位。据说在 Megara 的阿佛洛狄忒圣殿里，有 Scopas 她做的雕像（鲍赛尼阿namespace 1.43.6）。他和爱若斯一起，随侍阿佛洛狄忒而成为一组三联之神。参见 M. L. West ed.，*Theogeny*，第64 行笺疏。

　　②《劳》252 有 τρίς γὰρ μύριοι 的说法，用于大地上的精灵。类似的说法也见于《伊》8.562。Acusilaus 说大洋和忒修斯生了 "三千条河流"（但并非神女）。似乎三千是一个形容数目众多的词（Men. D. 564）。M. L. West ed.，*Theogeny*，Oxford University Press，1966。

　　③ 参见《伊》6.181 及 323，赫西俄德没说她的三个头都出于一处，从艺术作品看，她脖子上长狮头。背上生羊头而尾尖生出的是蛇头。据奥维德《变形记》9.647 及 Apld. 2.3.1 说，喷火的是中间的羊头，亦因此得名。

　　④ "三" 是一具有跨文化的圣数，印度史诗—往事书神话体系中，有梵天—毗湿奴—湿婆三位大神，佛教有三千大（中、小）千世界之说，基督教传统圣父—圣灵—圣灵 "三位一体"，中国文化有关三的例子不胜枚举。

　　⑤ 陈中梅：《荷马的启示——从命运观到认识论》，北京大学出版社 2009 年版，第 14 页。

　　⑥ 赫西俄德在这里的区分，也见诸中国载籍。《淮南子·地形》："……食气者神明而寿，食谷者知慧而夭，不食者不死而神。"（《淮南子集释》，前揭，第345 页）这里所引的指仙、人、神三类。有意思的是，"不死" 恰恰是神和人区分的一个重要标尺，而人和仙的区别则是寿夭不同。不过，和赫西俄德不同的是，《淮南子》认为神是 "不食者"，而赫西俄德的神灵却是要吃喝的（参见《神》640、642、796 的相关描述）。

　　⑦ 例如，忒提斯虽然是神灵，儿子阿喀琉斯却是凡人而面临必死的命运，她为此伤心落泪（《伊》1.414）。尽管宙斯力量强大智慧超群，在儿子萨尔佩东注定被杀死的命运前，他的 "心动摇于两个决定之间"，最后还是听从赫拉之劝，让儿子死去（《伊》16.431—462）。

一旦放到生死大限的天平上衡量，这巨额财富也就算不得什么了。① 宙斯（通过潘多拉）给人类降下的诸祸中，若问何者为大，那无疑就是这死亡的命运。死与不死是人神揖别的一个标志，也是莫科涅会议上的一份契约。诸神之所以需要人类，是因为他们需要被铭记，而害怕被遗忘。② 诸神之所以给定人类必死的命运，是因为他们需要强化存在感，防止亵渎和僭越。

《神谱》对死亡之神有两处描写，一处在夜神的后裔这一段，一处在描写冥府的那段。在前者的描述中，诗人采取"点将簿"式的手法，一口气点出数十位神灵，而死亡等三神灵居于首位。这个安排并非无意义，它展现出死亡和其他诸神之间关系：夜神生下可怕的亡命神和黑色的司命神、还生死亡之神、睡眠神及梦灵之族。黑夜之神的子女都是一些"恶"神，代表了人间诸多苦恼，诸如挑剔、懊恼、欺诈、报复、衰老等消极因素。在古希腊人的观念中，这些神灵之所以出自黑夜，可能源于对黑夜的心理印象。夜色不仅是神秘莫测的象征，同时也表示了死亡归宿和冥界。③

这一组三联之神中，死亡和睡眠兄弟又重新出现在后文关于冥府的描写中（756—766）。死亡和睡眠比邻而居，黄金时代的人死去就像入梦一般（《劳》116）。死亡与梦之间的这种相关性，给人以麻醉性的安慰。人生"如露亦如电，如梦幻泡影"，终究躲不过这一场劫难，将死亡看作如梦，无疑是对苦难的宿命的一种诗化和升华。④ 然而死亡毕竟不能等同于睡眠，这对兄弟尽管都被称作"可怕的神灵"，本性却大不一样。睡眠神只是静谧地周流大地和宽阔的海面，与人为善；不像他的兄弟死亡之神那样铁石心肠，心性冷酷无情，这后者一旦逮住某人，就会

---

① 参见阿喀琉斯的言辞，《伊》9. 319—320，401。死亡无情却也公正，正如《蒿里》所歌"聚敛魂魄无贤愚，鬼伯一何相催促"（黄节：《汉魏乐府风笺》，中华书局 2008 年版，第 6 页），面对人的这个大限，令人意气都尽。

② 《伊》7. 447。

③ 中国古代有四灵观念，青龙白虎朱雀玄武。这个观念以五行为根底，四方和四色相配，北方玄武正是黑色，从而和代表死亡、归藏的冬季相配。黑—死之间的一致关系，是一跨文化现象。《楚辞·招魂》："魂兮归来！君无下此幽都些。"王逸注云："幽都，地下后土所治也。地下幽冥，故称幽都。"（《楚辞补注》，前揭，第 201 页）幽都其实就是冥府，是个黑暗与死亡的国度。夜晚之于战争，是"blessing of shadowy night（dono noctis opacae）"，参见《埃》8. 658，K. W. Gransdened.，*Virgil：Aeneid*（Book 8），Cambridge：Cambridge University Press，1976。诸神指着冥河发誓，因为这层关系。拉丁语中幽冥之神 Orcus 来源于古希腊的誓言之神 Horkos（比如《埃》8. 296）。

④ 中外将死亡视作入梦（睡眠）的例子很多，比如《庄子·大宗师》"成然寐，蘧然觉"，同书《至乐》说庄子妻死，鼓盆而歌，惠子责备他，他说"人且偃然寝于巨室"（《庄子集释》卷六下，前揭，第 264、615 页）。

紧紧揪住不放。所以就算是不朽诸神也甚憎恶他,乃至成为不死诸神之敌。

　　和死亡之神相比,Κῆρ 的职司相对明确也简单,表示的主要是厄运,是人间的不可遏制的、难以抵抗的力量。

　　而莫伊赖和他们一起构成一组三联神,死亡和睡眠神的某些品格也必然为包括 Μόρονκαί Κῆρα 在内的这一组神灵所共有。从词源上分析,Μόρον(Móron 宾格)是名词 μόρος(Móros,主格)的神格化形式,它来自动词 μείρομαι,表示按照份额进行分配,因此 μόρος 可以理解为分内应得之物。这有两层含义,一则表示与整体之间的相关性,通过与整体的相关体现局部的价值。一则表示限度,凡事总有个边界,不得僭越限度。就人之生存而言,凡人所有的都是某种神秘力量按照份额赐予我们的,仪态、谈吐、操守等,无一不是。通常将该词译作"命运",命运能够传达出上文所列举的意思,但著者以为这仍然不够全面和准确。人的"份额"不仅仅包含命运,同时也还有禀赋、气质、运气等其他的因素,该词的含义较之命运丰富得多。为此著者建议将其译作包含面更广的"性分"。"性",生也,"天命之谓性",上天给你的那个神秘的东西,谓之"性",突出个人之所得和整体的关系。"分",则包含了部分和界限两个层面的含义。"性分"一词不但表明了人之禀赋和命运的神秘性和不可知,同时也突出了个人从上天所得的局限,人不能僭越自己的边界,从而必须只能做"分内"之事。人应当有这样一种自我意识人和万物都有其固定的"份额"。① 要言之,莫伊赖不仅司掌人类最后的大限,同时也还司察人的运数,做事走运还是会倒霉,就看她们给你分配怎样的"份额"。② 尽管和死亡之神共组成一组三联之神,具体职司上还是有些细微差别。

　　前文说过,赫西俄德将莫伊赖、厄运之神和死亡睡眠放在一起构成一组三联神,作为夜神生下的第一组神灵,应当有他的用意。诸神最突出的品性是"不死的",而这一组神灵却偏偏指向了死亡,死亡是人生最后的"边界",生死构成一个人存在的"份额",从人的角度来说,死亡是最大的厄运。难道说这一组神灵仅仅针对地上的凡人而言,而诸神可以逃脱他们的掌控? 在对冥府的描写中,赫西俄德说不朽诸神也憎恶死亡,似乎诸神也怕死,可是《神谱》明明多次用"不死的"这个限

------

　　① 《普罗塔戈拉》里讲述了宙斯命普罗米修斯兄弟分配人物各自的"份额",参见 320E 以下。《董仲舒传》:"夫天亦有所分予,予之齿者去其角,傅其翼者两其足,是所受大者不得取小也。"师古注:"谓牛无上齿则有角,其余无角者则有上齿。""傅读曰附。附,箸也。言鸟不四足。"(《汉书》卷五六,前揭,第2520页)"天之分予"正可用意阐释此处"份额"的内涵。

　　② 古典汉语语境中,类似的表达还有"分命"。《庄子·大宗师》:"死生,命也。"成疏:"死生来去,人之分命。"(《庄子集释》卷三上,前揭,第241页)

定词修饰诸神，难道死亡之神对诸神也具有约束力？诸神之不死和其极端憎恶死亡之间构成一个潜在的矛盾，这意味着什么呢？著者以为，这应当从人神关系的角度思考，"不死诸神"和"死亡之神"矛盾，这解释了人间存在的两重性的"恶"。神灵是永生的，他们号称赐善诸神。然而此处夜神所生诸子都是些"恶"灵，这与夜神的古老品性可能有关，古老神族总在某种意义上和守旧、传统、不开化、落后、消极、阴暗等品性相联系，所以新型的奥林波斯神代表"善"，而提坦及其他非奥林波斯神灵便有了"恶"的因素。除旧布新换个角度也就意味着惩恶扬善，当然，奥林波斯神族在开创基业的时候需要收编一些老的神灵，从而赐善诸神和夜神所生的恶灵有可能"同殿称臣"，事实上，大洋之女便携带诸子头一个投奔宙斯，而大洋却是一位提坦，这反映出他们既对立却又妥协的复杂关系。从这个意义上再来理解新兴的、"赐善的"不死诸神和死亡之神的对立，这可能影射了神灵世界中，除了奥林波斯神族——提坦的明显的矛盾之外，还有另外一种矛盾就是奥林波斯神统确立之后，新朝功臣和旧朝降臣之间达成妥协却未必和谐的紧张关系。提坦之战后，作为宙斯长辈的许多神灵便被打入塔尔塔罗斯，这个地方性质上和冥府没有什么大的差别，去到那个地方无异于死掉。既然老一辈神灵会"死"，新一代神灵难免不死。在这里，"不死的"诸神或许只是人类赠予他们的称号，[①] 只是代表他们可能会比人更长寿，却不意味着永恒。有生必有死，料想奥林波斯诸神也难逃宿命。[②] 不过和人类相比较，他们确实可以看作是不死的。

（二）命运三女神莫伊赖

赫西俄德说不和女神有两个，其中一个挑起可怕的争端，按照诸神的意旨（《劳》16），凡人仍要尊显这位可怕的女神。诸神的意旨自然包含宙斯的最终决定。聚云大神宙斯不仅为人类设计了祸害人间的潘多拉，同时还赐予人间一个善恶之瓮，按照他的"意旨"（99），希望没有飞出瓮口，从而地上和海上遍布恶。当然，对人类来说，宙斯的意旨神秘莫测，其中包含恶和灾殃，也必然有善和美德。诸神创造黄金种族，他们诸神一般、无忧无虑地生活，远离辛劳和愁苦。没有暮年将至的苦恼，他们青春常驻地欢宴，超脱于所有恶灵之外，溘然长逝，就如入梦一般。他们

---

① 神和人对事物有不同的称呼，荷马史诗中例子甚多，如对百手巨人（《伊》1.403）、对特洛伊山冈（《伊》2.813—814）、对睡眠之神所化鸣鸟的称谓（《伊》14.291）、对斯卡曼德罗斯河的称呼（《伊》20.74）、对药草的不同称谓（《奥》10.305）等。以此类推，神对人和人对神可能也会有不同的称呼。

② 阿瑞斯曾谈到过，他可能会"在死尸中遭受苦难"（《伊》5.886），不过毕竟他和有生死大限的凡人不同（《伊》5.901）。

众美毕具。大地湮没了这一族之后依照伟大宙斯的"意旨"（《劳》122），他们成为大地上的善灵，从而给人类带来好处。

赫西俄德对莫伊赖的描写充满了二重性，在交代了上述三联神之外，他又写道：

> 她还生下冷酷无情的性分三女神（莫伊赖）和①殒命三女神（科厄瑞斯）：纺命、占命和断命三女神，② 她们在人生之初给定善恶之性，或是追讨人神的罪愆。那犯下罪行的人，若非对其施以严惩，女神们便会暴怒不止。（《神》217—222）

这里分为语义互相关联的两个层次。（1）217 行的 Μοίρας καὶ Κῆρας；（2）211 行的 Μόρον καὶ Κῆρα。这两组神灵前后呼应，然而却不能等同。第一个神灵莫若斯是指那给定凡人死亡命运的女神。第二个神灵指的是人人注定要死亡的大限，没人不死，每个人最后都会走向莫若斯。一言以蔽之，第一组神灵是指那施予主体，第二组则指的是那施予主体所施予的对象。③ 同样也可以依据这一思路理解科厄和科厄瑞斯的关系。为了区别，著者将前者译作莫伊赖，而将后者译作性分。不同的词对应不同的思想，赫西俄德之所以做出这样的区分，或许表明性分（命运）在古希腊人思想中占有非常重要的位置。它们共同揭示了性分互相关联的两个面相，存在本体及其决定者。有意思的是，决定性分和厄运的神灵反而出生在这两者之后。如何理解这一细节？在诸神那里，时间似乎是环形的，可以往复流动。诗人说过诸神是"不死的"，不死者那里，一切都可以重新再来。比如，爱神本来是原初四神之一（《神》120），但赫西俄德后来又将他变成女爱神的侍从（《神》202）。韦斯特认为神祇的年龄不由其出生时间决定，当爱神仍是一个小孩子时，女神已然是一位妇人。④ 但著者认为原初的爱神与这一位应当是不同的神灵，这里应当是小爱若斯，他被说成是阿佛洛狄忒和战神阿瑞斯之子。神界时间虽与人世时间有别也仍然是流

---

① "和"还是"或"，是一组还是两组神灵？商务译本认为是一组，因其赐予凡人命运也同时给以死亡。但广川洋一的日译本当作两组。此处存疑。

② 《尚书·盘庚》："今不承于古，罔知天之断命"，疏："天之断命，言天命绝于此邑，将永其命于新邑，当继古人迁都之事。"［（清）孙星衍：《尚书今古文注疏》卷六，中华书局 2004 年版，第 223 页］和赫西俄德不同的是，《尚书》中断命更侧重的是政治命运。《鬼谷子·忤合》有"天命之箝"的用语（许富宏：《鬼谷子集校集注》，中华书局 2008 年版，第 95 页）箝即钳，犹言关键。然以此比喻天命，和希腊以纺线做喻确有神似之处。正说明了天命难测却又为人生主宰的"锁钥"位置。

③ M. L. West ed. , *Theogeny*, Oxford University Press, 1966, p. 229.

④ Ibid. , p. 224.

动的，否则宙斯就不会从小长大，从而推翻克洛诺斯的暴政。没有流动的时间，整个神谱就得改写。这至少说明时间在神灵世界也有着某种程度上的意义。以此类推，对性分和莫伊赖的出生先后不可草草看过，这可能暗示，性分之本体是首先注定的事情，无论怎样，每个人都必然现有一个"份额"，唯其有了这个份额，逻辑上应当有个管理者，那就是由莫伊赖来管理，这符合日常生活经验。性分和莫伊赖的关系，既可以将其看作是姐妹，却又是上司和下属。莫伊赖司掌人间善恶，赫西俄德对此交代得非常明确，他说：

> 她们在凡人生下来的时候就给定他们吉凶善恶。（《神》218—219）
> αἳ τε βροτοῖσι | γεινομένοισιδιδοῦσινἔχειν ἀγαθόν τε κακόν τε…Th. 218—219

这行诗作中的分词与格 γεινομένοισι 表示"一生下来就……"，这意味着，那人一出生，就自然拥有了某种份额。① 另外，ἀγαθόν τε κακόν τε（好和坏），著者认为不应仅仅着眼于出生者的本性，可能包含了多层含义，除了其本性的善恶之外，至少应该包括：那凡人的命运如何，禀赋怎样，以及行事和生存中的吉凶祸福（吉凶表示的是面对祸福的处世态度，而祸福则是人类的现实遭遇）。莫伊赖主要司掌人间的善恶，她们追讨凡人和诸神的罪愆（220）。在此我注意到，诸神和凡人都要接受莫伊赖的惩罚，从而使我对"性分"更深刻的理解。在"性分"这一层次上人神之间是平等的。诗人讲到诸神对罪愆的惩罚，源于神灵的ὄπις不单单意指神对人的行为的"福佑"和"报答"，同时也还指"神罚"（222）。② 它所针对的是对性分的僭越和亵渎。

《神谱》的莫伊赖共有三位，按照传统译法，分别是纺命、占命、断命三神，各自有明确的职司。纺命神 Κλωθώ（Klōthó），该名源自"纺线"，将人的"性分"与纺线比拟，是一种很诗意的想法。人生确实就像一张大网，处在网上的那个点上

---

① 《淮南子·缪称》："人无能作也，有能为也；有能为也，而无能成也。人为之，天成之。终身为善，非天不行；终身为不善，非天不亡。故善否我也，祸福非我也。故君子顺其在己者而已矣。性者，所受于天也；命者，所遭于时也。"（《淮南子集释》卷十，前揭，第741页）这段话交代了三层意思：第一，人能力的局限性。人不能"作"（凭空创造，无中生有，这是自然之功），可以"为"（利用自然界的东西进行技艺层面的加工）。第二，人的应当性和偶然性。善未必有善报，恶未必有恶报，这都取决于天意。但是人虽然不能决定祸福，却可以选择善恶，为此，君子应当做自己能够掌控的事情，就是行善。第三，说明性命之别。这里的性和命相当于我们所说的"性分之神"，包含天所注定的必然运数和人生遭逢的"分内之事"。通过对比，有助于我们对赫西俄德诗作的理解。

② M. L. West ed., *Theogeny*, Oxford University Press, 1966, p. 230.

并非你自己决定，你一旦处在那里，就得尽职尽责，不能僭越分毫。谁能逃脱自己的分内之事？[①] 纺命之神为人生的历程奠定了基调，为人类谋划归宿也正需要织锦段般的缜密。[②] 占命神来源于动词"分配"（λαχείν = Láxeín，λαγχάνω 不过 2，不定式），意思是分配命运的女神。[③] 后者原型形式 λαγχάνω 意思是通过摇签或拈阄得到。据此看来，占命之神分配性分具有很大的偶然性和随机性，同时也就难以避免盲目性。人生确实也就是在偶然的、盲目的历程中踽踽独行。Ἄτροπος 是ἄτροπος（átropos）的神格化，可以分解为否定前缀 α – 和动词 τρέπω（转），意思是"不转弯的"，引申之有"顽固的、执拗的"之意，故此断命神的意思是：坚持剪断命运之线的神灵。[④] 合观莫伊赖，他们代表了命运的必然和偶然，同时也指明了命运之必死的终局，性分非人力所能掌控。

与莫伊赖相关的另一组神灵是科厄瑞斯，荷马史诗提到过无量多的致死的科厄瑞斯（《伊》12.326），但与此处的并非一事，悲剧诗人将科厄瑞斯和复仇之神联系起来，莫伊赖也和复仇之神相关。[⑤] 如果说莫伊赖包含了现实的遭遇和人间生活的可能性这两层含义的话，这一组神灵则侧重于"毁灭、死亡"本身，Κήρ（Kēr，211）意思是"殒命之神"。凡人都有一个大限，作为人类的大限而言，它指人之必然走向的那个终点。这里的职司相当于汉语文献中所说的"大司命"[⑥]。人类必死的

---

① 荷马用"线网"（λίνω，与单，《伊》24.210）一词比喻人生际遇，人处在双重的罗网之中：首先是来自难逃的"性命之分"，必然的大限，死亡就像被渔网网住一般（《奥》23.383—388）。《老子》七三章所云"天网恢恢，疏而不失"。再有便是现实处境的人际之网，《大雅·械朴》"纲纪四方"郑笺"以网罟喻为政"（《诗三家义集疏》卷二一，前揭，第845页），《王风·兔爰》"雉离于罗"，正是描写现实政治对正直之人的戕害。同样，荷马大量使用缝制、编织等语汇形容灾难，如"缝缀灾殃"（κακὰ ῥάπτομεν，《奥》3.118）。"纺织命运"的说法参《奥》7.197 等处。有时候，凡人的命运不一定只是纺命神所施为，而是"诸神所编织"（《奥》11.139、16.64、20.196）。

② 荷马使用过"编织谋略"（μῆτιν ὑφήνας，《奥》4.739、13.386）这样的词汇，用于人和神灵。人类陷入线网，而线网也就是诸神编织的结果，命运将人神两端通过"线网"及相应的动作"编织"紧密联系在一起。

③《海伦》一剧用此词来描写海伦的不幸，从宙斯化身雪白的天鹅从天而降并和勒达结合生下她时，这悲苦的命运便注定了（214）。注意"断命"这一语汇和 μόρος 之间的联系。同剧 378 行 κηρὸς⋯ἔλαχες（命运所注定）的用法。这表明这三者之间不可分割的联系（W. Allan ed., *Euripides*：*Helen*, Cambridge University Press, 2008）。

④《斐得若》248C 提到一位司命之神，阿德拉斯提亚，含义是"逃不掉的"。希腊人从各个方面思考着人生难逃的命运，并将他们人格化。

⑤ M. L. West ed., *Theogeny*, Oxford University Press, 1966, p.229.

⑥《楚辞·九歌》中有"大司命""少司命"两尊神灵，五臣云："司命，星名，主知生死，辅天行化，诛恶护善也。"（黄灵庚：《楚辞章句疏证》卷三引，中华书局 2007 年版，第891页）其职司与性分之神几乎全同。又《大司命》"固人命兮有当"，王逸章句："言人受命而生，有当贵贱、贫富者，是天禄也。"大司命者，司掌死亡之神。［（宋）洪兴祖：《楚辞补注》，中华书局 1983 年版，第71页］

命运需要有个神灵来司掌，莫伊赖司察现实的所作所为，而厄运之神却显然针对你的作为降下大限，现实的生活方式和死亡必然有关，为恶折寿自不必说，贪嗔痴三毒也足以阻止人正常走完自己的一生。①

（三）最高主宰：《神谱》的"并封"构想②

一般说来，"性分"应当由莫伊赖来分配，但《神谱》中另有 μοῖραν（520）的名词用法，指的阿特拉斯所承受的命运，或者说是他的司掌，此处分配者是神王宙斯。他是在"强大的必然"（ἀνάγκη = anágkē，通常用ὑπ᾽ἀνάγκης这一词组）之下接受了这撑天的苦差（517—520），"必然"换言之即为"命运"（性分）。③ 类似地，宙斯对普罗米修斯之惩罚，诗人也说他不得不屈从"必然"的桎梏（613—616）。必然凸显出人之命运的不可逆转。可是，既然必然就是命运，而《神谱》的构想中，这理应由莫伊赖来分配，何以此处却突出的是宙斯的安排呢？宙斯和莫伊赖，谁才是真正的命运主宰者？赫西俄德的诗行闪烁其词。④

还有一个更突出的问题，就是在《神谱》叙事中，莫伊赖竟有两组。一组系夜神所生，另一组则是宙斯和特弥斯的女儿（901—906）。可否假设两个故事属于不同的系统，而赫西俄德《神谱》只不过是搜罗了这两组不同的故事而已？按照韦斯特的见解，《神谱》900 行以后已然不是赫西俄德原作，不过，无论这些诗行是否赫西俄德的原作，它们既然是被作为一个整体接受下来，就可以作为一个首尾贯穿的故事被理解和阐释，这无碍于对全诗思想的理解。因此文献真伪问题姑且抛开不谈。而且，业内人士大多认为赫西俄德是个笔法严谨的诗人，他何以会如此大意前后失照呢？那么，在决断神灵世界的事情时，应当听哪一组莫伊赖的才对呢？

此外，《神谱》还有一个矛盾，就是叙述克洛诺斯注定要栽在自己儿子手中，在 465 行提及"宙斯的意愿"实现了，可是此后才叙述宙斯的诞生。宙斯如何在自己未曾出生之前就事先决定自己有何样的意愿？著者认为，这些矛盾和《神谱》的

———————————

① 《庄子·人间世》："此以其能苦其生者也，故不终其天年而中道夭，自掊击于世俗者也。"

② 《山海经·海外西经》记载：并封"前后皆有首"。此处采用该词，一方面，取其双头形象；另一方面，取其含义。并，二者并列之意；封，大者为封。并封，犹言两大。

③ 《海伦》中，莫奈劳斯漂流到埃及，听到还有一个海伦在埃及王宫的消息。他做好两手准备，要谒见埃及王，说了一句话："没什么赛得过可怕的必然。"参见 W. Allan ed., *Euripides*：*Helen*, Cambridge University Press, 2008, 第 514 行。

④ 维吉尔在这点上与赫西俄德堪称一脉相承，在史诗《埃涅阿斯记》中，Turnus 是幸运之神的宠儿，却是命运和诸神的敌人（Philip Hardie ed., *Virgil*：*Aeneid*, Cambridge University Press., p. 68）幸运与命运堪称两大，二者孰为主宰？

神学观念应当有密切关系。揭开这个疑团，著者首先从两组命运女神说起。

这两组神灵从神谱上讲，夜神是卡俄斯之女，为第二代神灵，则莫伊赖是第三代神灵。夜神和宙斯的祖父乌拉诺斯是一辈人，因此从辈分上谈论的话，老一组的莫伊赖应当是宙斯的长辈。也就是说，在前 900 行的神谱编排上，命运是较之宙斯更早的神灵，她们在宙斯出生之前已经掌管神人的运命，就算宙斯推翻提坦建立奥林波斯神统之后，只要提坦时代不曾反对过他的，他也会继续承认莫伊赖的职司。这个意思在《神谱》中也有所暗示：奥林波斯的闪电神召令不朽众神到高峻的奥林波斯山，并说诸神中谁若与他并肩对敌提坦，他便不会削夺其爵禄，甚至会保留前此其在诸神中的每一项权限。又说，若谁在克洛若斯时代无权无势，出于正义，他将授权赐爵与之（388 以下）。因此，可以推想，诸神之王的宙斯在夺权之初，一定认可了老的莫伊赖的职司，而不会失言，否则，其神人之王的宝座必然不稳。收买前朝旧臣稳固新的政权，乃是古今改朝换代的通例，宙斯的奥林波斯神统当也不会例外。但是，这必然留下一个问题，就是既然莫伊赖司掌神人之分，那么她们和宙斯之间如何协调？毕竟，宙斯是最高统治者，而莫伊赖的司掌权限自然包含神灵，宙斯自不会例外。怎能保证，莫伊赖的决定就一定能够体现宙斯的意志。须知，诸神并非那么一无所惧，夜神之子死亡之神是连诸神都为之悚惧的（参考 766），因此作为死亡之神的姐妹，莫伊赖对宙斯神统固然是个助益，然而也未尝不是一个潜在的威胁。要知道，夜神一系毕竟不是宙斯神统出身，"非我族类，其心必异"，宙斯是否会将她们看作自己的心腹大可存疑。为此，当新的奥林波斯政权稳固之后，任命新一组莫伊赖便是水到渠成之举，这里便是新的三女神的出生。她们直接就是宙斯的女儿，权限也是宙斯赐予，作为宙斯的亲骨肉，当然较之外族更为可靠。退一步说，即便他们造反也是宙斯家族自家人掌权。宙斯的智慧在于，将最可能制衡自己权限的一种职司控制在自己手中，命运主管神人，而宙斯又是命运之父，她们当然不会太过有悖乃父的意志，因此宙斯的意志和命运之间便得到了统一。

以 900 行为界，可以得出一个观点，即最高主宰的内部冲突及其解决，诗人似乎是构想通过血缘政治解决权力冲突。在前 900 行中，最重要的问题是宙斯的夺权和权力的稳固，因此需要借助于老一辈提坦神系中的各位，暂时认可了他们的权限。① 而 900 行以后，则更加关注与宙斯之最高权限的问题，出现两组莫伊赖并不是细节上的照应不周，而是故事逻辑发展的必然也应当的结果。宙斯权力和命运的结合，使得他成为一个绝不可能被推翻的主宰。然而，这种解决方式却并不彻底，莫伊赖未必就完全服从宙斯的指令，因此《神谱》最高主宰呈现出"并封"的状态。

下："天命反侧，何罚何佑"

一 《天问》中的"帝"

《天问》诗中有个神秘莫测、却又无所不在的"帝"，通篇 12 次言及这个帝，他似乎掌控宇宙自然、社会人生的方方面面。关于这个帝的争论，历来注解众说纷纭。约而言之，主要有两种观点。其一以王逸为代表，采取随文作注的方法。这同一个"帝"字，王逸或以为成汤，或以为帝喾，或以为帝尧。这样注解，当然有助于具体文义的理解。但是王注的问题在于，文中自有尧舜帝喾等称谓，王逸并没有说明屈子改换称谓的理由；而且，过于具体化的阐释也不利于全篇形成一个整体的结构。另一种意见以林庚为代表，他认为《天问》凡出现的帝字，皆是天帝，这个用法与《诗经》中的帝的称呼完全一致。② 著者赞同林庚的观点，这种理解避免了称谓上的混乱（尽管传统经典一人多名的现象常见，但《天问》有其特殊性，不得与中原经典完全等同），又使全诗形成一个统一整体。屈子《天问》本是一篇追问至高主宰或准则的诗作，③ 这至尊者就是上帝。《天问》中的帝出现在各种场合，恍兮惚兮，若存若亡，他到底怎样一副面目？屈原诗结构井然有序，下文即循着诗作行文顺序，一一疏解这首诗作中的"帝"，以便获得对屈原诗旨的认识。

（一）"天人之际"命题的确立：从"天心靡测"到"道"—"体"之辨

屈子系楚人，作楚语，书楚物，但其植根于华夏文化，在楚与中原文化之间虽有微别，这种差别却只是华夏文化内部的差别。究其终极价值和文化关怀而言，屈子所思所想，也正是中原诸子所关注的问题。而天人之分、体用之别等"形而上

---

① 《庄子·天地》："天生万民，必受之职。"（《庄子集释》卷五上，前揭，第 421 页）宙斯给诸神及凡人分配任务，和这个语境类似。

② 林庚：《天问论笺》，人民文学出版社 1983 年版，各节注释。

③ 王逸曰："何不言问天，天尊不可问。"（《楚辞补注》，前揭，第 85 页）

者"（当然不是现代意义上的形而上学）正是那个时代华夏先贤普遍关心的问题，《天问》正是屈原对此类问题思考的一个总结。而"形而上者"诸问题中的核心便是如何看待殷商以来的"帝"，这个"帝"从甲骨卜辞到青铜鼎铭进而两周文献（如《诗经》《尚书》及《老子》等）屡屡提及，不绝于书。

顺欲成功，帝何刑焉？

该问的背景是鲧禹治水，《山海经·海内经》："洪水滔天，鲧窃帝之息壤以堙洪水，不待帝命。帝令祝融杀鲧于羽郊。鲧复生禹，帝乃命禹卒布土以定九州。"核心在于，帝如何看待鲧盗窃息壤这件事情。对该问题阐释最详者，莫过于南宋大理学家朱熹（1130—1200），其观点集中见于他所著的《楚辞辩证》。朱熹细致辨析了鲧盗窃上帝息壤的细节，其注疏涉及四方面内容：第一，对鲧和上帝关系的评论。上帝欲息此壤而鲧盗之。因此，上帝发怒有理。当然，此处将息壤之息理解为平息之息，息同时还有生息之意。《天问》不应同情鲧，更不应写出诘问上帝之词；第二，对《山海经》的评论。尧舜之时，鲧这人早死了，上帝诛杀的不是人，而是神魂。这就否定了山海经的记载，认为《山海经》是妄说；第三，对《天问》及其相关典籍的评论。《天问》《淮南子》关于息壤的事互相抵牾；因为《淮南子·地形》认为"禹乃以息土填洪水以为名山"，而汉人高诱注以为"息土不耗减，掘之益多，故以填洪水"；第四，对上帝态度的评价。上帝对鲧禹父子态度截然不同，不应如此喜怒无常。[①] 朱子对上帝的看法，类似于克塞诺芬尼（约前565—前473）对荷马和赫西俄德神明的批判。后者认为荷马、赫西俄德等赋予神明过多的情感因素，而他的神乃是绝对不动的一，全知全能。朱子作为理学家，基于万物一理的立场，当然会对《天问》《山海经》等荷马式的神明观表示反对，他认为这些都是好事之徒所作，"特战国时俚俗相传之语，如今世俗僧伽降无之祈、许逊斩蛟蜃精之类，本无稽据，而好事者遂假托撰造以实之。明理之士，皆可以一笑而挥之，政不必深与辩也"[②]。朱熹的理学立场我们可以持保留态度，然其贡献则不容忽略：其一，指出

①《楚辞辩证》下：盖上帝欲息此壤，不欲使人干之，故鲧窃之而帝怒也。后来柳子厚、苏子瞻皆用此说，其意甚明。……若是壤也，果帝所息，则父窃之而殛死，子掘之而成功，何帝之喜怒不常乃如是耶？〔（宋）朱熹：《楚辞集注》，上海古籍出版社1979年版，第192页〕不过，《墨子·尚贤中》有个很特别的说法，认为鲧是上帝之子。曰："若昔者伯鲧，帝之元子，废帝之德庸，既乃刑之于羽至郊，乃热照无有及也，帝亦不爱。"（吴毓江：《墨子校注》卷二，中华书局1993年版，第77页）墨家的立场是试图说明上帝的公正无私，执法不徇私情。屈原的问题，是否有墨家的背景，也很值得认真探讨。

②《楚辞集注》卷三，前揭，第192页。

《天问》此处的帝是天帝;① 其二,这个天帝喜怒无常(尽管他不赞同)。这两点思路,对后学颇有启发。此处的"帝"确实就是上帝,而且也确实是个宙斯式的或耶和华式的喜怒不常、其心靡测的上帝。

不过,要透彻理解这句诗还有个难点,就是如何训诂"顺欲"。顺欲意思是按照某某说的办。问题在于,谁顺谁的欲? 历来注疏者,众说纷纭。约而言之,有如下几说:

1. 鲧顺从大家的意愿。顺众人之欲(王逸),听人所欲(林云铭),鲧顺人谋(夏大霖)。

2. 鲧顺从上帝的意志。顺帝之欲(洪兴祖)。

3. 鲧顺从自己的想法。顺彼(指鲧自己)之欲(朱熹),遂己所欲(毛奇龄),顺鲧之意(蒋骥),鲧狠戾自用,故曰顺欲也(吴世尚)。

4. 依照水性。顺欲成功者,不违高卑之势,从水之性也(黄文焕),顺水之所欲归(王夫之),顺水之欲(徐焕龙)。

5. 禹顺从父亲的意愿。顺欲者禹也。禹修鲧之功,顺鲧欲而成其治也(王闿运),谓禹顺父之欲(马其昶)。

以上五说中,可以首先排除4、5两项。其理由是:就发问语境而言,此处欲应当指人欲,解释为水性,似嫌牵强,排除说法4。再则,这里强调的是鲧和帝之间的矛盾,和禹没有关系。隔两行"伯禹腹鲧",大禹方始出世,排除选项5。余下三种解释,还原到诗作语境中,似乎都说得通:

1. 既然鲧听取众人的谋略治水可能成功,何以天帝还要处罚他?

2. 既然鲧按照上帝的意思治水可能成功,何以天帝还要处罚他?

3. 既然鲧按照自己的意思治水可能成功,何以天帝还要处罚他?

这又可以分为两组:1、3两项突出天帝意志和人欲之间的矛盾,2是天帝自我意志的矛盾。要在这三种理解中选一种作为标准答案,恐无异于缘木求鱼。不过,逆向思考的话,这三种理解中的任何一种,都指涉同一个含义,就是:上帝意志和行为的变幻莫测。而这正是《天问》诗旨之所寄,也正是屈原惶惑不解的大关键所在。因此,三说虽则词旨小异,而大义不殊。这深入中国古典思想的核心,就是天

① 朱熹《楚辞辩证》引《山海经》"帝令祝融殛鲧"之文曰:"详其文意,所谓帝者,似指上帝。"(《楚辞集注》,前揭,第191页)但在文句疏解中又说这是帝舜(《楚辞集注》卷三,前揭,第54页)。这个矛盾反映出正统雅驯之学和方域语怪之说之间的冲突,关于此,笔者博士论文《"神话历史化"假说之再省察》(2009年6月)有详细论述。

意和人类行为之间的关系。简言之,就是"天人之际"。恰恰这个"天人之际",贯穿《诗》(主要是《雅》《颂》部分)《书》等经典,为先秦诸子讨论的共同命题。儒家、道家和墨家都有以"天"名篇的论著,在"天"的名目下探究人事。例如《荀子·天论》《庄子·天运》《鹖冠子·天则》及《天权》,以及《墨子·天志》等。屈原正是在这个大的思想背景下发问的。

启棘宾商,九辩九歌。

此句寓意不甚清晰,大致说的是夏禹之子启得到天乐《九辩》《九歌》的故事。"宾商"二字历来费解,柳宗元(773—819)《天对》率先对"商"质疑,认为该字实是"帝"字之误,① 朱熹袭其思路,将"宾商"读作"梦天"。② 此说系依据文义推测,然并未提出文字学抑或版本学上的确据。不过朱熹之说影响甚大,经清《说文》四家之一的朱骏声(1788—1858)和近人于省吾(1896—1984)考证,商为帝字之误可以定谳。③ 而传统载籍中,梦中宾天是常见的叙事模式,④ 象征天人沟通。通常,宾天主角是帝王或诸侯国的君主,他们都从上帝那获得教益,从而开基立业。如此看来,尽管目前缺乏版本学上的明证,但从文字学和思想史角度着眼,这里"宾商"极有可能是"宾帝"的意思。屈原的发问背景则是,夏启从天帝那里获得音乐的典故。这一故事见于《山海经·大荒西经》《墨子·非乐》及逸书《归藏·启筮》(郭璞《山海经传》引)等典籍。对夏启窃取天乐这一行为,褒贬不一。褒之者以为"乐"既然是六艺之一,"乐教"在古典政教传统中作用甚伟,夏启获得天乐,有助于敦教化厚人伦,从而将其列入为苍生做出巨大贡献的圣贤之列。《天问》注家中不乏沿袭这一思路之人,正面歌颂夏启。他们认为夏禹有圣德,而夏启克绍箕裘,因此也是圣贤。比如:"启能修明禹业"(王逸),"禹之有贤子幸矣"(黄文焕),"克勤之子"(王远、林云铭),"圣王"(蒋骥),"启之贤"(刘梦鹏)。这是占据主流的一派。但是,反过来说,贬斥夏启窃取天乐者也大有人在,尽管这一派相对居于弱势。他们持论根据是,耽于乐舞会造成政治的腐败。其中最

---

① 柳宗元所用为《归藏》典故,见《山海经·大荒西经》"开上三嫔于天,得九辩九歌以下"句郭璞注(《山海经校注》,前揭,第414页)。

② 朱熹曰:"窃疑棘当作梦,商当作天,以篆文相似而误也。"(《楚辞集注》卷三,前揭,第60页)其实这两字篆文并不相似。

③ 朱骏声(《天问纂义》引)。于省吾:《泽螺居楚辞新证》"启棘宾商"条。中华书局2003年版,第172—174页。

④ 比如《史记·赵世家》及《扁鹊传》所载的赵简子之帝所和《汉书·郊祀志》所载秦穆公宾天。

为著名的一派便是墨家，他们从其"非乐"理论出发，指斥夏启"淫佚康乐"，而这是导致国家败亡的根本原因。①

此问话原处含义已无从得知，具体细节也于文献无征。不过，通过字面的"宾天"和"屠母"，可略得其梗概。② 参照古典载籍的叙事模式，宾天无疑是上帝对夏启德行的嘉许。这是谈论夏启有德行的一面，问句应当依从注疏家的主流意见。而屠母则是人伦的大缺陷，诸子百家无论哪家哪派都对此无有异议。因此，宾天和屠母之间便存在一种紧张关系，而这种矛盾集中体现在夏启一人身上。夏启既然有如此德行，获得上帝嘉奖；但其屠母出生，可谓毫无孝行，何以上帝要嘉奖这样一个不孝之人？这也就是屈原致诘的根由。要言之，屈子所真正疑信参半的，恰恰是对上帝的意志。得到上天眷顾的王者或圣贤，其本身的行为果真就圆满吗？③ 这又一次凸显了天帝意志和人世伦常之间的紧张关系。上帝当然是至高主宰，然而这个至高无上者，其意志含混，难以揣测。

问启之后，接着诘问的就是代夏康为政的后羿。《天问》在问羿的行文中，两次提到"帝"。诗曰：

> 帝降夷羿，革孽夏民，何射夫河伯，而妻彼雒嫔？……何献蒸肉之膏，而后帝不若？

古典注疏家对夷羿的评价，和对夏启的态度一样，也有褒贬各一的两套不同话语。问题的关键在于，如何理解诗句中的"革孽"。一派对夷羿持全然否定态度。他们认为，革孽指的是夷羿篡夏，成为万民之忧。如王逸以为："革，更也；孽，忧也。言羿……变更夏道，为万民忧患。"这一说得到了不少注家的响应，如："夷羿滔荒"（柳宗元），"天降夷羿以篡革夏命，而为万民之孽"（杨万里），"神人皆被其忧患"（汪仲弘），"大奸"（黄文焕），"夷羿之造孽"（周拱辰），"革夏祚而孽夏民"（王夫之），"自为孽尤甚"（林云铭），"天帝降此伤残之羿"（徐焕龙），等等。还有一派则认为革孽是除害之意，本是对后羿业绩的褒扬之词。而羿后来又做了不少坏事，和此前的行为大相径庭。如蒋骥的说法："革，除；孽，害也。"引

---

① 《墨子·非乐上》："察九有之所以亡者，徒从饰乐也。"（《墨子校注》卷八，前揭，第376页）

② 《天问》"何勤子屠母"，《吕览·古乐》"勤劳天下"以及《不广》"勤天子之难"，高诱皆注云："勤，忧也。"此亦是忧子之意与？

③ 黄文焕所谓"人生五伦，多不如意之事"。

《朝鲜记》"羿是始恤下地之百艰"（按，原文见于《山海经·海内经》）为说。就是说，夷羿本是上帝降到人间的除害英雄，何以他又要做这么多的坏事呢？故而问句侧重指出夷羿行为的前后矛盾。此外，还有一种解读，就是将羿分为有穷夷羿和尧时羿二人。①

第一种理解占主流，第三种理解也大有拥护者，不过著者更赞同蒋疏。屈子并没有站在儒家立场上，将夷羿看成淫逸的君主典型，从而在脸谱化的人物群像中进行伦理的评判。《天问》是前后一贯的谱属诗作而非史料，不必强求其与经传一致而分辨为二人。虽然诗句提问的具体典故无从知晓，其大旨却是清晰的：上帝既然命令羿作为除害者降临人间，何以他反倒成为一个祸害呢？② 要言之，屈子在此所追问的乃是天命，所谓托之空言不如见诸行事；而不仅仅纠缠于具体的历史事件。屈子字里行间，表露出对天帝旨意的深切怀疑。人间的一切都是上帝的赐予，所谓"孽"无疑也与天帝有关。③ 上帝究竟是否有明确的、一贯的道德准则？为什么除害的人本身反倒成为祸害，原因何在？④ 这样注疏，问题本身的心理深度得以拓展，远比站在主流解说立场给出现成的答案更有吸引力、更富于启发性。屈原不仅仅诘难天命，也拷问人事。《天问》中的羿本只是一位，而相关文献却有两套不同的叙事。儒家经传谓之"冒于原兽"（《左传》），而《山海经》《淮南子》却说他是为民除害的英雄。《天问》另是一套系统，夷羿既肩负为人间除害的神圣使命，本是个德行完满的英雄；在除害的同时，他却成了更大的祸患，以至于神人都遭受夷羿的凌辱？这个形象因此充满了内在张力。屈子并没有单调或武断地说善、恶与好、坏，而是在充满张力的发问中发人深省。于此，他更进一步，将这些日常琐事的追问升华到超验意志，通过夷羿的矛盾行为进而呵问上帝的意志。此处两次提到"帝"字，恰恰折射了《天问》的主要问旨，"天心难测。"⑤

这一疏解深化了羿叙事的哲理内涵，在天理—人欲的框架下，拷问人类何去何从这个根本问题。《天问》超越人间伦理，从超验的视角诘问上帝这个至高无上的主宰者。屈子通过一个个问题，提出了"对与对的抗争"的命题，既充满疑惑和问

---

① 如洪兴祖、吴仁杰、张萱等。

② 林云铭曰："是上帝使革除民患也，何羿之自为孽尤甚，岂帝亦不择于始乎？"

③ 汪仲弘曰：篇中最重帝字，至此方露。帝降者，言万事皆宰于帝，凭帝而畀也。

④ 黄文焕将羿看作上帝降下的"大奸"。曰："帝降夷羿者，古今大奸未有非天之所降者也。天将亡是国，而特生是奸，而予之以乱国之才，乱国之胆，鬼神亦若交呵护焉，非偶然也。"我们不认为除害的羿是大奸。值得追问的是在除害以后他的行为前后判若两人，这缘故何在。

⑤ 王远曰："上言不当降而降，此言当若而不若，皆天心之不可解者，故发问也。"

难，却又对"道（正义）"充满希冀，心向往之。《天问》矛盾层出不穷，矛盾是诗人展开人性思考和究诘的背景。《天问》和《离骚》不同，它在超验的终极关怀下揭示人生的困扰，① 每个问题都隐隐指向一个目标，就是，难以测度的至高主宰。以羿的形象而论，《离骚》说"羿淫游以佚田兮"，态度鲜明地将其视为耽于游猎的君主，是贤君尧舜的反面。而《天问》则不作任何价值判断，悬置一切评价。发问者对人事、对天帝满是狐疑，追问中常常充斥着两难推理。如果天帝是至善的、最高的主宰，那么对夷羿的行为，只能用天命靡常解释。尽管上天本眷顾夷羿，也按照天心行事，他本人也会导致上天"不若"。② 这是天命不常的结果。当然，儒家立场认为，羿不但禽荒，而且"色荒"，犯了为政者的大忌，从而为上天所不喜。天命之所以不常，乃是因为不德所致，这其中自有一套儒家政治逻辑在。不过，上列"天命靡常"论仍然有说不通的地方，这看似微小，却关乎大节。屈原对羿发问，并未问及"天命"，他采用的词始终是"帝"如何如何；而注疏家将"帝"解释为"天命"。在经传传统框架内，这种解释完全可以成立。问题是屈原并非儒家，而《天问》自有本身的问题，不能轻易将屈子的问题等同于儒家的问题。而为了理解屈子，恰恰要将"天命"是否就是"帝"的问题凸显出来。因为诗作中另有"天命"的问题，很难说这两者只是传达相同的观念。"帝"和"天命"的矛盾，也恰恰是《天问》自身的内部紧张。进而，是否存在至高主宰？谁才是真正的至上主宰？

> 登立为帝，孰道尚之？女娲有体，孰制匠之？

多数注家沿袭王逸旧注，认为上句问的是伏羲，下句才问女娲。其实自宋洪兴祖（1090—1155）以来，已有许多人怀疑王逸的说法。③ 周拱辰则以为此段都是针对女娲发问。他通过归纳的方法，指出《天问》存在先发问、后提出主语的文法。④ 而黄文焕虽不曾使用归纳法，却也指出这句是"倒句以见奇"。周、黄之说甚有启发，然需做进一步修正。这种文法实际乃是特殊的思想表达方式，如果仅仅是倒装

---

① 陆时雍曰："《离骚》《九章》止言人事，《天问》言天。"（《天问纂义》，前揭，第383页）
② 夏大霖曰："此极言天命靡常，转移之速，言天命之可畏也。"
③ 洪兴祖曰："逸以为伏羲，未知何据。"朱熹曰："上句无伏羲字，不可知。"
④ 《天问》中尽有上句不说出人名，下句才指出者。如吴获迄古，南岳是止。孰期去斯，得两男子？吴获迄古二句，即下两男子事也。如天命反侧，何罚何佑？齐桓九会，卒然身杀？天命反侧二句，即下齐桓事也。如何圣人之一德，卒其异方？梅伯受醢，箕子佯狂？圣人一德二句，即下梅伯箕子事也。

句，则后面的主语可以提到前面来。而屈子这些问题，主语不能提前，主语提前的话，整个问题的意思就会改变。这类句子，著者把它称为无主语句。无主语句表达的问题不针对特定情形，而是具有普遍意义。和无主语句对应的是泛指句式，如"何圣人之一德""天命反侧"等，无主语句和泛称句都具有普遍针对性。若是前后两问相连，则这两问之间乃是泛问和特指的关系。也就是说，前一问是个普遍意义上的发问，而后一问是这个普遍性问题的一个特殊例证。登立为帝，天帝非一，此泛问天帝的登立准则。而女娲只是其中一位，故在问完一般的准则之后，又举了女娲的特例。后文"天命反侧"句，天命乃泛问，政治代禅皆系天命所为，这是一般意义上的问题。问完之后，随即就齐桓这个特例为问，以充实上问。此外"何圣人之一德"也是此例。

"孰道尚之"的"道"，王逸破读为"导"，训"开导"。其说虽亦通，然从全篇看，似以读为"大道"之"道"更好。这句的意思是，上帝是通过什么法则或途径（"道"）而被尊尚呢？所谓帝，乃指天帝。黄文焕认为前面既然提到浇桀宠幸女色而败亡，此处乃倒叙一笔，追溯历代后妃的事情。舜、高辛都有贤妃，而女娲则以妇人身份君临天下。① 黄说虽有一定理由，然仍嫌隔膜。女娲和舜、高辛之妃即便在儒家经传中，也不具有多大可比性，而《天问》又非儒家传统所能牢笼。另外，此处主旨也不是女色亡国，而是天帝之道。卜辞中的帝指的是至上之神，乃是一个特称。但是到屈子时代，天帝已经成为一个职位，而不是专名。因此乃有五帝（如《孙子兵法》《吕氏春秋》）、众帝（如《山海经》）之说，而后皇、帝等名号下移到人王，天帝的含义遂尔也就湮没不彰。屈子的突破性和先锋性体现在，他通过一系列追问，进一步怀疑到上帝本身的公正性。"帝"既是人间吉凶祸福的主宰，可是为何往往出现行善未必得福，作恶却未必遭殃的悖论？这个上帝究竟还有无公正性可言？为此，屈子问道，登位为天帝，这其中究竟凭借的是什么"道"？在此泛问天帝登位之道的基础上，他又进一步想到了众位天帝之一的女娲，这位人首蛇身的古帝外貌奇特，难道奇特的外貌也是登立天帝的"道"之一吗？这里就将天帝之道的问题深化了，提出了"道"（德行）和"体"（外貌）的关系，而女娲这是这一问题的典型。

这问语中"道"和"体"之间的矛盾，换个角度，就是"德"和"貌"之间的紧张。单单从这一问句看，它是对天帝之道的疑惑，或者说他触及"存在者是如

_____

① 此因浇桀均以妇人败亡，而因远溯前代妃匹女后之事也。舜何尝无二妃，高辛何尝无简狄，女娲则居然以妇人宰制天下矣……孰登立者，孰登女娲氏于民上，推而立之也，天耶人耶……是尊何道而崇尚一女人乎？

何存在的"这个深层问题。如果将该问放还到全诗，其深刻寓意便更为醒豁。全诗有一条爱欲的伏线，眩妻、惑妇等淫妃都有倾国倾城的美貌，然而却没有母仪天下的淑德。她们以其荒淫无耻，成为政治败亡和王权更迭的罪人。而女娲则与其形成强烈对比。何以她形似禽兽，却能登上至高的天帝宝座，成为人间德行的榜样？①《天问》结构精致，珠圆玉润，每一问既独立一体，又与全篇主题紧密相连。女娲一问既是天帝之道的特例，又从整体架构上呼应"德"与"色"的命题，② 同时又影射了"色荒"（妹嬉）的政治问题。③ 从大局着眼，关于天帝之道的问题，其意义相当深远，含义大大拓展：第一，从天人之际的角度追问至高主宰的德行，应该崇尚怎样的"道"，也就是"至道"究竟是什么？第二，从内修与仪表角度，提出了德行和容貌的关系问题。第三，从女权的角度，反思女子能否成为有大圣之德的人。儒家经传认为，唯女子与小人为难养也，从社会身份和道德评价两方面限定了女子的角色。所谓小人，乃和君子相对，君子德行高于小人。女子和小人并列，当然其德行也低于君子。女娲既登立为帝，其德行之广大可知，所谓圣德，岂能仅限于男性君子者流？

综上，可获得一条相对明晰的发问线索。首先点出了帝作为至高主宰，其行为矛盾，惚恍难测，揭示了"天人之际"的命题。上帝的行为难以揣度，那么人事是否概由上帝负责呢？屈原通过对夏启发问，点出帝命和伦常的冲突，人事毕竟自有其理路，非因外铄。而夷羿的自相矛盾，更进一步彰显了天理—人欲的较量？通过注疏家的补充，"天命"问题呈现出来，谁是真正的最高主宰乃成为一个疑难。在此基础上，就有了上帝是否公正的困惑，由此引发出"德"—"貌"之辨，并逐渐过渡到全诗的"爱欲"主旨。

（二）"天人之际"命题的拓展：从政治诘问到哲学探寻

缘鹄饰玉，后帝是飨，何承谋夏桀，终以灭丧？

后帝是飨，当读为"后于帝是飨"。历来许多注家，拘泥地将"后帝"诂训为商汤；唯钱澄之、王夫之将后帝训为上帝，不过仍未达一间。林庚分析了全诗的

---

① 洪兴祖引《列子》：（女娲氏）有非人之状，而有大圣之德。"状"和"德"之间的辩证关系正是问题的重心。

② 邱印文曰："二问闲闲置论，因女娲想女德，半吞半吐，托意在不即不离之间。"

③ 夏大霖曰："此问亦申明妹嬉何肆意，言如以夏亡罪归妹嬉，不几天下不可有妇人乎？岂知妇人固有贤者，第以德不以貌耳。"

"帝"字，指出此处后指人王，帝指天帝。① 这个理解十分贴切。"缘鹄饰玉"一句歧解颇多，对此不做过多讨论。此句细节难以明晰，大旨却可推度。屈原所问乃天帝意志和国祚延续之间的关系；换言之，丰美的祭祀能否保证国祚永固？

既然夏王朝历代君主都能得到上帝眷顾，是什么原因促使夏王朝到夏桀就落得亡国命运呢？上帝自有其行事准则，这个准则也就是前面所谓登立之"道"。仅仅依靠丰厚的祭祀，能否保证国祚绵长，天帝意志是可以通过祭祀收买的吗？② 这冥冥中的天意，非人力所能掌控。③ 当然，屈子或有所疑而问，或明知而故问。此处也有明知故问之嫌。既然君主暴虐不仁，鬼神上帝都不会助佑他，上文"后帝不若"夷羿，与此如出一辙。④

祭祀蠲洁不能求得国祚绵长，那么上帝依据什么令统治者长治久安？国之大事，在祀与戎，屈子质疑"祀"的可靠性。或者说，屈子不但质疑祭祀这个表面的形式，而对祭祀背后的精神内涵和思想诉求也相当怀疑。尽管《离骚》很明确地表达过"皇天无私阿兮，览民德焉错辅"的思想，提出"皇天"和"民德"之间的政治互动关系。屈子在呵壁问苍天之时，是否也想到天和民之间的关系？这个问题，他不止追问过一次，而是反反复复出现在这篇四言长诗中。但是，其思想内涵和《离骚》却大相径庭。

> 帝乃降观，下逢伊挚，何条放致罚，而黎服大悦？……不胜心伐帝，夫谁使挑之？

王逸以"汤"字解释帝字，但自李陈玉以来，诸家都认为这个帝应当是天帝，这是对的。其实最早解释为天帝的是黄文焕，他从君臣大义的角度立论，认为屈子此问同时责问上帝和伊尹。君臣大义究属大节所在，何以商汤伐夏桀，又放之南巢，黎民百姓竟不曾有一人提出非议，反而大多心悦诚服？黄文焕认为屈原在此借责问天帝和贤臣，其实是翻案，目的在于存君臣大义。⑤ 黄文焕乃明末名宦，因受黄道

---

① 《天问论笺》，前揭，第 54 页。

② 夏大霖曰："至桀之享帝，承谋于先王，非犹是缘鹄也哉？何后帝忽不享，而终以灭丧耶？盖桀之灭德，天不可以缘鹄欺。"

③ 陈远新曰："隐见天命非人所能与意。"

④ 游国恩曰："盖暴主残民以逞，鬼神弗享之也。此与上文夷羿献烝而后帝不若同意。"

⑤ 黄文焕曰："帝乃降观者，既咎伊尹，又咎天帝，帝实降观于世，择尹佐汤，尹固不能违天矣。然君臣大义，究竟须存，何以伐桀鸣条，放桀南巢，黎民之众，遂无一人以为非，而反心服咸悦也？周之伐殷，犹有扣马之夷齐，殷之伐夏，并无不服之顽民何也？从来赞汤武者曰顺天应人，屈原责天责人，深致诘焉。翻古今之案，以著君臣之义，毋使篡弑籍口也。"

周钧党之祸牵连而入狱，后又为遗民而终老，其经历有与屈子相同之处，故其注疏亦每每贴切。此处指出在古典思想框架下，这个君臣大义就是人间公道，难道说天注定要使之兴亡，人间公道就可以放弃？① 天道和人道之间的矛盾如何解决？屈子其实是相当困惑的。要言之，商汤代夏这件事上，关键在于如何解释天意和君臣大义之间的关系。这也是中国古典政治史上的难题。

上天要让某家某姓勃兴，绝非朝夕之功，商汤代夏，其源可以远溯商契之时。大凡家国兴盛，必有贤相圣君，这是三代政治的主要模式。古典叙事语境中，商汤代夏、武王伐纣这个征诛模式一般都被解作天意，从而王朝更迭是上苍意志的体现。② 套用这个现成模式，成为历代统治者改朝换代的常见做法。那么，果真没有其他的治民途径吗？屈子当然还在惶惑中徘徊，然而却启迪了后来人，黄文焕一轮的黄宗羲（1610—1695）民—君—天的三位一体关系有了全新的理解。

和黄文焕解释路径不同的是，夏大霖站在天意的角度，认为上天选取有德之君，以代替无德的夏桀为万民之主。而仁厚的商汤本无心伐桀，上天又使伊尹辅佐游说之，使其取代而成功。如果不是天意的话，就不会有百姓大悦这码事情了。③ 这里提出的问题，比如上天和贤佐的关系，比如民心和国运的关系，比如天心和民欲的关系，等等；和前一问其实一脉相承。

稷维元子，帝何竺之？投之于冰上，鸟何燠之？

王逸注曰："帝，谓天帝也。"此说甚是。这句诗难点在"竺"字上，历来有如下两种相反的说法：

1. 认为竺是厚爱的意思。竺，厚也。持此论者有王逸、洪兴祖、王夫之、徐文靖、戴震、丁晏诸家。竺，笃也。持此论者为钱澄之。

2. 认为竺是毒害的意思。竺，当读为"天祝予"之"祝"，或"天夭是椓"之"椓"。朱熹、徐焕龙之说。竺、笃作毒解。蒋骥、王邦采、胡文英、俞樾、王闿运等持此说。

黄文焕认为，既然天意难测，谁能够从一开始便想到结果如何？碰上个恶贯满

① 李陈玉："岂天之所兴，人间公道遂可泯邪？"

② 贺宽："帝之生尹，岂以是开征诛之局耶？其溯简狄也，盖曰生契之时而已定为生商之天下也。"

③ 夏大霖："言惟桀之灭德，天乃临时降观有德者，命之为生民主；又鉴汤心不能伐桀，下逢伊挚，以俾之使挑伐桀，皆天意也。若非天意，则伐桀为逆施之事，鸣条致罚，宜黎服所不悦，何反大悦乎？"

盈的纣王，就算武王没什么德政，也足以兴周灭纣，成就王业；更何况周积累了数代德政呢？本来人之降生，须得阴阳相须，父精母血孕化始成，何以天帝独独厚爱后稷，通过感生的方式降生？这种降生方式很为怪异，上帝的意志谁能把握？鸟儿却知道用翅膀温暖婴儿，它们偏偏就晓得天帝的心思？这更加奇怪。① 黄文焕的说法自有理致，不过他赞同将"笃"理解为"厚"。如果依据这一解释，则该问就没有什么韵味：既然后稷是元子，何以上帝厚爱他？这话本不待问而自知。

著者还是赞同训"笃"为"毒"，既然后稷是天帝的"元子"，何以上帝还那样荼毒他？比如让他受冰冻之苦，遭牛羊践踏之难，而后稷皆一一逃脱，这究竟是何缘故？其实，这表面问的是后稷的身世，而实际还是着眼于古典政治的一个中心议题，就是"帝"与"元子"的关系。王朝更迭所借助的政治神学术语，通常是上帝"改厥元子"。元子为上帝长子。根据郑玄经义，凡民皆为上帝之子，而皇帝特为长子而已。这一方面继承"四海之内皆兄弟"的儒家精神，另一方面也为民胞物与的宋学奠基。这套思想资源已蕴含有生而平等的意识。而主要矛盾的主要方面还是上帝的意志。和前面的问题一脉相承，这段问语依旧点出了天帝和人主之间的紧张。人间君主如何窥测天心，依据天之所欲行事，以便上顺天帝，下抚万姓，这才是屈子所关心的主要话题。

> 受赐兹醢，西伯上告，何亲就上帝罚，殷之命以不救？

依据王逸之说，殷纣以大臣为醢，并遍赐诸侯，西伯上告天帝。纣王身受上天致罚，以至于成为亡国之君。② 上帝正义地处罚人间的不公。这里包含放弃贤臣必遭天罚的思想。③ 不过，纣王之灭，也是咎由自取。人主必须反躬自省，修行德政，方可得到上天的眷顾。④

屈原通过对"黎服""上帝"和"元子"这三者关系之间的发问，逐一提出了古典政治思想史上的问题。他在上帝意志这个超验视角下，问了祭祀和国祚的关系，问了民欲和上帝意志的关系，还追问了"元子"和上帝的关系。合而观之，这体现

---

① 黄文焕曰："始生之天意，岂知其卒之至是哉？有纣以为周之资，周即无累代之德，足以王矣。况自唐虞以迄殷世，德厚递积乎？是以复逆溯于元子也。帝何笃者，男女构生，人道是尝，稷乃因于履帝武，是帝偏爱于稷也，可异也。帝固有心矣，人莫能测帝之心，鸟复何知而偏从冰燠之，是鸟凡能测帝也，尤可异也。"

② 《楚辞补注》，前揭，第114页。

③ 陆时雍曰："语曰：弃贤实为弃天。贯盈之罪，所以不赦乎？"

④ 徐焕龙曰："纣自盈其贯，若上帝犹未决意罚之，彼则亲为之就，殷命斯不救。曹耀湘曰：纣不悛悔，自以其躬就致天罚，故不可救也。"

了中国古典政治的结构模式和运作方式。就其结构而言，"天"（和"帝"）与"元子""黎服"构成第一层次的二分关系，亦即"天人之际"。而"元子"与"黎服"之间构成第二层次的二分关系。因此，当涉及国家运数时，天人之间的紧张关系凸显出来，往往通过第二层次的二分关系推动第一层次的二分，即利用"民心"窥测"天心"。"民心""天心"的关系，转化为现代术语表达，就是民意（比如民主）和正义（所谓人权，平等）的关系问题。古典思想和现代思想之间并无不可跨越的鸿沟，只是对同一个形式赋予不同的思想内涵。

至此，《天问》的政治追问达到一个高潮，而这些问题成为后世思想家取之不尽的一个思想源泉。屈子涉及天—君—民的三位一体的政治神学或政治哲学结构，历代学人的讨论概不能出此范围。当然，屈原不是现代意义上的政治哲学家或神学家，他没有对这些问题给出自己的解决方案。然而，这些问题却吸引了无数的后来者，从孟子的民贵君轻到黄宗羲的君主天下之大害到孙中山的三民主义，都与此一脉相承。

尽管《天问》全篇关于帝的问题，主要集中在政治方面。但屈子也会追问一些人生方面的问题，关于彭祖的长寿，他问道：

> 彭铿斟雉，帝何飨？受寿永多，夫何久长？

如果彭铿确实代表了楚祖，那么这里可能如注疏家所解读的，通过人命的长寿比拟国祚的永久。文字背后却似乎仍有政治背景。斟雉本来就是个小事，举手之劳而已，何以众人不长寿，独独彭铿能享寿八百？其"道"何在？国君不应从中汲取一些经验教训么？①

这一解释虽不无道理，但却离文字字面甚远。其实屈子情感丰富，趣味多样，并不只每日形容枯槁地只思考政治问题，好整以暇地穿插些琐语杂谈，正是其为问不拘一格的表现形式之一。此处就只是追问寿命，求之愈深，去诗旨弥远。

朱熹站在理学立场，全面否定"彭铿斟雉"，他既不同意王逸《章句》斟雉给帝尧之说，也不赞同祭祀天帝之论。② 朱熹的立场，我们不赞同。不过其观点却有

---

① 夏大霖曰："此以寿人比寿国，见祈天永命自有真……铿年八百，寿命永多，岂帝享其斟雉所致？然则人尽能之事，而寿未能如其永多也。则何以寿长，必自有道矣。知此则知有国者欲永天命，当思何以戒之矣。"

② 朱熹曰："但此本谓上帝，已为妄说，而旧注以为尧，又妄之尤也。"参见《楚辞集注》卷三，前揭，第70页。

可供借鉴之处。他否定帝乃上帝的疏解，而著者则反其道而行之。此处的"帝"，本该指天帝。这里问的是上帝和人间寿夭的关系。① 如果从《天问》的主题分析，这可能传达出屈原内心的隐痛。他是借彭铿这位楚国先人，影射他所效忠的国君楚怀王。这句问话的主旨是：人的生死寿夭都是天帝的赐予，何以上帝独独厚爱彭铿，而却菲薄他的后人楚怀王，使其受欺于秦国，客死他乡呢？②

　　　　薄暮雷电，归何忧？厥严不奉，帝何求？

该句训诂，历来众说纷纭，有三种理解较为理致。

其一，有人援引周公出居于东、天打雷电的典故，指出尽管上天示警，而一旦遇见昏庸的君王，即便上帝也没有办法。③ 要之，此乃"问天不应"之意。④

其二，结合当时的政治形势，通过顷襄王和阖闾的比较，阐发诗中大义。诗中另有一处"能流厥严"，和此处"厥严不奉"，两句都使用了"厥严"这同一词汇。我方能够通过武力震慑他国，称为"流"，他国被我方的武力所威服，称为"奉"。因此，阖闾能够复仇，就有"能流厥严"之赞。而顷襄王不能为父雪耻，便有"厥严不奉"之责。不能复仇，这不是上帝之过。正如有功不与上苍相关，有过失却与上天有何相干呢？⑤ 这一解释依托具体的史传叙事，消解了上天作为道德判断的至高准则，将人的吉凶祸福归结到自身，而这人自身突出的一个主题，就是尊严。

古典语境中，雷电往往是政教的象征。屈子此处可能写实景，也可能是虚写。依王逸注，这是屈子呵壁后，日色近晚，雷电交作，自问是否归去的情景。⑥ 如果从取象的角度理解，则君子慑于雷电之威，就应该反躬自省，加强自己的德行修养。⑦ 自我反思之后，诗人将问题就引向天帝和人王之间的关系。既然君王昏聩，

---

　　① 《礼记·文王世子》武王答文王之词，"梦帝与我九龄"（《礼记集解》卷二〇，前揭，第552页）；《墨子·明鬼下》载勾芒对郑穆公之词，曰"帝享女明德，使予锡女寿十年有九"（《墨子校注》卷八，前揭，第332页）。上帝赐寿，乃当时共有之观念。

　　② 黄文焕："其引彭铿，则尤呼天之深痛也。人生寿夭皆由天帝，帝何所飨于铿，而畀以八百之久长乎？叹怀之被欺致死，不克多一日之命，考终于本国也……若是乎命之不均与？"

　　③ 徐文靖曰："顾后世人臣被谗居外，天即动之以威严，而视天槽槽者，多忽而不奉，则上帝又复何求乎？"

　　④ 丁晏曰："帝，天也。盖言问天不应，故《天问》至是将终也。"

　　⑤ 黄文焕："厥严不奉，则叹襄之不思复仇也。我能布我之严于他国，则为流；使他国惮我之布其严，则为奉。阖善复仇，故能流严。襄不思复仇，其谁惮之？其谁奉之？……此曰帝何求，又怅然于非天矣，子不为父复仇，而徒欲问帝求福，帝不任受咎，亦岂任受功哉？"

　　⑥ 《楚辞补注》，前揭，第117页。

　　⑦ 汪仲弘："易曰：洊雷震，君子以恐惧修省。屈子省身无过，归何忧乎？"

不知醒悟，威严日堕，就算他要向神灵邀福，又怎能得到呢？① 也有可能是屈子自己的思考，既然我屈原这样忠贞不渝，都不被接纳，不能继续侍奉君王，哪里还敢向天帝祈求进一步的福禄？②

要而言之，这后面四问都是涉笔成趣的小品，随机穿插，而与政治主旨了不相涉。问旨突出上帝对寿命和"厥严"之赐。但这看似闲情逸致的追问，却包含着深邃的人生体悟，寿命和尊严乃与每人自身息息相关。和前面关于"帝"的问句比较，呈现出从政治问题向哲学问题提升的脉络。

从以上可以归纳出，屈子 12 次对"帝"的追问，突出了一个中心，就是上帝意志的恍惚难测，这些问题当然并没有确切的答案，也无从给出答案。通过这样一个"天心靡测"的上帝，屈子构建了一个超验的思想层面，人生、社会的诸多问题就在这个层面下展开和解决。本问按照诗作原本的结构，梳理出一条线索：从上帝意志的变幻莫测命题提出逐渐过渡到上帝和爱欲问题，又从上帝和政治关系逐渐升华到哲学层面。

二 《天问》中的"天命"问题

除了作为最高主宰者的"帝"之外，《天问》应当注意的还有"天"字。这个"天"字出现在本诗的题目中，其重要性自不待言。问题在于，诗题及诗篇中的"天"，其意涵是否就等同于"帝"？对于此点，历代注疏家几乎从未加以留意。他们众口一词，将古籍中的"天"（超验神格化的）诂训为"帝"，或者将"帝"诂训为"天"。"天""帝"看来无非只是同一事物的不同文字表达。冯友兰（1895—1990）有"自然之天""命运之天"等划分，但是这一类划分却并不适宜放还到古籍中，那样往往使得天的含义支离破碎。古代自有"自然""道德""命运"等词汇，不必假天而后乃能表意。不同的文字必然有不同的含义，尤其《天问》这样一首书法独特的诗作。通过阅读赫西俄德的《神谱》，著者发现谱属叙事框架中，存在宙斯和性分这两位互为掣肘又相互妥协的神明，换言之，《神谱》中对至高主宰的设置乃是一个"并封"的结构。那么，这种结构对于理解《天问》是否也应当有所启发。下文著者即尝试从文献系统中对"天"的使用入手，对比勘察《天问》一诗中的至上主宰。

---

① 王逸曰："言楚王惑信谗佞，其威严当日堕，不可复奉成，虽从天帝求福，神无如之何。"
② 汪仲弘："言大君在上，己不能积忧以感悟而侍奉之，敢向窈冥之中，希求天帝之福乎？"

自卜辞、青铜铭文已降，天乃是一个应用范围极广，而使用频率极高的词语。而最富思想内涵的是天命、天道、天罚、天佑一类用法。比如，现藏于北京保利艺术博物馆的《遂公盨铭》，开篇即有"天命禹敷土"，可与《诗经》《尚书》等儒家经传相互参照。而言天之罚佑最为形象的当属《左传》，该书中的"天"不是自然意义上的天，而具有伦理内涵，在某种程度上已经人格化。《左传》中的天往往被指认为"帝"，也就是传统观念中的至高主宰。"天"通常是人间祸福妖祥的主宰者和施发者。《左传》是儒家《十三经》之一，相当有代表性。不妨将《左传》用例作为背景，以与《天问》中的"天"相互阐发。《左传》叙事中，上天通常会降下祸殃、灾害，通常会使人丧失判断能力，或者夺取一个人的生命。这也是儒家其他经传普遍存在的情形。其例如下：

上天赐福于下土，或者给人间降下祸殃。降祸之例如：天祸许国（隐一一秋），天降之灾（庄四），天殃（襄二八），天厉（襄三〇十月），天灾（昭一八），天祸（昭二八），天降祸（昭三一），天感（哀一五）；等等。赐福之例如：天方授楚（桓六春、宣一五春），天去其疾（桓八），天祚之（闵元），天赐（僖二三年十一月），天奉（僖三三、哀二四夏），天赞（昭元），天福（昭三秋），天所相（昭四春），天禄（昭二五），天救之（昭二七秋）；等等。要言之，天是祸福之主。

天左右人世间的判断，或径直夺走人的生命。如：天夺之鉴（僖二秋），天夺之魄（宣一五），天毙阳虎（定七），天其殀诸（哀六）。要而言之，天对人事私有空间进行干预。

天对凡间政治形势的决断。例如：天弃商（僖二二），天未绝晋（僖二四），天之所乱（昭一九），天所废（昭二二），天弃之（昭二三八月），天以陈为斧斤（哀一五），天亡之（哀一七）。总之，国家兴亡，由上天的意志决定。

上天会启发人间君主，或假手人间势力实现其意志，所以，天启之（闵元、僖二三、襄三一十一月），天欲使卫（僖一九），天诱其衷（僖二八、定四、哀一一），天假之年（僖二八），天使（宣三），今天或大警晋（宣一三秋），天逞其心（昭四春），天之假手（昭一一），天明（哀元），天训（哀元）。统而言之，上天具有一定程度的人格化特征。

根据上天作为主宰的这一思想，人间的礼法、准则也被看作是上天所制定，并由此成为人间行为的标准。如：臣无二心，天之制也（庄一四）；符合上天意志因此叫作"得天（僖二八）"，反之则为"孤不天（宣一二）"。余如：天不假易①（桓一三），背天不祥（僖一五），天命未改（宣三），天道远人道迩（昭一八夏）。

从《左传》用例看，上天是个超验的、非人力所能掌控的力量，但却对人间的存在和政治生活有着无孔不入的影响。这是我们《天问》中的"天"的一个思想背景。

（一）"天问"解题

题目中出现的"天"字，历来注疏家，各执其说。今归纳如下：

1. 尊天说。王逸以为"天尊不可问，故曰天问也"。

2. 寄意于天说。洪兴祖曰："盖曰遂古以来，天地事物之忧，不可胜穷。欲付之无言乎，而耳目所接，有感于吾心者，不可以不发也。欲俱道其所以然乎？而天地变化，岂思虑智识之所能究哉？天固不可问，聊以寄吾之意耳。楚之兴衰，天耶人耶？我之用舍，天耶人耶？国无人，莫我知也，知我者，其天乎？"

归纳起来，洪兴祖的意思主要有两点：第一，是说忧虑的普遍存在系之于天。人生充满苦难，屈子有感于所见所闻，不得不发。可是人的智虑毕竟有限得很，难以准确而又全局地把握天道，故通过发问的形式寄托情感。第二，是设身处地地考虑到屈原的现实处境，屈子的悲剧和愤懑主要来自于政治上的抑郁不得志，空怀报国之志，却没有施展才能的广阔空间，为此只能向苍天倾诉发问。

3. 天命不常说。汪仲弘曰："盖天无显言而有默命，问无专旨而意有独存。篇内一千五百余言，总所以明天命之一言。一百五十余问，总所以明命不于常之一问。"

汪说从诗作全局着眼，以"天命"二字点明诗旨，甚是。此外，他还独到地指出两点：第一，上天虽然不言，可是冥冥之中有其章法，能够惩恶扬善。② 第二，发问这种探究形式不主一意，可是却能够传达出某种本质性的精神内蕴。只是他未能申述得更明晰的是，"发问"既从形式上表现出探索精神，又避免了论述体格滞碍于一定结论的局限性。

4. 天道难解说。李陈玉曰："天道多不可解。善未必蒙福，恶未必获罪；忠未

---

① 原文为"见莫敖而告诸天之不假易也"。杜预注："言天不借贷慢易之人威莫敖以刑也。"（《春秋左传正义》卷七，前揭，第1757页上栏）

②《尚书·洪范》"惟天阴骘下民，相协厥居"句，孙星衍疏证引史公疏证云："言天阴覆下民而定其居，视其合于善恶以定之。"参见《尚书今古文注疏》卷一二，前揭，第293页。《礼记·王制》"凡制五刑，必即天论"郑注："必即天论，言与天意合。"参见《礼记集解》卷一四，前揭，第371页。

必见赏，邪未必见诛。冥漠主宰政有难诘，故著《天问》以自解……不曰问天，曰天问者，问天则常人之怨尤，天问则上帝之前有此一段疑情，凭人猜揣。"

李说"天道难解"也就是汪氏所谓"命不于常"的意思，只是较之汪说更为细致。他独具只眼地指出"天问"和"问天"发问视角之别。前者是从人的角度看天地间万物之忧，仅仅是一般的怨天尤人而已。而后者则是天帝的超验视角，"凭人猜揣"照应了洪兴祖所说的"岂思虑智识所能究"。

持类似说法的还有林云铭（1628—1697），曰："……总以天命作线，见得国家兴亡，皆本于天。无论贤臣，即惑妇、馋谄，未必不由天降，或阴相而默夺之，或见端于千百年之前，而收效于千百年之后。天道不可知，不得不历举而问也……其从天地未形之先说起，以有天地方有人，有人方成得世界，自此后，茫茫终古，治乱纷纭，皆非人意计所能及，恐无时问得尽也。"

林氏的观点是，国家兴亡和惑妇贤臣生降，都自有上天决定。这个天意又是难以揣度变化莫测的，屈子有所惶惑，因此援引故说——发问。在天道不可知这个论点上，他和前人都达成默契。不过林说的优胜之处在于，他指明了问天地一段之于全篇的思想意义。他说这段本为人事治乱而设。这就避免将前段看作是有关自然的问题，将后段看作历史人生和社会问题，从而拆散浑成如一的诗作，瓦解其整体的谱属式结构。

5. 天理昭著说。王夫之曰："原以造化变迁，人事得失，莫非天理之昭著，故举天之不测不爽者，以问懵不畏明之庸主具臣，是为天问，而非问天。篇内言虽磅礴，而要规之旨，则以有道而兴，无道而丧。黩武忌谏，耽乐淫色，疑贤信奸，为废兴存亡之本。"

王夫之之说其实是汪、李二说的综合发展。将"命不于常"的命题改换为"天理昭著"，从而恍惚不测的"天道"也就"有法可依"，从而善恶有报，圣君有道而国家兴亡，庸主失德而社稷沦丧。该说虽然不错，不过和《天问》的实际情况还是有些微差距，屈子此篇固然并非只是发愤之作，[①] 但也确实没有提供准确的答案，而是充满怀疑、彷徨的追问。在诗篇中，他以重估一切价值的探求语气，诘问自天地开辟以来的一切事端。王氏之说，似乎将问题简单化了。

陈远新进一步发挥说："天即理也。理有可信，亦有可疑。理可疑，固有问。

---

① "原本权舆亭毒之枢机，以尽人事纲维之实用……抑非徒泄愤舒愁已也。"（王夫之：《楚辞通释》，上海人民出版社1975年版，第46页）

疑而问，即以问而使人悟，故举曰天问也。"

这个说法也有简单化之嫌，屈子此处不是要教化他人，而是追问存在的意义。

6. 天统万物说。游国恩云："是则天无所不包，屈子以《天问》题篇，意若曰，宇宙间一切事物之繁之不可推者，欲从而究其理耳……盖天统万物，凡一切人事之纷纭错综，变幻无端者，皆得摄于天道之中，而与夫天体天象天算等，广大精微不可思议者，同其问焉。"

游氏侧重于知识之问，以《素问》比拟《天问》，其实以"问"名篇的还有《小问》（《管子》）、《鲁问》（《墨子》）等，"问"恰恰是一种求知方式，更是古典政治生活的一种存在方式。为此将天分解为天道、天体、天象、天算等诸个范畴。天无所不包的观点可以接受。确实，《天问》一诗数次提及自然意义上的"天"，比如"天极焉加""九天之际""天何所沓"及"天式纵横"等，这些都可以归入游氏所说的天象天道范畴，不过划分过细则难免支离破碎之弊。

统观以上几家代表性的意见，可以得到一个印象：古典注疏者无论汉代的王逸还是清儒，都深刻地体悟到屈子"尊天"或"明天命"的一面。"天"被视为超验意志的象征，杳杳冥冥，非人力所能把握，它干预着人间的吉凶祸福。而这一点，恰恰是《天问》最核心的诗旨，也是古典文教—政教传统的基本问题："天人之际"。这种理解有其存在的现实土壤，就是以儒家传统为代表的古典学术服务于传统的政治制度，而这种制度需要在天—君—民的框架范围内寻找合法性。至近代以来，西学传统的引入，改变了传统视野，现代学科传统不需要为现实论证，而只需要以科学理性（更多的是工具理性）介入古典素材，因此更多地采取一种对象化的分析态度，从而难以达到"同情之理解"的思想深度。游说虽然力图详尽地列举诸如天道、天算之类的含义，却并没有给出"天"以任何道德的、价值的按断，而只是从知识的角度分析了天所可能有的含义，游氏的《天问纂义》更多的是史料学的、知识论的注疏方式，① 难以与当下的生命存在发生关联。这固然与古今之变的外部环境相关，却也是学术范式转型的自然结果。著者更赞同的是古典注疏学者的立场，他们在《天问》中读出了当下存在的意义，与生命实践息息相关。

（二）"天命"衍义

《天问》既是一部有关天命的诗篇，又是关于人类存在之命运的问题。诗作中

———————————

① 夏大霖尽管主张《天问》"策问之式也"，却也点出了"皇天集命"的主题。古典注疏家虽然视角不同，但却能够殊途同归地达成默契。由于政治语境的变迁，现代学人对古典政教传统已经相当隔膜。

主宰着人间祸福的是作为至高之神的"帝",也就是上帝或天帝。可是"帝"却并非《天问》中的唯一主宰,此外还有一个似乎相当强大的"天命"。尽管诗作明确提到"天命"(或"命")的句子为数寥寥,却相当关键。屈子《天问》中的"命"有两个层次的含义;一是通常意义上的性命、生命,如"击床先出,其命何从""蜂蛾微命,力何固";二是指上天的运数和大命。通常"天"和"命"常常搭配出现,"命"单用时也可用以指"天命"。在介入《天问》"命"的分析前,需要一个传统视野,而最周详地思考命的思想家当属汉代大儒董仲舒(前179—前104年),董仲舒突破了古典的命有三科之说,提出了大命—变命的崭新思想。

命有三科之说,指正命、随命和遭命三种样式。这种观念广泛见于古典载籍,其具体含义是,不需要通过操守行事而吉祥、福禄自然而然而至,谓之正命。善有善报,恶有恶报,谓之随命。这是稍微差一点的层次。无论行善还是作恶,总是有凶祸,这不是人力所能改变,称为遭命。① 这是最差的层次。"正命"也被称作"受命"或者"寿命"②。就适用范围而言,这三种命运针对个体,和国祚大命没有关系(尽管有典籍记载以来,命就用来表示国运)。董仲舒大大拓展了命的内涵,将国运和普通人的命运纳入统一的解释框架,改变了以往的阐释格局。这些思想见诸其所作的《春秋繁露》。

董仲舒认为人生有个命运的本体,他称为"大命";这个作为人生存本来面目的大命,会随着实际生活的改变而变化,称为"变命";如果因制度缺陷或社会习俗造成不公,才不尽其用,抑或生不逢时,出现这样的情况,乃是由于随命和遭命。③ 传统注家援引命有三科解释董仲舒此处的思想,而这与命有三科有本质差别。

---

① 《论衡·命义》:"正命,谓本禀之而自得吉也。性然骨善,故不假操行以求福而吉自至,故曰正命。随命者,戮力操行而吉福至,纵情施欲而凶祸到,故曰随命。遭命者,行善得恶,非所冀望,逢遭于外而得凶祸,故曰遭命。"(黄晖:《论衡校释》卷二,中华书局1990年版,第50页)

② 其他典籍除随遭二名相同之外,也有将"正命"称作"寿命"或"受命"的。《白虎通》:"命有三科以记验:有寿命以保度,有遭命以遇暴,有随命以应行。"《疏证》博引《礼记·祭法》注疏、《孟子·尽心》赵岐注、《论衡·命义》及《左传》成一七年注等文献证之。"诸传之说皆同,唯赵岐所言随命微异,当以此及纬说为正。"参见(清)陈立《白虎通疏证》卷八,中华书局1994年版,"寿命"条。所谓"微异"是指:诸家以为随命是行善得福,行恶遭祸;而赵岐以为行恶得恶为随命。据文义看,自当从诸家之说。不过《庄子·列御寇》:"达生之情者傀,达于智者肖,达大命者随,达小命者遭。"成疏:"达悟之崖,真性虚照,傀然悬解,无系恋也。""大命,大年,假如彭祖寿考,随而顺之,亦不厌其长久,以为劳苦也。""小命,小年。遭,遇也。如殇子促龄,所遇斯适,曾不介怀耳。"(《庄子集释》卷十上,前揭,第1059页)

③ 《春秋繁露·重政》:"人始生有大命,是其体也。有变命存其间者,其政也。政不齐则有忿怒之志,若将施危难之中,而时有随、遭者,神明之所接,绝属之符也。"参见苏舆《春秋繁露义证》卷五,中华书局1992年版,第149页。

最根本的差别在于，董仲舒思想中，命划分为两个层次，我们姑且名之为超验和经验层次（当然，这一对源于西哲传统的术语未必完全适用）。他先设定一个超验的"体"亦即"大命"，这个大命是绝对的"善"（"天命之谓性"而"性本善"）。在这个绝对的层面观照之下，才开始讨论经验的、人间的命运，他将此称作"变命"，亦即随具体环境的变化有所不同。大命—变命乃是第一个二分，呈现出第一个逻辑层次。第二个逻辑层次则是在变命基础上的二分，如果"政不齐"，时势不偶，便会有随遭之命的区分。反之，如果人生逢其时，则和绝对的"大命"一致，此时也称为大命。若对董仲舒关于大命、变命思想的理解可从的话，则可进一步思考《天问》中的"命"。大多数情况下，《天问》之"命"正是在绝对的、超验层面上使用，相当于《春秋繁露》之第一逻辑层次上的"大命"。这一用法也普遍见诸经传，乃是沿袭了两周以来的"天命"思想。比如《天问》问周朝夺取殷商天下，曰"列击纣躬，叔旦不嘉，何亲揆发，定周之命以咨嗟"，所谓"周之命"就是指周家的天命而言。又问商纣之所以失去天下，曰"何亲就上帝罚，殷之命以不救"，所谓殷之命就是指殷纣的天命。这两处"命"遣词造句完全相同，都是在上天的超验的大命层次上使用，同是政治神学意义上的，指国家兴衰的运数，而与个人的运数不同。《天问》另外问及"天命"的用例还有几处，下文则一一疏证。

> 天命反侧，何罚何佑？齐桓九会，卒然身杀？

王逸注以为天道福善祸淫，赏善罚恶。在这个准则下，个人命运不同，祸福难测。[1] 这包含两层意思：首先，肯定天意是公正的（善者佑之，恶者罚之），这是一个绝对准则。其次，说明人事难测，不能准确地知道福祸善恶，从而难以把握自己的命数。王逸将上天理解为公义的化身，而人类的未来迷离倘恍，难以把握。王逸之说相当主流，但也有持不同看法的，如唐代思想家柳宗元，其《天对》曰：

> 天邀以蒙，人厶以离。胡克合厥道，而诘彼尤违？

意思是说，天道幽微深远，非人力所能够掌控，怎样能和天道一致，去指责人的罪过和僭越呢？柳宗元没有强调天道的绝对公正，而是突出人在天道面前的渺小和无能为力。杨万里（1127—1206）继承了柳宗元的看法，并略有修正。他认为，

---

① 王逸注："言天道神明，降与人之命，反侧无常，善者佑之，恶者罚之。"

天道既然悠远难测，而凡人又是这样渺小，怎么能够指责上天惩罚和佑助的公正与不公呢？齐桓公的祸福，只不过自取之而已，和天道有何干系？① 相对于王逸而言，柳宗元、杨万里其实持天道不可知论。

前文分析过，这两问乃是一组泛问—特例的关系，换言之，前后问句之间是一种演绎关系。贺宽指出"天命反侧"句并非单为齐桓而发，而是承上启下之语。他还慧眼独具地指出，该问和褒姒、女歧连类而举，从天命的角度提出了女色与政治的关系问题。② 贺宽这里点出的解诗方法很重要，《天问》自有笔法。"天命反侧"句不能割裂地视为针对齐桓而发，而应视为贯通全篇的问题。寻味整个诗章的主旨，在此基础上，方可理顺上下文脉之间的关系。贺宽将此问看作影射郑袖，这个解释可能难以坐实，然其思路显然值得借鉴。《天问》本有一条爱欲主线，"天命反侧，何罚何佑"所诘问的，绝不仅仅限于历史层面，而应由此介入绝对层面，即相当于董仲舒所谓的"大命"层面。在这个意义上，"天命"之下，人间万象得以呈现，而齐桓只是其中特例。上下求索文义，其中隐微地关涉到爱欲和命运这个全文主旨。而这并非一言而决的简单问题。

皇天集命，惟何戒之？受礼天下，又使至代之？

诗句呵问的是"天命"和"天下"的关系。先秦诸子罕有不言天命者，包括作过《非命》的墨家。墨子所非的乃是儒家立场的命，却并没有否定上天的意志。换言之，墨家并非不承认天命。《墨子》书中涉及"天命"问题的，是其《天志》《明鬼》两篇。而所谓"天志"，就相当于屈子所说的"天命"。

屈原关于"天命"的问题，大都出现于《天问》一诗末尾。原因可能是，通过前面大量问题的铺垫，诗人卒章显志，在诗篇最后点题。这也说明，《天问》乃一结构完整、构思精巧的诗作。

在古典语境下，政治兴衰最关键的决定因素乃是王者的素质。到底是什么因素决定君主取得天下或失却天下呢？这个问题困扰着古今的政治哲人。王逸在章句中

---

① 杨万里曰："天远而幽，人小而散，何可以合天人而论之，又从而责其罚佑之不常哉？齐桓之事，皆自取尔，天何与焉？"

② 贺宽曰："天命二句，承上启下之语，不专为桓公也。天命靡常，忽佑忽罚。会朝伐商之日，是佑之也。胶舟麋弧之祸，非罚乎？即举齐桓一人而论，九合一匡之日，是佑之也。尸虫出户之日，非罚乎？一身且不保，而祖宗能庇子孙乎？周之褒姒，齐之如夫人，与妹嬉、女歧连类而举，其义又在郑袖矣。"夏大霖和贺宽持相同观点，曰："此结出天命之福善祸淫，原无常定，其转移如转身之速，而举齐桓以一身当天之佑、当天之罚，以证之也。"

补足了一个"戒慎"的维度，而柳宗元则指出"德"的问题，①"慎"的思想潜在于《天问》之中，而"德"则是屈子作品的主题。后来注家大多围绕这两个角度疏证，唯有周拱辰别出心裁，指出了命之正变的问题。他仍从天命不常的角度出发，举例说尧舜禹禅让、汤伐夏、周伐商都是命之正，而羿浞代夏则是命之变。从而有德不一定能够同理天下，有力者也会偶尔窃取神器。② 较之以前诸说，周说拓宽了对天命—天下命题的思考深度。历史究竟是有目的的，还是无目的的？屈原当然并没有像黑格尔或雅斯贝尔斯那样设想过历史起源或目标的问题，但他显然触及了历史何去何从这一类宏大的问题。强烈的历史感乃是屈子诗作的光彩之处，尽管在"天命"之下思考这些问题，但属于立意高远，关怀深切，问题尖锐而又带有普遍性，触及人类精神生活的方方面面，他的这首诗不仅仅是楚国的，进而也是华夏的，进而也属于全世界。这是《天问》对人类思想史的杰出贡献。

天命靡常，是经史传统以来的普遍观念，《天问》以问语的形式穷诘三代兴衰，又以爱欲问题为其主线，贯通整个诗篇，集中表达了"天人之辨"的命题。

列击纣躬，叔旦不嘉，何亲揆发，定周之命以咨嗟？

问题的难点之一是对"揆发"的理解。一种以为，天命神秘莫测，圣人却可以揆度之。依照王逸的看法，武王伐纣过程中，周公战战兢兢，小心地对待上天的妖祥。在白鱼入舟、群臣都认为天降祥瑞的情况下，他以为这还不曾取代殷商，不能懈怠，这就是"不嘉"的内涵。也是他对天命揆度的结果。③ 如果人自身不努力从事，仅仅依赖祥瑞，也可能无济于事。

朱熹认为，"揆发"意为上帝监察武王姬发的心意。这个说法继承《尚书》《诗经》以来的传统，将超验意志和人间圣主意志沟通起来，在政治—神学的思想背景下阐释诗句义理。古典政教传统中，天子乃"帝之元子"，故而上帝自然会眷顾。而选谁为"元子"则非人力所能窥测。要而言之，正是在这个意义上，朱熹才将揆发理解为"帝度其心"④。朱熹的阐释尽管较之王逸更为宏通（这是宋学胜于汉学

---

① 王逸曰："言皇天集禄命而兴王者，王者何不常畏慎而戒惧也。"柳宗元曰："天集厥命，惟德受之。"

② 周拱辰曰："此亦命不于常意，然非德后虐仇之迂说也。古来如舜之代尧，禹之代舜，汤之代夏，周之代商，命之正也。如羿与浞之代夏，命之变也。神器一耳，有德者居之，以旌厥伐。有力者亦时攘之，以逞其不肖之心。福善祸淫，正不必尔。此固造物之茫茫，未可以理叩也。"

③ 《楚辞补注》，前揭，第109页。

④ 朱熹曰："揆，度也，犹言帝度其心。发，武王名。"

之处），但却并非无懈可击。其小疏之处在于，《天问》中的"帝"和"天"（或"命"）含义并非可以等同。这两者之间差别虽然细微，却并非可以忽略。屈子忽天忽帝，决不能不假思索，将二者解释为同义词。

除了帝和命这个难题之外，这里还遇到了另一个问题，就是君臣大义和天命之间的辩证关系。黄文焕以为：

> 列击纣躬，则罪周之严词也。夺其国，又不免其身，既死矣，又忍击之乎？列击，则非一人，非一击也，是周人尽凌其死君也。将诿之曰，阴谋尽属太公，钺斩旗悬，或周公所不喜见，然与武王发揆谋图定周命者谁乎？既已亲揆之于先，即咨嗟于后，何益也？

黄氏之说似乎有点严苛，然政治现实正是如此。朝代更迭绝不仅仅依靠理念或口号实现，血腥和阴谋、谎言和作态往往是政治更迭的主要面目。圣人权变之说不过是实现政治目的的借口而已。[①] 黄说可谓一针见血，其识见超卓，为一般儒生所不敢道。黄氏之论，实则指出武王、周公等圣贤的暗面，从而也就旁敲侧击地指斥天命不公。[②] 天命不公，换言之也就是天命靡测。

由于天命难测，谨慎待之是圣贤们的一贯做法。林云铭将"揆发"理解为周公揆度施发政令，在这些《诰》体文献中，通常有"天命不常"的咨嗟之词，唯恐不小心而有所不当。[③] 正因为"天命"的隐微难测，统治者应实行"德政"，因为皇天无亲，惟德是辅。周朝之所以由小而大，至于取代殷商而有天下，正是一个德政的结果。

> 伯昌号衰，秉鞭作牧，何令彻彼岐社，命有殷国？

西伯昌于商纣式微之际，执政为雍州之牧，他是如何强大起来，竟然取天下共主殷国而代之？这个"命"就是屈子反复追问的关键。[④] 从周以来的思想史框架理解，国运的兴衰，臣子和君主之间变换，往往被视为德政的力量使然。[⑤] 周之代殷，

---

① 李陈玉曰："定周之命一以咨嗟行之，伐国而有不忍之色，此圣人之权也。"

② 如周拱辰指斥武王："亲斩纣头，比巢门之禽兽更甚乎？"陈远新曰："似民心未尝去商……武难问心无愧矣。汤创征诛，问无贬词，而于武讥之，讥武所以甚汤也。"

③ 林云铭："何周公自己揆度施发，如《大诰》《多士》《多方》诸篇，定周之命，皆以咨嗟发之，惟恐其失当。"

④ 王逸曰："言已受天命而有殷国。"

⑤ 王夫之曰："臣主无常，有德则兴耳。"

在传统史传叙事中，荷载了浓厚的政治道德内涵，通常将其看作是德化所及；而常常淡化武王采取军事行动、恃力夺取天下的一面。历代儒家将上周革命阐释为有德而兴、无德则亡的样板。比如《天问》注家贺宽就本着这个观念，认为取代殷商并非文王本意，而是德化结果，自然而然的受到上天护佑。① 当然，德化得通过一定的文教手段，为此有注疏家便将此和文王作《周易》联系起来，② 这种理解当然无可厚非，因为屈子的问题本身并不包含唯一答案。注家完全可以从个人立场或一己之得出发。

上文通过董仲舒"大命"—"变命"的理论构架，疏解了《天问》几处关于"命"的诗例，从而得出以下几点认识：首先，《天问》的"命""天命"可以划分为超验的绝对的和经验的具体的两个层面，前者通常用于国家大运而后者则一般用于普通的个人。其次，《天问》问及历史兴亡的例子，都包含着一个"天人之际"的辩证关系。最后，和关于"帝"的问题一样，问"天"或"天命"的问题中在天人之际这个关系下，都指向"德政"理想。

通过对"帝""天"（"天命"）等问题的疏解，还有一个收获，则是对《天问》结构的全新理解。和《神谱》一样，《天问》其实也存在双重的超验（姑且借用该词）结构，"帝"和"天"之间哪个才是真正的主宰？该诗并没有给予明确的说法，我们也无从知晓。不过，从观念上分析，"帝"的意志虽然也难以揣度，但形象却较之"天"具体得多，后者远为抽象而神秘。似乎可以说，"帝"代表了超验意志相对明晰的一面，而"天"则指向的是相对含混、模糊的一面。这恰恰代表了人类思考极限的两个维度。

总而言之，《神谱》和《天问》都有多个绝对的主宰。《神谱》中宙斯和莫伊赖共同构成一组并封的至高主宰，而《天问》则是"帝"与"命"并存。宙斯和"帝"代表了至高主宰中相对具体的、可触摸的一面，而莫伊赖和"天命"则代表着相对含混的、抽象的一面。当然，这种划分并不绝对。这个"并封"思想表达了超验意志若隐若现、似有还无的不确定性，徘徊于 M–L 二元结构的两端。

---

① 贺宽曰："以岐周一国之社，通为天下之大社，而有殷之国尽归于周，岂文王初意乎？"林云铭以为文王"原不为灭殷计，乃令其化家为国，非天命所佑而何？"
② 马其昶曰："文王作《易》，《大传》云，其衰世之意邪？"

第四章　《神谱》和《天问》的爱欲

　　从《神谱》中关于爱欲的隐喻的描写入手，但并不仅仅着眼于经验的、现象的层面来理解这首诗中的爱欲问题，而是试图通过对文字表层的分析，进入更为本质的、超验的哲理层面。后文将分两步讨论这个问题：第一，描述《神谱》中的爱欲（尤其女"恶"）现象；第二，将爱欲问题放到全诗的谱属结构中理解其意义。

　　女"恶"是对《神谱》κακòς（kakòs）一词的翻译，该词指潘多拉带来的灾难和消极影响，包含了自然和道德两个层面的含义。① 这和传统意义侧重道德评价的女祸论有别，故而著者用"恶"翻译之。赫西俄德多次使用该词。《神谱》说厄庇米修斯接纳的少女成为凡间"恶"的肇始（κακòν，中性，主格，512），又说赫拉克勒斯解除了普罗米修斯的"苦难"（κακήν，阴性，宾格，527），继之说宙斯为人间谋划了"灾殃"（κακά，复数，宾格，551），下文则多次说到宙斯制造了一个"灾星"代替火种（κακòν，中性，宾格，570、585、600、602、609），又说到雄蜂的"恶"作剧（κακῶν，属格，复数，595），这是人类的"厄运"（κακόν，中性，612）。《劳作》宙斯说要赐予"灾星"，凡人将热情地拥抱着灾星（κακòν，宾格，阴性，57、58），普罗米修斯劝诫弟弟不要接纳宙斯的礼物，以免成为人类的灾难，但后者意识到的时候，灾难已然成为现实（88、89），诗人回叙说在接受潘多拉之前，人类远离恶灵，然而如今它们遍布大地之上（κακῶν，91、101），悄无声息地为人类带来各种苦难（κακά，复数，宾格，103）。

　　总而言之，赫西俄德笔下的"恶"有四种情况，第一种情况用作名词，特指潘多拉这个"灾星"，此时是中性宾格用法，之所以用中性形式，可能是考虑到她的

---

　　① 《邶风·谷风》："比予于毒"郑笺："其视我如毒螫，言恶己甚也。"（《诗三家义集疏》卷三上，前揭，第178页）《诗经》中的"毒"似可用于笺证《神谱》κακòς一词。

中介性质，潘多拉和少女"相像"而不就是一个少女，故而用中性形式是可以理解的。第二种用法是名词的复数宾格形式，此处应当训诂为人间的各种苦难，包括老迈、疾病、死亡等在内，著者用"灾殃"一词翻译之。第三种情况是形容词的复数属格形式，这应当就是指的"恶"的那些事物，《神谱》中著者译作"恶"作剧，而《劳作》中著者把它翻为"恶灵"。第四种情况是名词的阴性宾格的用法，著者以为应当是的是苦难的实际境遇。通常说来，恶大致可以分为两个层面，其一属于自然层面的苦难、疾病、死亡等，相当于汉语中"祸"和"凶"；其二则是属于道德层面的，与"善"的品质相对应的"恶"。但是，赫西俄德关于潘多拉的叙事中，似乎对"恶"尚未做出这样明确的层次区分，而多数情况仍然指向的是自然层面的祸害和灾殃。

上：《神谱》中的"雄蜂"

一 赫西俄德的"雄蜂"

"雄蜂"的比喻出自赫西俄德的《神谱》（594 行以下）。赫氏选用此词来形容女性的好逸恶劳，说她们像"恶作剧"的雄蜂一样。

> 恰似高悬的蜂巢中，工蜂饲养那图谋作恶的雄蜂：工蜂终日忙碌到日落，采集白色的蜂蜜，而雄蜂却待在悬挂的蜂窠中，靠别个辛苦所得，填饱自己的胃。（《神》594—599）

这一段出现在潘多拉①被创造出来的环节中，按照《神谱》的说法，在莫科涅的宴会上，普罗米修斯通过诡计而骗取宙斯上当，从而为人类获得了利益，为此诸神在宙斯的授意之下，便创造了这样一位潘多拉，作为人间获取利益的代价。《神谱》中的雄蜂—工蜂隐喻的是男女之间的劳作与坐享其成的关系，男人必须在外劳

---

① 潘多拉一名未出现于《神谱》中，而是《劳作》一诗中神使所赐的名字。此处为叙述之便，暂且做如此处理。

作,而女人却安逸地待在家中,不劳而获地和男人共享他们的劳动所得。① 女人之被创造出来,并非是为了排遣男人在世上的孤单,而是如同《圣经·创世记》中亚当夏娃的故事一样,是诸神对人类惩罚的一个工具。② 至于女人对家庭的贡献方面,比如生育、家务,在《神谱》中并不曾做过积极的描写。这也能表明诗人的倾向,他将女人比作雄蜂,在其另一诗作《劳作》中再次运用了雄蜂的比喻,今引证如下:

> 饥馑总和游手好闲之徒如影随形,
>
> 那生活怠惰的家伙,神人共愤,
>
> 他们性如无刺的雄蜂,不劳而食,
>
> 挥霍掉工蜂辛劳所得的。(《劳》302—306)

赫氏将生活懒散的家伙称为"无刺的雄蜂"③,而《劳作》却更广泛地指向所有的游手好闲之徒,包括男人和女人,而更倾向于指斥男人,尤其影射了他的弟弟佩耳塞斯。他批评说他们为神人所不喜,从而最终一定时常会挨饿的;他讽刺说他们不劳而获,剥削工蜂的劳动果实。④ 就比喻在全篇所处的位置而言,《劳作》诗中

---

① 荷马史诗中,蜜蜂也被赋予勇敢和坚韧的品质(《伊》12.167),被看作普通士兵的象征(《伊》2.87)。荷马用以比喻众庶的虫类,还有苍蝇(《伊》16.641—643、17.570—572)或大黄蜂(《伊》16.259)。众庶常常通过群体性的劳作或协作,供养极少数的"雄蜂"。这一类比喻点出了群氓的附属性和盲目性,戏谑而又不乏悲凉。

② [英]泽特兰:《女人的起源和最初的女人:赫西俄德的潘多拉》,载《赫西俄德:神话之艺》,前揭,第113页。

③ κοθούροις,雄蜂除了无所事事之外,最大的特点便是没有蜂针,因此这个词的含义极有可能指的便是雄蜂没有蜂针。不过 West 还列举了几种俚俗的训诂:诸如 angry – tailed, sting – hiding, dock – tailed, sitting on their tails, lazy 等等,参见 M. L. West(ed.),*Hesiod:Works & Days*, Oxford:Oxford University Press, 1978, p.233。

④ 此处似乎应该指蜜蜂。但《说文·虫部》"蜜"字条下段玉裁注:"凡蜂皆有蜜,《方言》:'蜂大而蜜者谓之壶蜂。'郭云(指郭璞注):'今黑蜂穿竹木作孔,亦有有蜜者。'是则蜂俗名蜜,不主谓今之蜜蜂也。"(《说文解字注》十三篇下,上海古籍出版社1981年版,第675页上栏)按照此说,蜂类都有蜜,不知赫西俄德所说哪种。不过,他特别指出的是"无刺的",不妨和中国典籍中蜂文化作个比较。《诗经·小雅·小宛》:"螟蛉有子,蜾蠃负之。"《传》:"螟蛉,桑虫也。蜾蠃,蒲卢也。"《笺》:"蒲卢取桑虫之子负持而去,煦妪养之,以成其子,喻有万民不能治,则能治者将得之。"王先谦集疏齐韩三家诗,以为蜾蠃即细腰,亦名土蜂(《诗三家义集疏》,前揭,第694页)。《说文·虫部》"蜾"字条:"天地之性细腰纯雄无子",段玉裁遍引经传诸子,指出《列子》称之稚蜂、《淮南》谓之贞虫(《说文解字注》,前揭,第667页下栏)。按照三家诗的说法,细腰被视作"化民"的象征,而按照《淮南子》之说,则又是贞洁之像。不过,《尔雅·释虫》有土蜂、木蜂之分(《尔雅注疏》卷九,《十三经注疏》本,中华书局1980年版,第2639页中栏),土蜂即此细腰,木蜂乃大黄蜂。《说文·虫部》:"蜂,飞虫螫人者。"段注指出,《礼记·檀弓》及《内则》谓之"范",其子可食,用为庶羞(《说文解字注》十三篇下,前揭,第675页上栏)。《楚辞·招魂》"玄蜂若壶些"以及《天问》"蜂蛾微命"王逸注皆云其有毒(《楚辞补注》,前揭)。

在申述劳作的正当性这个主题时，将人分为三种：尽善尽美的人、优秀的人和窝囊废（294以下），而后他劝告佩耳塞斯去劳作，直到饥馑之神憎恶而五谷女神却喜欢他，在这种情况下采用了雄蜂的比喻，说明懒汉会饿肚子，他们尽管想着像雄蜂那样，不劳而获剥削别人，可是这样神人都不会喜欢他们，他们因而也不会获得任何东西填饱肚子。所以诗人才告诉他重要的是要照料好自己的耕地，以便不至于向他人乞讨而吃闭门羹。由此看得出，《劳作》一诗中"雄蜂"的隐喻偏重于不劳作这一点，其讽劝指向是告诫人们要劳作，这是诸神规定人的义务，逃避劳动的人是可耻的，赫氏在《劳作》中"雄蜂"泛指一种品格，而不像《神谱》那样更有针对性地指向女人。

《神谱》中，诗人在潘多拉被送到人间之后，在说明人间有了柔弱的女性这一品的情形下开始使用这个比喻的。此前，诗人先概括地说了妇人是要命的（591），①她们作为"巨祸"（592）和世间男人生活在一起，受不了可怕的贫穷，而只能和男人一起享受殷实的生活。② 需要注意的是，这里如此形容女人，并非仅仅由于她们的不劳而获，而更可能表现了男女两性之间既互相需要却又斗争的尴尬处境。欧里庇得斯借歌队之口说："女人的床笫啊，充溢着苦恼的所在。"③ 由于女性体质上的柔弱，她们不能充当男性劳作的得力助手，在依赖体力的农业社会，女性的这一局限便尤其突出。但是男性却又不得不需要女性来繁衍子嗣。女性不能生育子嗣的话，就丧失了其存在的价值，从而可以被休掉。生个合法的孩子继承家庭财产，是婚姻

---

①ἀλοίτου，该词语义较重，意为"毁灭性的"。古人以为，对男性而言，女性往往带有某种程度的腐蚀性和毁灭性。《吕氏春秋·孟春纪·本生》："靡曼皓齿，郑卫之音，务以自乐，命之曰伐性之斧。"高注："靡曼，细理弱肌，美色也……以其淫辟灭亡，故曰伐性之斧也。"（许维遹：《吕氏春秋集释》卷一，中华书局2009年版，第18页）《荀子·君道》引语曰："好女之色，恶者之孽也。"（《荀子集解》卷八，前揭，第240页）赫拉等神灵之所以不能宽恕帕里斯，就在于他赞美那位引起致命的情欲的女神（《伊》24.30），给特洛伊带来没顶之灾。其实，这暗含着个爱欲与死亡的命题，诸女仆被忒勒马克斯吊死，正是由于她们和求婚人的鱼水之欢（《奥》22.444及473）。阿喀琉斯杀死赫克托尔之后，忒提斯告知他来日无多，不要悲愁，最好能找个女人和她享受床笫之欢（《伊》24.130）。在神祇眼中，性爱也视为缓解人生忧患的途径之一，通过性爱之欢人类消极地、麻醉地遮蔽了必死的忧患，而暂时沉溺于虚幻的欢快之中。

② 不过，赫克托尔也指责过帕里斯是特洛亚人及其王室的一个"大祸根"（《伊》6.282），他也如此这般地骂过阿喀琉斯（22.288），此处用了和赫西俄德同样的词语。当然，帕里斯是个惹祸精，却没有实际消除祸患的能力，而阿喀琉斯则孔武有力，给特洛伊人带来灾难，赫克托尔所骂的含义不完全相同。总之，这引导我们超越思维定式，注意到在女祸之外，其实也同样有男祸。

③《美狄亚》1291—1292行。这一语双关，有两种截然不同的理解。既可以是厌女传统的理解，释义为 bed（sexual nature）of women，cause of many sufferings，又可以理解为 marriage of women，full of woes，根据上下文意思，前文有"你一作下坏事"的字样，似乎第一种理解更符合文义。D. J. Mastronarde, Euripides: Medea, Cambridge University Press, 2002, p. 373.

神圣性的体现之一，不育是出妻或再娶的正当理由。① 为此，一方面女性被看作不劳而获的，而另一方面男性却又必须依赖女性延续香火。这造成男性对女性的矛盾态度，他们不得不依赖女性，以至于很滑稽地乞求上苍能够改变生育的方式，从而男性便不再需要女人，而免除女人带来的苦楚。② 这种焦虑形成了男子应当教导女子的观念。③ 这个观念背后反映的是如何定义男女两性关系的现实问题，从而也就进一步影射了神人关系。不过，尽管赫西俄德将女性看作男人的苦恼之源，实则这种痛苦是双向的，女性不如意的婚姻同样是她们的不幸。最有名的例子便是阿喀琉斯之母、海洋女神忒提斯的诉苦，她下嫁凡人，丈夫老去；除此之外，还得忍受儿子短命的苦楚。④ 应该体会到，神灵并没有真正的永远幸福，她们的悲伤和凡人并无二致，这种苦楚更多地体现在女神身上。神界关系无疑可以看作是现实层面的男女关系的投影和衍发，这与神民之辨、天人之际的主题息息相关。

　　诗人紧承雄蜂之喻，⑤ 赫西俄德说女性本身就是一个祸害（《神》600）。其实在莫科涅事件中，诗人将重点笔墨放在了普罗米修斯和宙斯的争斗上，前者似乎可以看作是人类的代表，后者无疑是诸神的代表。人类在这里完全出于一种失语状态，

---

　　① 美狄亚指责伊阿宋说他已有两个儿子，却还要再娶。若是没有子嗣求亲，这还可以原谅（《美狄亚》490—491）。D. J. Mastronarde, *Euripides：Medea*, Cambridge University Press, 2002, pp. 253—254.

　　②《美狄亚》574—575 行，D. J. Mastronarde, *Euripides：Medea*, Cambridge University Press, 2002。真正实践不依赖女性而生育的，例如《神谱》中的宙斯从头中生出雅典娜（925），以及鲧从肚子中生出大禹。《山海经·海内经》："鲧复生禹。"郭璞注：《开筮》曰：'鲧死三岁不腐，剖之以吴刀，化为黄龙'也。"袁珂注引闻一多："复即腹之借字。"（《山海经校注》，前揭，第472—473 页）这是通过秘索思的方式，男性向女性生育权益的挑战。

　　③《劳作》："娶个少女，以便教导她温婉体贴的妻道。"（699）所以在希腊语汇中，出嫁往往被比喻为被套上轭，δαμάω 既是"套轭"的意思，又有"使出嫁"的含义，而和该词同根的δαμάλις便兼有"小母牛""小姑娘"这两个义项。这源自于牛之驯服与女子之被教训的经验。《大戴礼记·本命》："女子者，言如男子之教，而长其义理者也。故谓之妇人。妇人，伏于人也。"（方向东撰：《大戴礼记汇校集解》卷十三，中华书局2008年版，第1300—1301 页）《礼记·郊特牲》谓："男帅女，女从男，夫妇之义由此始也。"（《礼记集解》卷二六，前揭，第709 页）所以许慎就直接将"妇"训释为"服也"。（《说文解字注》十二下，前揭，"女部"，第614 页上栏）。

　　④《伊》18.430 以下。

　　⑤ 昆虫往往成为人类道德的象征。蜂在汉语典籍中象征不义，比如《左传》文公元年楚令尹子上说太子商臣"蜂目而豺声，忍人也"，服虔注："言忍为不义。"（《春秋左传诂》卷九，前揭，第351 页）和雄蜂比喻不同的是，子上此处所说的蜂很可能是大黄蜂一类。赫西俄德笔下的雄蜂和工蜂对立，后者是勤劳但受剥削者的象征。但荷马那里，工蜂却又代表了普通士兵，会为了保护自己的后代而做出牺牲（《伊》12.168—170）。苏格拉底曾将自己誉为神赐予城邦的"马蝇"（《申辩》30C），在警醒地告诉斐多，不由因为急切而含糊地放过真理，免得他死之后，疑惑像"蜜蜂的蜂针"留在他们身上（《斐多》91C）。《云》中有一段"正理"和"曲说"的对比，曲说提出其将以"蜂似的哲理"进行辩论。参见 K. J. Dover, *Aristophanes：Clouds*, Oxford University Press, 1968, 第947—948 行。另外，蜂、锋同音通用，《汉书·赵广汉传》有"蜂气"一词，颜师古注："蜂与锋同，言锋锐之气。"（前揭，第3204 页）

没有一个凡人站出来发表过自己的意见。从而宙斯创造潘多拉是对普罗米修斯的反击，而反击的方式便是惩罚人类，让后者的计划难以实现。人类倒是这提坦和奥林波斯之神斗争的牺牲品。

潘多拉是人类尤其是男性的"不幸"之源，这个根源有着诸神的意志，人类的不幸来自诸神的安排，是诸神和提坦斗争的直接结果。不幸本身正是一种神意。特洛伊战争因海伦而起，她让许多人丧了性命，[①]　不过欧里庇德斯的悲剧采取另一说法，他把海伦放到埃及，而让诸神制造的一个"影像"去到特洛伊，引发了希腊和特洛伊之间旷日持久的战争，造成了无数勇士的死亡。海伦的故事和潘多拉叙事存在着同样的结构：宙斯和普罗米修斯之争导致了潘多拉被制造出来，从而引发了人间的不幸。爱神和赫拉、雅典娜之间的赛美导致海伦的幻影被制造出来，从而引发了长达十年的特洛伊之战。女性（和海伦一样，潘多拉也同样被称作一个"相像"之物）是诸神争斗的一个工具，她们给人间带来不幸。她们无疑充当了神意和人间不幸的一个中介物。

作为诸神惩罚人类的工具，潘多拉也是"不幸"的。她没有"自我"，只是件物品，她的狡诈本是诸神的赐予。欧里庇德斯比赫西俄德更深刻地认识到了女性的不幸，他借助歌队的唱词说出了海伦的心声：

> 哪样苦楚你曾得免？
>
> 哪般磨难你不曾受过？（《海伦》217—218）

海伦愤怒地斥责爱神为"狡猾的"和"害人很多的"（《海伦》238），她自称为"最不幸的美"（τὸ δυστυχέστατον κάλλος，《海伦》236—237）。赫西俄德将潘多拉称为"漂亮的灾星"（585），欧里庇德斯所做的这一细微改动，无疑道出了某种被遮蔽的东西，因而也就改变了问题的实质，更深刻地将人类整体之不幸的根源揭示出来。从神民之辨的立场上看，女性并非就是灾星，也不是她们造成了男性的不幸，她们和男性一样也是诸神掌握中的牺牲品。正是诸神造成了人类的不幸，遭受这不幸的既包括男人也包括女性。从超验的层面理解人类内部之两性对立，它是神民之辨的一种表现形式，是诸神和凡人之间矛盾的一个表象。

总之，通过以上的分析，《神谱》中的"雄蜂"喻蕴含了深刻的思想。《劳作》

---

① 《奥》14.68。

仅点明了雄蜂作为懒惰的象征,而《神谱》将寓意的重心转向了"祸害",明确指的是女人潘多拉,并进而扩大到女性这一族。通过潘多拉叙事,将问题引向到神灵的惩罚这一超验的层次,点明了男女两性之间的对立。一言以蔽之,《神谱》中"雄蜂"喻具有多层次内涵。①

二 "漂亮的灾星"

《神谱》中雄蜂象征着某种品格,具体化到女人潘多拉身上,诗人说她有颗犬豕之心和狡猾的性情(《劳》67),又说赫尔墨斯给了她"连篇的谎言和狡猾的性情"(《劳》78)。② 潘多拉只是诸神创造的一个"相像"之物,没有真正的自我,或者诸神之意志凝聚成了其自我。潘多拉因此成为一个矛盾的存在,一方面她作为幻影或造物没有自性,另一方面作为诸神惩罚人类的工具,她又有神赐的一些恶的特性。从诸神的意志角度理解,潘多拉理应成为一个本性恶的女人,这样才能够实现诸神惩罚人类的意图。而这最重要的便是她们坐享其成,赫西俄德曾用了"等人宴请的""食客"③(《劳》704)来形容女人的好逸恶劳,她们不用火的煎烤让男人们过早地老去(《劳》705)。《劳作》对女性的蔑视溢于言表,宣称谁要相信女人,

---

① 哲学家接纳了赫西俄德的比喻,不过赋予其更为丰富深刻的内涵。比如柏拉图《理想国》苏格拉底和阿德曼托斯的讨论中,"国家的祸害"被比喻为雄蜂,同时又将其分为有刺和无刺两种,无刺的老来成为乞丐,而有刺的则成为坏人(552C),他用到了"雄蜂似的嗜欲"(554D)和"雄蜂型的人物"(559D)这样的短语。在《法篇》中,雅典人通过对诸神之善的阐释,将疏忽、懒惰、奢侈等性质看作是灵魂之善的对立面。宣布"任何人的奢侈、疏忽、懒惰的性格都是'无刺的雄蜂'"(901A)。

② 第67行是给一颗狗的心,恬不知耻的心,此处则是连篇的谎言。这个细微变动值得深思,从宙斯的指令到诸神的具体行动,并非是个单纯的模仿再现行为,诸神在造物潘多拉身上灌注了自己的意志,因此潘多拉的名字理解为众神都给予了礼物可能更加贴近原意。赫西俄德可能对女人的谎言感触颇深,下面说相信女人无异于相信小偷(第373行以下)。

③ δειπνολόχος,有意思的是,照字面直译,该词可以说成是"埋伏在饭桌边的"。希腊人用一个含有军事意味的词来形容宴饮行为,说明吃饭不仅是日常的过日子,还是男女两性之间及各个阶层之间的一场战争。食物的分配恰恰是斗争的结果。而对此处语境而言,女人就是作为剥削者出现的,她们的"伏击"反映了其悄无声息而又威力无穷的祸害本性。荷马选用表示性爱的词汇形容战斗,例如 μετὰ προ μάχων ὀαριστύν "在阵前冲杀"(《伊》13.291),πολέμου ὀαριστύς "战争交锋中"(《伊》17.228),ὀαριστύς本指情侣或夫妻间的喁喁交谈,引申而有"交锋"之意。词义往往是生活经验的提炼和总结,从某种意义上,这折射出男女之间处于战争状态这一无奈却又现实的困境。

谁就是相信小偷（《劳》373 以下）。她们偷盗靠的是"搔首弄姿"①（373），性诱惑成为女人获取食粮的武器，潘多拉无疑美得令神人惊叹，《神谱》不止一次描写了她惊艳的美（575、581、582 及 588）。然而她只是"漂亮的灾星"。女性之美的诱惑给人间更多的烦恼，《劳作》中更明确地点明这种柔媚（χαριν = xárin《劳》65）背后是"恼人的相思和劳心耗神的牵念"（《劳》66）。无疑性乃是一种自然的神秘力量，《神谱》之原初神采取了母子乱伦的方式结合。这种不可捉摸的欲望在带来愉悦的同时，也伴随着某种矛盾和危险。鱼水之欢瓦解人类的意志，从而在某种程度上成为事情进展的阻碍。除了性的诱惑之外，潘多拉作为武器的还有其甜言蜜语（"连篇的谎言"），这系赫尔墨斯所赐。两者夹攻，足以腐蚀掉男性的斗志。②综合赫西俄德的思想，尽管《劳作》的雄蜂含义和《神谱》有所不同，但"雄蜂"却可以被归纳为女性本性的隐喻：小偷、性之诱惑、甜言蜜语、不劳而获。她们是罪孽的玫瑰，是"漂亮的灾星"。③

至此，顺理成章地，诗人便带出了婚姻的问题。两性的结合不仅仅是身心的愉快，更重要的在于其负担了繁衍子嗣的义务。可是婚姻也并非总是一桩好事，反倒很可能是一件坏事。宙斯将其作为另一件"祸害"赐予人类。潘多拉的降临使人类

---

① πυγοστόλος，该词意思是"使衣裳显出臀部线条的"。在史诗语言中不用诸如"臀部""放屁"之类的淫狎词，西蒙尼德斯（Semonides）认为丑女人是 απυγος（削臀的），参见 M. L. West ed., *Works & Days*, Oxford University Press, 1978, p.251。因此 πυγοστόλος 含有某种具有诱惑的性意味。《云》里有个亵词 καταπυγοσύνη ς，意为"浪荡公子"，也源于这个隐喻性意味的器官。参见 K. J. Dover, *Aristophanes：Clouds*, Oxford University Press, 1968, 第 1023 行。潘多拉之被称为"漂亮的灾星"，海伦自叹"不幸的美"，这与性的诱惑有相当联系。因爱美而招灾，这反讽了人在本能力量面前的荏弱和渺小。

② 《大雅·瞻卬》："为枭为鸱"郑笺："枭，鸱声之鸟，喻褒姒之言无善。"而传统观念中，褒姒正是导致宗周灭亡的罪魁祸首，其武器便是这枭鸱之言。又同诗："鞫人忮忒，谮始竟背。"郑笺："妇人之长舌者，多谋虑，好穷屈人之语，忮害转化，其言无常，始于不信，终于背违人。"（《诗三家义疏》卷二三，前揭，第991、992 页）《逸周书·武称》曰"美女破舌"（"舌"或校作"后"，今不从），陈逢衡以为"国君好内则忠谏塞路"（《逸周书汇校集注》卷二，前揭，第87 页），是也。

③ 赫氏此处仅仅涉及了女性的本质，并没有涉及如何认识人类的本性。《诗经·大雅·荡》："天生烝民，其命匪谌。靡不有初，鲜克有终。"马瑞辰曰："命当读如'天命之谓性'之命，谓天命之初本善，而其后有初鲜终，故言'其命匪谌'。《韩诗外传》曰'夫人性善，非得明王圣主扶携，内之以道，则不成君子……'以本善归之天，以终善者责之君，正合诗义。"（马瑞辰：《毛诗传笺通释》卷二六，中华书局 1989 年版，935—936 页）对人类本性善恶，孟子、荀子、世硕、王充等人都有过深刻的探讨。赫西俄德的诗作，将潘多拉的"性恶"视为诸神的造物，却和这里的"天命匪谌"有某种可比拟之处。如果放下男女这个外在因素，《荡》和《神谱》无疑都点明了一个共同的问题，就是性和天命（恶和宙斯）之间的关系问题，这个问题只有提升到哲学层次方得解决。

陷入羝羊触藩的两难境地。既然女性被看作是恶的,① 如果男性并不结婚,是否这一祸害可以避免,从而宙斯的惩罚也就落空了？赫西俄德并没有让宙斯的惩罚落空,宙斯的意志不能违背,人类必须遭受灾殃,他继续描述说:

> 并且他还另添一件祸害作为人类获益的代价（《神》602）
> 这一诗行与前文可以作个比较:
> ἕτερον δέ πόρεν κακὸν ἀντ' ἀγαθοῖο   Th. 602
> αὐτὰ ρὰ πεῦ δήτεῦ ξεκαλὸν κακὸν ἀντ' ἀγαθοῖο   Th. 585

著者认为,这一诗行的含义和585行有所不同,尽管重复了同一词组,"祸害代替获益"。585行的那一个"祸患"指的是潘多拉这个"灾星",她作为一件礼物,本身就给人类带来了灾难,潘多拉是人类不得不屈从于宙斯意志的象征,厄庇米修斯接受这一礼物的后果是潘多拉成为人间柔弱的女性起源,而她们又成为剥夺男性劳动成果的人。但602行的用意显然较此更深刻,此处"祸患"不仅仅说明以潘多拉为代表的女性不劳而获这一现实境况,更进一步点明了人类所不得不面对的"命运",而这是厄庇米修斯接受潘多拉带来的后果,是前者的直接结果。这一后果就是人类的命运从此发生了逆转,从赫西俄德的描述中,似乎可以获得一个印象,就是人类曾经像诸神那样幸福地生活过。② 然而神人的分裂却给人类带来了祸患潘多拉,这最突出的便是面临婚姻的两难选择。

宙斯之所以送给人间礼物,是因为他将通过潘多拉这个工具实现其对普罗米修斯的报复,从而也建立起对人类的权威,颇有讽刺意味的是,以宙斯为代表的诸神却要通过一个柔弱的无自性的女子来扬名立万。潘多拉等因此成为男人的结婚对象,男人在迎娶这个"漂亮的灾星"的同时获得了一个祸害。欧里庇德斯更深刻地从性

① 在冥府里,阿伽门农传授经验给奥德修斯说"女人最狠毒,最无耻",她们会策划恶劣的暴行,有话对女人不能和盘托出,要说一半,留一半在心里,妇女的话是信不得的。参见《奥》11. 427—430、441—443及456等处。就连作为女性神祇中的雅典娜也指出女人水性,极易忘记前夫之子或亡夫（《奥》15. 20—23）。

② 在莫科涅事件之前,是个神人杂糅的阶段。如此,可以推断人神之间的共存状态。赫西俄德的描述和《国语·楚语下》的说法值得比较,前者将人神分歧之后看作人类灾难的开端。而后者的观念与此大异。依据观射父的说法:"古者民神不杂……民是以能有忠信,神是以能有明德,民神异业,敬而不渎,故神降之嘉生,民以物享,祸灾不至,求用不匮。"注云:"嘉生,善物。"（《国语集解》第一八,前揭,第514页）这里点明:民神各司其职,民忠信而敬神,神则赐予福祥,不为灾孽。但"民神杂糅,不可方物……嘉生不降,无物以享。祸灾荐臻,莫尽其气"。《集解》引吴曾祺之说:"言民多夭札,不获尽其所受之气而死也。"（同上,第515页）也就是说,在民神不分的情况下,神灵反而给人间频繁降下祸灾。这里凸显出赫氏和观射父不同的神人关系。前者将思考重点放在人之神性的堕落,而后者则更关注人神之间的界限,人不能僭越自己。

别及体质差异方面思考了两性的对立问题，借助美狄亚之口愤激地反讽了男性依赖体力之盛而自豪的意识①。

在赫西俄德的《神谱》中，无论结婚与否，人类都必须面临不可逃避的苦难，选择婚姻是一场苦难（《神》603—612）。诗中对婚姻的看法颇为消极，这个思想奠基于爱欲（女"恶"）的基础之上。男人之所以逃避婚姻，主要是避免女性的恶作剧，男女之间的关系似乎可以比喻为战争。② 但逃避婚姻并不能从根本上解决诸神赐予人间的痛苦，赫西俄德指出了两点：养老和遗产继承问题，这和诸神给予人的惩罚相应，即衰老和死亡。诸神尽管是不死的，凡人却得面临死亡及死亡来临之前的暮年。③ 衰老和死亡使人类必须考虑生命的延续问题，逃避婚姻无异于使人类之必死这一困境或劫数雪上加霜。无人养老的暮年会很凄惨，明智的人不得不对此有所预见，三思而后行。古典政治思想中，养老问题更被看作是理想社会的一个重要因素。④ 赫西俄德在此提出养老问题，无疑不单单只是针对个人而言，而是更深沉地关注到人类的苦难命运。由养老问题进一步引出了财产的继承权问题，积攒的财富当然最好由嫡系继承⑤，远亲瓜分财产是一件无可奈何的、令人悲哀的事情。⑥ 无论如何，如果人类将不婚视为对神意的一种斗争策略的话，那么赫西俄德在此交

①《美狄亚》："我们生来是女人，好事全不会，但是做起坏事来却最精明不过。"（407—409 行，罗念生译文，见《古希腊戏剧选》，人民文学出版社 2008 年版）该剧 248—252 行说男人们说他们上战场，而女人却全无危险。"好事"便针对此而发，指的是男人炫耀自己的勇猛从而奚落女人的柔弱。"好事""坏事"的对比突出男女两性之间的矛盾，颇具辛辣而又苦涩的讽刺意味。参见 D. J. Mastronarde, *Euripides*：*Medea*, Cambridge University Press, 1966, p. 238。

② μέρμεραἔργα：West 指出，其原初含义不详。但《伊》8. 453、10. 289 及 524 都在战争场合中使用该词，可理解为"令人心焦的事情"。如果将男女之间的关系看作一种战争关系的话，则赫西俄德承荷马史诗使用该词的用意似亦不难理解。赫克托尔曾经自言自语地将战争和调情相提并论（《伊》22. 126）。

③ 如 588 行的用例："不死的"诸神和"会死的"凡人。赫西俄德非常注意神民之间的这个差异，因而神界时间和凡俗时间也被区分开来。比如，他说缪斯们出发时用未完成时态（στείχον，《神》10），而缪斯在凡间教授赫西俄德歌艺时用过去时态（ἐδίδαξαν，《神》22）。神界时间具有无休止的重复性，而人间只能有唯一的一次。参见 J. S. Clay, *Hesiod's Cosmos*, The Cambridge University Press, 2003, pp. 54—56。

④《礼运》所构想的大同社会中，"老有所终"便是重要标志之一（《礼记集解》卷二一，前揭，第 582 页）。周人创业之初，养老是其仁政的重要施政内容。《大雅·行苇》："黄耇台背，以引以翼。寿考维祺，以介景福。"郑笺："既告老人，及其来也，以礼引之，以礼翼之……养老人而得吉，所以助大福也。"（《诗三家义疏》卷二二，前揭，第 888 页）

⑤ 另参见《劳》376—378。

⑥ 荷马也表达过类似的观点，狄俄墨德斯杀死菲诺普斯的儿子，他也提到远亲来瓜分财产（《伊》5. 152—158）。这可能是当时面临的主要问题。不过，荷马是在争战的背景中提及这个问题，而赫西俄德则是在人类所面临的普遍命运中思考。换言之，荷马更多一些感悟的、体验的方式，而赫西俄德则更多一些形而上的思考。

代，这种斗争方式无效，人类必须服从宙斯规定的运数。①

如果顺应天意，接受宙斯等诸神所规定的命运②，那么，无疑宙斯对人类的报复恰恰得逞。赫西俄德把结婚分为了两种情况。他并没有忘记，娶妻并非总是件令人害怕的事情，他不排除男人娶得称心如意的妻子的可能。然这也并非就完全逃出祸福善恶之外，这两者总是此消彼长地较量。③ 赫西俄德在此并没有做进一步描写，但是读者自可会意，好妻子并不一定意味着好运气，凡间的烦恼总是难以逃避的。赫西俄德意识到人类苦难的命运，暂时的得意并不能摆脱不幸。喜忧参半正是生活经验之现实而无奈的基调。可是赫氏又进一步指出了娶个恶妇④的结果，这会让他一辈子过得非常痛苦。

总之，从《神谱》的观点出发，作为人类祸患的潘多拉，是凡人注定逃不掉的"宙斯"的意志。无论你是否接受，人类都必然面临着这种满是灾难的现实命运。只不过，雄蜂的象征可以从两方面考虑：从接受的角度看，那意味着拥抱灾祸；而从逃避的角度看，却是逃无可逃。⑤

三 天赐的"不幸"

在何种意义上理解潘多拉和人类之间的关系？她是坐享其成的雄蜂，不劳而获的剥削者，是美丽的不幸，是男性难以逃脱的梦魇。然而正如前文所分析，潘多拉也只是诸神的工具，是宙斯假手以惩罚人类的牺牲品，是一个无辜的受害者，也同

---

① 尽管此处对婚姻的描写弥漫着悲凉氛围，不过《劳作》中赫西俄德却告诫说结婚要及时（695），这个差异是由于两诗主旨的不同。《神谱》将婚姻看作诸神的意志实现的一个工具，而《劳作》则将其看作是人间"礼法"的必要。两者从不同层面揭示了婚姻可能带来的害处。关于婚姻的适龄，《韩诗外传》云："故不肖者精化始具，而生气感动，触情纵欲，反施乱化，是以年寿蚤夭而性不长也。"周廷寀曰："性，生也。"（许维遹：《韩诗外传集释》卷一，中华书局 1980 年版，第二十章）

② μετὰ μοίρα γένηται：命运注定。μετα γίγνεσθαι 意思是 "fall to someone as a share"（M. L. West ed.，*Theogeny*，Oxford University Press，1966，p. 334）。"命运"（μαῖρα）和 "宙斯的意志"之间的关系，向来是希腊思想史上未曾彻底解决的问题。鉴于这一问题的复杂性，在此不做过多的探讨。参见陈中梅《荷马的启示——从命运观到认识论》，北京大学出版社 2009 年版，第一章。

③《董仲舒传》："夫善恶之相从，如景乡之应形声也。"师古注："乡读曰响。"（《汉书》卷五六，前揭，第 2517 页）善之与恶，好之与坏，总是如影随形。

④ γενέθλης：几种英译及商务版汉译皆理解为 "后代，孩子"，但 West 指出，这是 "'sort' of wife, not 'offspring'"（*Theogeny*，p. 335），其说甚是。

⑤《圣经·创世记》里夏娃的诞生也同样意味着人类的灾难。不过在这里我们将灾难和祸害分别开。

时和男人一样，面临着诸神所加的各种磨难。潘多拉是一个充满矛盾的二重形象。①

潘多拉故事中，关键的词便是"苦难"，和许多大诗人一样，赫西俄德也极为深刻地描写了关于苦难的故事。苦难正是人类心灵史上挥之不去的一个阴影，也同时是人类生生不息的一种动力。② 这个故事字里行间是宙斯为代表的诸神和以普罗米修斯为代表的提坦之争，人类并不曾占据什么重要位置。然而它却和我们的现实处境息息相关，这斗争的结果直接奠定了人类悲苦命运的基调。故事的背后包含着人类的失落和遗憾、悲凉和苦涩、希冀和怅惘。潘多拉故事指向了人类现实处境相对神秘莫测的另一端，就是那难以揣度的宙斯及诸神之意志。人类真的便是诸神的玩偶而不能自由地掌控自己，必须服从宙斯做出的安排？赫西俄德是位伟大的诗人，他撕下了笼罩在苦难的现实表层的面纱，击碎人类自我编织的绮丽的梦境，将生活的原色展现给读者，在巨大时空构架中还原了人类之无足轻重的渺小。

《神谱》主要的叙述内容是诸神，诗人很清楚地交代，这是一部关于宙斯的诗歌。在序曲的104—115行，诗人交代了全诗的主要内容，歌颂的重点是"永在神圣的不朽神族"。这包括出自地母盖娅和天父乌拉诺斯的诸神，那出自幽暗的夜神及咸海之神鹏托斯这三系的神灵，以及邃古之初天地河海如何成形，诸神如何攻取奥林波斯山等。这些主要内容中并没有提到人类的创造，因此该诗表面看来实实在在是一部和人类关系不大的诗作。但是和人类有关的潘多拉的故事却居于中间位置，这确实是一个意味深长的细节。他有意无意地暗示了人在神谱叙事中的位置。

赫西俄德诗作中用"会死的"凡人和"不死的"诸神之间的对立，宙斯是"人神之父"。人类之死是难以逃避的第一大祸端，死便因而赋予人类一存活的意义，人存在便是一个逐渐走向死亡的过程，但诸神的惩罚中似乎并不曾强调死亡，或者说，诸神并不是以死亡来惩罚人类。③ 而是要让人类活得痛苦，这方是诸神的惩罚的真正意义，如果人能幸福地过一生而最终赴死，那诸神的惩罚便似乎没有什么太

---

① 老人涅斯托尔世事洞明，他指出阿伽门农之妻本来保持着高贵心灵，可是神明引导她走向罪恶之路（《奥》3.265—372）。他没有简单地将罪过归结为女人。荷马笔下的王者往往思想开明，对事情的分析合情合理，尽管仍然笼罩在神正论的暗影之下。

② 比如《奥德赛》的开端。《系辞下》曰："作《易》者，其有忧患乎？"孔疏："身既患忧，需垂法以示于后，以防忧患之事，故系之以文辞，明其失得与吉凶也。"（《周易正义》卷八，《十三经注疏》本，中华书局1980年版，第89页中栏）荷马、赫西俄德、毗耶娑、蚁垤等大诗人作诗，是否也有垂法后世，使知吉凶的初衷？作为人类语言精华的诗原本并非无为而作，而是对人类生活困境的思考和回应。

③ 从《劳》90以下的描述中，在人类受到宙斯的惩罚之前或之后，并不曾特意强调死亡（或者不死）问题。

大的意义。① 潘多拉代表了宙斯的意志，是诸神集体劳作的产物，是一个神赐的礼物，这可以理解为，潘多拉是诸神给予人类的苦难。② 因而，苦难在某种意义上就是天意的象征，人类注定不能违背这份天赐的礼物，而只能认命地接受这份礼物，这无疑是神人皆大欢喜的唯一方案。③

需要关注的便是宙斯"人神之父"这一称呼。宙斯并非只是冷冰冰的惩罚者形象。《神谱》中当普罗米修斯蒙骗宙斯的时候，宙斯正在为人类谋划灾难。

> 他其时正为凡众预谋灾难并拟付诸实施。(《神》551—552)

宙斯对人类的惩罚原来早在被蒙骗之前就已经预设好了，这是否暗示：普罗米修斯的诡计原本只是宙斯惩罚人类的借口和契机，即便没有普罗米修斯的行骗，宙斯仍然要找到其他理由来惩罚人类？ 这并非全无可能。"人神之父"这一称号所暗含的观念是，诸神原来和人类有着同样神圣的起源。《劳作》对此做了很明确的交代。④ 而人神之间必须分裂，为此才能实现神的尊崇地位，人不能活得像神那样。实际上，《劳作》一诗中在潘多拉被送往人间之前，人确实活得像是神灵一般，无忧无虑。

> 此前，在大地上聚族而居的人类
>
> 远离诸恶而生活，无劳作之艰辛，
>
> 无疾疫之困扰：那些给人类带来厄运的。(《劳》90—92)

这里描写的是人类受到惩罚以前的生活，诗人列举了三点：第一，远离诸恶；

---

① 荷马史诗中，有极少数的凡人成神的例子，也就是由死亡变为不死，例如伊诺 (《奥》5.334—335) 和赫拉克勒斯 (《奥》11.601—626)。卡吕普索曾以长生为条件挽留奥德修斯 (《奥》5.208—209)。神灵的长生令凡人艳羡，赫克托尔便期望自己长生不老，以便能够像雅典娜和阿波罗那样受人尊重 (《伊》8.539)。

② 帕里斯王子将海伦看作爱神赐予他的礼品 (《伊》3.64)，不过海伦却指责爱神骗她，并带给她痛苦 (《伊》3.399—412)。欧里庇德斯从正面叙述了海伦对自己美貌的态度。她将自己的美貌和卡丽斯托 (意思是 "很漂亮的"，第 377 行根据校勘删去 "母亲" 一词，这样上下文意一脉贯通。否则此处会理解为卡丽斯托和海伦之母勒达比较) 及提坦莫洛普斯之女埃特墨亚相比较，前者因其美貌而被变成熊，后者则化为金角的鹿。但是海伦说，她们的美貌仅仅毁掉了自身，而我海伦的美却毁掉了两个城邦。她很羡慕地将卡丽斯托的变化称为解除了那美貌的 "苦痛压力" (W. Allan ed., *Euripides: Helen*, Cambridge University Press, 2008，第375—385 行，下同)。这里似乎解脱苦难的也是诸神。它点出了美貌和苦难之间的关联，也影射了人神之间的关系。海伦就将自己的美称为 "我这爱神赐予的礼物"(364)。对自己和丈夫所经历的苦难，她认为 "一切皆系神赐"(663)。

③ 吴雅凌：《神谱笺释》，华夏出版社 2010 年版，第 61—73 页。

④ 《劳》108。

第二，不必劳作；第三，没有疾疫。这种生活也正是神灵世界的一个表象，宙斯的惩罚意味着人类失去这样的生存境况，人类的现实处境因此变为有诸般恶的伴随，必须辛勤劳作加之各种疾病的困扰。宙斯的惩罚意味着对神人秩序的重新划分，宙斯要创造一种制度，就是人类必须敬神，人神有别，各司其事。为此，苦难的降临使得人类必须自我反省，人必须意识到自身的局限。人不可能精通样样事情，不可能占尽每样好处。或精于战事，或长于舞蹈，或善于音乐，或心智聪达，[1] 却不能同时兼具一切美好品性。宙斯采取了潘多拉作为惩罚的理由或许就在于，通过这样一个神圣的造物来建立自己乃至诸神的权威，但是他仍然给予了人类"希望"。[2] 那女人潘多拉双手掀开瓮盖，放飞诸般灾殃，却独独将希望留在瓮中。（《劳》93—97）

这段关于潘多拉放出灾殃的描写，有些细节需做些说明：赫西俄德并不曾明确交代这瓮[3]的来历，也没有说明白何以那个女人要打开这个来历不明的瓮。不过从上下文推断，既然宙斯决意惩罚人类，将这个充满诸恶[4]之瓮看作是他及诸神的赐予，自然是顺理成章的结论。而且，能够赐予人类善恶的也只有诸神。所以从这个角度理解潘多拉故事，宙斯对人类的惩罚可谓深谋远虑，一方面，赐予人类潘多拉这个漂亮的灾星；另一方面，通过她给人类带去诸恶。这叫人类防不胜防、在劫难逃。瓮的出现改变了人类的现实境遇。如果诸恶的放出是由于希望失去了统驭能力，那么这意味着这是个希望之瓮。反之，若诸恶本来不受希望的统驭，反倒是诸恶囚禁了希望，这便是个灾难之瓮。瓮的出现意味着人类乐园的终结。关键在于人类应当以怎样的方式和眼光看待它。

不过，无论是哪种情况，这里仍然反映出一种观念，就是人间苦难的神圣性。尽管赫西俄德的两首诗作有细节上的不同，但是其看待人间苦难的观念却是一致的，那就是苦难是宙斯的谋划，是神赐的，人类无论如何不能逃避宙斯的意志。这个细节意味着，人类必须时时刻刻注意到，自己生活在某种神圣存在之下，人类自身并不拥有无限的可能性。只有反省了人之自身的局限性，或许我们才能在处理现实问

---

① 《伊》13. 730—734。

② Ἐλπίς，该词并非总是指向好的、乐观的方面，也可能令人一无所获，或者落得消极、悲观的结果。

③ 通常我们接受"潘多拉的魔盒"之说。但赫西俄德原文是"瓮，缸"等大型容器，其高度甚至和人身高相当。"盒子"的观念起自伊拉斯谟的疏忽，他可能联想到了阿普利乌斯《金驴记》（亦称《变形记》）中的普赛克（卷六，19f）。参见 M. L. West ed.，*Works & Days*，Oxford University Press，1978，p. 168。

④ 注意第 89 行到此行的变化，前者是个单数的 κακόν，而此处用了复数属格形式 κακῶν。这暗示了宙斯惩罚的具体化，前者只是一个抽象的、泛指的"灾难"（the evil），此处则意指远离诸恶（ills）。而宙斯的惩罚恰恰改变了人类的现实处境，人类生活中因而有了各种各样的具体的"恶"。

题上有正确的态度，敬神畏天①或许是应当选择的生活态度。

下:《天问》中的"淫妃"

一 《天问》中的爱欲

经典在某种意义上塑造了民族精神，不过古老的经典对女性往往多菲薄之词，这因此成为许多女祸论者的依据。比如中国最古老的几部经典如《尚书》所谓"牝鸡司晨"、《诗经》之"妇有长舌""艳妻方煽处"等;《论语·阳货》记孔子之语:"唯女子与小人为难养也，近之则不逊，远之则怨。"② 以上经典无一例外地对女性作了相对消极的评价。在《奥德赛》的叙述中，当忒勒玛科斯到斯巴达探访父亲的消息，海伦斟酒之时，讲出了她在特洛伊的遭遇，却自评为"无耻之人"（《奥》4.415）和"祸害的泉源"（《伊》6.344）。《海伦》剧中，她母亲之死也让她自责而内疚地问道，是否她的坏名声害了她。③《天问》集中了经传中的女"恶"问题，这和其作为"谱属诗"的特征密切相关，谱属叙事（发问）必然会在历史时间的展开中涉及爱欲，因此必然会承继经传中的女性叙事。如何看待《天问》中的爱欲叙事？爱欲叙事以《左传》最有代表性，下文仍以该书为参照系，在分析其叙事基础上，介入《天问》的问题。

《左传》叙事中，女祸或女"恶"的思想渗入现实生活的各个方面。女性被看作不祥之物，比如僖二二:"戎事不迩女器。"④ 也就是说，战事不能接近和女性有关的东西，这当然不是现代民俗学意义上的接触律影响，而是传统观念下认定女性不祥，所谓五体不全之人是也。涉及女性道德时，也认为"女德无极，妇怨无终"（僖二四年），说的是女性的德行没有什么准则（犹之乎"二三其德"），妇人的怨

---

① 赫西俄德的两首诗树立的是人必须敬神的观念，与异曲同工的是，中国古人也将吉凶和是否敬畏天命联系起来。《汉书·孔光传》引《周颂·我将》"畏天之威"曰:"不惧则凶，惧之则吉也。"（《汉书》卷八一，前揭，第3360页）

② 程树德:《论语集释》卷三五，前揭，第1244页。《左传》僖二四年:"女德无极，妇怨无终。"杜注:"妇女之志，近之则不知止足，远之则愤怨无已。"（《春秋左传诂》卷八，前揭，第318页）《泰伯》记载武王自称有乱臣十人（乱臣，治世之臣），孔子感慨曰人才难得，"有妇人焉，九人而已"（《论语集释》卷一六，第556页）孔子为数不多的几句评价，道出了男女分殊的现实。

③ W. Allan ed., *Euripides*: *Helen*, Cambridge University Press, 2008, p. 162, 135 行笺疏。

④《春秋左传诂》卷七，前揭，第308页。洪引高诱注《淮南王书》:"器，物用也。"

恨难以平息。女人不适合参与议事或议政，所谓"谋及妇人，宜其死也"①。

而尤其有趣的是，《左传·昭元年》记载晋平公求医于秦国，秦医和与晋侯的对话：

> （医和）曰："疾不可为也。是谓：'近女室，疾如蛊。非鬼非食，惑以丧志。良臣将死，天命不祐。'"公曰："女不可近乎？"对曰："节之……天有六气，降生五味，发为五色，征为五声，淫生六疾。六气曰阴阳风雨晦明也。分为四时，序为五节，过则为菑。阴淫寒疾，阳淫热疾，风淫末疾，雨淫腹疾，晦淫惑疾，明淫心疾。女，阳物而晦时，淫则生内热惑蛊之疾。"②

从秦医和的视角看，女性被看作"丧志""蛊惑"的根源。而且他还提出了一套自成体系的说辞，这套言论将女性问题提高到存在的层面。医和的言辞里有"天人之际"的思想背景。在他看来，人间的祸患和六气、四时存在一一对应关系。人类的一举一动、一言一行都和这个上天相关，不宜过度，而应有所节制。他说天地之间有阴阳风雨晦明六气，这六气分为四时五节，并且降生为五味，发为五色，又分为五声。如果六气失序紊乱，就会酿成诸如内热惑蛊等"六淫"一类疾病。所以要有所节制，不能越过尺度。而亲近女人，如果没有节制，则会导致疾病。因为女子乃是"阳物而晦时"的一品。

《左传》对女性问题的看法往往带有政治功利论色彩，如果说《春秋》是一部兴亡惩戒之书的话，《左传》中关于大量女性亡国的叙述则无疑可以看作这部"万世洪范"的注脚。女性的介入往往导致政治局势的变动，耐人寻味的是，《左传》中的女性往往充当反派角色，对政治格局的变化常带来负面影响。传者用了诸如"通"（成十六年：宣伯通于穆姜；十七年：齐庆克通于声孟子；哀十五年，浑良夫"通于内"）、"宿"（昭四年：穆子遇庚宗妇人，"使私为食而宿焉"）、"会"（桓二：夫人姜氏会齐侯）等词语表达非礼的男女关系，而这种关系往往会引出某种恶果，这些恶果则是政治势力此消彼长的关键。《左传》有关这方面的内容甚为婉曲周详，此不赘。理解《天问》中有关女性的问题，《左传》等经传文献乃是一个必要的参照背景。

---

① 《春秋左传诂》桓一五年，前揭，第229页。
② 《春秋左传诂》，前揭，第643—644页。

《天问》提及的女性有两类，一是所谓"吉妃"，这是贤妻良母的典型；二是"眩妻""惑妇"，这是荒淫无耻的典型。关于吉妃，《天问》问曰："何乞彼小臣，而吉妃是得。"王逸注云："因得吉善之妃，以为内辅也。"问题的背景是商汤求贤，汤王意在小臣伊尹，但有莘国却以陪媵的身份，将伊尹这一千古大贤作为陪嫁送商汤。这是贤臣明主遇合的例子，而其求贤过程令人唏嘘。所谓吉妃，大概不应读如吉配（吉配者，谓伊尹为商汤的良辅），而当指商汤王的妻子。这位商王贤妻的事迹，书缺有间，难得其详。然大旨可知。汤妃当系后稷妃子、文王之妻一流人物，所谓"窈窕淑女"者是也。这里以吉妃和小臣为内外辅弼之人，传递出儒家修齐治平的思想观念。屈原当然并非儒家，但其思想与儒生有可通之处，此乃当时百家争鸣而互相交流的自然结果。故而柳宗元《天对》："既内克厥合，而外弼于德。"洪兴祖以为："《左传》以后稷之妃为吉人，与此吉妃同意。"① 立足于儒家经传解释《天问》，其说不无道理。

《天问》问"吉妃"者仅此一例，与之相较更突出的是，《天问》对惑妇之流诘问尤多，所占分量更大，又都围绕政治兴亡的主题。诗人用语精简，常常以一两个字作出对这一类恶妇的判断。比如："眩妻"—"浞娶纯狐，眩妻爰谋。"王逸注："眩，惑也。言浞娶于纯狐氏女，眩惑爰之，遂与浞谋杀羿也。"诸家皆从王逸注释，以为眩妻乃动宾词组，理解为"眩惑羿妻之美"，"盖言浞本惑爱羿妻而造谋"。独马其昶将其视为一名词，曰："眩妻之称，犹本篇之称惑妇、眩弟，及《诗》称哲妇之类。"② 马说甚是。屈原在使用该词时其感情倾向是比较明显的，将问题的矛头直接针对这个眩妻。又如："惑妇"—"殷有惑妇，何所讥?"王逸注："惑妇，谓妲己也。讥，谏也。言妲己惑误于纣，不可复讥谏也。"眩妻惑妇这两个词组，犹如漫画高手，寥寥数笔则抓住了此类女性的性格特征，进而也揭示了其对三代政治格局的影响。它们成为《天问》中女"恶"的代名词。

《天问》还有一处，很可能是对女性之"恶"的隐喻。这就是"繁鸟"，诗人问"何繁鸟萃集，负子肆情"，王逸章句引解居父之事为说，据上下文脉来看，并不甚可信。此句具体含义难以明了，其所问何事也不能准确考据，但考虑后有"负子肆情"的暗示，该词很可能隐喻女性行为放荡，生活淫靡。而以鸟喻人根植于经学传统，与其他诸子一样，屈原也是从经传中吸收营养，融会贯通，自成一家之言。

---

① 《天问纂义》，前揭，第348页。
② 同上书，第226—227页。

五经中关于女性之"恶"多以鸟作喻，最广为人知的如"牝鸡""鸱鸮"等。"牝鸡"一词出自《尚书·牧誓》，系武王所引古语，"牝鸡无晨，牝鸡之晨，唯家之索"①，意指女性僭越本分干预"外事"，便会成为邦国颠覆、室家萧条的因由。武王用以特指纣王宠妃妲己，"今商王受惟妇言是用"②，所以武王恭行天之罚，灭掉殷商。《尚书》中的牝鸡，也就是屈原所问的"殷有惑妇"，后来这名"牝鸡"才被赋予名字（这个遭遇类似于赫西俄德笔下的潘多拉，《神谱》中她没有名字，仅仅泛称为"女人""灾星"），苏妲己。另外一个对女性之"恶"的常用隐喻则是鸱鸮，见于《诗经》。《大雅·瞻卬》刺幽王宠褒姒，"懿厥哲妇，为枭为鸱"，《笺》曰："枭，鸱声之鸟，喻褒姒之言无善。"③ 褒姒之"为枭为鸱"类似于寒浞的"眩妻爱谋"或是惑妇的"何所讥"，都是妇人通过谗言而败坏纲纪的隐喻。《诗经》所咏，和《天问》语境极为相似。《天问》曰"负子肆情"，犹《诗经》之言"妇有长舌，维厉之阶"，统而言之，这同样是关于女性导致败亡的隐喻。如果以上的比较可以成立的话，则《天问》的"繁鸟萃集"句，完全可理解为关于爱欲和政治关系的隐喻。而且尤其应当注意的是，这个隐喻不仅仅着眼于单纯的历史事实层面，而是有着某种超越的关怀。它既然根植于相当深厚的经传传统，就不宜作过于简单化的阐释，而应该将其看作和《诗》《书》观念一脉相承，是《五经》思想在南楚大地上的扩散。《诗》《书》的主题常常是关于"天人之际"的，探索的是"天听自我民听""天命匪谌"之类的问题，《天问》中此类隐喻当然也不会浅尝辄止，也同样也兼涉天、人两面。或者用现代流俗的观念说，在经验和超验这两个层次上展开。

　　《神谱》以潘多拉的出现作为神人异业的标志，女人成为人间一切祸患的起源，潘多拉充当了神人之间的中介。换句话说，《神谱》是以潘多拉为中轴的折叠式结构。而《天问》的构成则与此不同。问天部分当然也有诸如女歧之类的神明，但问

---

　　① 《尚书今古文注疏》卷一一，前揭，第286页。孙疏引《汉书·外戚传》之《婕妤赋》云："悲晨妇之作戒。""晨妇"一词，即从《牧誓》化而来。《尚书》作为道德示范作用，在汉代政治生活中有较多的反应。而"牝鸡"也成为妇人恪守宫内规约的一个鉴戒征象。

　　② 皮锡瑞《考证》引《易传》阐发其意："妇人专政，国不静。"参见（清）皮锡瑞《今文尚书考证》，中华书局1989年版，第236页。《尚书》叙事奠定了经史诸子女色亡国论的传统。从现在观点分析，与其说女"恶"亡国是实录，毋宁说这是一种著述笔法，其政治教化意义远大于历史考据意义。

　　③ "哲夫成城，哲妇倾城。懿厥哲妇，为枭为鸱。妇有长舌，维厉之阶。乱匪降自天，生自妇人。匪教匪诲，时维妇寺。"《传》："哲，知也；寺，近也。"（《诗三家义集疏》卷二三，前揭，第991页）这里的思想和《牧誓》一脉相承而更加深微。指出：哲夫哲妇的不同，前者是邦国支柱，而后者却是国家灭亡的原因，妇人长舌是王者招灾的因由，天祸皆因人事而起，根源在于近妇人而远贤臣。

天部分乃是问人事部分的一个引子，充当背景。就问人事部分而言，屈原采取的是"惑妇"（眩妻）与"吉妃"二元的螺旋结构。这与《神谱》中潘多拉作为纯粹的祸殃不可同日而语。从某种意义上说，《天问》的女性观较之赫西俄德更为进步，《天问》的爱欲观显得更为包容和圆照。如果说，赫西俄德的主题是女人与神学，那么屈原《天问》的主题则显然是爱欲与政治。赫西俄德笔下的女人主要承担两种角色，其一是潘多拉类型的，作为人间祸殃的根源；其二是谱系成型的需要，充当生育的工具。要言之，赫西俄德的女性观还是相当陈腐的。屈原之所以问及女性，更多的是指斥人性本身的弱点，所谓女子与小人为难养也。女性只是屈原用以说事的一个理由，他更多地将关注点放在了国家兴亡这个政治问题上。

问天部分只有一个"女歧无合"的问题，这是对单性繁殖的发问（类似于《神谱》中描写盖娅生产天空乌拉诺斯，六朝小说《述异记》所谓"有鬼母，能产天地鬼，一产十鬼，朝产之，暮食之"，也是单性繁殖的例子）。真正关乎国家兴亡的发问，首先出现在问夏代部分，"焉得彼涂山女，而通之于台桑"，屈原所问和经史叙事传统有别，正统载籍的说法是"禹之兴也以涂山"，涂山女是吉祥的象征；而屈原此处的追问有微讽的味道，"通之"（既非"妻之"亦非"娶之"）意犹"淫之"，似乎指斥大禹因涂山氏而耽误了"献功"，也暗示涂山对大禹的蛊惑（《吴越春秋》里记载涂山与白狐的关联，狐乃妖兽），① 这点出了爱欲的迷惑性和含混性，并且也凸显了该诗的主题——女色和政治。《天问》以涂山作为爱欲问题的开端，遂尔依次展开发问，贯通全篇：

问夏："通之于台桑"（大禹—涂山）、"胡射夫河伯"（夷羿—雒嫔）、"眩妻爱谋"（寒浞—纯狐）、"而颠陨厥首"（浇—女歧）、"汤何殛焉"（夏桀—妹嬉）。

问商（含插叙）："二女何亲"（舜—尧二女）、"简狄在台"（帝喾—简狄）、"何以肥之"（王亥—有易女子）、"负子肆情"（上甲微—?）、"而吉妃是得"（成汤—吉妃）。

问周："焉得夫褒姒"（周幽—褒姒）、"殷有惑妇"（商纣—妲己）。

问楚："惊女采薇"（采薇女—伯夷叔齐）、"是淫是荡"（伯比—郧女）。

---

① 《说文·犬部》："狐，妖兽也，鬼所乘之。"（《说文解字注》十篇上，前揭，第478页上栏）《邶风·北风》："莫赤匪狐，莫黑匪乌"，毛传："目见耳闻，皆妖异不祥之物，亟思避之，词危而情迫矣。"（《诗三家义集疏》卷三上，前揭，第203页）《庄子·桑庚楚》："步刃之丘，巨兽无所隐其躯，而孽狐谓之祥。"《集解》："李云：祥，怪也。狐狸喜为妖孽……王云：野狐依之作妖祥也。崔云：蛊狐以小丘为善也。祥，善也。"（《庄子集释》卷八上，前揭，第773页）"祥"之训"怪"或"善"只是立足点不同，几家的训释都是将狐狸视为能够兴风作浪的妖兽。

总而言之，爱欲与政治乃是《天问》的一条重要线索，贯穿于全诗的始终。其中既有女娲、有虞二女、简狄、有莘等"吉妃""神圣女"，也包含诸如妹嬉、妲己之类的"惑妇"。《天问》以吉妃和惑妇作为其结构框架，在追问爱欲过程中展开政治兴衰的历史画卷。屈原对女性的负面感受颇深，这可能与其自身遭遇密切相关（郑袖之谗）。不过，我们更倾向于从诗歌本身着眼，不过多牵涉诗歌之外的创作背景问题。

就《天问》而言，爱欲主题的反复，至少揭示了如下几个问题：其一，女性与政治有周期性的关联，王朝兴衰的关键因素在于，为王者婚姻问题是否处理得当？简单说来，娶个好妻子则兴邦，娶个坏妻子则丧邦。偏巧，开国之君往往碰上好妻子，而亡国之君通常会遇到坏老婆。这是历史的巧合吗，还是史家诬蔑女性的笔法？其二，三代以来王朝兴衰、循环不已。屈原所揭示的问题，成为后世历史实践难以逃脱的魔咒，中国频繁地上演改朝换代的历史。如何方能摆脱这样的政治循环呢？

这两个问题实则前后相连，互为表里，关键在于中国的家—国同构制度。以治家之法治国，得失互见。《天问》的爱欲观建立在夫妇大义的人伦思想之上，① 人伦毕竟不同于政治，其中最根本的在于，治国须有公心，一旦家国利益发生冲突，则难免徇私。而有私心乃是人性的本质一面。为此柏拉图主义主张取消婚姻，妇女儿童公有。屈原当然并没有提出柏拉图式的主张，然而显然对家国问题投入了相当深入的思考。这种思考深深植根于华夏的历史语境中，进入夏代以后，中国早已经脱离城郭（汉晋有所谓"城郭诸国"的说法）的阶段。而形成家天下的格局，尽管此种格局还没有达到一统的帝国政制阶段，却也初具规模，历史记载比比皆是。从陕西的石峁古城、浙江的良渚古城、山西的陶寺古城、四川的宝墩古城等一系列古城的发现看来，在形成天下共主时代之前，中国有过相当长时间的城郭时代。若将其视为政治的起源之初，则此城郭时代必然有相应的政治制度。著者不期待这种政治制度是希腊式的城邦民主，但是其不同于后来的制度，而应当有更广泛的参与权乃

---

① 《史记·外戚世家》："故《易》基《乾》《坤》，《诗》首《关雎》，《书》美厘降，《春秋》讥不亲迎。夫妇之际，人道之大伦也。"（《史记》卷四九，前揭，第1967页）传统的推演逻辑是，从夫妇之道的人道大伦推演到"阴阳之变"和"性命之情"，其中大义隐微深奥，当仔细体会方能洞察。古典教化语境中，婚姻和天命、国运息息相关，不仅仅是个子嗣延续问题。《大雅·皇矣》："天立厥配，受命既固"，笺曰："天既顾文王，又为之生贤妃，谓大姒也。其受命之道已坚固也。"又《既醉》"其仆维何？厘尔女士。"笺曰："天之大命附著于女云何乎？予女以女而有士行者。谓生淑媛，使为之妃。"（《诗三家义集疏》卷二一、二二，前揭，第853、891页）《汉书·谷永传》谷永谏成帝："急复益纳宜子妇人，毋择好丑，毋避尝字，毋论年齿。"（前揭，第3452页）

是可以推断的。如果突破线性思维的束缚，显然华夏和西亚、北非走了完全不同的发展路径。所谓希腊城邦民主制度，无非只是特殊地域、特殊时代的特殊产物而已，并不天然地具备优越于其他文明的合法性。而历史的政治循环乃是尾大不掉、积重难返的结果。一种文明，范围大则政令难一，历时久则必生惰性。华夏文明恰恰具备这两个因素。因此，输入新鲜血液、不断自我更新才是维持其文明继续良好运转的必要选择。就国家而言，学习域外的优秀文化是明智的选择。唐王朝之所以强大，正是因为其博大的胸怀，"引慈云于西极。注法雨于东垂。圣教缺而复合。苍生罪而还福"（《圣教序》）。就统治者而言，兼听博采方为良政之本。如《国语·周语上》：

> 防民之口，甚于防川。川壅而溃，伤人必多。民亦如此。是故为川者决之使导，为民者宣之使言。故天子听政，使公卿至于列士献诗，瞽献曲，史献书，师箴，瞍赋，蒙诵，百工谏，庶人传语，近臣尽规，亲戚补察，瞽史教诲，耆艾修之，而后王斟酌焉，是以事行而不悖。民之有口也，犹土之有山川也，财用于是乎出。犹其原隰衍沃也，衣食于是乎生。口之宣言也，善败于是乎兴。行善而备败，其所以阜财用衣食者也。夫民虑之于心而宣之于口，成而行之，胡可壅也！

古典思想家对天子听政的设计方案是多方斟酌，现代思想家针对中国千年历史循环论，所开出的诊方是人民监督，这两者一脉相承。问题在于，人民监督真的能够摆脱历史循环论吗？而且就世界政治实践而言，似乎尚没有哪个摆脱历史循环的先例（黑格尔之伦可能比较乐观，他把中国历史排除在世界历史之外，而乐滋滋地恭候世界历史朝着基督教大同世界方向演进）。若不能突破历史循环的魔咒，不能实现太平盛世或永久和平，屈原所问的"天命反侧，何罚何祐"就仍然是个问题，目前尚无对症下药的良方。

总而言之，《天问》问女性问题呈现的是个二元交叉的螺旋式结构，这两者之间对立互补。《神谱》的爱欲观则建立在赫西俄德俄德神学观基础上，呈现的是女性一方为"恶"而人类遭殃的结构。简言之，《神谱》关心的是女性与神学，而《天问》的落脚点则为爱欲与政治。为了与《神谱》关于潘多拉的主题比较，著者尤其特别关注《天问》中的女"恶"问题。

二 《天问》"淫妃惑主"问题

饮食男女，人之大欲存焉。人类的历史乃是一部贯穿男欢女爱的历史，男女因此也是个根本的哲学问题，而治人者的爱欲则关系甚大。华夏载籍频繁再现男女与政治的叙事（比如，《尚书·牧誓》《小雅·正月》及《十月之交》等），这类叙事最典型的夏商周三代的淫妃惑主现象，夏商周的灭亡如出一辙，其根由在于某位女性。现代以来，从男女平权的观念出发，论者大都以为此乃对女性的诬蔑之词。这种说法貌似有理，然而却经不起推敲。理由就是，古典经传不单单记述了淫妃惑主，也没少提及贤妃兴国。如果记述淫妃是对女性的不公，是污蔑；那么记录贤妃岂不就是溢美之词？既然古典美刺兼有，则所谓污蔑女性又何从谈起？为此，我们必须抛开现代启蒙主义的诸种误读，从以古还古的角度对淫妃惑主做全新的解读。而解读这一现象需要一个视野，这个视野就是传统经传的叙事背景。

中国传统经传叙事，受儒家思想沾溉甚深。《天问》乃是一个吉妃—惑妇二元交织的螺旋形结构，而吉妃—惑妇两端恰恰构成中国史传中男女与政治叙事的主要模式。古典史家并不是兰克（Leopold Von Rank，1795—1886）学派那样的实录派，而是于描述史实之外，阐明个人立场，作出价值判断。史部如此，经传诸子自不在话下。《天问》的二元结构，自有其独特的思想蕴含。这个思想蕴含，乃是根源于泛华夏意识这个共同的文化传统中。唯其如此，经传使用的素材完全和《天问》相当。例如，《汉书》云：

> 自古受命帝王及继体守文之君，非独内德茂也，盖亦有外戚之助焉。夏之兴也以涂山，而桀之放也用末喜；殷之兴也以有娀及有莘，而纣之灭也嬖妲己；周之兴也以姜嫄、太任、太姒，而幽王之禽也淫褒姒。①

《汉书》所举的例子，堪与《天问》互为表里。"夏之兴也以涂山"即"焉得彼涂山女"一问，"桀之放也用末喜"即"妹嬉何肆"一问；"殷之兴也以有娀及有莘"相当于"简狄在台"和"吉妃是得"两问，"纣之灭也嬖妲己"相当于"殷有惑妇"一问；"周之兴也以姜嫄、太任、太姒"无明显对应，然"稷维元子"诸句有所隐括，"幽王之禽也淫褒姒"则当于"周幽谁诛"。《天问》几与《汉书》一

---

① 《汉书》卷九七上，前揭，第3033页。

一对应，这种密合无间的状况并非只存在于《汉书》和《天问》之间。先秦两汉典籍和《天问》在叙述三代历史上，几乎采取了同样的叙事和结构。这只能解释为，诸家共享同一个叙事来源。这共同的范本只能是三代的史实。进而，三代之衰可能确实与这几位女性难脱干系。正是有鉴于三代兴亡，才催生了吉妃—惑妇两端去取的政治伦理问题。《汉书》反映了某种政治理想，这种政治理想鉴于三代的历史经验，而为儒家发扬光大，成为治国之本。屈原作为先秦一家，对此类问题必然也有所思考，对儒家学说当然了然于心。只是与儒家正面立论不同，他故意出之以问语罢了。班固从人伦之大的视野推演政治问题。从夫妇之道内德外助的角度切入淫妃惑主问题，就打开了一扇深入古人精神世界的窗户。必须明了，古典著述传统与今人视野存在极大不同，古人第一位的关注往往是政治意义上的。先秦两汉诸子的著作，在一定程度上都是王佐之书、经世典籍。套用施特劳斯（Leo Strauss，1899—1973）学派的观念，这些都是第一哲学即政治哲学。经传诸子叙事大都有其特殊的立场、思想观念和政治意图，经史叙事传统采取这样的叙事模式也必然有其原因。原来，在看似一次次重复叙述的故事背后，隐藏着思想家们的价值判断。淫妃惑主之所以成为一个问题，正是由于治平的现实需要。它根本上是个历史哲学问题，而并不是什么史实或女权问题。

古典史传叙事传统和作为现代学科的历史学之所以圆凿方枘，是因为以索取史料为最终目的的考据历史学，不再能够同情地理解古典传统的主体实践意图。立足于现代考据历史学角度，将其经验地、机械地理解为史实当然有其合于"科学"的理由。但是如果站在古人理解自身的角度理解这些著述，便不能仅仅注意到其事实层面，而更应该理解淫妃惑主叙事有其思想意图。古典史传著述传统，在和异文化的文教传统对比后，其特点就更加清晰。① 作为典型的史传叙事，希罗多德的《历史》是最合适的例子。在其卷一第 8 节，史家叙述了坎道列斯和其宠幸的侍卫巨吉斯的故事，他赞扬自己的宠妃的美貌，并且鼓动后者偷看王后的裸体，王后察觉之后，便要求巨吉斯要么弑主自立并娶她，要么赐死。后来巨吉斯就杀了坎道列斯。必须注意，这些细节是否史实根本无从考据，重要的问题在于何以作者会设计出这样的情节。古典学家伯纳德特指出了整部《历史》的爱欲框架，这框架与作者意图

---

① 例如，"荷马史诗"的叙事关键在于海伦被劫持，《创世纪》人类的堕落是由于夏娃受了蛇的诱惑，她又进一步诱惑了亚当。《罗摩衍那》中的息多较之海伦而言，贞洁善良，但是起因却在于魔王的姊妹的引诱。古今中外不乏类似的例子。

之间的关系就是政治与哲学的关系。① 施特劳斯派的史学解读方法，对我们理解《天问》进而理解华夏经史叙事传统，不乏启迪意义。

早在东周初叶，已有人从政治哲学的立场关注过夫妇伦常问题，这便是郑桓公时的大思想家史伯。史伯以为周室将衰，讲出一套和同的理论：

> 夫和实生物，同则不继……于是乎先王聘后于异姓，求财于有方……
> 弃聘后而立内妾，好穷固也……是物不可以久。②

史伯站在哲学高度，从"和实生物，同则不继"的观点出发，评论了夫妇之道。所谓"和"，指事物的多样统一，而所谓"同"则指具有同一性的单一事物。和则长久（"生物"），同则绝灭（"不继"）。既然万物皆有和同两个层次，则夫妇之道亦当以和而不同为上。对国君来说，夫妇之道则更是关乎国运的大事件，涉及天道人事两个方面。弃聘后而宠内妾，从天道角度言之，违背阴阳和合之理。从人事角度言之，违背了先王之道，故而周幽不能长久。从史伯派的政治哲学观念出发，夫妇问题不仅仅是男女双方两相情愿一句话那么简单，其中的道理深邃幽微。只有立足于古代王道教化传统，大义才会逐渐向我们显形，③ 淫妃惑主现象需要在这个理论背景下，重新理解。

淫妃惑主乃是带有某种思想意图和情感倾向的爱欲叙事，这一叙事指向施特劳斯派所谓的政治哲学层次。中国古典思想中，爱欲叙事的确和政治问题密切相关。《诗经·关雎》解题：

> 鲁说：周道缺，诗人本之衽席，《关雎》作。又曰：后妃之制，夭寿
> 治乱存亡之端也。是以佩玉晏鸣，《关雎》叹之，知好色之伐性短年……
> 齐说：言太上者民之父母，后夫人之行不侔于天地，则无以奉神灵知统而

---

① 刘小枫：《凯若斯古希腊语文教程》，华东师范大学出版社 2005 年版，第 370 页。不过，《历史》的结构不具有普遍意义，中国古典载籍有其独特的叙事模式。有意思的是，《天问》在问人事部分，首先就大禹与塗山女的关系发问，而结尾又问到子文出身的传说，也是以爱欲贯穿首尾。但是不同的是，《天问》关于大禹问题的背后隐含着舜，而问了子文之后又牵扯出堵敖，其爱欲叙事服从于君臣大义。

② 《国语集解》第一六，前揭，第 472 页。注"夫和"句曰"阴阳和则万物生"，那么"同"则是同气不能相继。所以聘后于异姓，求其和而滋生不已之意。

③ 《尚书·泰誓》及史伯之言都将"妇言是行"作为王朝衰亡的一大理由，古人很重视妻妾问题。《管子·大匡》：齐桓公问管仲"会之道如何？"管子回答："诸侯勿专立妾以为妻……士庶人勿专弃妻。"（黎翔凤：《管子校注》卷七，中华书局 2004 年版，第 365 页）在当时的政治生活中，婚姻并非能由当事人自由选择。另参见《法篇》773B。

理万物之宜……此纲纪之首，王教之端也。韩说：今时大人内倾于色，贤

人见其萌，故咏《关雎》，悦淑女，正容仪以刺时。①

三家诗的观点虽细节有异，却都指明该诗系因周道有缺而补救时政之作，从政
治兴亡高度将后妃问题看作纲常和政教的根本，从而对时王和后人有训诫意义。这
与希罗多德的历史框架似乎并无本质不同。远隔重洋的中国、希腊之所以在根本问
题上相同，当然不是交流的结果，而只能用人类普遍心理这一原因解释之。另外，
经传诸子还有一个潜在的叙事角度，就是男性能否训导女性，这个思想也见于赫西
俄德的《劳作》。《大雅·思齐》说"刑于寡妻"②，古人讲修身齐家治国平天下，
因此能否刑于寡妻，是古人衡量其政治品性的必要环节。从这个角度看，爱欲叙事
反映一个男性综合素质，这种叙事不是归罪于女性的观念表现，倒是对男性的鞭策
和警悟。③ 也正是基于这样的思想背景，经传中尧测试舜才出了个奇招："女于时，
观厥刑于二女。"④ 就是让他两个女儿卧底，看看舜的德行怎样，这样才好将天下托
付给他。《天问》"尧不姚告，二女何亲"就是针对这事发问的。不过，华夏和希腊
还是有所不同。纲纪和王教是理解《天问》等典籍中男女问题的一个基本背景，这
和赫西俄德所提出的神民之分的背景不一样。前者将问题放在现实的政治土壤中考
察，而结合了天人感应的思想；后者将问题归入神民杂处和神民分裂这个变动环境
中考察，从而带有深沉的宿命论思想。

明乎此，就有了更公允地评价淫妃惑主现象的尺度。

一方面，可以保守地承认这是男权叙事的偏见。由于男性掌握了话语，经史叙
事中，女性常常不被看作人，而是看作物。例如《周本纪》记载崇侯虎向殷纣进
谗，谓西伯不利于帝，而囚之羑里："闳夭之徒患之，乃求有莘氏美女，骊戎之文
马，有熊九驷，他奇怪物，因殷嬖臣而献之纣。纣大悦，曰：'此一物足以释西伯，

①《诗三家义集疏》卷一，前揭，第4页。

② 韩说："刑，正也。"笺云："文王以礼法接待其妻。"（《诗三家义集疏》卷二〇，前揭，第849页）
马瑞辰以为："寡妻谓大妻……不得从《笺》以寡有为贤耳。"（《毛诗传笺通释》卷二四，前揭，第834页）
西方文化也强调家庭的和睦。比如《美狄亚》认为妻子不跟丈夫吵架，家庭最是相安（15），另参见奥德修斯
和瑙乌西卡的对话（《奥》6.182—184）。

③ 这点和赫西俄德所提出的"女害"说有所不同。有意思的是，《宣帝纪》地节四年夏五月诏书："父子
之亲，夫妇之道，天性也。虽有祸患，犹蒙死而存之。诚爱结于心，仁厚之至也，岂能违之哉？自今子首匿父
母，妻匿夫……皆勿坐……夫匿妻，罪殊死。"（《汉书》卷八，前揭，第251页）诏书的观点，妻子包庇丈
夫，是"仁厚"的表现，不能违背她们的意思因而不必治罪，而丈夫包庇妻子，应该严惩。

④《尚书今古文注疏》卷一，前揭，第31页。孙星衍疏引《史记》"观其德也"。又疏书"厘降二女"，
言舜能化之也。

况其多乎？'"① 对圣君文王一方而言，美女、文马、驷等都是奇货，是作为换取文王自由的礼物而献给纣王的；而作为昏君的纣王也高兴地接受了这些礼物。纣王还很满意地说，只有莘氏美女这"一物"就足够了，何况还有这么多。君王将女性作为"礼物"互赠，和宙斯将潘多拉作为"礼物"赠给人类，二者之间本无本质区别。在中西文化叙事语境中，女性只是一"物"，是实现政治理想的工具。② 因此，将国家灭亡归因于女性，在某种程度上确实体现了一些男权偏见，但是这不是主要矛盾的主要方面。

而另一方面，从古典文教传统的视野出发，这应当阐释为具有象征价值倾向和思想意图的叙事。吉妃—惑妇表达的不仅仅是历史经验：不容否认，从长期的历史经验说，这确系史实。它更具有象征意味：这个"故事"表达女色与政治的历史主题。淫妃惑主是一种史传叙事模式，既是历史的，又是虚构的；既是取材于现实的，又是因袭既定模式的。因此就不奇怪，何以史传叙事会存在如此巧合的结构，即"女色亡国"的结构。中国经史传统中，夏商周三代的灭亡都和女性有关，《晋语一》载史苏对里克之词：

> 有男戎必有女戎……昔夏桀伐有施，有施人以妹嬉女焉，妹嬉有宠，于是乎与伊尹比而亡夏。殷辛伐有苏，有苏氏以妲己女焉，妲己有宠，于是乎与胶鬲比而亡殷。周幽王伐有褒，有褒人以褒姒女焉，于是乎与虢石甫比，逐太子宜臼……于是乎周亡。③

---

① 《史记》卷四，前揭，第 117 页。《索隐》："一物，谓莘氏之美女也。以殷纣淫昏好色，故知然。"《逸周书·大明武》将"委以淫乐，赂以美女"视为攻伐要诀之一，陈逢衡曰："淫乐、美女，皆用以试敌，且以缓强寇之逼。"（《逸周书汇校集注》卷二，前揭，第 130 页）殷周之际的这个思想影响了后世的政治模式。汉代以来所创制的和亲政策为历朝所沿用。不过，历史很戏谑地证明，原来这招只能缓一时之急，在根本问题上并不奏效。

② 《楚辞·招魂》"郑卫妖玩"，王逸注："妖玩，好女也。"（《楚辞补注》，前揭，第 211 页）视女人为珠玉一类玩好之物。《礼记·郊特牲》大罗氏"致鹿与女"，告诫诸侯说："好田、好女者亡其国。"（《礼记集解》卷二五，前揭，第 697 页）鹿和女都视为天子所获之物。《神谱》有 $\alpha\nu\theta\rho\omega\pi\omega\nu$（50、100、121、302、330）的概念，包含男女，指称和"不死诸神"相对应"会死的凡人"。另外还有 $\alpha\nu\delta\rho\epsilon\varsigma$（95、220、347、369、457 等），特指男人。说宙斯是"人神之父"时，赫西俄德选用后一词汇（457），体现了女性作为附属的、派生的性质。潘多拉正是诸神的一枚棋子。

③ 《国语集解》第七，前揭，第 250—251 页。袁珂指出妹嬉一作妺嬉、末喜。又指出《千字文》"周伐殷汤"六朝李暹注已言妲己为九尾狐。（《中国神话传说词典》，上海辞书出版社 1985 年版，"妹嬉""妲己"条）

　　按照史苏的观念，晋献公伐骊戎和三代有相似之处，"乱必自女戎，三代皆然"①，依照他的说法："天强其毒，民疾其态，其乱生哉……好其色，必受之情，彼得其情，必厚其欲，从其恶心，必败国，且深乱。"② 站在地缘政治的立场上看，决定一个国家兴亡的主要还是其综合国力，不会因为某位君主的荒淫而真的亡国。值得思考的问题是，何以自先秦两汉以来，"女戎"观会成为广泛被接受的理念？

　　这原因如上文说过，在于"女戎"观背后其实关注的是个男性的"德"的问题，女祸仅仅是问题的表层，只是一个话题，"好色"正如玩物丧志一样，会败坏统治者的德行，因而导致国家政治的腐败，从而导致国家的衰败覆灭。因此，"女戎"也有它的反面，就是女性兴国论，经传叙事并不曾埋没女性的功劳，确实有大量的文献表明，女性对社会兴盛做出过巨大贡献。《诗经·大雅·绵》："爰及姜女，聿来胥宇。"说的是太王之妻大姜兴周的事，郑玄《笺》：于是与其妃大姜自来相可居者，著大姜之贤知也。③ 对贤能的妃子而言，"好色"恰恰是国家兴盛的基础。为此，诗人也很热情地称赞了诸如姜嫄的德行，谓之"赫赫姜嫄，其德不回"④。

　　抛开兰克式的实证研究，将男女问题提升到政治哲学的层次予以考察，进而也就能明了，屈原出于何种动机采取这种叙事笔法？《天问》反复地对"眩妻""惑妇"进行了穷究不舍的提问，屈原通过反复的笔法想要强调什么？正如上文所言，这不是为了对已逝去的历史事件予以知识的探究，而是有借古讽今、鉴往知来的微言大义寓焉。⑤

---

　　①《国语集解》第七，前揭，第256页，韦注："女戎，女兵也。"前引"有男戎必有女戎"句注："女兵，言其祸由姬也。"（同书，第250页）对女色亡国的警惕，是当时士君子们的共识。《荀子·大略》（《荀子集解》卷一九，前揭，第504页。）汤祷自责及《公羊传·桓五年》"大雩，旱祭也"句何休注（徐彦：《春秋公羊传注疏》卷四，《十三经注疏》本，中华书局1980年版，第2216页上栏），君主"妇谒盛与"自责。

　　②《国语集解》第七，前揭，第256页。注曰："天强其毒，犹云天厚其毒。""情，谓许立其子。"也就是说，好色会听她的意见，让她的儿子继位，而她一旦得逞，就会肆意满足报复欲望，必然导致国家的衰败。

　　③《诗三家义集疏》卷二一，前揭，第836页。《孟子·梁惠王下》载齐宣王与孟子对话："昔者太王好色，爱厥妃……当是时也，内无怨女，外无旷夫，王如好色，与百姓同，于王何有？"〔（清）焦循：《孟子正义》卷四，中华书局1987年版，第139页〕按照孟夫子的观点，"好色"并非就是无德，问题在于心中是否有百姓。而妃子的"贤知"取决于她夫家的教化。

　　④《诗三家义集疏》卷二七，前揭，第1078页。《笺》："赫赫乎显著姜嫄也，其德贞正不回邪。"端方贞良。

　　⑤"周幽"两问王夫之曰："篇内于女戎之祸再三言之，盖深痛郑袖惑楚也。"

第五章 　《神谱》和《天问》
的二元思想结构

二元结构包含两层含义。其一是该诗整体结构上的二元，亦即诗人有个神民之辨或天人之际的思想框架。其二是最高主宰的二元，亦即主宰不唯一，而是一明一暗两位主宰。

《神谱》的叙述主角是诸神，人类是诸神的造物，宇宙秩序的必要"成分"。宙斯等神明是人间规则的裁决者，也是冥冥之中难以把握的力量。这首诗在经验—超验的二元框架中审视人事。《神谱》构建的神灵世界秩序中，人类渺小而具有依附性，人事也总为"天命"等神秘力量左右。此其一。再则，《神谱》中神灵代表了不可捉摸的一面，人类必须在不确定的情况下生活，它的主题就是神（不确定性）民（生活希冀）之辨。总而言之，这是一个 M－L（秘索思与逻各斯）的二元思想结构。人事就是在这种含混、不可捉摸的玄妙力量（"秘索思"）和现实明确的伦常、对希冀和机会的分析把握（"逻各斯"）中一步步地艰难前行。

上："神赐的礼物"与神民之辨

一　"相像"的"意象"

赫西俄德的两首长诗叙述了潘多拉的故事，却使用了不同的讲述方式和表达策略，从而指向不同的主题。我前文通过文献对读的方法，指出：《神谱》主要围绕宙斯权威的确立而侧重于神民之分；《劳作》主要关心诸神给凡人所规定的礼法，以及相关的正义。在讴歌宙斯神权的主题下，《神谱》尽管用了不少笔墨描述潘多拉，但她的故事附属于伊阿帕托斯诸子的叙事。潘多拉只具有沟通神人的中介意义，

下文我拟通过对诗中"相像"一词的解读,进一步阐述《神谱》神民之辨的思想。

我对这一问题的思考,受到让·皮埃尔·韦尔南的启发。① 本书在分析过程中将适当地描述潘多拉故事的内容,在文本解读的基础上介入对文义及思想的分析。

（一）"相像"

《神谱》和《劳作》都讲述了潘多拉,可是叙事不尽相同,细节颇多差异。两个叙事都说到潘多拉是个"相像"②之物:《神谱》（571—572）说赫法伊斯托斯领受宙斯之命,埏埴为像③,"像个娇羞的处子"。《劳作》70—71 行重复了《神谱》的这两行诗。"像"自然意味着并非"是","相像"和"是"含义迥异。

"相像"（ἴκελος,íkelos）指造型上"相似",该词异体为εἴκελος,源于动词εἴ-κω的现在完成时态,后者基本含义指的是看起来的"相像",因此这一词语侧重点应当是视觉上的比较而言。此处的潘多拉叙事,指的是呈现出的、能够通过视觉观察到的摹本和原型"相像",就本诗语境义来说,它指涉一个视觉形象:亦即潘多拉和少女之间的相似性。④"相像"是一个表达中间状态的词语,它沟通了摹本与原型两端。潘多拉既然是个摹本,必然有其所依据的原型,她的原型是什么?德拉孔波说潘多拉的"相像"是一个独特的"异质体",她既然和少女相像,那么就代表着一种派生的而非原初性的特质,可是诗人又从原初的角度将她看作是所有女人的

---

① 《潘多拉的相像》,载《神话与政治之间》,前揭。

② 荷马也使用该词,可参见《伊》18. 418。

③ 抟泥做人是较为普遍的一个神话母题,比如,中国有女娲抟土造人（《太平御览》卷八七引《风俗通》）和九君抟土造人的说法（《华阳国志》卷二《汉中志》）,不过我们的理解却并非仅仅停留在比较神话学的层次上,而是试图进入思想层次。《论衡·无形篇》:"人禀元气于天,各受寿夭之命,以立长短之形,犹陶者用土为簋庑（原文作廉,从俞樾校改）,冶者用铜为盘盂矣。"（《论衡集释》,前揭,第59页。）这里将人的形体也比喻为陶工为器,和《神谱》的描写殊途同归。不过,不同之处是,王充提出了气、命和形三个层面的问题。

④ 古典汉语语境中,像和象是孳乳关系。"像"与形有关,暗含的是一个有具体形质的东西。而"象"则带有思辨色彩。不过一般情况下,像和象也可以混而用之。理解希腊文的"相像",可用《管子·七法》之说:"义也,名也,时也,似也,类也,比也,状也,谓之象。"管子将"象"概括为情况:假借的,称说的,四时的,相似的,同属的,比拟的,摹状的,都可以称为象。"象"的范围虽然略广,我认为可以用来说明此处的"相像"的内涵。有的情况下,"像"指内在气质的外化或欲求的礼仪化。《小雅·裳裳者华》:"维其有之,是以似之。"方玉润以为:"盖必诚于中而后形诸外也,故曰:'维其有,是以似。'"（《诗经原始》卷十一,中华书局 1986 年版,第 442 页）《淮南子·主术》:"古之为金石管弦者,所以宣乐也;兵革斧钺者,所以饰怒也;觞酌俎豆酬酢之礼,所以效善也;衰绖菅屦,辟踊哭泣,所以谕哀也。此皆有充于内而成像于外。"同时,荷马和赫西俄德都从"把假话说得像真的一样"的角度提出了相似问题（《奥》19. 203;《神》27—28）。总之,"相像"是一个具有多层次含义的词,古希腊语境和汉语语境中的用例正可互相阐发。篇幅所限,本书对此不做过多衍伸。

起源（590—591），因而潘多拉的原型是她本人。① 她既是一个摹本，又是一个原型，她以自己为原型。我不反对这个解释，不过也许还存在另一种可能性，就是"少女"并不一定指潘多拉本人，也可能指的是女神，奥林波斯圣山上，赫斯提亚、雅典娜和阿尔忒弥斯都是处女神，这个造物潘多拉以女神为原型，并无不可。人往往会被看作是神明的副本，从而"像不朽的神明"，"荷马史诗"中不乏这样的用例（如《奥》7.163）。凡人的一切都是神赐，包括形容和仪表。德拉孔波以为潘多拉是她自己的摹本并没错，我将神明看作她的原型或许也不背离原义。

"相像"指向的只是一种表层的关联性，"相像"毕竟和"是"有着本质的区别，潘多拉尽管"相像"，却与诸神根本不同，她代表的只是一种现象的，从而也非本质的存在，她只拥有女神们的外表、仪容，而不可能拥有和诸神相同的能力。② 人们或许会惊讶于她神明般的形貌，并为此而被迷惑；③ 而她却根本不可能像神灵那样，按照自己的意志给人类带来什么（包括好处或惩罚）。她像个神明，却无神明的能力，心智和外表之间并不总表里如一。④ 她这种似有还无的存在形式，将人类推入模棱两可的灾难中。⑤ 总之，"相像"指涉的是一个类似的假象，包含着欺

---

① 居代·德拉孔波：《最后的计谋：〈神谱〉中的潘多拉》，载《赫西俄德：神话之艺》，前揭，第82页。

② 应当注意到，"相像"包含着一个"神民之分""天人之际"的思想内核。汉语古典语境中，"象"不只是"相似"层面的，同时也有"感应"的意蕴。如《汉书·王莽传》"白雉之瑞，周成象焉"，师古注："言莽致白雉之瑞，有周公相成王之象。"（《汉书》卷九九上，前揭，第4048页）同卷"官司彝器"注："彝，法也。言器有所法象之貌耳。"（同上，第4064页）这些都是建立在推类的思想基础之上，和赫西俄德的"象"有所不同。当然除此之外，还有老庄的"言""象"传统，如何统摄这些不同的思想，是个需要深入探究的问题。

③ 诸神会常常幻化成人的形象，例如阿波罗幻化成埃涅阿斯（《伊》5.449—453），同时也制造幻象，例如雅典娜制造凡间女人（《奥》4.796—798），这种语境下荷马使用 εἴδωλον 一词。欧里庇德斯剧作中，经过长期漂泊，海伦终于和夫君莫奈劳斯相见，她说自己从未去过特洛伊，那只是一个幻影（εἴδωλον，《海伦》582），她丈夫惊讶地问谁能造出一个"活的躯体"（《海伦》583）。由此看来，这个幻影足以乱真，海伦能够看出形似中的假象，而莫奈劳斯却被这假象迷惑。参考 W. Allan ed.，*Euripides*：*Helen*，Cambridge University Press，2008，相关笺疏。潘多拉也正是这种迷惑人的假象。如何认清神明，也就是如何更好地理解自己。正由于相似的蛊惑或含混性，古人早已深味知人之难。如《庄子·列御寇》："凡人心险于山川，难于知天，天犹有春秋冬夏旦暮之期，人者厚貌深情。"（《庄子集释》卷一〇上，前揭，第1054页）大奸与大圣之间存在相似，故杨子云提出"别似"的主张。（汪荣宝：《法言义疏》八，中华书局1987年版，第176页）

④ 奥德修斯的伙伴被基尔克变作猪罗，但其心智依然如故（《奥》10.240），对本性的观察是个长期而艰难的过程，姣好的脸孔下可能隐藏着邪恶的心灵。

⑤ 欧里庇德斯《海伦》一剧中，由于自己的"影像"带给特洛伊之战双方和自己及家人的灾难，海伦也曾希望自己能够像一张绘画（或雕塑）一样被抹掉，以便能够重新另造一个不那么美的雕像来替代这美（263）。该行使用的"雕塑"（ἄγαλμα，亦见705）一词，可与这里的"相像"互相申发（当然前者是名词，而后者为形容词），它源于人乃神灵的玩偶这样一种悲观的世界观，从而点出了人在神面前的渺小和无奈。参见 W. Allan ed.，*Euripides*：*Helen*，Cambridge University Press，2008，相关笺疏。不过，在指称可以被抹掉的"痕迹"时，《云》里却是用了 εἴδωλον 一词，参见 K. J. Dover，*Aristophanes*：*Clouds*，Cambridge University Press，1980，第976行。

骗、圈套和计谋。说潘多拉和贞洁的少女"相像",其含义可能恰恰指向的倒是贞洁少女的反面。那么,《神谱》中怎样描述这"贞洁的少女"?

诗人说厄庇米修斯第一个从宙斯那里娶了少女（παρθέ νον = parthénon,514）,这个宾格是"接受、迎娶"（ὑ πέ δεκτο）的直接宾语,是后文的"女人"（指潘多拉）。这可推知:潘多拉 = 少女,也意味着潘多拉就"是"那个少女。但是在相隔 58 行之后,诗人却说巧工之神抟就的塑像"像个娇羞的少女"（572）。前文说,"相像"和"是"有着本质的区别。"是"指向的是一种真实的存在,而"像"却包含着谎言和欺骗。① 这两行诗作并非是同一意义上的重复,而是具有本质上不同的内涵。如果上述理解成立的话,对上面潘多拉形象的理解就应当重新审视:她既"是"个少女,又和少女"相像"。这就照应了德拉孔波的观点,潘多拉是原型,也是摹本。当然还可以解释说:514 行所说的是事情的结果,厄庇米修斯接受了一个"真实的""少女";而 572 行所说的是潘多拉创造的过程,抟塑泥像的"开工"阶段,那时她的创造并未完成,故而仅仅是一个"相像"之物。这一假设完全有其自足的理由。两次提及的"少女"存在区别吗?

细读原诗,诗人说厄庇米修斯接纳的是少女是"抟成的"（πλαστή ν = plastèn,513）,该词和 571 行的"抟""捏塑"（σύ μπλασσε = súmplasse,571）相呼应。"抟成的"代表着创作性、人劳性和派生性,和自然衍生的原则相悖,从而成为第二位的、非实在的存在,从而不是真正的原初的存在。潘多拉作为诸神的造物,其本身所包含的虚假、欺骗和圈套却恰恰成为人类注定的生存方式。人类不得不通过这个造物进行繁衍。以潘多拉被创造出来为标志,《神谱》的衍生原则发生了实质性的变化,此前的存在都是通过自然交合的方式出生的。而厄庇米修斯接纳她之后,生命繁衍更多地附加了文化的、社会的属性。男人必须通过在女人肚腹中留下标记,将自己的特征一代代传衍下去。一个有趣的语言现象是,古汉语中不乏以"似"假

---

① 《云》有段代诗人立言的歌词,说他那时还是个处子,不能生育。这个比拟颇有韵味,令人联想到诗人—处子之间的关系。参见 K. J. Dover, *Aristophanes*: *Clouds*, Cambridge University Press, 1980,第 530 行。某种程度上,潘多拉叙事也可以被理解为"灵魂的孕育者"问题,参见《神谱笺释》,前揭,第 47—60 页。

借作“嗣”的用法，① 我想这绝不仅仅是偶然的巧合，表层的语言问题往往反映的是深层的思维方式和世界观问题。人类亲缘关系正是通过“相似”的方式传衍，在自己的后代上印上个人的标记。潘多拉故事从神民之辨的角度形象地点明了人类必须接受的运命，凡人的生存受制于神明的创造物，恰似被弄耍的玩偶一般，人的生存不得不服从神明制定的法则，此外别无选择。潘多拉不能看作是人的起源，而只是娇柔的女性的起源（《神》600），莫科涅事件起因于神人之争，这事是创造潘多拉的诱因。潘多拉代表的是人类中特殊品格的肇始，这就是女人是祸端，人类的命运因之发生逆转。

（二）“意象”

潘多拉的“相像”仅仅是一种非本质的、附庸的存在，与女神有本质的区别，但却足以实现诸神对人类掌控的意愿，给人类造成灾难。如何进一步理解这种神人

①《说文》“人部”：“像，似也。”“似，像也。”段玉裁于“似”字下注“《广雅》曰：似，类也。又曰：似，象也。又曰：似，若也。皆似之本义也。……似为嗣之假借字也。”（《说文解字注》八篇上，前揭，第375页。）《大雅》之《卷阿》“似先公遒矣”，《江汉》“召公是似”及《周颂·良耜》“以似以续”，《传》并训“似”为“嗣”。从小学的角度，将其理解为假借字自无不可。不过从经学层面，不能忽略这个训释所传达出的思想内涵，它表示父子之间的嗣续关系建立在“相像”的基础上。《大雅·既醉》：“孝子不匮，永锡尔类。”《传》训：“类，善也。”而王先谦引鲁说训为“法”，并按曰：“鲁训‘类’为‘法’与毛训‘善’异而意同。”（《诗三家义集疏》卷二二，前揭，第890页）“法”有“善”义，亦有“像”义，义得相同，“类”亦可训“像”。故所谓“永锡尔类”不只是要广及族类，还包括有嗣续考妣明德这一层意义。这个相似问题必须放在古典政治语境下方能得到理解，《诗经》作为“六艺”，本来就是先公先王之道的载体。一个实例是刘邦废太子的理由竟是“类我”与否。《史记·吕太后本纪》：“孝惠为人仁弱，高祖以为不类我，常欲废太子，立戚姬子如意，如意类我。”（《史记》卷九，前揭，第395页）类似的，《奥德赛》中，奈斯托尔说忒勒马科斯和其父奥德修斯的言谈“相似”（3.123—125），莫奈劳斯和海伦夫妇也从眼神、头型和发式的相似上认可特勒马科斯（《奥》4.150）。头发和足迹的相似成为血缘纽带的判断标志之一（例如，《奠酒人》176、206—210）。由此可以窥见似—嗣之间隐秘却又切实的关联。由父子推而至于师徒，杨雄通过蜾蠃取螟蛉之子的隐喻：“螟蛉之子殪，而逢蜾蠃祝之曰：‘类我，类我’。久则肖之矣。速哉，七十子之肖仲尼也。”《疏》以为此全用《诗·小宛》之文：“螟蛉有子，蜾蠃负之，教诲尔子，式穀似之。”以为“《法言》此文则以蒲卢之子孚育桑虫，使其肖己，为兴人当教诲其子，使其象贤。”（《法言义疏》一，前揭，第9—12页）又，“七十子”或作“二三子”，于义为长。总之，似－嗣问题的重点从表面看来是血缘的，其深层内涵却是讲的教化，所以《哀公问》中，鲁哀公有寡人“无似”的说法，注云“无似，犹言不肖也”（《礼记集解》卷四八，前揭，第1260页）。

关系呢？我以为，她的"相像"乃是模仿了一个意念，这意念就是宙斯的意志。①

《劳作》和《神谱》叙述了同一个故事，笔法却不尽相同。前者将潘多拉的创造写了两次，分别使用了"像"（63）"相像"（71 行 = 《神》572）两词。《劳作》中宙斯命令巧工之神模塑一位处子的"像"（εῖδος = eĩdos，63）。② 名词"像"和形容词"相像"尽管有紧密的语义关联，却有不同的弦外之音。《劳作》只是宙斯的构想这个语境中使用"像"的，这时制造潘多拉的计划尚未付诸实施，只是宙斯的意念中做如此打算而已。从这一语境出发，我认为此处的"像"只是"意象"层面的，与"相像"虽然语义相承，却表达了不同层面的内涵。很显然，前者乃是宙斯构思中的不曾成形的"意象"③，而后者却是依照宙斯命令、创造中的形象的"相

---

① "意象"与"相像"之物之间的关系，推进一步可说就是思维与物质之间的关系。赫西俄德的思考尽管是在古典神话—宗教学范畴内，但至今仍不乏启迪意义。柏拉图就此发展出其"相"—"模仿"论，其间的因袭关系并非本书核心议题，略说如上。实则，中国古代对此也有相似的思考。《潜夫论·赞学》："是故巧垂以其心来制规矩，后劳以规矩往合垂心也。""是故圣人以其心来造经典，后人以经典往合圣心也。"（彭铎：《潜夫论笺校正》，中华书局 1985 年版，第 12—13 页）王符用劳匠的比喻来说明圣人创制经典（经典此处可以视为礼法的同义词），"心"制造"规矩"，后来的劳匠又以"规矩"作为劳艺的标准。这与宙斯以"意象"命令众神创造潘多拉，后世以潘多拉为原型颇多可资比较之处。

② 第 80 行称为 τὴν δε γυναῖκα，那时才称之女人。除了拥有肉体和装饰，同时还有独特的性情和言说的能力，这才标志着人的完成。还段描述意味着由像到人是个集体劳作的过程。诗人一步步描写潘多拉的诞生过程：a. 宙斯的意象（63）；b. 巧工之神的形象（71）；c. 诸神造就的女人（80）。与此极为相似的是，欧里庇德斯剧作中，赫拉也利用云气造了一个海伦的"幻象"，诗人说这是海伦的"模仿之像"（μί μημα，参见 W. Allan ed.，*Euripides: Helen*，Cambridge University Press，2008，第 74 行以及第 875 行笺疏）。这里的"模仿之像"和此处潘多拉的制造情形完全一致，不过"模仿"在柏拉图那里才被提升到哲思的高度。εῖδος 一词甚难翻译。朱光潜据英文版翻成"理式"，认为"'理式'近似佛家所谓'共相'，似'概念'而非'概念'，'概念'是理智分析综合的结果，'理式'则是纯粹客观的实在"（朱光潜：《柏拉图文艺对话集》，人民文学出版社 1959 年版，第 100 页）。陈康将 εῖδος 翻译为"相"，他辨析了诸如"理型""理念"等译法的失误，指出柏拉图并不像后世那样讲"理（ratio）"，而"型""念"又仅得该词一部分含义。他尝试用"相"字对译该词（陈康译注：《巴曼尼得斯篇》，商务印书馆 2008 年版，第 39—40 页），此处从其所译。柏拉图指出人类的思维必须"依诸其相"（κατ᾽ εἶδος）（《斐得若篇》248D），这个"相"虽与潘多拉的"相像"有别（后者尚未升华到哲理层次），但从寓意的角度看，宙斯和诸神之间的关系恰恰隐喻了理智和"相"的关系，诸神的行动必须服从宙斯，潘多拉之具体样子恰恰按照宙斯的设计，其间的类比关系甚是分明。某种意义上，潘多拉正是许多人间女人的"相"。

③ 中国古语中"形""象"含义不同。段玉裁认为，凡言象某形者，其字皆当作像。象字乃因声取义，非得义于字形。（《说文解字注》"象部"，前揭，第 459 页下栏）揆其初，象字之象形象征等义项或许与天人合一的思想背景有关，所谓"天垂象""兆象"等都基于取类比象的思维方法。"象物"只是仿佛其形，并非真有是物。古人观念中，象是气，而不能成形。《天问》曰："冯翼惟象。"须焕龙、王邦采皆以为"有像无形"。汪仲弘解云："上言未形，此言惟象，像轻清而形重浊，气与质之别也。"（《天问纂义》，前揭，第 17—18 页）王充《订鬼》曰："天文垂象于上，其气降而生物……本有象于天，则其降下，有形于地矣。故鬼之见也，象气为之也。"鬼神是"阴阳浮游之类"，"徒能成象，不能为形"。（《论衡校释》卷二二，前揭，第 934、936、946 页）就潘多拉的创造而言，宙斯心目中"意象"和诸神所抟成的"相像"之物也有类似差别，不可混而为一。但这两者却是一而二二而一的事物。

似"。所谓"相像"的实际含义是，和宙斯的构思吻合，也就是践行了宙斯的命令，或者说是依照宙斯的命令将某事做成了现实。这也就是说，"相像"的原型就是宙斯的"意象"，潘多拉是宙斯意象的呈现物。

"意象"的特点是"恍兮惚兮，其中有物，惚兮恍兮，其中有象"①，宙斯头脑中所拟构的这个"像"以其模糊性和不确定性，给人类的命运带来了难以预料的未来，人类的吉凶祸福，全在神灵的一念之间。神灵的意志，没有谁能够琢磨得透。正如欧里庇德斯《海伦》第二合唱歌第二曲的首节：

> 谁个是神，谁个非神，抑或非神非非神?②
> 哪个凡人能够探究说明?
> 他可曾见过神的所为，而探得究竟?
> 颠倒反侧，忽此忽彼，
> 正当幸运时，突又跌入无望的境地?
> ……
> 什么才是真的，在这人间可能听到
> 关于神灵的真谛?（《海伦》1137—1150）

不管神灵是什么，人类只可能是他们的仆从，这在古希腊古典传统中曾是根深蒂固的观念。③ 神的想法凡人难以把握，这是老生常谈却又常谈常新的话题，凡人不得不面对玄妙莫测的主宰者，不得不时时探究那个似乎属于禁区的思域。④ 在神灵的主宰下，人类恰似没有形质的幻影，品达曾说过："那朝生暮死的哟! 谁是个

---

① 《老子》二十一章。楼宇烈引十四章王弼注曰："欲言无耶，而物由以成。欲言有耶，而不见其形，故曰无状之状，无物之象也。"楼宇烈：《老子道德经注校释》卷上，中华书局 2008 年版，第 52 页。

② 正如古典学者指出的那样，介于神和非神之间的并不意味着"半神"（"demi‑gods"，W. Allan ed.，*Euripides*: *Helen*，Cambridge University Press，2008，p. 276），为此我这里用了双重否定的"非神非非神"翻译。

③ W. Allan ed.，*Euripides*: *Helen*，Cambridge University Press，2008，第 1137—1138 行笺疏。

④ 正如苏格拉底宣称自己无知一样（《申辩篇》），有关天和神的知识并非人类智慧所能把握。在西方思想史上，诗与哲学、理性与信仰或者说秘索思与逻各斯之争从来就是一个古老的话题。依据这个 M‑L 的二元结构，能够理解何以柏拉图在论证到高潮时，往往需要讲述秘索思来解围（比如《理想国》卷十末尾，《斐多》的结尾等）。关于生死大限，非人智力所能掌握，这是天命或神灵的范围。《列子·力命》所谓"生生死死，非物非我，皆命也。智之所无奈何"。注："生死之理既不可测，则死不由物，生不在我，岂智之所如。"生死贵贱本是"算之所亡若何"（注：算犹智也）的事情（《列子集释》卷六，前揭，第 203、205 页）。

人物，谁又什么都不是？凡人只是一个魂影之梦。"①"意象"虽然不等同于"影子之梦"，二者在表达恍惚难测这点上，意义却可相通。宙斯正是用潘多拉的模糊来实现它的报复，人类对将来的不确定充满畏惧，只得寄希望于诸神。

总之，潘多拉是件艺术品，是被塑造出来的，她被"抟成"（《劳》70）或"制造"（《神》579），②是技术加工过的产品。韦尔南指出，"潘多拉的发明并不仅仅关系到整个妇女阶层（潘多拉以她和男性的对立，标志着妇女第二位的、添加的、人造的性质），它还普遍地揭示了人类造物的地位"③。不错，赫西俄德确确实实将其看作人间女性的起源，这可以推测，莫科涅事件中人神之争并没有女人的参与，甚而可能人间只有男性一种。他们要么就如同神灵一样，长生不死，要么就是采取了其他的繁衍方式。《劳作》五个时代的故事中，黄金时代的人类活得就像诸神。而女人的出现改变了这种生活方式，从此，人类就不得不通过和女人的结合来繁衍。潘多拉的"相像"极具象征意味地揭示了女性的中介地位。一方面，她们是诸神的造物，和宙斯构思中的"意象""相像"，而通过诸神的共同创造得以呈现为一个形象；另一方面，她们是男性繁衍子嗣的工具，"一个男性通过留种给一个女子，就像雕刻家在黏土中雕刻下他的标记，把带有他特征的形式——而这形式，他又是从他父母那里得来的——放置到一个女子的肚腹中"④。为此，"相像"具有两

---

① W. H. Race，*Pindar*：*Pythian Odes*（8.95—6），The Loeb Classical Library，1997. 此处解释了人生的短暂和飘忽。中国古籍中与朝生暮死最相似的可能是将人生比作朝露，汉乐府古词《薤露》："薤上露，何易晞！露晞明朝更复落，人死一去何时归！"（黄节：《汉魏乐府笺》卷一，中华书局2008年版，第5页）另外形容人生短暂的还有白驹过隙的说法，《庄子·知北游》："人生天地之间，若白驹之过隙，忽然而已。"（《庄子集释》卷七下，前揭，第746页）另《庄子·盗跖》和《墨子·兼爱下》在同一意义上使用了这个比喻。人生苦短的体悟是贯通全人类的情感，由于人生的短暂，自然引发了人生虚幻的看法。《美狄亚》歌队说："这不是我第一次把人生看作幻影，这世间没有一个幸福的人。"（罗念生译文，前揭，第1224—1225页）"幻影"所展示的乃是一个飘忽不定的、没有实体的形象。柏拉图正是将世界看作"相"的"影子"（《理想国》卷十，598B以下），揭示了人类生存有所倚待，带有很大的虚幻性。尽管对人生的解脱方式和理想各异，《列子·周穆王》叙述了一个"蕉鹿梦"的故事（按，蕉，通樵，薪也。参见杨伯峻《列子集释》卷三，前揭，第107页），说明了人与人之间梦境般的遭遇。佛教有偈云："如梦幻泡影，如露亦如电"（《金刚般若波罗蜜经》，《释氏十三经》本，书目文献出版社1989年版，第11页上栏），其感悟深切而悲壮，正是人类现实处境的摹状，人之作为魂影的实质，即令心智已然不再，"魂和影"在死后的世界仍然存在着（《伊》23.104），再亲近的人也难以拥抱之，"或如阴影，或似梦幻"（《奥》11.207）。

② 潘多拉代表某种造物。《董仲舒传》："夫上之化下，下之从上，犹泥之在钧，唯甄者之所为；犹金之在镕，唯冶者之所铸。"师古注："甄，作瓦之人也。钧，造化之法其中旋转者。""镕谓铸器之模范也。镕音容。"（《汉书》卷五六，前揭，第2501页）董仲舒用陶铸说明教化对人性的塑造作用。对潘多拉而言，"制造""抟塑"字面意义背后也表达了某种性格类型，而和董仲舒的圣人教化路径不同，赫西俄德所说的性格恰恰是诸神所赐予。到了柏拉图那里，教化才成为一个思考的重点问题。

③《神话与政治之间》，前揭，第383页。

④ 同上。

方面的含义：一是她们作为"造物"而和摹本（意象）相似；二是她们作为"工具"而传承下类似的特征。赫西俄德将妇女生下儿子和父亲相像看作是良好社会的一个象征（《劳》235）。潘多拉是个沟通神人的中介之物。

二 "隐藏"的"灾殃"

（一）"灾殃"与"灾星"

命定会死的凡人多灾多难，这源于宙斯的报复。人类灾难虽不能完全归罪于普罗米修斯，却与他的诡计并非无关。普罗米修斯通常被理解为一个殉道者，一个为了人类而献身的堤坦。不过，他远非完美的英雄，他胆大妄为，骄横莽撞，使人类颇受牵连。[①] 人类的苦厄和灾难正是这位"英雄"招来的。尽管他劝告弟弟厄庇米修斯不要接受宙斯送来的任何礼物，他弟弟却不曾记得他的忠告，仍然迎娶了潘多拉为妻。（《神》512，《劳》85—90）厄庇米修斯无疑是一位提坦，可是赫西俄德将他"降格"为人类的代表，这样看来人类灾难实是咎由自取。不过厄庇米修斯接受潘多拉仅仅是一个表层事件，与人类灾难构不成实质性的因果联系。不妨设想一下，假如没有这件事，宙斯和诸神难道就不会设计其他灾难，以便实现对提坦的报复？人类必然受难，这是运数。人神分歧的起因，赫西俄德并未做交代，莫科涅事件以后，人神确实不再聚在一起欢宴，神民异业，各有各的活路。同时，人类还必须要向诸神尽应有的义务，就是燔祭牛腿骨以馨众神。这个义务源于普罗米修斯对平均分配原则的破坏。

人神发生争执的场合下，普罗米修斯"热心地"（534）宰杀了一头肥牛，他的"热心"并非出于公心，而是偏袒人类。他的分配方案充满诡计，他将屠牛分成两堆，一堆是用瘤胃藏起的牛肉，一堆是涂满脂肪的白骨。他让宙斯先择，表面看来好像站在诸神一方。不料宙斯好像有点迟钝，偏偏抓起那表面看来充满油脂、却隐藏的全是白骨的一堆。这让他怒不可遏，指责普罗米修斯分配不公（544）。在此，诗人直接点出了宙斯愤怒的原因。宙斯没有说普罗米修斯的欺骗（当然欺骗宙斯也是普罗米修斯受罚的原因），[②] 而是指责他分配的不公。普罗米修斯通过诡计，破坏了公平分配的原则，他似乎得逞。宙斯也假装中计，他大怒不止。宙斯大怒的原因

[①] 陈中梅：《普罗米修斯的骄横》，载《言诗》，北京大学出版社2008年版。

[②] 赫西俄德的宙斯保持了永久的智慧而不会上当，而荷马那里，人神之父一次次地被骗倒。柏拉图进一步智化神祇，通过普罗诺及其他新柏拉图主义者，终于创造出一个全知全能的上帝（陈中梅译注：《奥德赛》，译林出版社2003年版，第86页注释）。

在于，他本是平均分配原则的守护者，而今这份权威受到愚弄。① 当然，这都是宙斯装出来的。这就是莫科涅事件。然而，人神纷争应当在此之前，原因也可能并非仅仅由于餐桌上的问题。或许，通过协商可以解决人神分歧，大家还可以继续像以前那样过着"神民杂糅"的生活。可是普罗米修斯的诡计，彻底破坏了人神之间的和谐。诗人选用了表示原因的介词词组"为此之故"（ἐκ τοῦ，556），突出了该事件和神人秩序的前因后果。宙斯的选择代表了最高的神意，众神之王绝不会让诸神吃亏。宙斯必须惩罚人类，挽回面子，维护权威。正因此，他就为人类谋划了灾殃。

《神谱》使用了κακά一词来指称这个"灾殃"（551），有学者将其解为"死亡"②。著者不同意这个略显简单的训诂。"会死的"凡人和"永生的"诸神对比鲜明，是人神命运之根本不同。死亡命运的降临改变了这个宇宙的根本格局，盖娅等所代表的无限衍生原则发生了转折，这是宙斯报复的方式，也是实现其统治的一个策略。宙斯的谋划自然必须成为现实。但是此处的κακά和"会死的"出现于同一诗行，将其诂为"死亡"，难免语义重复。从其复数的用法看，我以为这里应当指人类的各种灾殃（当然包括死亡），这和下文所说的各种烦恼困苦相应。人类因此成为非常脆弱的存在，这和潘多拉这个造物有关。③ 诸神给予人类的苦难可谓深重。

人类的苦难出于宙斯对普罗米修斯的愤怒，诗人突出了其"愤怒"（554，561），而愤怒通常连带着羞耻。④ 宙斯规定人类必须向诸神献祭，却采取了十分让人类为难的报复方式，他对普罗米修斯的诡计耿耿于怀。不在灰树中存留不熄的火

---

① 《赫西俄德：神话之艺》，前揭，第 99 页。宙斯之妻赫拉曾经提到过"份额公平的聚餐"（《伊》15.95），这聚餐愉悦所有人，"无论是人还是神灵"（《伊》15.98—99）。可以佐证在神人杂糅的生存状态下曾依照平均原则进行分配。

② 《赫西俄德：神话之艺》，前揭，第 100 页。

③ 《伊利亚特》称："在大地上呼吸和爬行的所有动物，确实没有哪一种活得比人类更艰难。"（《伊》17.446）人神之父从永福的诸神立场审视凡人，人生的悲剧色彩更加凸显。人生就像落叶一样短暂和渺小（《伊》6.146—149、21.464—466），奥德修斯相当感伤地认为，和其他生灵比较而言，人却"最羸弱"（《奥》18.130—131）。也正是因此，才赢得了诸神某些同情之心，他们怜悯人生之多艰（《伊》2.27、24.174）。不过，阿里斯托芬戏谑地谈论人生的短暂，指出人应向鸟类学习道术（《鸟》685—692），反讽或狂欢是人对短暂的人生无奈但不失有效可行的选择。更深入的论述参见 M. W. Edwards ed.，*The Iliad*：*A Commentary*（Vol. 5，Books17—20），Cambridge：Cambridge University Press，1991，p. 142。另参见陈中梅译注《伊利亚特》（译林出版社 2000 年版）第 477 页注 1 及《奥德赛》（译林出版社 2003 年版）第 578 页注 1。不过颇为有趣的是，在《美狄亚》一剧中，诗人借助女主人翁之口说出"在一切有理智、有灵性的生物当中，我们女人算是最不幸的"。（罗念生译文，前揭，230—1）欧里庇德斯在这里略带反讽地点明了男女之间的关系，这对应于荷马的神人关系。另外，这里也和赫西俄德大唱反调，在《神谱》中，赫西俄德将人类的不幸归结为女人（潘多拉），而欧里庇德斯却将女人的不幸含沙射影地归结为男性（参见该剧 230 行以下）。

④ Pudor iraque，"羞耻和愤怒"，参见《埃》9.44，Philip Hardieed.，*Virgil*：*Aeneid*（Book 9），Cambridge：Cambridge University Press，1994。

种（563—564），一方面规定人类必须尽燔祭义务，另一方面却又藏起火种。人类确实陷入进退维谷之境地。可是普罗米修斯再一次瞒过了宙斯，将火种藏在空茴香秆里偷给人类。这深深刺伤了宙斯。他随即为人类策划了一场灾难，作为获取火种的代价（ἀντὶ πυρὸς τεῦξεν κακὸν, 570）。关于这里的ἀντὶ（anti，相反、取代，亦见《劳》57），韦斯特认为有两种理解，一是宙斯制造灾祸作为获取火种的代价，二是宙斯为了抵消普罗米修斯的火种带给人间的好处。居代·德拉孔波赞成第二个解释。他以为两者（女人和火种）不仅是形式上的判断关系，还是内容上的对等关系。来自神的礼物说明，女人不仅是祸害或者惩罚，且还是善恶的混合，正如普罗米修斯的火种。故而，女人和火种之间存在平衡关系。[①] 这个理解似乎可商量，因为赫西俄德交代得很明确，就是和火种对应的那件事物被称作κακόν，该词既然是个单数形式，就应当指的是一件事情。而前文 551 行使用了该词的复数形式，我把那个复数训诂为"灾殃"，包含着一切可能的祸患，乃至死亡。此处所指当然应当与"灾殃"有所不同，自然指的是女人这个"祸害"。虽然从后文的描述看，这女人带来的灾难确是"善恶混合"的，此处的文义训诂，似乎并不包含这层含义。这里的意思只是，人类获取火种必须承受女人这个"灾星"。这个"灾星"采取了不那么光明正大的、包含着阴谋诡计的"隐藏"形式，她是普罗米修斯和宙斯斗争中某个环节的产物。

(二) 隐藏的灾殃

普罗米修斯和宙斯的争斗分三个回合：第一次是分牛肉，体现的是公平分配原则之争。第二回合是普罗米修斯盗火。第三回合便是潘多拉的制造，宙斯通过她这个"灾星"反击普罗米修斯的盗火。这斗争主要是斗智，诗人多次提及"伎俩"（或"诡计"、"权谋"），比如，"依凭狡猾的伎俩"（540，555 重复该词组）、"狡猾伎俩"（547、560 重复该词组）、"心怀叵测"（550）、"诡计"（551、562）等等。这一系列的设计与反攻中，诗篇也不断重复"隐藏"一词。计谋总是以隐藏的方式，也就是说以秘密的方式实现的。在分配过程中，普罗米修斯两次隐藏了牛肉（539、541）。而盗火事件中，宙斯却藏起了火种（《劳》50）。普罗米修斯是将火种"藏"在茴香秆中带到人间的（567），潘多拉则"罩"在一张面纱之下（574）。隐藏和诡计之间恰是一体两面，两者关系密切。"隐藏"这个词出现的地方，应当警

[①]《赫西俄德：神话之艺》，前揭，第 103 页。

惕其中是否暗含着诡计。① 隐藏和死亡也常常有种内在的关联，在荷马史诗中，雅典娜就曾隐藏在哈得斯的帽子下面，使战神看不见她。② 诡计、隐藏和灾殃（其大者就是死亡）之间总有藕断丝连的关系。

"隐藏"的效果与"相像"并无二致，诡计便是通过隐藏造成的假象而得逞的。这表明，"隐藏"就是"相像"的同义词。普罗米修斯试图用假象瞒哄宙斯，可是宙斯却识得真实，他绝不会被"隐藏"（"相像"）的东西骗到。他之所以看似受骗，只是为了将他的策划付诸实施的权宜之计。前文说过，潘多拉是一个"相像"的中介之物，行文至此，自然会出现一个问题："隐藏"和"相像"既然有如此紧密的语义联系，它们是否共同指向了人类必然的灾难这一主题？在此有必要重新回顾用"火种"代替"女人"这个细节。

普罗米修斯的"隐藏"导致了"神民异业"，人类便不得不向诸神献祭，但是宙斯的策略却很有些意思，他"不给"（οὐκ ἐδίδου, 563）人类火种。"不给"何解？韦尔南极为敏锐地指出它等同于《劳作》中的"藏起"（κρύψε = krúpse, 50）③，著者认同这一诂训。宙斯如何藏起火种？动词后面的与格 μελίησι 如何解释？韦斯特笺注为"藏"应当理解为将火种匿于树木之中④，"不给"就是没有将火种藏在梣木中。"梣木"以特殊代一般，泛指一切树木。宙斯手中握有霹雳和闪电，树木遭雷击起火本是常见的现象，所谓"不给"火种意味中宙斯不用雷击人间的树木，人类因而便无从获取火种。"不给"显示的是一种惩罚，宙斯和诸神既是人类命运的掌控者，他们有权力决定人类的选择。《神谱》在此没有使用"隐藏"，而《劳作》却使用了。尽管二词在词义层面可以互换，但语境义层面却的差别也不能忽略。"不给"火种是直接的、没有任何掩饰的报复。和"相像"（潘多拉）"隐

---

① 隐藏同时也会以"沉默"的形式表现出，欧里匹得斯借保姆之口描写美狄亚对伊阿宋的仇恨，说她会"悄悄"（《美狄亚》41）杀死新郎新娘，招徕更大祸殃。美狄亚的"悄悄"和潘多拉在被造的过程中从未说过一句话的"不言"状态，构成有趣的类比关系，从而有助于从象征的角度理解祸害的难以预测性，以及"天命反侧"。不过，有时候"保守秘密"也同样可以避免祸害（《美狄亚》65—6）。参见 D. J. Mastronarde, *Euripides*：*Medea*, Cambridge University Press, 2002，相关注释。

② 《伊》5.845。从构词的角度分析，哈德斯可以释义为"不可见的"。这个释义符合他的死神身份，死亡正是这么一件莫测的、不可预见的事情。

③ 《赫西俄德：神话之艺》，前揭，第101页。注意此处与第42行所说的范围不同，同时也和《普罗米修斯》剧相异。在戏剧中，"藏起"这一行为有益于人类，这和赫西俄德的行文语调有所不同，参见 M. Griffith, *Aeschylus*：*Prometheus Bound*, Cambridge：Cambridge University Press, 1983, p. 177。

④ M. L. West ed. , *Theogeny*, Oxford University Press, 1966，第563行笺疏。

藏"等意义上的计谋不同。宙斯不再遮遮掩掩，[①] 他采取了极为坦白的方式向人类发难。不过，诸神对人类的惩罚更多的却是采取隐藏的方式。

普罗米修斯又盗了火，他将火种藏在（κλέψας = klépsas，566）一株大茴香秆中。这深深刺伤了宙斯，他为此便制造了潘多拉。诗人看似漫不经心地点了一笔：从她头上罩下一方面纱（καλύπτρην = kalúptrēn，574），面纱无疑也是一件隐藏真相之物。[②] 这暗示着潘多拉本身具有的模糊性、含混性和欺骗性。她表面看来"像"贞洁的处子，而实质上却承载着宙斯以及诸神对人类的惩罚与报复。她的美貌艳惊四座，却又是凡人难逃的灾星。她是一件中介的作品，在神人之间、美恶两面徘徊。赫西俄德用两行诗作描写她的美艳：

> 这尤物摄住了不死的诸神和会死的凡人，
>
> 　他们凝视这纯粹的、凡人难以抗拒的诡计。（《神》588—589）

她是个"纯粹的诡计"（δόλον αἰπύν，亦见《劳》83），其美艳让神和人双方震惊。就是说，她最初是被带到神人一起聚会的场合中，而并非是被单独带到神或人的群体中。这表明当时还没有真正实现神民异业，潘多拉被创造时神人将分而未分。下行"凝视"（εἶδον）的主语，应理解为人和神才更妥当。后文有个与格"人

---

① 在神人杂糅的时代，人很少能够直接和神灵对视，只有少数人能够有见到神灵的幸运（如阿喀琉斯，《伊》1.198），大多数情况下神灵幻化为他人形象和凡人交流，荷马史诗多次描写了这样的场景，如雅典娜幻化为德伊福波斯的形象诱杀赫克托尔（《伊》22.227），幻化成门特斯教育忒勒马科斯（《奥》1.105），幻化成门托尔帮助奥德修斯杀死求婚人（《奥》22.206、24.548）。"隐藏"是神灵和凡人交往的经典方式，他们隐秘莫测，人应当对神灵抱有敬畏之感，《泰族》谓"鬼神视之无形，听之无声"（《淮南子集释》卷二〇，前揭，第1378页）。诸神不会对所有凡人显圣（《奥》16.161），因而凡人辨认他们并非易事（《奥》10.570—574、13.312），不知道他们何时会降临在人间。《大雅·抑》："相在尔室，尚不愧于屋漏。无曰不显，莫予云觏！神之格思，不可度思，矧可射思。"（《诗三家义集疏》，前揭，第935页）屋漏为人所不见之地，不愧于屋漏，就是说在独处之时不愧于神明，强调对神灵的敬畏。《笺》曰："有神见人之为也，女无谓是幽昧不明，无见我者，神见女矣。"（同上，第936页）人必须时刻"淑慎尔止，不愆于仪"（同上，935页）。《思齐》："不显亦临。"王先谦曰："不显者，隐微幽独之处，人皆乐于自便，文王戒慎必恭，亦如有临之在上者焉。"（《诗三家义集疏》卷二一，前揭，第850页）凡人即便知晓神灵降临，也应保持沉默，不要说话（《奥》19.42）。赫西俄德告诫说，不要指责神明的幽冥莫测，他们厌恶这种指责（《劳》756.），不过，神灵也会垂青少数人物，这根源于他们的敬畏之心和虔诚，如埃涅阿斯认出了阿波罗（《伊》17.334），特勒马科斯知晓神灵（《奥》1.420），奥德修斯猜出了雅典娜（《奥》22.210）。

② 《白虎通·衣裳篇》："衣者，隐也。裳者，彰也。所以隐形自障闭也。""彰也"，清陈立《疏证》引《释名》："裳，障也。"（《白虎通疏证》卷九，前揭，第433页）这种音训手法和衣裳功用吻合，不过仅仅是个技术层面的问题。衣裳的功用只有在"表德劝善，别尊卑也"的古典教化语境下才能得到真正的理解。为此，"障""彰"这两训恰是相反相成。这个思路无疑有助于对潘多拉的理解，头巾的隐藏作用不仅仅是遮蔽造物的"恶"，神灵也想要彰显某些东西。

类"（ἀνθρώ ποισιν = anthrōpoisin），它只是对"诡计"的进一步修饰，点明这个"诡计""对凡人而言"难以抗拒。显然对神人而言，她都是诡计。只是在神看来，她是处罚人的；对人而言，即便是诡计，却也逃不掉。这诡计给凡间带来"巨祸"（592）。神灵巧妙地将祸害隐藏在一个美丽的面孔之下，凡人不能透过表面的东西窥见真实，即便他们有逃避灾难的愿望，也难以逃脱诸神规定的宿命。当然，凡事总有两面性，隐藏不一定都是坏事，赫法伊斯托斯曾经极为动情地表示，他愿意把阿基里斯藏起来，以便后者能够逃脱灾难和死亡。① 隐藏这个行为是否有益，完全取决于诸神的意志。

从 590 行开始，赫西俄德浓墨重彩地描写了人类必须接受的痛苦命运，这痛苦是女人造成的。她们是"柔弱的女性"（590）、"要命的妇人"（591）、"巨祸"（592）和"灾星"（600）。② 一句话，就是女人之"恶"（美貌所引起的爱欲）③ 根源于众神的造物潘多拉。

潘多拉叙事和一系列"隐藏"行为有关，隐藏一方面联系着普罗米修斯的诡计，另一方面却又和诸神的报复相关。④ 潘多拉就是一件"隐藏"的作品，她是诸神赐予的"灾殃"，用以换取普罗米修斯所带来的"好处"。要言之，潘多拉是个中介的、隐藏的、不确定的祸害，这与她"相像"的品质是一致的。

我们对"相像""隐藏"的分析，得知这两个词所包含的中间意义。"相像"沟通的是真假（贞洁的处子和作为祸殃的造物）、神人（诸神作为创造者，人类作

---

① 《伊》18. 464。

② κακὸν 是个使用面相当广泛的词，例如希罗多德笔下，它被用于指称"伤害"，英译者将其译作 harm（5. 2，10. 3），base（10. 2）等。在一处与格的注疏中，以为 κακὸν often refers to what is bad for someone or something（9. 1）。参见 J. M. V. Ophuijsen and P. Stork, eds., *Linguistics into Interpretation*：*Speeches of War in Herodotus* Ⅶ5 & 8—18, The Netherlands：Koninklijek Brill NV, Leiden, 1999，相关笺疏。欧里庇德斯《海伦》一剧中，透克罗斯和海伦谈到特洛伊之战的情形，海伦说佛里基亚人因她而死，前者补充说还有阿凯奥斯人，她真做了"大孽"（μεγὰλακακὰ），注疏家解释说 κακά 意思是特洛伊和希腊双方承受的苦难（the sufferings endured by both sides）。参见 W. Allan ed., *Euripides*：*Helen*, Cambridge University Press, 2008, p. 161。

③ 这里的"祸害"尖锐地批评女性之不劳而获的寄生状态，同时也影射了女性之"眩惑"（θαῦμα，588）。欧里庇德斯《美狄亚》秉承了赫西俄德的主题，说"爱情是人间莫大的祸害"（330），但却戏谑而嘲讽地将这"祸害"归因于伊阿宋对美狄亚的背叛，这导致她背离祖国铸成大错。《奥德赛》中牧猪人欧迈俄斯被拐，源于腓尼基女仆和船员的偷情，他痛苦地回忆说："爱情能迷惑女人的心魂。"（《奥》15. 420—421）爱情既伤害男人，比如奥德修斯家里的求婚人便因沉溺于激情而丧命（《奥》18. 212），当然也会使女性受害，从而成为整个人类难以预测的祸害。

④ 《天问》"安得夫良药，不能固藏"，隐藏被看作修行和避患的手段。《新语·术事》："舜弃黄金于崭岩之山，捐珠玉于五湖之渊，将于杜淫邪之欲，绝琦玮之情。"（《新语校注》卷上，前揭，第 13 页。）类似说法亦见《淮南子·泰族》。在舜这里，隐藏是出于教化目的，而在宙斯那里，隐藏则是报复的手段。圣人因而是道德的象征，而诸神则不如是。

为受惩罚者）、可见世界与可知世界（巧工之神的"相像"之物和宙斯的"意象"）；① 而"隐藏"同样联系着两方面，是人之代表的普罗米修斯和神界代表的宙斯之间斗争的隐喻，关乎神界的必然法则和这个法则被破坏，以及重新确定新的法则这一系列重大的事件。这对理解潘多拉叙事无疑具有重要的认识意义，潘多拉因此成为一个象征，人神之间的一个中介。

三 《神谱》《劳作》的潘多拉叙事

《神谱》和《劳作》都叙写了潘多拉的故事，然笔法、内容又各不相同，《劳作》可以看作是《神谱》中潘多拉主题的扩展，② 更多地侧重于人间的法则。要言之，从《神谱》内部看，潘多拉叙事和全篇构成一个神民之辨；而从两诗对比角度说，《神谱》侧重神，《劳作》侧重民，又是一个神民之辨。两诗用语和细节颇有差异，这可能隐含着诗人不同的诗旨。下文即着眼于这些细节的分析，看其如何映衬神民之辨的构架主旨。

（一）火：活路——燔祭

《劳作》的潘多拉叙事背景是诗人和弟弟佩耳塞斯的纷争，他告诫弟弟人类以前轻松劳动，却收获丰厚，然而诸神藏起了人类的活路，之后就过渡到潘多拉故事，通过它讲述了人类所遭逢苦辛的必然性，为后文劳作、正义等系列主题张本。诗人两次使用了"藏起"这个词。

> 因为诸神藏匿了人类的生路，（《劳》42）
> 宙斯心下大怒，藏起了它。（《劳》47）

47 行是否对 42 行的补充？诗人说凡人生活得很惬意舒适，只需劳作一天便能获得一年的口粮。由于劳作得轻松，田野里罕见骡子耕作的踪迹。诗人用古今对比的方式，凸显了这个主题：现在的艰辛其实是人类失去乐园的结果。42、43 行连续

---

① 言意之辨是思想史上的重要话题。《庄子·知北游》中黄帝评价对道的体悟："彼无为谓真是也，狂屈似之，我与汝终不近也。"（《庄子集释》卷七下，前揭，第731页）此处区分了真—似—不近之三个层次。真理往往通过隐藏的方式存在，为此，道家不但主张去浮华之言（《齐物论》："道隐于小成，言隐于荣华。"同上，第63页），甚至主张体悟至道应完全放弃言辞（"大道不称"，同上，第17页）。

② 《奥德赛》有一段关于潘达柔斯的女儿的叙述。爱神、赫拉、阿尔忒弥斯以及雅典娜一起照顾她，最后还关心她的婚事，不过最终她仍然受到复仇神的惩处（《奥》20.66—78）。这段叙事和潘多拉叙事极为神似。荷马叙述中也通过这个故事点明婚姻生活的艰难，和赫西俄德的主题也有相通之处。两位诗人之间潜在的因袭关系值得注意。

出现两个连接词"因为""而"（γὰρ）起着承前启后的作用。第一个连接词乃对上文的总结，说明如果诸神不曾藏起人类的活路，就可以轻易地获得生活之需，赫西俄德兄弟也就无须为家产打官司。它展示出古今"世道"的不同，表达了现实生活必须劳作的艰辛处境，从而告诫佩耳塞斯以何种态度对待生活。第二个连词起对比转折作用，衬托出现实苦境相反的古代理想生活，同时描画了一片备受诸神呵护的人间乐土。人类没必要为生计发愁，付出一丁点儿就会获得丰厚的报酬，诸神给人类好日子过。连词的重复使用，表达了同一个问题，就是在神民之辨的理念下，为现实劳作的艰辛提供正当的理由。同时，诗人还用主语的不同强调神民之辨。42—46 行连用两次"获得"（ἔχω = éxō），但 44 行说的是人类简单的劳作便可"获得"丰厚的收成，而 42 行则说诸神"掌管"着人类的活路，并用"藏匿"修饰之。此语相同，主语各异，这极其醒豁地揭示了神人之间的关系。诸神可以轻易地将活路赐予人类，也可以随时收回。凡人的日子得仰仗诸神。他们藏匿其活路之后，凡人便只能通过劳作来糊口了。

活路自是一个相当重要的词汇，它的意思是"生存""谋生技巧""口粮"，也表示"生命"（用例如《海伦》840）。此处可能并不单指农业生产以及通过耕种所收获的谷物，还可能包括其他各种生存技艺。诸神藏起的是全体人类的活路，不只是农耕者的耕作。45、46 两行讲到了航舵和耕牛，活路包括航海和耕作，诸神使包括靠航海交换产品的人和农夫在内的凡人生活更艰难。此处远远呼应了 11 行以下的两个不和女神，她们引发了陶劳、匠人、乞丐和歌手之间的有益竞争，也挑起了有害的讼端。从上下文语境分析，"活路"应当包含所有的技艺和生活手段，诸神所藏起的是全体人类的所有技艺。赫西俄德的教诲中，没有仅仅着眼于农作，他还提及了航海等事宜（618 行以下）。这有助于理解"劳作"在此篇中的含义，绝不能仅仅将其等同于耕作。因此，诗篇便是关于各行业技艺之正当性的，深切关注人类各个行当生存的艰难，尊重不同行当之间的权利。

潘多拉叙事正式开始于 47 行，该行交代宙斯"藏起"了它，"藏起"的宾语缺失，该词再次出现在 50 行中，诗人说宙斯"藏起"了火。有学者据此以为，47 行所缺失的宾语亦即此处的火种。① 我不同意这种看法，50 行的小品词 δέ 并非虚设，应当和前面一行"设计"呼应。此处表达的是另一种状态，就是宙斯因愤怒而采取的具体措施，和前面泛泛的"藏起"含义有别。我以为 47 行所说的"藏起"仍然

---

① 卡拉姆：《〈劳作与时日〉开篇：一部情节诗篇的序曲》，《赫西俄德：神话之艺》，前揭，第 190 页。

远承 42 行，这呼应了诸神的策略。宙斯作为诸神的首脑，当然完全能够代表诸神。42 行的主语是诸神，而 47 行的主语则是宙斯。这可以理解为：在 42 行那里，所指的是诸神藏起了各样的生活技艺，原本丰足的生存状态被改变了，具体含义是"宙斯命令诸神藏起所有的技艺，诸神听从了他"。而 47 行则再次呼应了这个主题，并进一步点明宙斯愤怒的原因，因为普罗米修斯竟敢欺骗他。所以他要用制裁人类的手段惩罚后者。47 行和 50 行的区别在于，前者意味着宙斯命令诸神藏起各种技艺（例如，德墨忒尔藏起耕作技艺，雅典娜藏起纺织技艺，缪斯藏起歌唱技艺），而后者则是宙斯亲自动手，藏起了火种。这个具体的动作点明了火种在各种"活路"当中的重要性。火（πῦρ，50）是活路（βίος = bíos，42）的一种，却并不是唯一的。人类无法获得火种，这在宙斯看来是很大的悲哀和苦难，这件事保证叫普罗米修斯不那么痛快。

《神谱》和《劳作》关于普罗米修斯盗火的描写各异，后者笔墨更集中，诗人首先写了宙斯藏起火种，"因为"（ὅττι = hótti，47）普罗米修斯欺骗他。这呼应前文的诸神藏起了人类的活路。可是后者把火种放在大茴香秆里，偷到人间。47—53 行这短短七行诗句，诗人两次写到了宙斯的愤怒（47、53），因为上了普罗米修斯的当。从赫西俄德遣词中，可以体味到这两方的激烈冲突。诗人说宙斯"怒气冲冲"（47、53）；而宙斯看来，普罗米修斯心中"欢喜"（55）。诗人说宙斯"藏起"了火种（50 行，前文说过，47 行的"藏起"与此不同），而普罗米修斯却"偷盗"（51）到人间。普罗米修斯"欺骗"（49）了宙斯，而后者也随即"谋划"（50）灾难予以反击。大神没有克制自己的情绪，他坦白地向普罗米修斯说出了自己的报复意图，告诫后者说不要因为偷得火种而高兴，这会招来相应的惩罚。《劳作》中的普罗米修斯是沉默的，一言未发。诗人从宙斯的视角描写了他的神情和行迹。他说后者因为偷了火种而"欢喜"（55），但这将带来他和全人类的灾难，凡人也将"喜欢"（58）这灾殃。从普罗米修斯的"欢喜"到众人的"喜欢"是个有趣的转折。在宙斯看来，极有远见的普罗米修斯也未必能够逃脱他所预设的圈套，后者只因为盗火得手而沾沾自喜，却不曾知晓他这位众神之王为人类谋划的灾难。相对于诸神和提坦而言，人类只不过是群氓，更不具有识别真相的能力，即便是个灾殃，他们仍然满心喜悦地拥抱欢迎。宙斯冷言冷语，计划周密，利用神的意志迷惑了人类的理智，让所有人（57）为这灾殃意乱情迷。众人的"喜欢"是对普罗米修斯的示威。

宙斯的惩罚莫名其妙，诗人不曾交代普罗米修斯和人类之间的关系，前者的盗火却给人类带来"巨祸"（《劳作》56 =《神》592），宙斯说他要赐个灾星作为获得火种的代价。"巨祸""火种"（πυρòς，57）"灾星"（κακόν，57、58）似有十分紧密的联系。在《劳作》的文本中，"火"显然是有益于人类的，他是宙斯所藏起的"活路"之一，而"巨祸"自然是指毁灭性的、破坏性的灾难。这两者都是显而易见的，人会自然地趋利避害。至于灾星①，则可能包含着不可预见性的、迷惑的成分在内。宙斯说要赐予一个灾星，即便普罗米修斯曾经听明白了，他也未必就有预知究竟是何灾星的能力，更何况昏聩的厄庇米修斯。厄庇米修斯反映的众生存在状态，众生之所以是群氓，在于他们往往被表面现象所误导。灾星所以被设计成模棱两可、似是而非的"相像"之物，她不像"巨祸"和"火"那样显明，而是介于巨祸和火之间，是个中介状态。在这个前提下，诗人便写了潘多拉的创造。

《神谱》的叙事与此不同，诗人在伊阿帕托斯家族的背景下，讲述潘多拉的创造。此前歌咏宙斯的诞生，此后则是诸神和提坦之战，战后便是奥林波斯神统的稳固。潘多拉叙事从属于一个更大的主题，就是宙斯和普罗米修斯的矛盾，他们的矛盾影射了诸神和提坦的斗争。诗人逐一交代了伊阿帕托斯诸子的命运，特别提及厄庇米修斯和普罗米修斯兄弟俩。他说厄庇米修斯第一个接纳了女人（《神》512—514）。513—514行的 γυναῖκα | παρθένον 语义模棱两可，有人将其理解为 "a virgin wife"。实则赫西俄德笔下已有这一类看似悖论的表达，如585行的"漂亮的灾星"（καλὸν κακόν）。诗人敏锐地观察到了事物的一体两面，"处子"和"妻室"并不矛盾。这个看似矛盾的词传神地表达了女子的中介状态，在神那里，她是一个处子（572行的暗示），而在提坦这里，她又是厄庇米修斯的妻子。词语的恍惚含混，正是诗人神民之辨意图的最佳表达。

《神谱》没有像《劳作》那样直接描叙普罗米修斯盗火，而是用了比《劳作》远为详尽的篇幅续写宙斯和普罗米修斯的斗争，在普罗米修斯盗得火种之前，他和宙斯之间已经有过一轮较量。那就是牛肉的分配。普罗米修斯耍诡计欺骗了宙斯，宙斯指责他的分配不公。平均分配代表了神人杂居时的原则，但这位提坦却偏袒人类，破坏了这一原则，从而也打破了人神之间的和谐关系。但是关于宙斯的受骗，却富有戏剧性。他是否真的不能识破普罗米修斯的阴谋？诗曰：

> 智慧永在的宙斯并非没有洞悉其伎俩。他其时正为有死的凡众预谋灾
> 难并拟付诸实施。（《神》550—552）

---

① 此处是单数，因此是具体的而非抽象意义上的，我把它译作灾星和抽象的祸害相区别，或许就是指的潘多拉。

551 行的 γν ὦϱ' ούδή γνοίησε 如何理解？ούδή γναίησε 通过否定表达强调宙斯的洞察，故而此处宙斯并非没有看穿普罗米修斯的诡计，宙斯心知肚明，他洞察到这一切却不曾揭穿罢了。宙斯随后将计就计地抓起那充满诡计的一堆，他心中已经为人类预设了灾难，只是缺少一个口实和机会。神灵虽然是凡人的主宰，但报复总得师出有名。宙斯不愧是个掌控全局的高手，他不动声色地让伊阿帕托斯的好儿子如愿以偿，以便可理直气壮地让其自食其果。对人类的苦难的理解不能简单化，普罗米修斯的分配只是宙斯惩罚人类的一个借口和契机，即便没有莫科涅分配事件，宙斯也会找出其他的理由造成人神分裂。诸神需要献祭他们的奴仆，人不能像神灵那样逍遥地存在，神灵的权威性必然建立在对人类的掌控之上。就在普罗米修斯行骗的同时，宙斯也正在为人类谋划苦难并打算让这些成为现实（551—552）。注意551 行的 κακά（中性复数），它采用了复数的形式，似乎不宜纯粹理解为抽象的名词，而包含着实际的诸种苦难在内。

《神谱》和《劳作》关于盗火的描写也不同。《劳作》里，宙斯斥责了普罗米修斯偷盗火种，而后者却不曾说话。《神谱》中，宙斯讥刺普罗米修斯分派不公，却不曾指责他盗火。

宙斯第一次讥讽（545）普氏分配不公。"讥讽"表达了宙斯的不满，他没和后者开玩笑，而是满腔愤怒。他似乎告诫后者，不要试图破坏已经定好的平均分配原则，而后者一意孤行地继续欺骗诸神之王。在埃斯库罗斯的悲剧中，他不听良言、我行我素的性格展现得更加明显，这也说明他的自大和骄横。① 普氏因其骄横性格终于引发了宙斯的报复。此后，赫西俄德插入一笔，说明人类自那以后得献祭诸神。接着宙斯大怒着（μέγ' ὀχθήσας，558）对普罗米修斯说话。《劳作》几乎照抄同一诗行，只是另用了"发怒"一词（χολωσάμενος，53）。不过，宙斯的发怒，前者针对普罗米修斯分配不公，而后者则是由于他的盗火。这两行诗句虽然相似，但含

---

① 陈中梅：《普罗米修斯的骄横》，载《言诗》第九章，北京大学出版社 2008 年版。普罗米修斯的"骄横"，可以和鲧的"婞直"相比较。《楚辞》三处提到了鲧。《天问》用了较长的篇幅两次问了鲧禹治水的问题，《离骚》："鲧婞直以亡身兮，终然夭乎羽之野。"王逸注："婞，很也。"《九章·惜诵》："行婞直而不豫兮，鲧功用而不就。"王逸注："言鲧行婞很劲直，恣心自用，不知厌足。"以此看来，鲧的心性品格有严重缺陷，并非如现代神话学家所认为的那样，是一个"斗志亦坚，神力亦伟"的英雄（《山海经校注》，前揭，第474 页）。鲧的错误也恰恰因其"骄横"，《吕览·行论》说他因尧不以为三公而愤恨，"怒其（原文作'甚'，不词，据王念孙校改）猛兽，欲以为乱"（《吕氏春秋集释》卷二〇，前揭，第568 页）。僭越个人的职分而受到惩处，这并非不公平。

义各异。χολόω 表示的是激发胆汁（χολή）所引起的那种愤怒，而 δχθέω 所标示的愤怒则是由"有沉重负担"这一义项引申而来。它们的区别在于，前者更加偏重于内心的感受和生理刺激，而后者则强调了外界环境对发怒者的影响。这两个词汇虽然是近义词（大多数语境下是通用的，含义视其具体上下文而定），诗人遣词造句却别具匠心，通过一个词的细微变动，传达出了宙斯不同的愤怒。对宙斯而言，受骗这事情虽然很是扫他的面子，然而毕竟是他甘心情愿的选择，他顺水推舟地实施自己的惩罚人类的计划，这个骗局反倒帮了宙斯的大忙，因此发怒也就是借题发挥而已。可是普罗米修斯盗火则情况大不相同，他挑战了自己至高无上的权威，阻挠了神界计划的实施。《神谱》用了"咬啮"（567）一词形容宙斯知晓普氏盗火后的感受。他藏起火种，目的就是让人类敬畏诸神的权威，而普罗米修斯的举动使他的打算落空。用火显示了人类巨大的进步，从而也就降低了神灵的权威。从《神谱》的构思看，诗人之所以写到火种，是因为人神分裂之后要献祭诸神，这一原因在于凡人分配到肥美的牛肉，而诸神只获得了白骨。火种正是为燔祭而设（当然火的用途多样，诸如照明、取暖、烹饪等），体现的是凡人必须向诸神献祭的义务。① 火种是宙斯和普罗米修斯之间斗争的一个"道具"，是神对人类惩罚的一个工具，也是潘多拉的一个映射之物。在这种情形下，宙斯制造了潘多拉作为获取火种的补偿，也就是抵消因得到火所获得的好处。

综上所言，《神谱》在莫科涅事件、人神揖别的语境讲述宙斯创造女人的意图，它影射了人神分裂这一重大事件。此前，是"神民杂糅"的混同世界，人神平等分配；从后文献祭的叙述看来，凡人似乎也没有献祭诸神的义务，人活得就像诸神一般。莫科涅事件后，诸神和凡人分道扬镳，凡人成为诸神的供奉者而必须献祭，诸神则对人类施加了惩罚，潘多拉便是惩罚的一个工具。《劳作》是在诸神藏起了人类的"活路"这一语境下，叙述潘多拉的创造。在《神谱》中宙斯"不给"人类火种（563），而《劳作》在交代藏起火种（50）之前，说到诸神藏起了人类的活路（我以将其解读为各种技艺）。关于这个细节差异，是否有更深的思想内蕴？必须明了的是藏起火种的细节是在藏起"活路"（42）的语境下提及的，"活路"应当指的包括稻、黍、稷、麦、菽五谷的播种刈获在内的各种技艺等生活手段，因此火种应当与生计有一定关联，该处侧重是火种的照明、熟食等生活层面的含义。和《神

---

① 在祭祀仪式中火种具有去邪（《奥》22.481）和净化功能。参见 W. Allan ed., *Euripides: Helen*, Cambridge University Press, 2008，第 869 行笺疏。

谱》的中的功用完全不同。在此，也就知道，何以《神谱》在盗火之前用了那么多的篇幅写人神之间的分配，是为了最后点出"燔祭"这一神人之间的约定。而火种恰是承接燔祭而来。《劳作》之不写这一点，就在于那篇中的火种有不同的寓意。总之，《神谱》通过火种的细节体现了"神民之分"，侧重在神对人类的惩罚；而《劳作》则重点描写的是人类现实生活困境。

（二）《神谱》和《劳作》中出场的神灵

创造潘多拉的过程中，《神谱》和《劳作》中出场的神灵有些差别。前一诗歌主要出场的是智慧女神雅典娜和巧工之神赫法伊斯托斯。而《劳作》一诗中除了这两位神灵之外，还出现了将潘多拉送往人间的赫尔墨斯①、阿佛洛狄忒（65）、优雅三女神（οἱ Χάριτές, 73）、劝说女神（Πειθώ, 73）以及时令女神（Ὡραι, 75），比《神谱》中的神灵多出数位。如何看待这些细节的差别？《神谱》较之《劳作》成篇更早。②《劳作》的改动绝非毫无目的的即兴之作，而应该看作诗人思想修正的结果。

《神谱》尽管一再强调了诸神这个"相像"之物是个"灾星"，在制造她的过程中，却只写雅典娜和赫法伊斯托斯如何制造、如何给她装扮，并没有写她在何种意义上是个"灾星"，也没有给这个造物命名。只有当巧工之神将其领到神人跟前之后，诗人才说神人都为她吃惊，凡人则"难以抗拒"（589）。此后方说她是人间柔弱女性的起源，就像坐享其成的雄蜂剥夺工蜂的劳动成果一样。而后又从男子结婚与否两个角度说明她带来的灾难。

这看似是个非常大的疏忽。不过，从《神谱》叙述主旨和全篇布局来看，诸神怎样将潘多拉设计成一个灾星无关宏旨，只需要知道她是个祸害便足矣。该诗的主旨是歌颂宙斯的权威和意志，莫科涅－潘多拉叙事为全篇的主旨服务，在神人分别的这个大主题下，第一位还是要凸显诸神对凡人的驾驭和控制，而这个工具便是潘多拉，诸神完全有能力控制得了局面，凡人休想逃脱宙斯的惩罚。至于宙斯如何惩罚人类，那是神灵的事情，与凡人无关，凡人只需要听天由命地接受苦难的现实。

《神谱》中出场诸神中，雅典娜无疑是智慧的象征，而巧工之神则代表技艺（主要是用火的技艺）。智慧和技艺足以支撑《神谱》的主题：维护宙斯权威。宙斯

---

① 在《神谱》制造潘多拉的情节中，赫尔墨斯并不曾出现。不过，依据文献推究，将其送往人间去的最可能的人选便是赫尔墨斯。

② M. L. West ed. , *Theogeny*, Oxford University Press, 1966, pp. 44—45.

就是靠着这两样东西统治凡间。人类拥有智慧和技艺是神人分别之后的事情，这似乎应归功于普罗米修斯。① 宙斯的意志就是命令，只要宙斯想到怎样，凡人就必须这么做。当然，这具体的实施少不得莫伊赖的参加，无论她们是否出场，都在冥冥之中掌控着每一个凡人，宙斯通过和她们的互动实践他的意志。智慧保证宙斯的命令得以贯彻，而技艺则是使宙斯的构想落实的手段。至于凡人如何接受他们的命运之类的细节不必考虑，这不碍全诗咏唱宙斯统治秩序的主题，诗人无须再叠床架屋地叙述其他细节。

但是，《劳作》的潘多拉叙事服从于歌颂正义这一主题。对命定要死的凡人而言，潘多拉这件造物的举动都和人间的未来命运息息相关，为此诗人花了相当多的笔墨描述潘多拉，并且第一次提到了她的名字。② 从《神谱》的不具名到《劳作》给予名字这个细节变化，赫西俄德可能重视这一造物在神人之间的作用，至少他给了她一个名字。而且，更加耐人寻味的是，在《劳作》诗作中关于潘多拉的创造，诗人叙述了两次，第一次叙事的是宙斯对诸神的命令，第二次叙述诸神对宙斯命令的执行。这两次的叙述大同小异，值得注意的却是其中细节的调整。它们共同指向神民之分这个主旨。

（三）潘多拉与希望之瓮

《神谱》没有给这个诸神造就的女人命名，也没有写到灾难之瓮（或希望之瓮）的细节；而《劳作》中详细讲述了宙斯赐予的瓮，给这个女人取名潘多拉。《劳作》对此分两次叙述。一次是宙斯的构想和对诸神所下达的指令，另一次则是诸神对宙斯命令的执行。而《神谱》的叙述则简略得多，反而用大量笔墨描写婚姻的害处。

两诗对潘多拉的基调立场一致。《神谱》说她是"灾星"（512、570）、"漂亮的灾星"（585）、"无计可施的灾难性圈套"（589）、"巨祸"（592）。同样，《劳作》不止一次地称为"灾星"（57、58）、"食麦的人类的祸端"（82）、"无计可施的灾难性圈套"（83）。可以看出，其用词基本一致，两首诗对这个女人之为祸患这一点上，态度相同。那么，区别何在？欲探究两诗的区别，不妨从潘多拉的名字

---

① 具体参见《普罗塔戈拉》320C以下的描述。厄庇米修斯造人之初，人类赤条条的一无所有，普罗米修斯才将"活命的智慧"和"用火技术"偷到人间。

② 古人曾将潘多拉视为大地之神，甚至于等同于盖娅。从赫西俄德文本看来，这种理解当然难以令人信从。《列女传》残卷中说她是普罗米修斯的妻子。这和《神谱》《劳作》的说法不同。如果赫西俄德是《列女传》的作者的话，那么很可能他另有其他主题。总之，在这里，我们将潘多拉视为诸神的礼物最符合诗旨。参见 M. L. West ed. , *Works & Days*, Oxford University Press, 1978, pp. 164—167.

入手。

潘多拉是人类获得火种的代价（ἀντὶ πυρὸς，《神》570、《劳》57），这一点两诗并无差别。《劳作》中，宙斯以第一人称的角度说他要"赐予"（57）人类这个祸害，《神谱》中，诗人从叙述者的视角说他"制造"（570）了这祸患。叙事视角的差异似乎可以做如下理解：前者表达神灵的权威，而后者传达了人类的现实体验。潘多拉（Πανδώρα，Pandóra）这个名字与诸神有关，她是一件集体劳作的产品。① 这个名字有两种词源学的理解：（1）诸神都给予她一件礼物的。（2）诸神都把她当作一件礼物赠予人类。韦斯特将其含义裁断为前者，我对此并不完全同意。这虽然和全诗的描写照应，而且突出了这样的一个观念，即潘多拉所带给人间的一切（灾难）是诸神共同的赐予。但后一理解却也无懈可击。两种理解都有助于把握《劳作》所描写的人间困境。这个名字若隐若现地体现着诸神的意志，说明神人之间的隶属关系。名字表达了某种和事实相联系的观念。莫奈劳斯和海伦相见后，他悲叹自己的经历，说尽管他没有乞丐之名，却在做乞丐般的事情。当海伦告知他已经步入绝境，而需特俄诺尔乞援时才可逃生，他指出这个名字可以通神，然而又问她能做些什么。② 一个名称总联系着行为和动作。潘多拉之名因而自有其动作指向，不会只是一个空泛的符号。诸神赐予其名，自然会给予她相应的能力和作为。紧接着，诗人便一再地描述了她带到人间的诸种恶，潘多拉遂作为人间之恶的传播者出现。在她降到人间之后，尘世诸恶便与潘多拉这个名字紧密相连，这名字是对凡间苦难有了更清晰认识和感悟的标志。《神谱》可以泛泛地将人世的苦难看作是神赐的，或者模糊地说它们来自一个女人。而《劳作》则明确的回答了那个带来灾难的女人是谁的问题。潘多拉，人类可以叫着这个名字，反省现在的生活。

然而，正如特洛伊战争和海伦将自己视为她丈夫的"财产、财富"（τὰ κτητά）③ 一样，潘多拉也是作为财产被赐予人间的。她只是一件礼物，那么这人世

---

① 潘多拉的名字，在某种意义上暗示了造人是一件集体劳作。《淮南子·说林》："黄帝生阴阳，上骈生耳目，桑林生臂手，此女娲所以七十化也。"注曰："黄帝，古天神也。始造人之时，化生阴阳。""上骈桑林皆神名。""女娲，王天下者也。七十变造化。此言造化治世，非一人之功也。"（《淮南子集释》卷一七，前揭，第1186页）赫西俄德和《淮南子》尽管都有一个共同造人的情节，但却明显有不同的思想意图，前者关注的是诸神对人类的统驭，而后者则强调造化治世的集体性和艰辛。

② 分见《海伦》第792、822行。关于名称和行为之间的对应关系，参见 W. Allan ed.，*Euripides*：*Helen*，Cambridge University Press，2008，p. 236 及 p. 239 的笺疏。

③《海伦》第903行。"礼物"含义上和"财富"虽有差别，但就其无自我个性这一点而言，潘多拉和海伦是完全一致的，这点出了她们的依附性和第二性的特质。

的苦难是否应由潘多拉负责呢？赫西俄德似乎考虑到了这个问题，他把放出诸恶的任务交给了潘多拉，这便出现了灾难之瓮的情节。

> 而那女人双手掀开巨大的瓮盖，放飞出那（瓮中之物）。
> 宙斯为人类谋划了悲哀的苦难。（《劳》94—95）
> ἀλλὰ γυνὴ χείρεσσι πίθου μέγα πῶμά φελοῦσα
> ἐσκέδασέ ἀνθρώποισι δ ἐμήσατο κήδεαλυγρά. Op. 94—95

γυνή通常的意思是"某个女人"，可以是潘多拉的某一位后代，不过在谱属叙事中，仍然可以理解为潘多拉为妥。① 下行的"谋划"（ἐμήσατο）重复了49行的诗句，其主语自是宙斯。灾难之瓮被打开的细节再次点明了宙斯（或诸神）和他（们）的造物之间的关系。诗人并不曾交代潘多拉何以会开启这个大瓮，然而有一点是必然的：无论是出于好奇还是强迫，这个瓮必须被打开，瓮里的东西必须散出，宙斯的意志必须得到贯彻。"散出"（ἐσκέδασ）强调的是从中心点向四周的散布，从而更可能指某种好东西失去或流散。因此这个翁原本可能只是诸神给予潘多拉的嫁妆，神界叙事有现实因素的影子。诸神不会直接赐予灾难，神灵也讲究面子，懂得羞耻。② 为此，惩罚人类的事情也就做得相当隐秘，潘多拉揭开瓮盖，极有可能是宙斯惑乱了她的理智。③

瓮的出现改变了人类的现实境遇，或许这个大瓮如果不被打开，人类可能会生活得比现在更好，正如奥德修斯的手下不打开那个装有风力的袋子，便会省却许多

---

① M. L. West ed. , *Works & Days*, Cambridge University Press, 1978, p. 168.

②《伊利亚特》中，宙斯被赫拉挑逗而试图野合，赫拉认为这"羞煞人"（νεμεσσητὸν, 14. 336）。《奥德赛》写道女神们因爱神和战神阿瑞斯的偷情，男神都以此为谈资而嬉笑，而女神则觉得"羞涩"（αἰδοῖ, 8. 324）。又《海伦》（884—886）中，诸神关于是否允许漂流至埃及的莫奈劳斯领着海伦回家产生分歧，而爱神害怕被"揭穿"她所允诺给帕里斯的爱情只不过是个"幻影"，试图将莫奈劳斯杀死。这也是因信誉问题而产生的一种羞耻感。参见 W. Allan ed. , *Euripides*: *Helen*, Cambridge University Press, 2008, p. 244。羞耻可能还包含对父辈或权威的尊重，亦即所谓的"忠孝大节"，诸神信使伊丽丝曾骂过雅典娜"你是条无耻的狗，如果真敢把巨大的长枪向宙斯举起"（《伊》8. 423—424）。《云》中的"正理"教育青年人，养成知耻的性情（《云》995）。羞耻具有两面性，使人获益也让人遭灾（《劳》318，《伊》24. 45）。

③ 荷马史诗中关于宙斯惑乱人的意志的描写甚尟。例如《伊利亚特》写狄俄墨得斯和格劳科斯互通世系之后，他们交换礼物，宙斯便将后者的"心智取走"（6. 234）。

麻烦地返回家园一样。① 潘多拉及时地盖上了瓮盖，这个瓮里留有不曾放出的"希望"，它是人类生生不息的动力，却恍兮惚兮，难以预测和把握。② 这全凭诸神的安排，诸神不会同时把一切好处都给予凡人，③ 宙斯有两个瓮，"一只装满福佑，另一只填满祸害"④，正如忒勒马科斯所说，宙斯按照自己的意愿随意赐予劳作的凡人或福或祸。⑤荷马教导我们正确理解人类现实的处境：人生总是好运和厄运相伴，或者纯粹就是厄运。⑥ 《神谱》中宙斯所制造的女人，好坏参半（585）。如果联系的《劳作》全篇的主题分析，这自然连接着"劳作""时令"这两个重点所折射的核心思想：正义（δίκη = díkē, 278）。希望所指向的当然是诸神的正义，这是全篇所反复论说的问题。诸神给人类规定了礼法，以与鸟兽等区别——它们互相吞食而没有正义（《劳》276—278），正如萨宾的抢婚是"无礼"的行为一样；⑦ 而如何践履正义则全靠人类的自我意识和德行。因此，结合正义，对希望的理解就更加清晰。⑧潘多拉之瓮给人类指出两条希望之路：如果诸恶只是暂时压制了希望，那么现实苦难就有改良的可能，人类毕竟可以通过德行的提高而趋于正义，从而实现对礼法的维护。反之，若诸恶囚禁了希望，就是个远为糟糕的处境，人必须反省自身的恶业，

①《奥》10.38 以下。无论袋子还是瓮，都是隐秘的未知的象征。潘多拉并不知道瓮里装有的是什么，她是一个被动的执行者。奥德修斯知晓这袋子装有的东西（回家的希望），可是手下却因为欲望的诱惑，怀疑里面装有黄金和白银（45），最后纷纷殒命于归程之中。《奥德赛》的风袋故事极为简洁却寓意深刻地揭示了欲望和希望之间的关系。从而也助于理解潘多拉之瓮的寓意。

② 希望只是一个中型词汇，它不一定预示着好的、积极的行为或结果。《海伦》剧中，当莫奈劳斯得知他们夫妇处境危险时，曾问道还有什么希望可以脱险，海伦指出了"贿赂、忍耐和托情"三种途径（825—826）。她无可奈何地寄希望于女先知不向哥哥告密（827）。当女先知许诺她的祈求后，她又怀有期待地问其夫可曾带来什么出逃的希望（1037）。阿喀琉斯说宙斯不让人们的希望全部兑现（《伊》18.328），这恰恰呼应了诸神之于凡人人生祸福参半的设计。

③《伊》4.320。

④《伊》24.528。陈中梅译文。瑙乌西卡对奥德修斯说过，给予祸害或福佑看宙斯意愿如何（《奥》6.188—190），后者对此也颇为首肯，并以之教育牧猪人（《奥》15.421）。诸神是祸福和价值的源泉，这点在荷马史诗中根深蒂固。和荷马看法大同小异的是，《老子》则从辩证的角度主张"祸福相生"，以为"祸兮福之所倚，福兮祸之所伏。孰知其极？其无正？"（五十八章）荷马那里，人世其实更偏重于悲苦一面，而《老子》的态度略显旷达，并不强调人间的苦难，而主张对自然的顺应。

⑤《奥》1.348。

⑥ G. W. Macleod ed., *Iliad* (*Book* 24), Cambridge：Cambridge University Press, 1982, p.133.

⑦ Reptas sine more Sapinas, lawless rape of the Sapines, 参见《埃》8.635, K. W. Gransdened., *Virgil*：*Aeneid* (*Book* 8), Cambridge：Cambridge University Press, 1976.

⑧ "不曾有谁脱离正义而获得过平安，救赎的希望就在正义之中。"（《海伦》1030）歌队的唱词使希望和正义之间的关系更加直接。参见 W. Allan ed., *Euripides*：*Helen*, Cambridge University Press, 2008, 第1030 行笺疏。欧里庇德斯素有"舞台上的哲人"之誉，该处应当思考其与赫西俄德作品之间的关系。《云》901 以下，曲说否认正理，照应的正是苏格拉底否认宙斯。参见 K. J. Dover, *Aristophanes*：*Clouds*, Oxford University Press, 1968, p.211。

否则就不可能得到救赎。总之，瓮的出现意味着人类乐园的失去。关键在于人类应当以怎样的方式和眼光看待它。毕竟，人类还有一线"希望"存在（96）①，可以引导他们过上正义的生活。

就全篇而言，《劳作》中有关人间灾难的词出现得远比《神谱》为多，可以说明前者的叙述重点是人间的苦难。不过就潘多拉叙事而言，《神谱》从 512 行到 616 行这一百多行有关普罗米修斯和潘多拉的叙事中，κακὸς 一词总共出现 7 次，高于《劳作》中的 4 次。而这个词在两部诗分别使用了 11 次。当然，数据统计不能说明深层次问题。这个细节也许昭示，《神谱》是关于神界的世系和宙斯权威的建立，在这一节的叙事中频繁提及了恶，这照应了《劳作》人类苦难的命题。然而《神谱》的潘多拉叙事并没提及人类的"希望"，笔锋一转，描写人类的婚姻。婚媾是诸神世系建立的重要步骤。这呼应了全篇的主题。所以，《神谱》中的潘多拉叙事，人类的繁衍才是其重点。诸神需要人类繁衍以作为他们的仆从，从而构建宇宙秩序，维护宙斯的权威。

《劳作》进一步发展了《神谱》中的女性和贫富（592—593）的思想，更为深刻地点明女性对食粮的渴求，她们会牺牲色相换取食物。诗人紧接着便写道大厅中财富的继承人问题（《劳》373—377）。《神谱》也说不结婚而没有子嗣的话，他死后远亲就会来瓜分财富（603—607）。人类面对诸神所赐予的财富，应当有所敬畏②（《劳》320、717—718）。贫富是两尊进驻家庭的神灵，③ 诸神创造女人和男人过日子，通过她来控制家庭的贫富，从而完全实现了自己牢牢统治一切的意志（《神》613—616、《劳》105）。

《神谱》是关于诸神的知识，侧重点在"神"；而《劳作》则是关于人间生存的知识，侧重点在"民"。《神谱》主题是诸神的统治秩序，这个秩序统括神人，虽

---

① 希望出现在《普罗米修斯》一剧中，希望只能通过审慎的生活获得（M. Griffith, *Aeschylus: Prometheus Bound*, Cambridge University Press, 1983, p. 185）。中国古书中也反反复复地强调"知微""知几"，从而"如履薄冰"地对待现实处境。《天问》有云："厥萌在初，何所亿焉？"《中庸》曰："知微之显，可以入德矣。"（朱熹：《四书章句集注》，中华书局 1983 年版，第 39 页）强调预见性和防微杜渐。《春秋繁露·二端》："夫览求微细于无端之处，诚知小之将为大也，微之将为著也。"（《春秋繁露义证》卷六，前揭，第 155 页）《系辞》："夫《易》，圣人所以极深而研几也。"（《周易正义》卷七，前揭，第 81 页中栏）"知几其神乎？……几者动之微，吉之先见者也。"（《周易正义》卷八，前揭，第 88 页中栏）

② 《老子》九章："金玉满堂，莫之能守。"从"守雌"的角度强调了财富不可长期拥有。故而他睿智地指出"不如其已"（已，放弃。）虽然看来态度消极，然和赫西俄德神赐观念比较，都共同地体悟到人生的变化莫测和财富的难以把握。故而老子强调顺应自然，而赫氏主张敬畏神灵。

③ M. L. West ed., *Theogeny*, Oxford University Press, 1966, p. 331.

然包含神界的秩序和人间的法则，但其侧重点还是诸神之间的权益划分。而《劳作》则主要强调了人类的生存境遇，以及人类必然之需的"正义"。两诗共同展现了神民之辨的二元思想结构。

总之，《神谱》中潘多拉叙事的核心思想是神人分裂。1022 行诗作中，潘多拉的故事开端于 570 行，终于 616 行，恰恰处在中间位置，这并非无意义的巧合，诗作的结构和诗行的安排有某种特殊的含义在那里，"神民之分"的枢纽意义。制造潘多拉之前，诗人交代了诗作缘起，并咏唱了邃古之初诸神、天神、夜神和海神诸后裔，进而叙述了宙斯的诞生，在这样的铺垫中方介入宙斯统治权力的确立。诗人侧重描写诸神谱系实际是为后来奥林波斯诸神和提坦诸神的权力争夺之战做个铺垫，诸神的诞生只是一个衬托性的前奏，核心问题在于奥林波斯尤其是宙斯统治权力的最终确立。宙斯统治的确立是全诗的主题，而制造潘多拉是宙斯确立统治的一个重要步骤。潘多拉叙事是在奥林波斯神统的确立这一大的结构下叙述的，该叙事之后紧接的便是诸神与提坦之战。这也就意味着，宙斯集团处理好神人之分的"内政"是其夺取最高权力的一个重要步骤。

因此，从这个角度看，潘多拉蕴含着"形而上"的内涵，她是神人分裂的象征，也是以宙斯为代表的诸神统驭凡人的工具（究其本人作为工具而言，她是个无辜的牺牲品）。潘多拉是诸神的"赐予"，凡人热情地拥抱她，她既是会死的凡人难以避开的祸害，也是大地上以谷物为食者生存意义和价值的体现，唯有在与祸害的搏斗中方展示出生命的可贵。《神谱》通过潘多拉表达的是宙斯的权威（对普罗米修斯的反击和惩罚）。

下："天夭是椓"与天人之际

从某种意义上说，《天问》是一部发问体的《列女传》，女色与政治的关系是屈原反复究诘的难题。而其典型的表现形式，就是爱欲与死亡。① 爱欲问题首先是政治问题，屈原通过妹嬉等淫妃的发问，点出纵情肆欲与国家命运的政治主题。诗人通过对淫妃、惑妇一类史传叙事的呵诘，其实是衬托"德行""天命"等终极问题。赫西俄德的诗作在神—民的二元思想结构下，插叙潘多拉的叙事。而《天问》追问

---

① 生死爱欲乃最根本也最切近人生的问题。《礼记·礼运》："饮食男女，人之大欲存焉。死亡贫苦，人之大恶存焉。故欲恶者，心之大端也。"（《礼记集解》卷二二，前揭，第607页）经典所探究的正是这"心之大端"的问题。

淫妃惑主等爱欲问题，也有一个天意—人事的二元结构，这是"天人之际"思想下古典政教传统的折射。

（一）从自然层面向政治层面过渡的爱欲

《天问》从女歧开始，以爱欲缺失的方式揭开了男女问题的篇章。诗人问道"女歧无合，夫焉取九子？"这是两性问题上的困惑，王逸注疏以为女歧是位"神女"，所以能够无夫而孕。类似无夫而孕的记载的纬书为最，如后稷之母姜嫄、商契之母简狄、黄帝之母附宝、帝尧之母庆都等，属于感生叙事，为古代人类生育观的变形反映。屈子提出这个问题，是否和感生叙事一类？感生叙事通常有特定的政治诉求，其叙事结果往往是产生一位圣人，或者是一位帝王，或者是某国的始祖。在谱属叙事框架下，女歧的问题是放在天地开辟这个大语境中问及的，其叙事视角远较感生故事宏阔，《天问》中的这个故事，倒很可能如周拱辰所说，女歧乃是人类的祖母，而九子是人类的种子。① 物极于九，九子似乎不是实数，而是泛指，犹言有许多儿子。和《神谱》中的盖娅一样，女歧所采取的是单性繁殖的方式。开天辟地之初，还没有产生男女交合生育这种繁衍样式。陈远新有个比喻，说人最初出生就像酱缸里的蛆虫一样，后来才有男女交合。② 女歧很可能就是第一个传种于人类的神灵，是神话学或人类学意义上的大祖母，类似于壮族的姆六甲（"六甲"乃鸟名，"姆"谓老奶奶）一类神明。不过屈原并不是向人类女始祖致敬，而是对"无合"现象倒有不少疑惑。这个疑惑是对起源的迷茫，是关于人类的最原始、最本初的困惑。

女歧的问题是在问天地部分，而问人事部分则以圣王大禹和涂山的幽会开端。屈子问得很坦率：

> 禹之力献功，降省下土四方，焉得彼涂山女，而通之于台桑？闵妃匹合，厥身是继，胡为嗜不同味，而快鼌饱？

这问的是三代历史的开端，在开天辟地、鲧禹治水之后，诗人又回到大禹，开始问他的婚姻。这一段主旨是夏王朝的兴衰。王朝兴衰和开国君主关系至为密切，

① 周拱辰曰："余谓九子乃人类之种，女歧乃生育之母也。"
② 陈远新曰："人物初生，如畬沤生蛆相似，生后自为交合，而相生也。"这个观念其实古已有之，《五运历年纪》（清马骕《绎史》卷一引）盘古变化："身之诸虫，因风所感，化为黎甿。"参见《中国神话传说词典》，前揭，"盘古"条。

君主的婚姻则是一件政治大事。王逸点出"通之"意思是"通夫妇之道"，说得很含蓄。这是全诗首次出现"夫妇之道"，是男女两性婚媾关系的肇始，大禹以两性结合的方式取代了女歧无合的单性孕育方式，也就意味着男性对女子权益的均分。再则，他也以"通夫妇之道"的人间政治行为，改变了神灵的自然行为。从此，诗人就将笔触从宇宙自然转到政治人生，从神灵世界清净不染、无爱无欲，一变而为对凡俗世界情天恨海的呵问，完成了由天而人的转型。

"降省下土四方"这一行为和政治运作方式相关，是为了观民风、制教化而设。诗人紧承"降省"而接"通"字，笔法戏谑。开头的"降省"笼罩着几分神圣庄严，然随即以"通"字一笔抹杀。屈原问，圣人大禹治水途中既是为了体察民情、创定相宜的制度，何以竟有闲暇和本地土著姑娘通款曲之情?① 为了下方黎民百姓，何不先把洪水治好再娶妻生子? 假如娶妻不是在治水途中，则绕路而行又违背尧帝的命令；若说顺路，那么就又耽误了治水之期。②

这提出两个问题：第一，公务和家庭之间的伦常矛盾。治水乃是公务，理应尽职尽责；娶妻虽为家庭私事，却也不可偏废。二者总有个轻重缓急，如何处理它们之间的矛盾? 大禹被人讥讽为"淫湎"③，如果他确实是贪图"嗜欲"的话，何苦又仅仅图一时之欲，娶妻四日就离家，三过家门而不入，和常人恋家不同。④ 屈子对大禹的矛盾行为疑惑不解。第二，大禹和帝命之间的矛盾。服从帝的命令，就不该绕道去成家。如果是顺道，那就耽误了治水期限。无论绕道还是顺路，大禹都违背了帝命。费解的是，何以鲧禹父子的遭遇这样不同? 大禹不服从帝命，却最后赢得帝的嘉赏。而鲧没准儿还服从了帝命，⑤ 反倒落得个放逐的下场。即便鲧不曾服从帝的命令，也至少和大禹一样，不受赏也不当受罚才是。看来帝的脾气确实难以捉摸。这两个层次的问题最终归结为一句话，就是帝命治水和大禹受命二者间的乖互舛违。概括这个问题，也就是天人之际的探询。

① 汪仲弘曰："易曰：君子以省方观民设教，是也。……当此之时，汩鸿之任方殷，何遑娶彼涂山氏之女，而通夫妇之道于台桑之地乎?"

② 黄文焕曰："禹既勤力图劳，急为下土计，则何不径弗娶而行，乃又通之于台桑? 如非治水之顺途，而特娶妇，则枉道既稽帝命；即因治水之顺途而归娶，则亦以娶妻而缓治水之期矣。"

③《吕氏春秋·仲冬纪·当务》："禹有淫湎之意。"（《吕氏春秋集释》卷一一，前揭，第251页）高注以为"淫湎"指的是"禹甘旨酒而饮之"，其说似非。参照《天问》，当指禹通涂山女而言。

④ 张凤翼曰："苟欲快一朝之饱，与常人恋家嗜欲不同。"汪仲弘曰："使禹娶而为嗜欲，则当相恋而图久聚，如饥者之求饱矣，胡为四日即别，而快一朝之饱乎?"王夫之曰："夫人悦色之情，同于甘食，虽贤者岂异于人哉?"

⑤ 参见后文对"顺欲成功"的解释。

夏大霖以为"问涂山女，引起全文，为惑妇写照"①。他指出婚姻是人间大伦，虽然天下大事乃当务之急，但是夫妇配合也不可置之不理，只要不必以燕婉之私废掉公务便对了。他认为诗人意旨却是通过此处关于涂山氏发问，和下文的妹嬉、妲己、褒姒等惑妇形成对照，从而与简狄、姜嫄等贤德妃子前后呼应。② 尽管涂山氏女可能在某种意义上也是"红颜祸水"，然而大禹却是明智之人，能够从容应对私情与公务，所以终究成其为圣人。夏大霖从儒生立场出发立论，其之说头头是道，却未必能够信从。屈子思想，迥异于诸子，也不同于儒家经传，他通过提问和反诘的方式，将人间的一切价值评判放在"天命"这个标尺下衡量，而以儒家的标准来判断，显然有违诗人发问初衷。诗人确曾质疑作为圣人的大禹和大众之间的差异，③不过继嗣终究是大事，这是个自然法则，圣人也难免俗。④ 如何理解圣人看似自相矛盾的行为，如何协调上帝意志和人世行事之间的奥妙，这恐怕才是诗作的发问主旨。

大禹和涂山的婚媾开启了夏王朝的历史，这个夏王朝又在夷羿和雒嫔的情感纠葛中走向式微。史传叙事中的婚姻都是政治的，婚姻影响着政治格局和历史走向。《天问》的发问因袭了史传叙事的政治婚姻模式。屈原问曰：

> 帝降夷羿，革孽夏民，胡射夫河伯，而妻彼雒嫔？……浞娶纯狐，眩
> 妻爱谋，何羿之射革，而交吞揆之？

雒嫔即洛水之嫔，旧注以为伏羲氏之女。诗人此处曰"妻彼雒嫔"，所说的"彼"当承上文"河伯"而来，亦即河伯的妻子雒嫔。河洛之神联姻符合语怪叙事习惯。依照王逸注，羿是个荒淫之主，为害夏民，与雒嫔欢合是他的荒唐事之一。⑤宓妃虽然是洛水神女、河伯之妻、伏羲氏的后人，羿却将其看作发泄私欲的工具。⑥

---

① 《天问纂义》，前揭，第179页。蒋骥又以为大禹忙于土劳，"应不遑娶妇，既娶妇，又不似（引按，'似'疑当作'以'）婚姻燕婉稍为留恋……谓夫妇大伦断不可废，而敬事勤民不为色荒，禹可法也。"此说虽然看似大义凛然，但与诗旨似颇乖剌。"为惑妇写照"之意，在于"涂山女世传为九尾狐"（李陈玉说，盖本之《吴越春秋·越王无余外传》），而圣人不能免俗，仍为所惑。

② 夏大霖："虽圣人忧勤天下之事极急，而夫妇亦所同急，然必不能以燕昵之私而遂缓所忧勤之事也。直照下文妹嬉、妲己、褒姒，凡以为郑袖而发也。简狄瑶台，舜娶不告，皆一意互相发明。此言禹不惑妇，孰恶其娶涂山女者？意蓄言下。"

③ 比如，洪兴祖就以为"禹之所嗜，与众人异味，众人所嗜，以餍足其情味，禹之所嗜，拯民之溺尔"。

④ 黄文焕认为大禹"犹然未能忘情于妻，未能忘情于继嗣矣"，而吴世尚则为之开脱说这是"圣人权而得中之处。"

⑤ 王逸注："羿又梦与洛水神宓妃交接也。"

⑥ 李陈玉曰："洛嫔伏羲氏女，羿又梦与之交，则是鬼神皆供其淫逞之具。"

羿本系上帝派到人间革除下界灾难的，现在他本人竟然也成了祸害之一，乃至凌辱神灵，可见其荒淫无度之甚。① 夷羿可谓罪孽深重：亵渎神灵，为了满足一己私欲而强抢他人之妻。对于神灵尚无公道可言，何况人事，天帝究竟意欲何为？

应该注意的是，诗人用词不同，意义当有所区别。表达娶妻这一意思时，屈子使用过诸如"通""妻""娶""宜""得"等不同的词语。不同的词语表达不同的判断、价值和意义。比如，"通"字明显有讥刺之意，而"宜"则含嘉美之情，"妻""娶"是冷眼旁观的态度，"得"则系出人意料的结果。屈子通过夷羿攘妻的呵问，冷峻地质疑天命的不公，反思人性的放纵，又曲折地问了羿这样人的下场。② 天帝的心思难以测度，夷羿的荒淫无疑会带来相应的报应。这似乎不应有什么悬念，可是令人难解的是，人类的命运往往充满吊诡，夷羿革孽夏民，而他本身成为祸害。取代夷羿的却是个作孽更甚的寒浞。

寒浞取代夷羿同样以婚媾为发问的中心："浞娶纯狐，眩妻爰谋。"诗句有两个难点：第一，纯狐是谁？第二，如何理解"眩妻"这个词？王逸注说纯狐是纯狐氏女，为寒浞原配夫人。蒋骥则认为这个纯狐是嫦娥的小字，本为夷羿的夫人。③ 我赞成羿妻说，这和传统叙事中妹嬉与伊尹比而亡夏，妲己与胶鬲比而亡殷似是同一模式。然则寒浞所娶的乃是夷羿之妻，和夷羿夺取河伯之妻就构成了反讽的因果关系。"眩妻"如何理解？"眩，惑也"④，这是个偏正结果的名词词组还是动宾结构的词组？历来有多种说法。王逸以为是寒浞"眩惑爱之"，就是为自己的妻子所蛊惑。而徐焕龙则认为是"眩惑羿妻之美"，寒浞为夷羿的妻子所惑，这才设谋造反。⑤ 马其昶则认为眩妻是一个名词，如同"惑妇""眩弟"是同一构词方法。⑥ 马说更近其实意。

这三种理解对诗作大旨的解读并无本质影响，无论纯狐是否羿妻，是谋图羿妻还是与羿妻合谋，这些细节问题都无关宏旨。重要的是，诗句提出了问题，"谋"与"射革"哪个更可依赖？夷羿既然如此强大，何以在寒浞和"眩妻"的谋划下一

---

① 汪仲弘曰："言神人皆被其忧患也。"黄文焕曰："胡射而妻者，奸人正当得志之时，百灵亦无之何如。河伯任其矢中，宓妃凭其梦狎……帝之不督，又何望哉？"

② 周拱辰曰："实天籍手羿以降祸下民耳。"胡文英曰："帝降羿以革夏民之孽，则羿当遵道而行矣，何为复多行不义乎？"

③ 蒋骥以为"浞蒸娶羿室纯狐"（引按："浞因羿室"，见《左传》），持羿妻论者还有王邦采、刘梦鹏、丁晏、游国恩，持浞原配论者有王逸、李陈玉、钱澄之、贺宽、徐焕龙、俞樾等。

④ 王逸注。

⑤ 蒋骥曰："盖言浞本惑爱羿妻而造谋，故杀羿而取其妻也。"

⑥ 《屈赋微·天问》："眩妻之称，犹本篇之称惑妇、眩弟，及《诗》称哲妇之类。"参见《马其昶著作三种》，安徽大学出版社2009年版，第128页。

败涂地，乃至身家性命不保？屈子连续三次提到夷羿的"射"（射夫河伯，封豨是射，羿之射革），显然是强调他的孔武有力。问语发人深省：勇武和爱欲的关系如何？夷羿凭借力量得到了雒嫔，天帝却何以并不欣赏他的勇力？他结局悲惨，以至于原配和寒浞私通，把自己的命都葬送掉了。力是否可恃？进言之，是否可以凭借一己蛮力无限度地实现个人欲望？

世事变化的根源在于上天，但是在其谋划之初，神秘力量操纵这一切，奸雄之间的因革嬗替变幻莫测，非人力所能掌控。① 那就是命运的莫测和世事的变换。国运和家运总是紧密交织，如果没有周密的谋划，即便夷羿这样的勇武之士，也难免落得败亡的下场。这一回合中，夷羿的"射革"败在"谋"之下，然则谋略是否还可倚恃？屈子疑得沉痛，问得深邃，在寒浞代羿的发问背后，探究隐微难测、变幻多端的天意。《天问》和《离骚》不同：前者所呵问的是天命的变化难知，对所谓"德"有某种惶惶然的怀疑。而后者则有明确的"天德"观念，所以直斥夷羿"淫游"。他因为犯了天怒，招致上天的报复，而不能善终。② 要言之，在关于天意的看法上，《离骚》有一个至善的"上天"倾向，和《天问》的茫然探寻不同。

若说对人类政治的关注倾注对天命的思考，而一以贯之的红线则是爱欲与死亡的主题；那么屈原通过神仙世界的问题，则是对该主题作了更深层的发掘。他问曰：

白蜺婴茀，胡为此堂，安得夫良药，不能固臧？天式纵横，阳离爰死。
大鸟何鸣，夫焉丧厥体？

白霓乃阴气的象征，从而也就带有女性化特征。此处白霓所指，诸家各执一词莫衷一是。然以屈子作品自相阐发，白霓应该是位女神，这与希腊神话的雌霓为女神东西辉映。《远游》："雌蜺便娟以增挠兮。"王逸注云："神女周旋，侍左右也。"③ 显系以"神女"释"雌蜺"。有注家以为这几句所问乃嫦娥奔月之事，大概

---

① 贺宽曰："奸雄之生，皆天所降，既灭人国，还为人灭。当其始事，鬼神亦且庇之，天亦无如之何矣。"对比赫西俄德关于宙斯和性分之神的关系，这都突出了性分的神秘莫测，即便最高主宰也难以确定怎样。

② 王逸以为"犯天之孽，以亡其国"，而洪兴祖引《传》曰："以德和民，不闻以乱，以乱易乱，其流鲜终。"（《楚辞补注》卷一，前揭，第22页）王洪二人点出了"天孽"与"德"的对立关系，而《天问》也提到了夷羿的"革孽夏民。"似是斥语而非诘词。

③《楚辞补注》，前揭，第173页。希腊罗马神话中，雌霓之神乃女性，和赫尔莫斯一道，是诸神的使者。参考《伊》17.544—552，《埃》9.2. 虹是"苍天的荣耀"（decus caeli，《埃》9.18），Philip Hardie ed.，Virgil：Aeneid（Book 9），Cambridge：Cambridge University Press，1994.《圣经》中，彩虹是上帝和人间立约的证明（《圣经·创世记》9.13）。

近之。① "白蜺婴茀"是女性盛装的象征，② 打扮得如此光鲜，却为何窃药升天？夷羿得到了飞升的仙药，何以不好好收藏？③ 下句"天式纵横"意思不明，历代诸家聚讼纷纭。但有一点可以肯定，这句主旨仍是"死"，和前句"药"构成一组关于死亡和爱欲的命题。这充分揭示了人在面对大限时的无奈和渺小。诗人是否讥刺，面对人类永恒的灾难——也就是人之必死的现实，嫦娥就将和夷羿的夫妻之情放到一旁，而选择了独自飞升。这拷问着，在死亡这个必然的"天命"面前，人类是否拥有永恒的、绝对的价值？屈子通过死亡之问解构了夫妇大伦，凸显出生活现实的严酷和讽谑。

从女歧开始，屈子追问了单性生育，由此引申出男女两性的婚媾，从自然命题过渡到政治命题。而又就政治领域的男女关系进一步展开，通过"眩妻爰谋"的男女媾和模式，透析了女性作为牺牲品和谋划者的两种性格。由此又将问题从人间政治升华到神仙世界。从而与女歧形成一个呼应的结构。可见屈子《天问》并非是一竿子到底的直线追问，诗人笔触摇曳于神秘与现实、仙界与凡间、天命与政治之间，构成一个缭转回环的诗学结构，从而在形式上和诗作彷徨无所倚恃的格调对应。

（二）政治更迭中的天命与爱欲

屈子关于"天意"的思考往往通过爱欲问题提出，这突出地表现在政治格局的消长历程中。比如，屈子问浇嫂或女歧问题时，充满了疑惑而伤感之情。尽管有人指出了浇的无义而灭人伦，④ 不过这罪过似乎也不应由浇独力承当，那丘嫂似乎亦有不可推卸的责任。⑤ 讽刺的是，尽管浇的父亲寒浞和羿妻合谋杀害了羿，他自己的后人却又栽倒在女性手里。这真是天理昭彰、报应不爽。⑥ 从浇的问题开始，《天问》逐一追问了三代以来的淫妃惑主现象。⑦ 这可能影射当朝的政治，⑧ 隐微之意难以坐实，姑且不论。通过一系列女性之'恶'的发问，诗人引申出"天德""天

---

① 如蒋骥曰："（安得夫等句）谓月神也。"陈本礼、丁晏所持论大旨相同。

② 丁晏曰："白蜺婴茀，此盛言姮娥之装饰也。……婴茀，妇女首饰。"至于是否白霓为姮娥打扮梳妆，一如雅典娜装扮潘多拉，则书阙有间，难知其详。

③ 王念孙曰："古无藏字，借臧为之。"

④ 王逸注："言浇无义，淫佚其嫂。"徐焕龙说是"浇无人伦"。这都将罪过直接推到浇的身上。

⑤ 王逸注："言女歧与浇淫佚。"意思说女歧应对此事负主要责任。蒋骥则直截了当地说"女歧诲淫而先死"。

⑥ 李陈玉以为："盖言少康此举恰好相值，皆天意默相。"所谓默相，意思是"暗助"，在李氏看来，政治与女色背后有"天意"干预。蒋骥曰："浇已幸免而卒诛，女歧诲淫而先死，此又天道之最灵者矣。"

⑦ 陈远新曰："桀亡汤兴，胎胚于此，此所谓不可不问者也。"

⑧ 贺宽曰："桀之亡不过一妹喜耳，亦犹浇之亡以一女歧，意盖为郑袖而发也。"

道""天意"等终极问题，并从至上主宰者角度，反观现实政治规则，再次申明不要"以暴易暴"的原则。①

《天问》反对纵情肆欲，"桀伐蒙山，何所得焉？妹嬉何肆，汤何殛焉？"放纵情欲从来都是一种恶德，受到世人的批判。屈子采取了发问的形式，其态度包含在问题之中。后人将夏桀的灭亡和妹嬉的放纵情欲联系起来，这一理解将夏桀看作是整个问句的主语。② 不过，将主语理解为妹嬉的也大有人在，③ 而其中对妹嬉之"肆"的理解又多分歧。我赞同主语为妹嬉，诸家对问旨理解各有不同，其争论大致可以分为"宽喜罪桀"和"宽桀罪喜"两说。比如，黄文焕将诗人用语分为"冷言"和"庄言"两种语调，认为伐蒙山只不过得了一位妹嬉，而最终导致亡国命运，这算是有所得还是无所得？是攻伐他人还是自伐？女色有碍政治，本是三代以来显见的道理，夏桀自己迷惑失德，其罪行罄竹难书，何故将之归罪于妹嬉一女子？他更从德的角度，点明了汤的政治意图，只不过是借诛杀妹嬉这个"淫妃"之名以为灭夏的借口罢了。④ 这种解读，有为妹嬉开脱罪责的味道。三代兴亡交替的历史上，王者之师总要师出有名，而最堂皇冠冕的理由莫过于敌国的君主"不德"，不德的最大表现便是"嗜色"或"妇言是用"，黄文焕的辩词击中了女"恶"论的要害。女子性"恶"只是男性政治家们的借口，将天下兴亡归罪为一柔弱的女性，这

----

① 陈远新曰："因前夷羿乱夏，寒浞杀羿，而叙少康诛浇之事，又以见女'恶'亡身，不可以暴易暴而有天下也。"曹耀湘曰："羿（引按：即'浇'字）、歧纵其淫乱，以取灭亡。福善祸淫，不爽如是。"

② 王逸："言桀得妹喜，肆其情意，故汤放之南巢也。"似乎他认为"肆其情意"的是夏桀，而非妹嬉。柳宗元《天对》更明白地点明"惟桀嗜色，戎得蒙妹，淫处暴娱，以大启厥伐"。李陈玉、徐焕龙等亦以为此乃问桀。

③ 如黄文焕、周拱辰、徐文靖、蒋骥、夏大霖、游国恩等诸家。女性的愤怒同样是可怕的，最深刻地揭露这个问题的可能是《美狄亚》，诗人借保姆之口说她若不"发雷霆"，她的怒气就不会消下去。"发雷霆"κατασκήψαι（94），意思是"打雷，袭击"，如此描写一位女性的愤怒，可谓用笔如橼。女性的愤怒导致败亡，虽然屈原试探地问过"妹喜何肆""负子肆情"，却不曾明确描写过女性的愤怒，淡化女性的愤怒似乎也是汉语古籍中的普遍现象，这个现象服从于伦常教化传统，而和希腊的戏剧传统（其实也是政治教化传统）有所不同。不过，保姆也主张节制的生活，认为发怒会带来祸殃（《美狄亚》122—130）。参见D. J. Mastronarde, *Euripides：Medea*, Cambridge University Press, 2002, 相关笺疏。不过，阿里斯托芬却相当戏谑地使用ΰβριστής"狂暴的"（《云》1068）一词，"曲说"颠倒黑白地和"正理"辩论说，忒提斯离开珀琉斯正因为他不够"狂暴"，而这词和"节制"相对。参见 K. J. Dover, *Aristophanes：Clouds*, Oxford University Press, 1968, 该行笺疏。

④ 黄文焕："归罪于桀，冷言之曰，伐蒙何得，得一妹喜，以亡其国，是为有得乎？无得乎？伐人乎？自伐乎？于是又庄言之曰，美色害政，惑者自惑，桀实失德，非复一端，纵肆之罪，岂但一妇人，故曰妹喜何肆。宽喜之辜，所以甚桀之罪也。汤何殛者，微词不满于汤，放伐难免惭德，固借妹喜以为兵端耳。"按黄说伐蒙山得妹嬉仍本王逸，洪兴祖《补注》引《国语》指出妹嬉乃桀伐有施所得，徐文靖特意点明"旧注以妹喜为蒙山之女，非"。

颇为反讽。政治家们总是能够找到弱者来做替罪羊。后继注家承袭黄氏"兵端"之说的思路，以为屈子此问本为妹嬉鸣冤叫屈。① 汤伐夏桀可能以妹嬉为口实，妹嬉其人也确实有不少放肆行为，比如经传所载的"肉山""酒池"之类，尤其周拱辰独具只眼地指出妹嬉"卖国"。照周氏理解，夏桀伐蒙山得二女琬琰之后，冷落了妹嬉。这导致后者的怨恨，因此和商汤小臣伊尹内外呼应，助商汤灭了夏桀。此解若成立，问旨就不是批评夏桀，而是"存夏桀"。卖国无疑是桩难以宽赦的罪过，古今中外，概莫能外。不管周氏是否有所影射而发，其观点无可非议。然若说屈原此问是为夏桀开脱，难免迂腐过甚。妹嬉固然是淫妃，夏桀却也是昏主。其实屈子本意不过是，汤杀妹嬉而放夏桀，对这两个祸害何以区别对待，这令人难以理解。且就《天问》全篇的主旨而言，尽管女性在某种意义上是问题的主角，可是对事件有决定性影响的还是男性。尽管周氏之说颇新，而且义正词严，亦难尽信。夏桀的罪过不能等闲视之。夏大霖从全问的脉络分析，指明夏桀作为君主的"色荒败正"，这就拨正了周拱辰的观点。前面问过羿、浇自取灭亡的事，而夏桀伐蒙山只不过得到的是"亡国之妖"，妹嬉只不过妲己那样的一"物"而已，根源还在于夏桀的荒淫无道。②

屈子是思想型的诗人，发问深省，他不是经验化地、感悟式地斥责女性惑主，而是在天命这个主题下，将爱欲和国家兴亡结合在一起思考，将问题提升到形而上的层次。他的问题呈现出多层次的立体感，谱就的是多声部的交响乐。尽管浇、夏桀因女宠而自取灭亡，可是也有帝舜、帝喾这样的圣君，他们同样眷恋妻室，却开创了新兴的时代。③ 通过对比映衬的提问形式，屈子逐步烘托出"天命""德行"的主题，④ 并从哲理高度提出问题。他问了"周幽谁诛，焉得夫褒姒"的问题，洪补采《国语·郑语》为注，说褒姒是"天之生此久矣"，《小雅·正月》谓之"天夭是椓"（一本作"夭夭"，我从"天夭"之说），⑤ 淫妃惑主这一偶然的、巧合的

---

① 贺宽："汤之谋夏久矣，特借喜以为兵端耳。"蒋骥："曰何所得、何肆、何殛，乃为妹喜释冤乎？"陈本立也指出这是"汤之所借口"。

② 夏大霖："言羿、浇皆以色荒自取灭亡，鉴不远矣。……乃得妹喜，适为亡国之妖，则何所得乎？不如勿伐之为愈矣。但妹喜只一女子，有何放肆？凡诸无道，皆桀实为之。汤岂恶妹喜而殛之乎？此追本穷源，责桀之惑妇色荒也。"

③ "舜闵"二问黄文焕注曰："浇桀之败，由宠妇人；舜不告而娶，高辛氏之为妃筑瑶台，岂不似昵其室家，然仍不妨为圣帝也。国事之日非，君实听谗失德，非尽属妇人之罪。"

④ "舜闵"二问陈远新曰："见桀以妹喜而亡，舜以二女而兴，非女子能兴亡人，皆德暴能分于人，存亡定于天耳。"

⑤ 《非攻下》曰"妇妖宵出"，妖即夭也。（《墨子校注》卷五，前揭，第217页）

经验事件背后蕴含着必然意志。诗人随后便问了"天命反侧"的问题，点出了《天问》的超验主宰和问题的核心。从而，"眩妻""惑妇"便不仅仅是某个亡国之君个人的问题，而成为《天问》诗中历史宿命的象征，也就是天命必然性的象征。褒姒也正是妲己一类人物，她之亡周和妹嬉亡夏、妲己亡商①是一样的叙事模式，人事兴亡，冥数早定。② 她们是败坏人类德行的"妖后"，也是"帝"派到人间的"亡国之妖"，体现某种"天命"。③ 比如，"周幽谁诛"字面理解是谁诛杀周幽王？言外之意是，因其无德而上天诛杀之？如果依据《国语》诛杀卖"桑弧楘服"者这个叙事，直白地理解为周幽王诛杀了谁，④ 就遗失了"天意"这层含义。从天人之际的角度思考，一家一姓不能长盛不衰，不会有永恒存在的王朝，只是兴亡消长一概取决于上苍，非人力所能掌控。这就将"失德""有德"命题引向到深层次的天命上来。

（三）性情论视野下的《天问》爱欲问题

"彼王纣之躬，孰使乱惑？何恶辅弼，谗谄是服？"屈原从政治和哲学两个层次提出了人类普遍面临的困境。注疏家们大多解得太实，指出此处"乱惑"指的是妲己，或是下文"殷有惑妇"的惑妇。⑤ 这个回答当然并不算错，但《天问》本为开放性诗篇，过于坐实难免禁锢了对诗人自由诗思的阐发。诗人借问史以明志，不专为事实而发，而是有所寄兴。柳宗元对曰："纣无谁使惑，惟志为首。"意思就是说自己做事情自己负责，怪不得旁人。⑥ 这种反求诸己的思路颇能给人以启迪。志犹心也，人心如此变化莫测，时时护养，则道义在我身。一念偶失，则与道相远。⑦商纣失德，岂能单单归因于女子的迷惑？前车之鉴多矣，可是后人并不从中吸取教

---

① "殷有惑妇，何所讥？"王远曰："此即问妹嬉何肆之意。"

② 王远申述《郑语》史伯之词"天之生此久矣"之意曰："祸在千年之后，机兆于千年之前，夫岂人事，莫非天意。"贺宽亦曰："数定于夏商之前，祸应于昭穆以后。若不诛褒，何由得褒姒，是犹桀之得妹嬉也。夫非报应使然乎？"将女色问题引申到天数和报应的形而上层次，无疑有助于理解屈原再三致诘的本意。褒姒故事的来龙去脉，详参《国语·郑语》史伯和周桓公的对话，《国语集解》第一六，前揭，第473—475页。

③ 李陈玉评妹嬉曰："明明天生此女，以亡人国。"钱澄之评褒姒："天之巧于布置以亡人国。"蒋骥曰："天之生此久矣，非人之罪也。"

④ 诸家多据《国语·郑语》以为天亡周幽，亦有指斥其失德者。独游国恩按云："言幽王果诛责于谁，而因以得褒姒也？"周幽所诛，谁人不知？屈子何须作此笨伯之问？游氏之说，虽于训诂甚是，而其义必不可从。

⑤ 如朱熹、周拱辰、蒋骥、邱叩文、丁晏等。

⑥ 王远曰："问意专罪纣，不在惑之之人也。"

⑦《法言·问神》："人心其神矣乎？操则存，舍则亡。"李轨注："操而持之则义存，舍而废之则道往。"（《法言义疏》七，前揭，第140页。）

训。《天问》正是借古讽今，语语充满对人世大悲凉的感悟。[①] 通过"繁鸟萃集，负子肆情"一问，屈原从更普遍的角度，提出了如何做好自己的问题。吴妇人的拒斥，拷问着大夫君子们的羞耻感，并告诫不要以为暗里无人便可以作恶，须知天理昭彰。[②] 人类和禽兽的区别就在于，圣人制定了礼法，循规矩而动作，社会才会正常运转。可是，并非每个人都会遵从，人性本是善恶混杂，焉能保证每个人都是圣人？焉能保证他们都不作恶？屈原的提问，从表面的男欢女爱，逐渐过渡到人性善恶问题上来。人性论与世界观宇宙观存在渊源关系，理解某文化的情性论，必不可免地要考察其宇宙观。华夏宇宙观主要有儒、道、阴阳、杂等诸家，各家又相互渗透。就《天问》而言，其开辟观与杂家著作《淮南子》多有相通（当然，也有其他各家的思想，本文只是择其尤为近似者以为参照）。

从创世的角度说，天地开辟之前，只有混混沌沌、恍恍惚惚的像而没有形状，二神产生之后，开辟了天地，分出阴阳二气和方位，并创生了世间万物和人类。"烦气为虫，精气为人。"[③] 这里烦气和精气的划分，是中国思想家对人兽之别的独特把握。这一观念立足于阴阳五行思想，将宇宙万有分为阴阳二气，烦气为混杂之气，故而成为万物；而精气则成为人。这个思想中，人比万物更高一等。人类的精神本于天，而形体本于地，如果精神归于天，而精神入于地，哪里还有"我"这个主体的存在？由于人是"二神"的造物，所以人的七情六欲都和天地万物相应。天地尚且有盈亏之变，何况人类？从天人相应的角度，始可进入对人世患难的思考。[④] 逃离患难的途径就是清心寡欲，而葆养神明。神明是感官之主，感官享受会搅动情绪的安宁，情绪不安则精神不能内守，精神不能内守就会被各种外在诱惑所迷惑，从而丧失判断祸福吉凶的能力。[⑤] 这因而成为世人遭受祸殃的内在因由。

扬子云（前53—18）《法言·修身》曰："人之性也，善恶混。修其善则为善

---

① 黄文焕："屈原被谗之愤怀，作《天问》之本旨，于此触古伤今……贤奸易辨，昏迷不应至此，岂别有夺其鉴而蔽其衷者耶？"

② 王逸曰："虽无人，棘上犹有鸮，汝独不愧乎？"李陈玉曰："苍苍者岂不之见耶？"

③ 《淮南子·精神》："古未有天地之时，惟像无形，窈窈冥冥，芒芠漠闵，澒濛鸿洞，莫知其门。有二神混生，经天营地……烦气为虫，精气为人。"开宗明义地交代了人在宇宙创生中的位置。（《淮南子集释》卷七，前揭，第503—504页）

④ 《淮南子·精神》："夫精神者，所受于天也，而形体者，所禀于地也。……以与天地相参也……夫天地之道，至纮（引按：'纮'通'泓''宏'）以大，尚犹节其章光，爱其神明，人之耳目，何能久熏劳而不息乎？"（《淮南子集释》卷七，前揭，第505—509页）以天道说人事，从天地之节引出世人应当节制耳目之欲的观点。

⑤ 《韩非子·喻老》："空窍者，神明之户牖也。耳目竭于声色，精神竭于外貌，故中无主。中无主，则祸福虽如丘山而无从识之。"（清）王先慎：《韩非子集解》卷七，中华书局1998年版，第169页。

人，修其恶则为恶人。"司马光（1019—1086）演绎以为：孟子主张性善，认为不善的是由于外物的诱惑所致。而荀子主张性恶，认为那些不恶的是由于圣人教化而成。这两者都有缺陷。既然人类秉性于上苍，性之有善恶，犹如天兼有阴阳，这是必然法则。那么，圣人就不能不有些恶的质素，而愚人也难免有些善的因子，只是善恶配伍成分不同罢了。善多恶少，故为圣人，恶多善少，故为愚人，善恶相当，是为众人。圣人之恶不能超过他的善，愚人之善不能超过他的恶，从而恶或者善在圣人、愚人身上看起来就似消解掉一般。所以就有"惟上智与下愚不移"的论点。不学的话，则善日渐少而恶滋生，学则恶日渐消而善增长，所以说一念之失，圣人也就和愚人一样，一念之得，愚人也能成为圣人。以为圣人纯善无恶，就不会有学这码子事情了。以为愚人只恶不善，那教化也就无用了。

站在善恶混的立场上看孟子的性善说，他以为仁义礼智都出于人性，岂不知暴慢贪惑也同样出于人性。反之，荀子认为人之争夺残贼之心出于人性，岂不知慈爱、羞恶之心也出于人性。故而杨子云人性善恶混之说的要义，就在于长善去恶。①

参照《淮南子》的宇宙观、杨雄以及司马光的性情论，屈子"孰使乱惑"问题就获得比较开阔的阐释背景。《天问》不是就知识发问，而是有着道德诉求和伦理指向，它和五经诸子所探究的问题并无二致，这些问题具有普遍意义，关乎每个人，放之四海而皆准。"孰使乱惑"是在问，谁是自己的主宰？这个问题换个角度，则是如何方能做到"随心所欲不逾矩"？转换为时下流行的表达，就是：何为真正意义上的自由？古往今来，先贤西哲所念兹在兹的，无非就是这么个关于人生的问题而已。无论中国传统思想中的反躬自省，克己复礼，还是西人的勿过度抑或严格依循内心的道德律行事，概莫能出其外。最为精彩地概况了这一思想的，大概是《礼记·乐记》，文曰：

> 人生而静，天之性也。感于物而动，性之欲也。物至知知，然后好恶形焉。好恶无节于内，知诱于外，不能反躬，天理灭矣。夫物之感人无穷，而人之好恶无节，则是物至而人化物也。人化物也者，灭天理而穷人欲者也。于是又悖逆诈伪之心，有淫佚作乱之事。

---

① 《法言义疏》五，司马光注文，前揭，第86页。义疏者汪荣宝指出，杨雄此论本于周人世硕，载于《论衡·本性》。"盖孔门论性，无不兼理、欲而言，即无不以存理遏欲为治性之要，未有离耳、目、鼻、口、心知、百体以为性者，故亦未有舍容貌、颜色、辞气以为学者。"（《法言义疏》一，前揭，第17页）

这段话意思主要讲：第一，性情之分。人受天地之中而生，未曾接触外物，这个状态就是纯粹至善的性（和司马光不同）。而为外物所感，就是性之欲，也就是情。有了情，也就出现了人为善为恶的分野。第二，说的是人的情欲和认识关系。"知知"读作"智知"，意思也就是心知。外物感人，心念动摇，就有了喜好、憎恶等六情产生。不过，性可以对情加以约束和节制。第三，讲人如果不节制的后果。如果不节制情欲，被外物所诱，就会丧失本性。外物无穷，欲望也无穷，最终人就会为外物驱使。第四，就讲了人化物的可悲，便出现犯上作乱以及奸淫掠夺等恶行。①

正是基于人性本天而生，古人才有上智下愚之分，才有"圣人"和"众人"之别，圣人依据本然的善心而行动，而众人则受制于五官的情欲。因此，圣人不会为外物所动，不会随境遇变迁而改易本心，他们内省反观，合于天性，自待人接物，不违背世俗的礼法矩度。而凡俗之人，则看重口腹之欲，耽于声色之美，不能节制情感，从而导致潜在的后患。所以应当效法圣人，"捐欲事性"②。人生的许多经验，都会像过眼云烟一样消失于无形，而造化却又是永恒不变的。只有把握住这个永恒不变的东西，才会克服人生面临的各种诱惑，从而在充满苦难的人生中把握好航向③，达到从心所欲不逾矩的自由王国。

从爱欲问题到政治问题，又从政治问题回到了修身问题，《天问》营构的是两条线索并行的诗学结构。《天问》反复问过人在面对"情"（"欲"）时候的迷茫和困惑，问道"孰使乱惑"时，已经将问题提升到一个哲学的层面，换言之，就是从天命层面下降到了人性层面（所谓"天人之际"）。屈原的诗作，也是一个天意和人事交织在一起的二元思维模式。

---

① 《礼记集解》卷八七，前揭，第 984—985 页。

② 《淮南子·诠言》："圣人胜心，众人胜欲。君子行正气，小人行邪气。内便于性，外合于义，循理而动，不系于物者，正气也。重于滋味，淫于声色，发于喜怒，不顾后患者，邪气也。邪与正相伤，欲与性相害，不可两立，一置一废，故圣人捐欲而从事于性。"（《淮南子集释》卷一四，前揭，第 1014 页）

③ 古人从变动的经验和永恒的造化这一角度探讨欲望和外物关系，这对我们此处的论述不无可参。《淮南子·主术》："夫火热而水灭之，金刚而火销之，木强而斧伐之，水流而土遏之，唯造化者，物莫能胜也。故中欲不出谓之扃，外邪不入谓之塞。中扃外闭，何事之不节？外闭中扃，何事之不成？……精神劳则越，耳目淫则竭，故有道之主，灭想去欲，清虚以待……"（《淮南子集释》卷九，前揭，第 671 页）金木水火土五行代表了万事万物，它们之间相生相克，并不是永恒存在的，不过"造化"却没有任何克星而能够永存。为此，应当师法造化葆养精神不使其外散，杜绝五官的感官欲望，这样就会克服人世的苦难从而取得成就。

第六章 《神谱》和《天问》
的两条道路

人需要神灵引导，但神灵也常常误导人类。特洛伊之战中埃涅阿斯试图迎战阿喀琉斯，波塞冬问他"哪位神灵迷惑了你的心智？"① 人类的迷惑与清醒，事关短暂的人生何去何从的大节所在。裴奈洛佩和奥德修斯的谈话，说到人生的两条道路：是做个刻毒的人从而受人唾骂，还是做个正直善良的人从而美名流传？② 从神民之分的角度分析，潘多拉叙事所代表的恶更加侧重于自然因素，而尚未完全进入道德领域。尽管诗人并未明确赋予潘多拉叙事道德蕴含，然字里行间可窥见诗人已经有此趋向，可以沿着诗人的笔意进一步阐发。赐善诸神利用普罗米修斯兄弟之间的矛盾性格在人间撒下了恶的种子，这决定于宙斯和莫伊赖的决策。人间诸"恶"都和劝说女神的说服—诱惑相关，③ 人类不得不屈从于厄庇米修斯的选择，却可以从普罗米修斯身上学到谨慎和求知的优点。这是否暗示人类，求知是克服诱惑，从而摆脱"事后诸葛"的困境，辨明假象获得真实的唯一途径？

---

① 《伊》20.332。宙斯曾迷幻人的心灵（《伊》15.724）。《天问》曰"孰使乱惑？"荷马神学观和屈原的天道观共同揭示了人类不能自主的处境，却为后来自由、理性等概念的提出预留了思考的空间。

② 《奥》19.328—334。

③ 需要明了的是，潘多拉的迷惑性恰恰在于她"像"个少女。"相似"与"惑乱"关系的思考，不仅是赫西俄德提出的人类灾难问题，也是中国古典思想看重其对实际生活中人格的判断。《淮南子·氾论》："夫物之相类者，世主之所乱惑也；嫌疑肖象者，众人之所眩惑。愚者类仁而非仁，壮（引按：音壮，又音杠）者似勇而非勇。使人之相去也，若玉之与石，美之与恶，则论人易矣。"（《淮南子集释》，前揭，第970页）《淮南子》从"类"的角度指出世人容易被假象所迷惑，特别点明"仁""勇"这两种品格，如果没有"见微知明"的能力，会将仁勇之士和愚戆之徒混淆。

上:"先知"与"后知"

一 "艳异"的诱惑

赫西俄德《神谱》中叙述了潘多拉的故事,说她是"漂亮的灾星"。赫氏将其放置于从天地开辟到当下现实的宏大时空中予以审视,在这个背景下交代人类不得不"必然"地面临女"恶"的考验,难以逃避这不幸的命运。潘多拉是诸神的礼物,既然是诸神所给予的,凡人必须忍受,哪怕它带来苦痛(《德墨忒尔颂》147—148、216—217)。赫西俄德将人类的忧患归因于潘多拉,并说她带来的忧患无法排除(《神》611)。他讲述了人类虽有希望但忧患却无处不在,讲说了人类必死的命运、人类智慧的有限(提坦厄庇米修斯意思是"后知后觉",尽管是一位提坦,但《神谱》把他写得像个凡人,人类的苦难始于他接受潘多拉)。这一切都是神赐的,凡人不能拒斥。总之,潘多拉是诸神赐予凡人的礼物,是凡人难以逃避的必然命运的象征。

(一)"艳异"—"妖异"

《神谱》588 行用了一个词"艳异"($\theta\alpha\tilde{\upsilon}\mu\alpha$ = thaǔma,中性主格,588)描写潘多拉的出场,说这个艳异摄住了所有凡人和神灵。《神谱》中总共五次运用了该词,其初义可能是指因视觉上的刺激而引发的惊讶或震撼,用法却随具体语境不同而各有差异。

比如,宙斯之父克洛诺斯一度吞食他的儿子们,当最小的儿子宙斯出世时,母亲瑞亚用一块石头代替他骗过了克洛诺斯,后来宙斯迫使其父吐出吞下的那块石头,"作为世间的奇观"(500),这里包含有"不可思议""震惊"等潜在的思想情感。[1]该词还暗含有"令人吃惊的奇景"的意思,比如诸神对潘多拉进行装扮时,说诸神给她的"面纱"和"束发带"时,形容这两件饰物"看上去是奇景"($\theta\alpha\tilde{\upsilon}\mu\alpha$ ιδέσθαι = thaǔma idésthai,575、581),就是说这些装饰美观、得体,令人赏心悦目。[2]此外,该词也指怪异、妖异。诗人描写怪物提丰的时候,说它能发出各种

---

① 《海伦》中,当赫拉用"气"制造的那个假海伦升入空中,消散在太空中,给莫奈劳斯报信的同伴很吃惊地说,"真是怪事"($\theta\alpha\tilde{\upsilon}\mu\alpha$ άστ',601),指的便是出乎常人意料的奇异景象。参见 W. Allan ed., *Euripides*: *Helen*, Cambridge University Press, 2008,该行笺疏。

② 维吉尔比喻 Pallas 的光彩照人,认为其将"驱除黑暗"(tenebrasque resoluit,《埃》8.591)。K. W. Gransdened., Virgil: Aeneid (Book 8), Cambridge: Cambridge University Press, 1976.

各样的声音，有时候如同狗叫，"听来诡异奇谲"（θαύματ'ἀκοῦσαι = thaŭmat' akoŭsai，834）①。韦斯特从语汇的角度指出，《神谱》588 行的用法也同样见于《奥德赛》卷十。那一段落主要写基尔克的惊讶，她给奥德修斯的手下服用了药物，把他们变成猪猡，但奥德修斯却毫无变化，这使得她感到吃惊（θαῦμα μ'ἔχει，字面直译是"惊讶攫住了基尔克"，《奥》10.326）。不过这个用法仅仅是字面上的相似，语境却似乎和《神谱》并无可比之处，只阐明了令人吃惊这一最表层的含义。进一步参考"荷马史诗"中另有"凡人中的艳异"（θαῦμα βροτοῖσι，《奥》11.287）之说，诗人说到奥德修斯听从基尔克建议到冥府中去咨询先知，见到了老英雄奈斯托尔之母，"美艳绝伦的克洛丽丝"（《奥》11.281），说她除了生下奈斯托尔三兄弟之外，还生下了高贵的佩罗，这位奈斯托尔的姐妹是"凡人中的艳异"。我想此处的用法似乎可以移用到潘多拉身上。不过有所区别的是，潘多拉作为"艳异"使得人神都惊讶，而佩罗却只是惊艳凡人而已。② 毕竟潘多拉和佩罗不同。

注意，这"艳异"是诸神和凡人共同的看法。"艳异"一词语带双关地指向了诸神和凡人这两个类群。神人视角完全不同。她是诸神的造物，却是凡人的祸胎。对诸神而言，他们更自豪也自得于自己的造物神功。雅典娜的"面纱"、赫法伊斯托斯的"金束发带"也使用了同一个词 θαῦμα，"看来是奇景"。潘多拉作为"艳异"，无非是诸神更精美的造物。从"艳异"这个意义上说，她只是一件做工更加用心的"束发带"或"面纱"之类，诸神为此而自我陶醉，并且可能幸灾乐祸。诸神惯于恶作剧。③ 可以设想，当奥林波斯诸神一想到自己的造物会给人带来多大的冲击，他们一定会乐得忘乎所以，宙斯的圣殿一定充满朗朗笑声：诸神的欢乐正是

---

① θαύματ'，此处断句或者 θαῦματ'，或者是 θαύματα 之省。West 同意后一种读法，认为中性复数形式 "by attraction afterἐοικότα"，即被前面的词"吸引"或者说"同化"，参见 M. L. West ed.，*Theogeny*，Oxford University Press，1966，p. 388。

②《左传》桓元年：宋华父督遇孔父之妻于路，"目逆而送之，曰：'美而艳。'"（《春秋左传诂》卷五，前揭，第 209 页）这个情节大概可以用来说明佩罗和潘多拉给人所带来的"惊艳"。《楚辞·招魂》："艳陆离些。"似可传译此处的 θαῦμα。中国古人多以神拟美女，《战国策·楚三》"张仪之楚贫"章谓"郑周之女，粉白黛黑，立于衢间，非知而见之者以为神。"《庄子·逍遥游》藐姑射山神人"肌肤若冰雪，绰约若处子。"由此可探究神—美之间的语义关联，这对于民族审美趣味倾向于阴柔特质不无影响。

③ 宙斯通常很戏谑地耍弄凡人，格劳科斯和狄俄墨德斯交换礼品言和，他叫前者"用一百头牛的高价换来九头牛的低价"（《伊》6.236），所以莫奈劳斯指责宙斯"残忍"（《伊》3.365），阿伽门农和奥德修斯的牧牛人也说过类似的话（《伊》9.19、《奥》20.201），赫克托尔指责宙斯"怀有恶意"（《伊》7.70），宙斯则反过来驳斥凡人对他们的指责（《奥》1.32—34）。这是神人之间的矛盾，其实神灵内部矛盾也不少，雅典娜就指责过宙斯"心怀不善"（《伊》8.360），乃至试图联合赫拉、波塞冬等推翻宙斯政权（《伊》1.399—406）。

建立在人间的苦难之上。宙斯有意带给凡人苦难以实施自己的报复。①

　　但这对凡人而言却大不相同。潘多拉在凡人眼中，是个令人眼前一亮的尤物，从而充满诱惑，凡人更多地表现为不能自持，为诸神的造物所掌控、所迷惑。凡人之所以将其看作一件艳异，是由于潘多拉绝世惊艳的美丽。然而他们没能觉察到，这美丽恰恰酿成了人类的祸患。凡人不具有预知未来的智慧，而这一切尽在诸神预料和掌握之中。永恒的神族创造的这"艳异"，对人类而言，更是个"妖异"或"尤物"。$\theta\alpha\hat{v}\mu\alpha$ 一词一语双关地将神人两种视角熔接在一起，它代表了神人杂糅、将分未分时的特殊状态，这个状态指向人类乐园的失去。"艳异"中包蕴着灾祸，视觉享受中隐含着危险，凡人对此浑然不觉，而诸神则肆意地、尽情地实施自己的计划。人的命运虽不掌握在自己手里，然而却必须做出抉择。人类需要对自我有所了解，而了解自身必须尝试着窥测诸神的意志。

　　固然，"艳异"具体指的是潘多拉美艳动人的魅力，是否可以进一步推论说这个"艳异"直接指代潘多拉？潘多拉之被诸神赋予的"美丽"和其"本人"之间实则二而一。美丽的"造物"也就是造物的"美"。她和她的美都是诸神的作品，古希腊文献中 $\theta\alpha\hat{v}\mu\alpha$ 本来就可用以称谓神人②，并不一定要做抽象化的理解。将此处的 $\theta\alpha\hat{v}\mu\alpha$ 训诂为潘多拉本人，或理解为她的"艳异"，二解之间不存在根本上的矛盾。那么，该名词何以没有采取阴性形式却采取了中性形式？或许可以这样解释，就是潘多拉现在还不是一个真正的女人，而只是一件物品。前文只说她"像个"少女，从"像"到"是"需要一个过程，潘多拉作为一个亦真亦幻的谎言和诡计便在

────────────

　　① 赫西俄德那里，诸神对人间的设计带有明确的目的性，苏格拉底以为诸神是我们的看护人，而人则只是囚犯（《斐多》62B）。这和中国道家对人世的看法迥异。老庄都将人间看作是天地无心施为的造物。《老子》第五章："天地不仁，以万物为刍狗……天地之间，其犹橐籥乎？"王弼注："天地任自然，无为无造，万物自相治理，故不仁也。"（《老子道德经注校释》，前揭，第13页）《庄子·大宗师》："今一以天地为大炉，以造化为大冶，恶乎往而不可哉？"成疏："夫用二仪造化，一为炉冶，陶铸群物，锻炼苍生，磅礴无心，亭毒均等……"（《庄子集释》卷三上，前揭，第262—264页）

　　② 值得琢磨的是，《神谱》中诗人曾将该词做拟人化处理。如237行以及265行的 $\Theta\alpha\nu\mu\alpha\varsigma$，他是彩虹女神之父，一个形象不太明显的神灵。柏拉图对话中将他的名字和 $\theta\alpha\nu\mu\dot{\alpha}\zeta\omega$"使惊奇"相联系（《泰阿泰德》155D）。本诗265行交代说他娶了大洋神女$H\lambda\acute{\epsilon}\kappa\tau\rho\alpha$，并和她生下伊瑞斯姐妹。依照荷马史诗中的说法，伊瑞斯和彩虹关联（《伊》11.27、17.547），从这一角度可以理解为何 $\Theta\alpha\nu\mu\alpha\varsigma$（$\theta\alpha\hat{v}\mu\alpha$ 奇观、异象）和$H\lambda\acute{\epsilon}\kappa\tau\rho\alpha$（$\eta\lambda\epsilon\kappa\tau\rho o\nu$、$\eta\lambda\acute{\epsilon}\kappa\tau\omega\rho$ 闪光之物）被视为她的双亲。彩虹五彩斑斓自会被看作"奇观"。而且，在希腊人观念中，彩虹和飙风（$A\rho\pi\upsilon\iota\epsilon\varsigma$）是姐妹，伊瑞斯本身也因而动作敏捷。因为她迅疾的动作，荷马称她为"其足迅疾如风的"（$\pi o\delta\acute{\eta}\nu\epsilon\mu o\varsigma$，《伊》5.353）和"足似飘风的"（$\dot{\alpha}\epsilon\lambda\lambda\acute{o}\pi o\varsigma$，《伊》8.409、24.77）。伊瑞斯和风神的故事见于《伊利亚特》，她将阿喀琉斯的祈求带给北风和西风之神（《伊》23.198以下）。凡此，也暗示了 $\theta\alpha\hat{v}\mu\alpha$ 所指的"奇观"更加侧重于造化神功方面，似乎并非人力所能为之。

这个过程中逐步展开和显性。① 在隔了短短的两行之后，也就是到 590 行"女性"才正式出现。她由一个"像"成了"女人"，由一个一体两面的"奇迹"成为凡人中的一员。这个女人乃是一个矛盾的个体，既是一个派生的、无自性的"像"，却又是后世诸多女人的原型。她就介于这两者之间。

（二）构想与执行：《劳作》中潘多拉的创造

潘多拉故事是赫西俄德《神谱》和《劳作与时令》中的重要关目，这个叙事从属于普罗米修斯的故事；而《劳作》对于创造潘多拉铺叙独详。创造过程中，有个细节耐人寻味：宙斯的命令中，指派了四位神灵，即赫法伊斯托斯、雅典娜、阿佛洛狄忒和赫尔墨斯；而诸神执行其命令过程中，阿佛洛狄忒却没有出场，取代她的是另一组神灵：娇媚三女神、司诱女神和司时三女神。赫西俄德是位笔法严谨的诗人，这个细节的变化必然有多重指涉。能否简单地认为，这一组神灵都是阿佛洛狄忒的扈从？② 她们代表阿佛洛狄忒出场？问题是，《神谱》中阿佛洛狄忒 14 次出现，显见是位很重要的神灵；《劳作》中尽管只出现了 2 次（65、521），却也并非无足轻重。况且，也没有确切的证据说明上述七位女神是其扈从。如果再细读文本，还有几处细节前后出入，这些细节看似无关紧要，却可能蕴含着十分关键的思想。本书即从文本研读入手，根据这些细节的提示，对《劳作》的潘多拉叙事加以分析，并以此探究赫西俄德诗作的意图。

1. 阿佛洛狄忒与三组女神

《神谱》中阿佛洛狄忒司掌爱欲，系乌拉诺斯被其子阉割之后，其男具久在海上漂流，从中化育而生。序诗称为"眼波流盼的"③，该词写绝了爱神之美，令人联想起潘多拉的艳惊之姿。阿佛洛狄忒得名于生于泡沫之中。④ 此外，她有两个异名，

---

① 对"像"和"是"不同的思考，可参见《吕氏春秋·疑似》。对假象的辨明和真实性的执着是个有趣的值得比较的话题。

② 通常和阿佛洛狄忒一起的还有司时女神（《颂诗》6.5）和美惠三女神（《奥》8.364）以及忌妒和欺哄之神（俄耳甫斯《残章》127）。参见 M. L. West ed., Theogeny, Oxford：OxfordUniversity Press, 1966，第 201 行笺疏。不过这些文本自成系统，似乎不宜用来证明赫西俄德的诗作也一定拥有同一观念。

③ ἑλικοβλέφαρόν（《神》16）：此词不见于荷马史诗，含义难明。这个合成词的前部分是名词或形容词 ἑλιξ（不是动词 ἑλισσω"旋转"），意为"弯曲的"或是"角状物、螺旋形物（如旋涡、旋风、卷发等）"；后一部分 βλέφαρον 指"眼睑"或径指"眼睛"（本诗第 910 行已有此用法）。因此其意思或许相当于 ἑλίκωψ，"眼波流盼的"。用于阿佛洛狄忒，正状其妩媚之态。

④ ἐν ἀφρῷ：从泡沫里（出生的）。Ἀφροδίτη 的名字解释较多，有一种理解是试图将其和 ἁβροδίαιτον "娇生惯养的""生活奢华的"联系起来。参见 West，阿佛洛狄忒这名字在《神谱》中出现比例相当之高，总共九次（16、195、822、962、975、980、989、1005、1014）。

就是库特瑞娅①（Κνθέρεια = Kuthéreia，196、198、934、1008）和库普罗格尼亚②（Κνπρογενέα = Kuprogenéa，199），另外还有一个甚不雅驯的绰号"喜欢男阳的"③。她司掌少女的私语和巧笑、欺骗与欢欣以及爱欲和柔情（205—206）。库特瑞娅这一名字似乎更侧重于她的世系作用，除了爱神诞生中使用外，其他用法主要表明她和其他神人之间的血缘关系，如说她与战神生下子女（934）、和凡人生下埃涅阿斯（1008）。④ 阿佛洛狄忒一名用得最多。《神谱》通常用词组"赖金色的阿佛洛狄忒之助"（822、962、1005、1014），表示婚姻关系的缔结。这个短语表述的是原欲或本能，是两性关系隐微曲折、同时也很诗意的表达。⑤《劳作》四季时令部分，有一段写容颜姣好的少女偎依母亲身边躲避寒风，"她还不怎么知道金色的阿佛洛狄忒之事"（521），这里便指代男女之事。总之，阿佛洛狄忒在赫西俄德两首诗中占据了相当重要的位置。其在潘多拉的创造过程中隐退，因由何在？⑥

　　一种可能的解释是，这个"调包"细节可能体现了提坦阵营和奥林波斯诸神之间的宿怨。爱神是乌拉诺斯被克洛诺斯阉割之后，从其男根所生；而宙斯之父克洛诺斯是乌拉诺斯和盖娅所生。因此从辈分上说，爱神和克洛诺斯为兄妹关系，乃是宙斯姑母一辈人。理论上和提坦阵营密切相关。如果依照《神谱》提坦－奥林波斯

---

　　① 源于地名，不过该词是否真正能和 Κνθήρα 扯上关系，却难以断言。

　　② 意思是"塞浦路斯出生的"。

　　③ φιλομμειδέα，由于赫西俄德特别指出其由乌拉诺斯的男根化育而出，就上下文而言，200 行的 μηδέων 自以理解为"男根"为宜，所以该词被释义为"爱好阳物的"。不过，μηδέων（中性属格，原形为 μῆδος）是两词同形，除了当"生殖器"（通常用复数）讲之外，还有"意见、劝告、关怀"等含义。故此，如果抛开上下文语境，也可以理解为"爱意见的、爱策略的"，这与"爱智慧的"只有一步之遥。注意本诗的 μήδεα"阳具"（180、188）和"建议"（398、545、550、559、561 行，另参见《劳》54）同形。或许这种同形仅只是一种偶合，我们不宜做过多探究。高明文字游戏常常别有情趣地推动情节，谐音或同形是其最常见的方式（比如，《奥》9.366 Οὖτις的一语双关）。然语音的相似也会生发义上的关联。"古人用物多取名于音近，如松之言容，柏之言迫，栗言战栗（见《公羊》文二年何休注），桐之言痛，竹之言蹙（《白虎通》：'竹者，蹙也。桐者，痛也。'），蓍之言者（《白虎通》：'蓍之为言耆也，久长意也。'），皆此类也。"（《毛诗传笺通释》卷十二，前揭，第 390 页）这个观念具有一定普遍性。如果 μήδεα 的同形同音确实蕴含一语双关的意思，可说前者（阳具）象征了低级欲望的话，那么后者（意见）指向的便是精神层面的欲望，人便是这两种欲望的混合体。如果对该词的多义性稍微做点引申的话，我们似乎可以找到《会饮》中两个爱神的思想渊源（180E）。鲍赛尼阿司指出有两个爱神：一个是苍天所生的，一个则是宙斯和狄俄涅所生。前者神圣而后者世俗，前者因此对应"爱智慧的"，而后者对应"爱男根的"。鲍赛尼阿司的发言对赫西俄德诗作作了颠倒。这个问题此处不做过多探究。总之，从该词可以挖掘出"智慧"之"爱"—"本能"之"爱"之间扯不断理还乱的关系。

　　④ 975 行在表达她与哈尔莫尼娥的母女关系时，用了"金色的阿佛洛狄忒"这个称呼。

　　⑤ 980 行改变了表达，用词更加醒豁。"因金色的阿佛洛狄忒之力而动情地结合。"

　　⑥ 宙斯和几位妻子的结合用语，只有在和诸缪斯之母结合时，才使用了派生自Ἔρος 的ἐράσσατο（爱）一词。赫西俄德是否有意为之？这是个疑问。参见 J. S. Clay, *Hesiod's Cosmos*, The Cambridge University Press, 2003, p. 30。

诸神对峙的形势分析，阿佛洛狄忒有可能被归入提坦盟军之列而遭到忽视。一个例子是，诸神报复人类的行为中（依据《神谱》，报复人类的行为恰恰是反提坦的，即对付普罗米修斯的诡计），阿佛洛狄忒只是名义上参加而已。① 但这个解释不圆满。因为爱神显然并不属于提坦阵营，并且也难以说她和那个阵营之间关系更近。尽管她又为战神情人，但其本人却与战争毫无关系。在奥林波斯诸神和提坦之争中（从《神谱》看来，潘多拉的创造是诸神和提坦之战的前奏），她完全超脱于争战之外。为此，需重申爱神和奥林波斯诸神，以及和潘多拉之间的关系。为此，需再次检验宙斯的命令：

> 命金色的阿佛洛狄忒自头上布下诸般媚态，恼人的幽思和铭心刻骨之
> 眷恋。（《劳》65—6）

宙斯对爱神所下指令很明确，令其在创造潘多拉的过程给予诸般"媚态"，并且要令人思慕不已，魂枪梦绕：γυιοβόρους 意思是消耗肢体的、骨软筋酥的，含义如汉语古诗词所云"为伊消得人憔悴"，更类于元杂剧中所说的"雪狮子向火"②。按照大神宙斯的计划，他期待其造物所达到的效果是，凡人难以抗拒她的诱惑。爱欲之神阿佛洛狄忒实可胜任此职，天后赫拉正是借助她的藏有魔法的绣花腰带而激起宙斯的激情，从而改变了特洛伊战场的战局。③ 这诱惑包含男人对女性的窥寐之思，④ 唯其如此，才能达到迷惑厄庇米修斯的目的，才能保证宙斯意志得以贯彻，才能惩罚世人以反击提坦。宙斯将要创造的这份礼物并非福星，而是灾难。通过女人这个诱惑之物，宙斯长袖洒绅，控制人间，叫世人绝对服从天神。诸神必须打造好自己的工具，为此宙斯深谋远虑，把女人设计成人间的诱惑。他让巧工之神给予形体，而智慧神给予技艺，赫尔墨斯给予心性，阿佛洛狄忒给予魅力。宙斯知人善用，他分派诸神的任务可谓人尽其才。应当承认，奥林波斯诸神中，无疑阿佛洛狄忒最像个女人。这仍然回到最初的问题，在诸神执行宙斯命令的叙述中，赫西俄德

---

① 还有一个细节需要注意，就是《伊利亚特》说阿佛洛狄忒是宙斯和狄俄涅所生之女。荷马和赫西俄德的不同不仅反映了伊奥尼亚和波俄提亚的传承之别，同时还可能反映出这样的思想斗争事实，即在奥林波斯神统确立过程中的"去提坦化"。

② （元）吴昌龄《东坡梦》第一折："走迟了，只教你做雪狮子向火，酥了半边。"指因迷醉而瘫软。这是元明以来广泛使用的成语，如元柯丹丘《荆钗记·遣契》、清洪昇《长生殿·弹词》以及《金瓶梅》等作品都有使用。

③《伊》14. 197 以下。

④ M. L. West ed. , *Works & Days.* Oxford：OxfordUniversity Press, 1978, p. 159.

做了怎样的改动?

> 美惠女神们和端庄的劝说神贴身给她缀上环佩;
> 美发的时令神为她戴上一顶春花编就的冠冕。(《劳》73—75)

阿佛洛狄忒隐退了,她没有直接参与创造潘多拉的这一重大事件,代替她出场的是嫣媚女神、司诱女神以及司时之神。不知道阿佛洛狄忒是否领会了宙斯的意思,无论这一组神灵是否她的扈从,她(或她们)对宙斯的命令的执行都不够认真。环佩①和冠饰终究过于外在化,注重外表的女人不一定具有魅力,未必能够诱惑男人从而贯彻宙斯的意志。这组女神对宙斯的旨意理解不够深刻,她们没能洞彻宙斯的谋划。设计师和执行者之间总会有些偏差。英明的领导人即便知人善用,下属却未必能够恰到好处地执行其命令。宙斯更加看重内在的、本质的属性,而执行者却仅仅做了表面文章。她们没有宙斯的智慧,也便不能准确地理解宙斯。爱神的缺席是否隐喻着,宙斯的计划和诸神执行任务有一间之隔,这为人类留下了一些回旋余地,使他们拥有一些虽则微弱却并非毫无还手之力的主动性?

赫西俄德笔触摇曳,《神谱》对阿佛洛狄忒的描写似乎还有些礼赞的味道,神灵的繁衍毕竟必须借助阿佛洛狄忒,没有她的护佑,诸神的谱系便难以建立。在这诗中,阿佛洛狄忒她给予人间的是充满温馨的情感体验,尽管其中并不乏欺骗和伎俩。诗曰:

> 少女的窃窃私语和浅笑,鬼灵欺人和欢欣;
> 爱意绵绵、柔情缱绻。(《神》205—206)
> παρθενίους τ' ὀάρους μειδή ματὰτ' ἐξαπάταςτε ǀ τέρψίν τεγλυκερήν
> φιλότητέ τεμειλιχίηντε. Th. 205—206

"私语"(ὀάρους = oárous)侧重于两人之间的交谈,尤指女孩儿之间嘀嘀咕咕地交流,故诗人用了"处子的"(似乎也可以理解为"处子般的")一语修饰之。《阿佛洛狄忒颂》(5.249)中,她说诸神得提防她的"私语和谋划"②,这些冷不防地就能使男性神灵和凡间女人缔结姻缘。因此该词也可以用来指男女之间的"耳语"。我选用"喁喁"二字译之。μειδή ματὰ既泛指一般的"笑",也指"微笑",但后者

---

① 原文是复数,因此不只是一条项链或者一件首饰,我们暂时将其译作环佩。
② *Homeric Hymns/ Homeric Apocrypha/Lives of Homer*, The Loeb Classical Library, 2003, p. 178.

无疑更打动人心，在男女情感交流中尤其如此。为此，我此处没有泛泛译成"笑容"，而稍作改动译作"含笑"。参考《神谱》后文使用了"爱笑的"形容阿佛洛狄忒（989），极为传神地塑造出一个"巧笑倩兮"的美女形象，易于引发关于其职司的联想，我以为此处仍然指的是女性之笑容。前人以为，"欺骗"既包含丈夫和双亲的行为，同时也指女孩们自己的行为。比如《劳作》（789）写了中旬第六天出生的男孩子说谎。① 这个意见当然有其合理性。不过，此处欺骗似乎仍侧重于女性的行为，赫西俄德对女人的谎言感受深刻，几乎达到深恶痛绝的地步。他谆谆告诫弟弟，相信女人无异于相信小偷（《劳》373）。从诗作中看来，男性（包括人神）主要使用暴力方式解决问题，只有柔弱的女性才更多地通过说谎达到目的。"欺骗"带有阴柔性质。② "爱"作为一种生活方式，其本身既隐秘又不确定，③ 从而为欺骗留下了空间。诗人笔触细腻地描写情感体验的"欢悦"，并称为"甜蜜的"，此处侧重的仍是精神层面的体验。潘多拉尽管是一祸胎，然而对接受她的厄庇米修斯而言，这种体验之甜蜜，导致他昏聩地把她带到人间。φιλότης既可以表达精神层面的"友谊""亲热"，也可以表达生理层面的"欲望""情欲"。《神谱》极为坦率地描写了阿佛洛狄忒的出生，不过这两行诗作却似乎更侧重于精神层面，因此我没有按照一般的理解将其译作"情欲"，而采取了较为含蓄的译法。当然，伴随爱欲的还有"温情"。据此疏证，阿佛洛狄忒所掌管的领域，乃是一个隐显不定的灰色地带。她的退隐，与其职司可谓密切相关。本隐之显，推见至隐，隐显之间，幽明之际，大有文章可做。这细节反映的，或许是宙斯与人类之间的某种妥协？或许是宙斯之权力与命运之间的空隙？我们将继续考察另外的细节。

　　2. 一种还是两种"声音"

　　宙斯命令巧工之神给他的塑像注入凡人的"声音"（αὐδήν，61）和气力，但是

① M. L. West ed. , *Works & Days*, Oxford University Press, 1978, p. 225.

② 宙斯娶第一任妻子谟涅斯，得知她将生一位和自己力量智慧相当的儿子，因此花言巧语骗过她而把她吞到肚子里（《神》890）。对宙斯而言，"欺骗"是一种以柔克刚、因弱胜强的手段。

③ 从右文说的角度理解，从"爱"的字皆有隐蔽不明之意。《礼记·祭义》："祭之日入室，僾然必有见乎其位。"郑注："微见貌。"孔疏："仿佛见也。"（孔颖达：《礼记正义》卷四七，《十三经注疏》本，中华书局1980年版，第1592页下栏）《释言》："薆，隐也。"（邢昺：《尔雅注疏》卷三，《十三经注疏》本，中华书局1980年版，第2582页中栏）《说文·竹部》收一个以"爱"为音的上下结构的字，释义曰："蔽不见也。"（《说文解字注》五篇上，前揭，第198页下栏）它如暧、瑷等都有隐蔽的意涵。字从某声则有某义的原则，似乎可以推断"爱"之为字也有隐蔽不明的含义。今《说文·攵部》："愛，行貌也"（《说文解字注》五篇下，前揭，第233页上栏）似仅从其造意立说。对文字的考察，也同时便是思想史的探究。有趣的是，中国古人只讲婚姻（《仪礼》有"士婚礼"却无"士爱礼"），对男女之"爱"也采取了欲说还休的暧昧态度，爱情作为一种生活方式和存在方式，与古有别，这折射出古今价值取向与生活理念的差别。

在创造的过程中，赫法伊斯托斯仅止于造像，并没有提到给予这个造像声音，而给予声音（φωνήν, 79）的却是神使赫尔墨斯。赫尔墨斯越俎代庖，这是否与主旨有什么关系？

一种解决方案是，通过这两处用词不同来协调之。古典注疏家们试图区分这两个词，认为前者指物理意义上的"发声"，后者指能够流畅地表达意思的"音声"①。假设该理解正确，则前者给予的是能够发生的本领，而后者给予的是如何运用言辞。那么巧工神和神使都算做了分内之事。可是实际上，这个解释并不圆满。荷马用例提供了反证，白臂女神赫拉使骏马发出"声音"（αὐδήεις = audéeis，《伊》19.407），这马说出的正是一套话语，② 和古典学者的观点恰好相反，该例证明这两词含义并无差别。这样就仍然面临一个问题，赫尔墨斯代替巧工神赐予潘多拉声音，究竟有何机关？是否可以理解为，赫法伊斯托斯没能忠实地执行宙斯的命令？《劳作》中只说他听从宙斯命令抟就个女子形象，却并没有交代他做到了何种程度。他是否在创造中给予造物声音？巧工神确有给予声音的能力。照荷马的描述，他造就女仆为其服务，女仆们不可能一言不发，木雕泥塑般地待在他的大厅里，应该能够开口讲话。对赫法伊斯托斯而言，给自己的作品以声音，并非什么难事。③ 通过以上的辨析，说明：第一，这两处"声音"既可以用来指称物理上的发音，也可以指对语言的运用，含义上不必作过细的区分。通过区分这两个词的含义，并不能对宙斯命令和诸神执行之间的矛盾做出妥当解释。第二，设想赫法伊斯托斯并不曾给予他的造物潘多拉"声音"，而需要赫尔墨斯代劳，表面上虽有理致，实际并不圆满。为此我们需要另外的阐释。

《劳作》对潘多拉的创造描写了两次：宙斯的命令和诸神对其各自任务的执行。通过对这两次描写的细读，显然赫西俄德第二次的描写并非是对第一次的简单重复，而是在许多细节方面做出变动，这些变动自有其"言外之意"。《劳作》描写潘多拉的创造较之《神谱》远为曲折细腻。上文的路径虽然不能完满解释这个矛盾，却给人启发。我们尝试给出一种解释，即从发声者的角度给予区分，诗人选用不同的词有其主观意图。如果61、79 行两处的"声音"确实有所差别，那么这个差别在我看来，是人、物之别。就算《伊利亚特》那一例子能够推翻古典注疏对两个词语的

---

① M. L. West ed. , *Works & Days*, Oxford University Press, 1978, p. 163.

② M. L. West ed. , *Works & Days*, Oxford University Press, 1978, p. 163.

③《伊》18. 419 以下，写赫法伊斯托斯所造的女仆们，"通说话语，自会行动"。（陈中梅译文）用了和赫西俄德此处相同的词组。

区分，却不能证明这两个词毫无差别。虽然那匹神马用希腊人的"语言"告诫阿喀琉斯，可是这与人的"辞令"毕竟有所不同，神马背后有位强大的女神赫拉。诸神创造奇迹从来不是什么新鲜事。然而，马的言辞终究与人不同，人有人言，兽有兽语。人、物之间毕竟存在着界限，代表了两个不同的价值—意义世界。① 赫法伊斯托斯创造的毕竟只是一个物理意义上的躯体，她的"发声"即便和正常人完全一样，也终究还是个物品。只有在赫尔墨斯给予声音和性情之后，才能成为一个真正意义上的"女人"。宙斯的命令需要一步步地实现，潘多拉的创造不能一蹴而就，诸神各自展现了自己的本领。她从宙斯构拟中的"意象"到巧工之神的和女人"相像"一点点地显形，直到成为一个真正的女人。赫法伊斯托斯和赫尔墨斯给予的"声音"之不同就在于，前者仍然只是物，是一件作品；而后者却已从属于人类，属于她自己。诸神是否能够彻头彻尾地掌控他们的造物？关乎此点，诸神大概也没有答案，也许可以，也许掌控不了。诸神为自己，也为人类打开了无限的可能性。这个可能性属于天人之际、神民之变的隐显领域。《神谱》和《劳作》的不同就在于，前者的中心是诸神，而后者要为人类确立法则，尽管人类可能仍在诸神控制之下，仍然得服从诸神制定的规则。

3. 梳妆还是讽刺

宙斯命令雅典娜传授给她纺织技艺，以便能够织出精美的织物（64）。但雅典娜在执行命令中却只是为她束腰梳妆（72），该行重复了《神谱》中有关雅典娜的描写（《神》574）。诗人交代嫣媚女神们和劝说、司时女神们对潘多拉的打扮之后，雅典娜将其打扮得停停当当（76）。这与《神谱》中的相关描写前后呼应。如果将这些细节看作诗人不经意间的疏忽，未免太过唐突。赫西俄德不是粗枝大叶的诗人，其运笔遣词往往心细如发。要言之，宙斯的命令是，要让诸神的礼物懂得针织技艺，他大概不想完全剥夺人类谋生的手段，在赐予人类灾星的同时，也便顺水推舟地将技艺送给人类。这就是宙斯给予凡人的一线生机，他戏谑地将人置于苦难的处境中，但却并不让他们绝望，而是为未来打开了可能性，虽然这种可能性恍惚难测。对凡人而言，他们接受灾祸同时，必须得服从诸神规定的正义，这正义就是：人类得劳作，得祭祀神灵。《劳作》篇目恰恰指向的就是这两个主题：人必须劳作，这是诸

---

① 《乐记》："凡音者，生于人心者也。乐者，通伦理者也。是故知声而不知音者，禽兽是也。知音而不知乐者，众庶是也。唯君子为能知乐。"（《礼记集解》卷三七，前揭，第982页）此处通过声、音、乐三个标尺，划分出禽兽、众庶和君子三个不同的层次。赫西俄德对"声音"的看法当然与此不同，但这个划分足以启发我们对《劳作》一诗中"声音"问题的理解。

神规定的义务。同时，人劳作之外应该感激诸神，向神灵献祭。赫西俄德的诸神似乎很含蓄，他们没有坦白地向人类要求牺牲，那样有损神灵的尊严，面子上须不好看。宙斯设想中包含着对人类的眷顾，他主动地要求赋予这个造物针黹技艺。

而智慧女神似乎错会了乃父的意思，在执行宙斯的意旨过程中，她不曾教授潘多拉什么技艺，反倒像个女仆似的，为潘多拉梳妆打扮起来。也许这里表现了诗人的讽刺和幽默，他可能也会偶尔调侃诸神，如同荷马那样。尽管《神谱》《劳作》两诗主旋律严肃庄重，充满敬神精神。雅典娜是个尽职尽责的贴身丫鬟，她为潘多拉着衣、罩面纱、戴花冠、束发（《神》574 以下），却忘了宙斯交代她的本来任务，充当傅母一类职务，教导潘多拉。大神宙斯的构想中，将人类抛入生活困窘的处境，同时又让女人精于纺织，这至少稍稍缓解了这份窘况。雅典娜别出心裁地受命，她细心打扮潘多拉，让后者领会奴仆侍候的欢乐，诸神打扮潘多拉简直是一幅《贵妇梳妆图》。潘多拉靓妆登场，服饰之美或含讽刺之意，突出其"无耻"心性，赫西俄德或许也是一个懂得美刺笔法的高手。① 这准贵妇让接受她的男人的处境雪上加霜，不但得为生计而日夜奔忙，而且还要忍受女人那"无火地煎烤"②（705）。对食麦的人类而言，她是个"祸端"（82），是个"纯粹的诡计"，③凡人难以抗拒（《神》589），该词可以理解为"没有办法的""无计可施的"，进而可以引申为"非常大的，不同寻常的"。诗人之所以用了这一对语义相当重的词修饰"诡计"，反映出在赫西俄德那里，她作为"诡计"和报复的必然性和无可挽回。

4. "无耻的心"与"谎言"

宙斯让赫尔墨斯给予这个造物一颗"无耻的心"（κύ νεόν τε νόον = kúneón te nóon,）和"诡诈的性情"（ἐπίκλοπον ἦθος = epíklopon ĕthos，67），而赫尔墨斯执行命令是，没有给予"无耻之心"，却以"谎话连篇"（αἰμυλίους τελόγους = aimulíous te lógous，78）代之。诸神使者并未完全遵从人神之父的命令，而是做了个人化的理解。一方面，他如实地赋予诸神造物潘多拉"诡诈的性情"；另一方面，却创造

---

① 《邶风·旄丘》"狐裘蒙戎"节，王先谦引苏舆："此以形貌寓言仪表可观，中实缪乱，与《柏舟》'威仪棣棣，不可选也'意同。《风》诗美刺多寄服饰。《郑》《桧》《羔裘》是其例矣。"（《诗三家义集疏》卷三上，前揭，第184页）赫西俄德是否也有此"书法"意识，我们无从知晓。但从诗学的角度，似乎也可以六经注我地开发出一些有趣的话题。

② 包含两层意思：一是指性事上的放纵；二是指她们不劳而获贪图享乐。

③ 值得对比的是，在欧里庇德斯《海伦》一剧中，她极为自责地宣称母亲生下她是否作为人间的"妖孽"（τέρας，256），而后她进一步将自己遭受的苦难归结为两个原因，一是由于赫拉的报复，二是自己的美貌（τὸ κέλλος，261）。W. Allan ed. , *Euripides*：*Helen*，Cambridge University Press，2008. 海伦的反省相当戏讽地点出人类苦难的由头，原来美这么令人畏惧。

性地给予造物"谎言"。这是否有悖宙斯之意？造物潘多拉能否完成宙斯的意志？此处，仍需从字面入手分析，何为"性情"？中性名词ἦθος基本意思是 an accustomed place[①]，指日常歇息之处，进而引申为动物的巢穴、栏圈。由此观之，"性情"和外界生活环境密切关联，它受习俗、礼法等诸多社会因素的影响，从而和与生俱来的"性格"有所区别[②]，尽管赫西俄德交代说这性情是神使所给予的。[③]《劳作》中另有一处该词的用例，诗人说到男子在三十岁左右要成家，并告诫要娶个少女，以便能够培养她"温婉的性情"（ἤθεακεδνὰ[④] = éthea kednà，699），认为男性应当教育女子是中国和古希腊共有的观念，[⑤] 如何培养妇女的美德以及培养什么样的美德是古典文教传统下的重要议题，这对男女关系有决定性的意义。赫西俄德的教诲里，他强调迎娶少女进行教育，目的就在于塑造符合男性世界观的道德女性。按照这个用例定义"狡诈的性情"，则此处指的便是女性察言观色、相机而动的品性。它虽然可能包含天生的成分，但更多地受制于后天的培育环境。宙斯显然考虑得极为周到，他极有远见地预测到了境遇对个人性情的影响，棋高一招地预先埋下伏笔，命令赫尔墨斯造就潘多拉的狡诈，也就暗含着给她个变得狡诈的生存空间。人类即便想要改变她也无计可施，为此保证诸神之王的计划顺利实施。

从这个意义上说，赫尔墨斯执行过程中，尽管与宙斯的命令略有出入，却相当出色地理解了宙斯的意图。宙斯命令他给诸神的造物一颗"无耻的心"，他将其具体化为"连篇谎言"。"无耻"一词本义为"像狗的"，狗通常是人类极为忠实的伙伴；不过，恰似一张纸有正反两面，狗同时也有反复无常的一面。荷马曾数次描写了狗的无耻。[⑥] 这似乎是人类普遍的经验。[⑦] 将女人比作狗一样无耻的，是荷马和赫西俄德这两位诗人共同的笔法，海伦便自称过"我这无耻之人"（κυνώπιδος =

---

① H. G. Liddell and R. Scoot，eds.，*A Greek English Lexicon*，Oxford：OxfordUniversity Press，1996，p. 766.

②《庄子·外物》："吾失我常与"（《庄子集释》卷九上，前揭，第924页）之"常与"可用以注疏该词。《邶风·柏舟》："汎彼柏舟，亦汎其流"郑笺："舟在中河，犹妇人之在夫家，是其常处也。"（《诗三家义集疏》卷三中，前揭，第216页）鱼之在水，犹如妇之从夫，都可用以说明外在环境对性情的影响，所以不妨将ἦθος对译为"常处""常与"。

③ M. L. West ed.，*Works & Days*，Oxford University Press，1978，p. 160.

④《神》66 也使用了该词，其含义是"行为举止"（manners），参见 M. L. West ed.，*Theogeny*，Cambridge University Press，1966，该行笺疏。

⑤ 例子甚多，兹不赘举。可参见《大戴礼记·本命》《说文解字·女部》"妇"字段注及 West 对《劳》699 的笺疏。

⑥《伊》1. 225、3. 180、6. 344 及《奥》11. 424、18. 338、19. 91 及 19. 372。另参见 M. L. West ed.，*Works & Days*，Oxford University Press，1978，p. 160.

⑦《天问》曰："何肆犬豕。"《礼记·曲礼》"尊前不斥狗"，俗语有"猪狗不如"的说法。

kunōpidos，源出于"长了张狗脸的"或"狗眼一样的"。用作阴性名词，意思就是无耻的女人)①，荷马让海伦用这样一个自损人格的词自责，这个特洛伊战争爆发的工具和牺牲品本人，也承认自己确有过错。但是，无论潘多拉还是海伦，都是诸神内部矛盾、诸神和人类矛盾以及人类自身矛盾的一个借口。诗人将人类的一切罪恶和苦难归咎到女性，潘多拉、海伦从而也就成为一个叙事原型，成为一套构思模式。

赫尔墨斯凌厉地将"无耻之心"理解为"谎言"，"谎言"和"无耻"是否存在必然联系？这似乎不能一概而论。诗人说，上旬第六天出生的男孩会"谎话连篇"（《劳》789），不能就此判定他是个无耻之徒。众神之王也通过谎话欺骗谟逊斯，吞食了她（《神》890），其行为虽不甚光明磊落，然而也不能说宙斯厚颜无耻。雅典娜指责卡吕普索谎话连篇地蛊惑奥德修斯（《奥》1.56），不过后者委屈地说自己对奥德修斯一往情深，想让他长生不死（5.135—136），这自然也不能说是无耻行为。柏拉图《理想国》里点明"高贵的假话"（414C）的益处。据此看来，"谎话连篇"的人未必就是"无耻的"。"无耻之心"和"谎话连篇"含义并不一致。那么，赫尔墨斯给予潘多拉谎言，是否算是执行了宙斯的命令？

再思考上文谎言的用例，有个细微差别。即以上的例子的主语，要么是神灵，要么是男性。比如用于男神或女神（宙斯、卡吕普索），用于男孩。根据这个细微差别，对赫尔墨斯的执行就有新的阐释。或许，在赫尔墨斯的理解中，谎言只是应用到人间女人身上，才是无耻的。如此疏证，就打通了谎言和无耻之间的语义隔阂。赫西俄德说，不要相信女人的甜言蜜语，相信她们无异于相信小偷（《劳》373）。诸神合谋造就一个谎话连篇的女人，她第一次将谎言带到人间（78行是"谎言"在《劳作》中第一次出现），而成为无耻之辈。在女人被送到人间之前，没有繁衍，男孩的谎言因此只是潘多拉谎言的复制。诸神极为高明地将说谎这个行为赋予潘多拉，她因此承担了全部罪责，成为一个有着原罪的祭品。② 总之，尽管赫尔墨斯对宙斯命令的理解带有极强的个人色彩，在他的观念中，女人的无耻最重要的在于她们擅长说谎，这也决定了人类未来的命运。女人说谎本性和劝说女神的加入使得人类现实境遇有了根本的改观。

---

① 荷马史诗中该词总用出现五次。其中两次用于海伦自称，为《伊》3.180及《奥》4.145。其他情况下都是出自三者口中的詈词。如赫法伊斯托斯骂他母亲赫拉（《伊》18.396），赫法伊斯托斯骂他妻子阿佛洛狄忒（《奥》7.319），阿伽门农骂他自己的妻子（11.424），看来荷马那里这个词多用于关系较近的女人。王焕生先生译作"无耻之人"，而陈中梅先生则径直译为"不要脸的"。

② 雅典人辩论说，女性有隐秘和灵巧的特点，但天赋却较之男子低劣。擅长说谎而又德行不足，成为其立法的一个依据。参见《法篇》781B。

由此"潘多拉"这个名字应当有两层理解：从宙斯命令的角度阐释，它的意思是，"赐予一切吉凶祸福的"，这个能力只有宙斯才有。而从诸神执行的情况而言，意味着"诸神都给予了礼物的"，这里诸神就是宙斯所命令的赫法伊斯托斯、雅典娜、阿佛洛狄忒、赫尔墨斯等，每位神灵都给予她一些秉性。这个名字包含了"意志"和"现实"两个层面，也关联着人之可能性和实际状况，成为一个沟通神人之间，具有两重性的爱欲精灵。

通过对《劳作》以上四处细节的分析，可知赫西俄德营构的文本中，宙斯的命令与诸神对其命令的执行之间存在紧张关系。第一处细节是阿佛洛狄忒的隐退，她在创造潘多拉过程中，并未直接出场。她所掌管的领域，乃是一个隐显不定的灰色地带。即"爱欲"，依照柏拉图《会饮》中苏格拉底的观点，爱神是一个介于二者之间的"精灵"，惟恍惟惚，若存若亡。这一领域难以明言，故爱神以隐退了事，人类命运往往因爱欲而改弦更张，比如贯穿希罗多德《历史》的主线恰是爱欲。这或许暗示，宙斯意志（或命运）也有管不到的地方，人神之间总有些可供周旋的空隙？第二处细节为"声音"，通过我上文的疏证，赫法伊斯托斯创造仅系一物理躯体，只有在赫尔墨斯给予声音和性情之后，潘多拉才成为一个真正意义上的"女人"，宙斯尽管有命令，但其命令得以实施还得仰赖诸神。第三处细节为诸神对潘多拉的打扮，此处赫西俄德或许埋下伏笔，预示着人类的祸殃。好吃懒做、充满享乐欲望的女人较之勤于织纴的女人而言，更能贯彻宙斯的意志。第四处细节为谎言，赫尔墨斯给予女人谎言，以其无耻之心运作，人类的宿命可想而知。

诸细节都指向同一个问题：人神之辩。这也正是《劳作》一诗的主题。巧工之神造就的妖艳身形，雅典娜给予的华丽服饰，嫣媚女神赐予的美貌以及言谈举止的得体，劝说女神的循循善诱，司时女神的诱人花冠，以及神使的连篇谎言等等，造就的集优雅、美貌、谎言为一体的尤物，堪称一件征服凡人的利器，那位昏聩的提坦厄庇米修斯如何能够抵挡得住她的诱惑？对凡人而言，潘多拉带来的灾难是如此之大，人类无路可逃，忧患是食麦的凡人注定的宿命。

二　"赐善"诸神与人间之"恶"

《神谱》说厄庇米修斯接受了潘多拉之后，成为人间"恶"的开端（512）。当然，这个"恶"更多的还是指自然层面的诸种灾难，道德之恶尚未分化出来，《神谱》也没有关注道德之恶的问题。有趣的是，尽管《神谱》中现实的灾殃确实是诸神和宙斯的赐予，这首长诗中对神灵却有一个特别的称呼，就是"赐善的诸神"（46、111、633、664）。诸神所赐予之善 ἐάων（eáōn，ἐΰς 复数属格）所表示的"善"，①可以看作是 κακῶν 的对立面（赫西俄德总共 8 次使用这一形式，《劳作》中用了 6 次，《神谱》出现 2 次），如何看待诸神绰号和其对人间行事之间的这种不和谐现象？也就是说，如何理解赐善诸神造成了人间诸"恶"这个悖论？

潘多拉事件涉及三方面人物。一是宙斯以及他所掌控的奥林波斯诸神；二是站在宙斯对立面的提坦普罗米修斯，他虽然代表人类争夺利益，人类却似乎并没有积极拥护他；三是厄庇米修斯，这是一个有趣的角色，他并没有参与到宙斯和普罗米修斯的争斗中，却成为宙斯报复后者及人类的工具。普罗米修斯尽管骄横，却是一位善良的提坦，固然人类的灾殃和他有千丝万缕的联系，却不能将这灾殃直接归罪于他，毕竟他充当的是人类的保护者。那么，是否可以认为，尽管灾殃是诸神的赐予，而厄庇米修斯却可能是人间诸恶的直接来源？

从词源角度说，厄庇米修斯（Ἐπιμηθεύς = Epimētheùs）可以被分析为"后知后觉者"或"心不在焉者"。赫西俄德的两个叙事中对厄庇米修斯的描写略有不同，《神谱》说他"心神恍惚"（ἁμαρτὶ νοόν = hamartínoón，511），这个词也有"神经错乱""昏聩"的含义，柏拉图用过"不曾留意"②的短语，它和此处"心神恍惚"的含义完全相当。而《劳作》说厄庇米修斯"没有记起"（οὐδ᾿ ἐφράσαθ᾿ = oud' ephrásath'，85—6），又说他后来"意识到"（ἐνόησεν = enóēsen，89）的时候，灾难已经造成。《神谱》《劳作》选词虽有小异，意思上却并无本质差别。不必对此做过多强调。③ 它们都表述了一个含义，就是厄庇米修斯的马虎，但却并非愚蠢。如果说宙斯及诸神代表的是冥冥之中的天意，普罗米修斯代表对这种天意的揣度和反抗，那么厄庇米修斯则暗示了人类困窘的生存状态和存在现实，他没有关于未来的预见，又生活得浑浑噩噩。这为诸神的报复创造了契机。"恶"便产生在这种状态之下。无论如何，浑浑噩噩和蒙昧都是招致恶德（如前文所说，主要指自然灾殃层面的）的前提。固然，我们说潘多拉代表了天赐之物，难以逃避。普罗米修斯和厄

---

①《楚语下》"故神降之嘉生"，注云，"嘉生，善物"。（《国语集解》第一八，前揭，第 514 页）"嘉生"二字似可用以翻译此处之"善"。

② ἔλαθεν αὐτόν，字面意思是"忘记自己"，参见 W. R. M. Lamb, *Plato：Protagoras*, The Loeb Classical Library, 1924，321C。

③ 松平千秋日译本对此做了说明，但他似乎强调《神谱》《劳作》关于厄庇米修斯的性格差异。岩波书店 1986 年版。

庇米修斯是与人类命运密切相关的两位提坦。后者意味着昏聩无知，而与前者的智慧相对应，智慧和无知是诸神为人类设计的两条道路①，宙斯让普罗米修斯有限度地实施他反抗诸神的计划，却规定厄庇米修斯必须接受潘多拉这个祸害的命运，人类从此就处在两可之间：就是现实境遇的无知和求知的希冀。

普罗米修斯为人类做了许多事情，莫科涅事件中，他偏袒人类，分给人类肥美的牛肉，又盗取了宙斯的火，从而被诸神视为"诡计多端的"。普罗米修斯给人类带来了许多好处，人神分裂之后，多蒙他赐予和恩典。可是他同时也是人类遭灾受难的根源，宙斯的报复和普罗米修斯的骄横大有关联。从普罗米修斯的预见性而言，他是否预知了人类必然的苦难？② 普罗米修斯有他的生活理想，他希望人类过上神一般的生活，这是赫西俄德不曾明说，却意在言外的题中之意。《劳作》说，神人有同一个起源（《劳》108），黄金时代的人类活得就像诸神一般（112）。对《劳作》中种族神话和潘多拉叙事之间关系的阐发，或许更有助于理解后者的意义。这两个故事前后相续，种族神话无疑带有溯源意义，它试图说明人类现在处境的来龙去脉。尽管遥远，人类毕竟有过一个无痛苦、无疾疫的美好时代，诗人以他的"逻各斯"（λόγον，106）的方式对这时代做了补叙，说明疾病、苦恼和死亡等诸恶如何成为人类生活状况的必要因素。维尔南采取杜梅奇尔三职能学说，将这五个时代看作一个三层次的结构。他认为，种族故事中"并不存在五个按先后顺序，按或多或少地逐步堕落的次序排列下来的种族，而是一种三个层次的结构，每个层次又分为两个对立而互补的方面，这一结构规范着时代的循环，又是人类社会和神的世界的法则。"③ "赫西俄德的神话结构的第一个层次正好给出了君主权威的实践范围，

---

① 中国古典传统也强调智慧，将其看作人兽之间的划分标志。比如《列子·杨朱》载子产之言："人之所以贵于禽兽者，智虑。智虑之所将者，礼义。礼义成，则名位至矣。若触情而动，耽于嗜欲，则性命危矣。"（《列子集释》卷七，前揭，第225页）依据子产的观点，智虑的主要功用在于自我克制嗜欲，已达天地之理，性命之情。古希腊人那里，智慧高低是人神之间的一个重要差别，诸神的智慧远远高于人类。《列子》中则相应地提出了"圣人以智笼群愚"的观点，"《解》：含识之物虽同有其神，而圆首方足，人为灵智耳。智之尤者为圣为贤，才之大者为君王。"（《列子集释》，前揭）

② 人类智慧的预见性是我们生活的导向，所以典籍中对先知的强调很为突出。除了赫西俄德《神谱》32行涉及预见之外，还可以参考《伊》1.70以及《普罗米修斯》823—826。在丢失了预言之术和先知能力之后，人类便只能受制于盲目的命运，而陷入混沌状态之中。《孟子·万章上》所谓："天之生此民也，使先知觉后知，使先觉觉后觉也。"集注："知，谓识其事之所当然。觉，谓悟其理之所以然。觉知后觉，如呼寐者而使之悟也。"（朱熹：《孟子集注》卷九，见《四书集注》，中华书局1983年版，第310页）普罗米修斯和厄庇米修斯之间的这种先知后知关系，也正反映了人类困窘的生存状态和关系。

③ 让·皮埃尔·维尔南：《希腊人的神话和思想——历史心理分析研究》，黄艳红译，中国人民大学出版社2007年版，第37页。维尔南，余中先翻译为韦尔南。

在这一范围中，国王只能进行司法—宗教活动；第二个层次则指出了宗教活动的范围，此间无节制的残酷的战争暴力居于统治地位；第三个层次是繁殖生命所需的食物的领域，农夫在这一领域内负有特别的责任。"① 依据维尔南的观点，五个时代的叙事实质上是关于人间秩序的，人间秩序乃是人依靠"礼法"维系社会，而不是像动物那样互相残杀。

《神谱》和《劳作》的区分在于，前者强调了诸神对人世间的主宰作用，主要侧重自然层面的恶，而在《劳作》那里则从自然层面的恶引出了人类应当遵循正义和礼法这个道德层面的问题，依据诸神给人间规定的礼法，人能够并且应当有所选择，这分野为行善与作恶两条道路。赫西俄德将潘多拉描写成一个"艳异"和"妖异"合二为一的女人。厄庇米修斯必须面对这个诱人的潘多拉，做出抉择。合观《神谱》《劳作》，诸神命定了人类的恶的处境，赐予了潘多拉这个灾星，但是并不意味着人之生存必然就是"恶"的，诸恶之外毕竟还有希望。这个希望就是人类必须自我反省现在的生活，只有对当前诸恶有足够深刻的反省，人才可能从对外物的追逐、对灾难的恐惧回归到自性，从而走出一条可能的求知的至善之路。

心神恍惚的厄庇米修斯既没有意识到赫尔墨斯送来的礼物的是一个巨大的阴谋，又没有听从兄长的劝诫，为潘多拉漂亮的外表迷惑而娶以为妻，她美得令神人惊叹（《神》588），并且接受了劝说女神的礼物（《劳》73）。劝说（Πειθώ, Peithō）也意味着引诱和迷惑，赫尔墨斯赋予潘多拉巧舌如簧的本领、诡诈多变的心性。厄庇米修斯接受潘多拉的后果便是为人类带来难以逃避的灾难，也同时带来了世间的恶。人类从此便与没有罪恶、没有劳苦和疾疫的乐园世界分开来（《劳》91）。潘多拉代表的是一种当下性，她不只是个过去的事件，而同时也深刻地影响了当下，赫西俄德说到黑铁时代，用了"现在"（νῦν, 176）一词指称之，他描摹人间的现实境遇说：他们没哪天中断过劳累和折磨，没有哪一夜不忍受苦苦煎熬，诸神将赐予他们难挨的焦灼，总之，他们生活在一个善恶混淆的时代。（《劳》176—9）劳累、折磨、煎熬和焦虑，对未来充满迷茫，这的确是个末世征象。这一切都和黄金时代形成鲜明的对照，那个时候人活得像诸神一般，没有劳作之苦和疾病折磨（《劳》90—2），但是潘多拉打开了瓮盖，人间开始布满恶灵。从而成为一个善恶混淆的状况。由此看来，所谓黑铁时代正是一个对人类现实境遇的隐喻，毕竟人

①《希腊人的神话和思想——历史心理分析研究》，前揭，第39页。

生不会仅仅是充满苦难，毕竟有希望存在。维尔南归纳出赫西俄德对潘多拉的定义："她既是降临人间的可怕祸害，又是一个奇迹，诸神曾赋予她魅力和风雅——她代表了一个为人类所咒骂却又不可缺少的种族——她是人类的对手，又是人类的伙伴。"①

普罗米修斯兄弟的故事，既是人间现实苦难的写照，又代表了人类的希望。在将人类抛入一种充满不确定因素的境遇中的同时，也激励人类在绝境中自我创造和自由选择。为善还是作恶，在于你自身如何看待这个处境。诸神之所以是"赐善的"，是因为他们在厄境中给予了道德和礼法。

潘多拉是人类欲望的象征，是充满矛盾的善恶混淆的人类现实处境之写照。厄庇米修斯则是人类知识局限性的象征，他没有其兄普罗米修斯那样的智慧，不过也并不是个白痴和傻瓜，只是个"事后诸葛亮"而已。《普罗塔戈拉》篇，普罗塔戈拉讲述的"秘索思"对这哥俩创造人间戏谑地做了铺陈。② 在这个版本中，厄庇米修斯兄弟承当了给一切种族配置性情和力量的任务，可是厄庇米修斯给所有动物都分配了能力，却独独落下了人类，于是引出普罗米修斯盗火的叙事。在这个版本中，值得注意的是，厄庇米修斯并不是个一无所是的蠢蛋，而是诸神派遣的给所有会死族类分配能力的"钦差"，和普罗米修斯一样。只是他并不足够聪明，而忽略了要留下一样能力给人类，从而使人类变得赤条条得一无所有。柏拉图的改写和赫西俄德的意蕴自是不同，却有助于理解厄庇米修斯的性格，他是个"后知后觉的""事后诸葛"，却并不愚蠢。应当说，这也是赫西俄德笔下的厄庇米修斯的性格。

为此，对赐善诸神与现实困境的矛盾就有一个解释，一方面我们将人类的苦难归因于潘多拉蛊惑，欲望使得人类忘乎所以；另一方面这似乎还暗示，欲望导致了人类的不理性乃至于无知。潘多拉的诱惑不仅仅在于其美貌，更因为她拥有蛊惑人的知识（潘多拉有一颗诡诈的心灵，懂得巧舌如簧的骗术）。"后知后觉"所带来的灾难既是因为人类欲望的不节制，也因为凡人不具备识破诱惑者的知识，对满足欲望所带来的后果没有足够的、清醒的洞察。神设定了人类不幸的命运，但换一个角度说，凡人也在某种程度上咎由自取，因为普罗米修斯告诫过厄庇米修斯，他却对此毫不理会，只是到了这个灾难的现实，他才恍然大悟（人之局限性）。如果采纳了普罗米修斯的建议，人类本来可以像神那样生活（人之可能性）。

---

① 《希腊人的神话和思想——历史心理分析研究》，前揭，第35页。

② W. R. M. Lamb, *Plato*：*Protagoras*, The Loeb Classical Library, 1924, 320C—323C.

三 劝说女神

古希腊传统思想以为，人和动物的区别在于是否能够言说，① 从而也能够思考。动物被称为"没有言辞的"（ἄλογος＝álogos，《普罗塔戈拉》321C 有 τὰ λογα 的用例）而与人类的能言相对。"声音"（言辞）是人和动物之间的一个重要区别，声音也就在某种程度上代表了人类存在的本质性特征。赫西俄德特别点明人类和动物的区别在于宙斯为人类分配了"礼法"（νόμον＝nómon，《劳》277），而动物之间却没有什么正义可言，他们互相吞食。礼法之所以能够得以保障，在于人类之间可以通过言辞进行交流，从而维系社会秩序。② 礼法因而也是区分社会团体的一个标尺，③ 从这个意义讲，"言辞"便引申有"理性"的内涵。"言辞"也是潘多拉蛊惑人间的一个工具，《劳作》对潘多拉的创造的叙述很有意思，67 行是给一颗狗的心，恬不知耻的心，而 78 行则是给予"连篇的谎言"。它将"言辞"看作女人的武器，这或许源于女人柔弱而只能通过言辞自我保护的生理原因。同时，它也现实地展现出人类的困境，女人这个"品族"由于先天的柔弱，需要依靠男人而存在，就像雄蜂那样过着寄生生活。她们在不能得到足够的生存资料时候，也便不得不采取偷窃、骗取等方式，这一切都需要能言善辩。

为此，《劳作》中出现了一位"劝说女神"，这个女神和雅典娜、优雅女神以及时令女神出现在一起，她们一起打扮潘多拉。她在这个语境中出现虽然略显突兀，却并非不协调，这一段讲的是诸神打扮女人，司掌纺织技艺的雅典娜，司掌魅力的

① 《劳作》中赫西俄德称宙斯创造出第一代黄金种族，是"辨别声音的"（《劳》109）人类。类似的，《法言·五百》也称人类为"能言之类"（《法言义疏》十一，前揭，第 255 页）。

② 中国传统观念与此微异，不曾强调人类"能言"的特征，却强调了礼法的区分意义。《礼记·曲礼上》："鹦鹉能言，不离飞鸟；猩猩能言，不离禽兽。今人而无礼，虽能言，不亦禽兽之心乎？……是故圣人作为礼以教人，使人以有礼，知自别于禽兽。"孙希旦《集解》引吕大临曰："夫人之血气嗜欲，视听食息，与禽兽异者几希，特禽兽之言与人异尔，然猩猩鹦鹉抑或能之。是则所以贵于万物者，盖有理义存焉。圣人因理义之同，制为之礼，然后父子有亲，君臣有义，男女有别，人道之所以立，而与天地参也。纵恣怠敖，灭天理而穷人欲，将与马牛犬彘之无辨，是果于自暴自弃而不齿于人类者乎？"（《礼记集解》卷一，前揭，第 10—11 页）吕氏的疏解，有三层含义：第一，人兽之间在生理欲望上并无实质性的差别，言不能作为根本的区分。这和赫西俄德以及柏拉图等传统观念有别。第二，人之所以秀出万物之上而和禽兽相别，在于其有自我约束的礼法，这源于至高的"理义"（这个理义似乎可以用来和柏拉图的"相"作对比）。这点和赫西俄德《劳作》中的说法完全吻合。第三，在礼法基础上，强调了人类应自我克制，遵循天理行事，否则与禽兽无别。这个天理人欲之辨，也正是荷马和赫西俄德以来所点出的神意和人意之间的关系问题（例子甚多，如《伊》19.87。陈中梅译注：《伊利亚特》卷十九，前揭，第 528 页），天理人欲之辨是东西文化可以对话的一个命题。

③ 海伦和莫奈劳斯设计逃离埃及，所凭借的口实也正是和蛮夷不同的"礼法"。参见 W. Allan ed., *Euripides: Helen*, Cambridge University Press, 2008，第 1241 行。

优雅女神、时令女神出现自属理所应当，她们通过装扮让潘多拉变得更有风致，或者赠予她花冠。而说服女神司掌劝说或诱惑。如何理解这个劝说女神的职司？潘多拉是诸神的造物，体现的是宙斯的意志，她的出现令神人惊艳，本身有足够的魔力。既然她已然作为一个工具而被创造出来，那么作为说客的劝说女神便不太可能是为了说服潘多拉，她或许是要为潘多拉在人间立足助一臂之力，是后者的教师。和下文赫尔墨斯给予潘多拉连篇谎言和狡猾的性情这个细节合观，诸神创造她本是出于报复普罗米修斯和人类，报复的手段除了《神谱》所叙述的藏火种之外，就是通过这个女人降下灾难。

潘多拉带给人间的灾难，不是某一个、某一些具体灾难。她是人间一切灾难的起源。这包括性的诱惑、语言的哄骗以及死亡的威胁等诸恶。这一切似乎都不能和说服女神无关。赫西俄德许多次提及这个诸神造物的艳异（《神》575、581、582、588），诗人还写过阿佛洛狄忒在她头上撒下了诸般柔媚，"（伴以）恼人的相思和劳心耗神的牵念"（《劳》66）。潘多拉是个矛盾存在，既是男性（包括诸神）欲望的对象，又是一件很可怕的报复工具。性并不是一件单纯的美好之物，它往往带有极大的侵蚀性和破坏性，女人正是通过性来诱惑剥夺男人的，诗人有意地将女人的放荡和男人的虚弱并列陈述（《劳》586），又说她们无火地煎熬让男人们未老先衰（《劳》705）。对男人说来，女人作为性（从诗行具体语境而言，可说是主体的或对象的；从诗作整体结构而言，女人只是一个对象）的代表，相当可怕。诸神用潘多拉来报复人类，诱惑女神的出现便理所当然，她必须教授潘多拉媚惑之术。

而女人的媚惑之术，除了"美艳"（妖异）之外，就是语言，最重要的就是谎言和谗言。①

赫西俄德写得痛心疾首，他说：

> 别叫个搔首弄姿的女人勾掉了魂，
> 她甜言蜜语，意在你的谷仓；
> 谁要相信女人，谁就是相信小偷。（《劳》373—375）

此处用语显得有些刻薄，难免使我们猜想诗人有厌女症的倾向，这里性的引诱（搔首弄姿）和言辞的哄骗交织在一起（都属于说服女神的司掌领域），女人的目的

---

① 维吉尔说，女神实现其目的的武器有两个，就是"诡计和美貌 dolis et formae"（《埃》8.393）。K. W. Gransdened., Virgil：Aeneid（Book 8），Cambridge：Cambridge University Press，1976.

却只有一个，就是解决食物问题。从经济的角度看来，这可能反映出经济匮乏时代，女性不得不以色相糊口的悲惨处境。①《劳作》叙述的正是关于人类在诸神藏起了谋生手段的困境下如何填饱肚子。从思想的角度分析，这与潘多拉的叙事正好构成一个相辅相成的前后因果关联。正是劝说女神的作用，才使得女人"天生的"具有诱惑和哄骗的本领，尽管清醒的男性有所察觉，而诸如厄庇米修斯之类的"事后诸葛"却真的受诱惑而接受了后者。这是人类祸端的开始。

劝说意味着诱惑，潘多拉一族就是人间诱惑的象征，尤其直接地象征了女色的诱惑。说服—诱惑正是相互关联的两种手段，劝说女神有机地将两者结合在一起。劝说女神司掌的就是魅惑、哄骗这种言辞上的本领。然而，人如何在劝说女神面前保持自我，而不至于像厄庇米修斯那样事后诸葛？

赫西俄德交代说，人类似乎并非彻底地不可救药，潘多拉的瓮中希望没有飞出，在既定的不幸命运跟前毕竟还有一线希望。人类如果要克服"事后诸葛"的弊端，必须向普罗米修斯那样具有预知的能力，而这一切都是通过"求知"才可得来的。②《奥德赛》中塞壬们诱惑过往的行人（12.37），这群怪物有"美人鸟"的别称，而且"知晓丰饶的大地上的一切事端"（12.191）。厄庇米修斯由于没有知识而不节制，因而没能抵制住诱惑；而奥德修斯由于事先得到了关于塞壬的知识，事先有所准备，因而没有上当。奥德修斯是智慧之神雅典娜喜欢的英雄，他拥有智慧，这也得益于他的克制。克制与智慧似乎有孪生关系，反之，激情具有邪恶倾向（《法篇》935A）。赫拉思考如何扭转特洛伊的战局，以便有效地帮助希腊人，她思索如何迷惑大神宙斯的心智，最后决定"最好的办法"莫过于挑起宙斯的欲望，而后者果然色令智昏，中了赫拉的圈套。③这说明，知识或明智是抵御诱惑的有效途径。

赫西俄德没有像后世哲人（如柏拉图）那样从人性的角度做进一步探究，因而也没有将这个问题进一步提升到哲理的理论层次。不过由此却引出一个问题，就是

---

①　诸神可能不会同情地了解人类饥饿时的痛苦，缪斯讥刺过赫西俄德"只知吃喝"（《神》26）。口腹之欲是凡人生存的第一要务，和女人利用色相不同，男人则浪迹四方糊口（《奥》15.344—345）。可恨的肚皮逼得人忘却一切苦难（《奥》7.220—221），它既使得人不惜抛弃尊严而乞讨（《奥》18.2及364），也迫使人去争斗和拼搏（《奥》18.53—54）。春秋古谚曰"唯食忘忧"（《左传》昭公二八年魏子引，《春秋左传诂》卷一八，前揭，第791页）。人类最大的忧患来自食物匮乏，这也是雄蜂品性形成的现实基础。

②　柏拉图建构的"相论"实际是从一个全知全能的视角考察问题，其多数对话也是以求知为主要论题。与此异曲同工的是，中国古典文献中，也有大量的以劝学为主旨的论作。如《荀子》《大戴礼记》《尸子》以及贾谊《新语》，都有《劝学》篇，王符《潜夫论》有《赞学》篇，《抱朴子》有《勖学》篇，而《颜氏家训》有《勉学》篇。学与知虽然内涵并不完全一致，但其神髓却都强调人类不完满的现实状况中的自我完善。

③　《伊》14.159—360。

智慧和欲望的关系问题，换言之，也就是天理—人欲之间的紧张关系。柏拉图《斐得若》篇，在"爱情"这个主题下，指出了人类对美的渴求可以划分为两个，一个是我们自身内部、天生的求快感的欲念，一个是习得的追求至善的希冀（《斐得若》）。① 两种渴求之间互相冲突，如果放任前一种欲望，称为纵欲②；如果能够在判断力的理性引导下通向至善，这叫作"节制"。③

　　潘多拉故事表达了人类的无知状态，也传达了人类无知状态下对欲望的不节制。诸神和凡人的区别在于他们知道，而凡人无知。潘多拉是诸神利用凡人的无知实现其阴谋的一个工具。人类由此陷入深深的灾难和罪恶之中。赫西俄德只表达了厄庇米修斯受诱惑，似乎并没有明确提出相应的对策，凡人必须忍受"劝说女神"的肆虐而束手无策，从而只能沉沦在欲望中。诗人说欺骗宙斯和蒙蔽他的心智是不可能的（《神》615），这似乎是旁敲侧击的表明：服从宙斯是人间唯一的选择，通过潘多拉事件，《神谱》的主旨在于传达宙斯的绝对权威：违背宙斯的意愿必然受到惩罚。但是站在凡人的立场看，尽管神赐的灾难命运不可避免，但是人在这种处境下却完全可以自主，可以通过自我完善而远离作恶（《劳》285 以下）。

下："惑妇"与"圣人"

　　赫西俄德将人看作神的属物，在神民之辨框架下展开叙事。宙斯将潘多拉送到人间，而厄庇米修斯又昏聩地接受了他的礼物，人类能否彻底摆脱"劝说女神"的控制，能否在必然灾难面前做自己的主人？人如何选择自己的道路？这不是赫氏一家的问题，而是人类共同面临的选择。谱属诗《天问》与之遥相呼应，在王朝更迭的发问构架下，勾勒出女色与政治的命题。诗作中的"淫妃"是"亡国之妖"，充当上天示警的工具，这和潘多拉作为宙斯控制人间的工具如出一辙。

　　《天问》一方面反复提出"殷有惑妇"及"眩妻"等问题，另一方面又不断地

---

① *Plato*：*Phaedrus*，trans. H. N. Fowler，The Loeb Classical Library，1924，237D.

② 《天问》"妹嬉何肆""负子肆情"以问句的方式提出了"肆情"（放纵）的问题。"肆情"是先秦典籍中的成语，《列子·杨朱篇》有"肆情于声色""肆情于倾宫"的用法。《庄子·缮性》特别提出"不为轩冕肆志"的观点，认为这是"丧己于物，失性于俗"（《庄子集释》卷六上，前揭，第558页）欲望导致心性的芜杂，所谓"欲恶之孽，为性萑苇兼葭"（《庄子集释》卷八下，前揭，第899页）。

③ 《美狄亚》中的歌队赞扬最蕴藉的爱情，因为那是"神明最美的恩赐"（636—637），这也暗示了神明对人类审慎情感的潜在影响，毕竟人不能脱离开神灵而单独行动，即便理智也需要有个神灵照看。参见 D. J. Mastronarde，*Euripides*：*Medea*，Cambridge University Press，2002，p. 277.

呵问"何圣人之一德"这类贤人罹谗被疏的问题。"惑妇"与"圣人"构成《天问》的两种选择，呼应了"好色"与"好德"这对命题，表达的是善恶的去就问题。人类在这两条道路之间徘徊，而"随心所欲不逾矩"的自由境界也正是在这去就中应时而降。

一　圣人与德行

"何圣人之一德"的问题大意是，为何圣人们德行醇厚，结局却各不相同？这里实际是提出了一个相对严峻的问题，既然德行醇厚不一定能够保证"行善得善"，那么选择善行是否还是一条必然之路？这确实是个相当棘手的问题，它不只是理论理性层面上的，同时也是实践理性层面上的。这个问题还侧重地反映在古今价值的冲突上。现代以自由、平等、民主等观念过多地强调了个人欲望的释放，而相对忽略了克服人之劣根性这一面。而古典传统则更多强调纲常伦理（不单单指中国，也包括西方）而相对忽略了人的个体自由这一面。这两者之间实际上存在着一定的冲突，而这个冲突或多或少地影响了对德行（内涵、践行及效果）的态度和立场。

古人强调通过"德行"的完善克服灾难引发的"恶"，《尚书·太甲》说："天作孽，犹可活；人作孽，不可以逭（引按：逭，胡玩切，逃也）。"[1] 天灾神罚，可以通过提高德行修养禳除，而自我如果没有向善意识，则一定会自取灭亡。[2] 正是根据对应灾难的不同态度，古典思想家们划分出了"圣人"和愚人，明君和庸主，将自然现象转化为社会命题，将对灾难的思考转化为对德行的追求。这一命题对应于褒姒等"天夭"或者说对应于《天问》中的淫妃惑主问题。

屈原通过追问女性之"恶"的方式不断地映衬出"德行"问题。问天地的部分，屈子就提出过"夜光何德"的问题，古典注疏家大多接纳了王逸"德行""功德"的训诂。[3] 现代学人立足于纯粹的知识立场，将德读为得，从而消解了"德"字可能承载的价值内涵，将其还原为一个纯粹的语怪叙事。[4] 从诗作的全篇基调看，《天问》是一首有伦常关怀的"发愤"之作，同时也是一部双螺旋结构的谱属诗。它以"天命"提挈全诗，以爱欲和政治的关系为伏线。而"德"是个和

① 《孟子正义》卷七，前揭，第 225 页。关于"太甲"，焦循据赵岐注文以为未必是书名。正义曰："《尚书·太甲》三篇，今文古文皆不传，不在逸书之列，故赵氏但云'殷王太甲言'，不言逸书也。"但孙星衍则辑录有《太甲》篇，则孙氏将之视作古逸书可知。（《尚书今古文注疏》卷三〇，前揭，第 574 页）

② 赵岐注："殷王太甲言天之妖孽，尚可违避，……皆可以德消去也。自己作孽者，……是为不可活也。"（《孟子正义》卷七，前揭，第 225 页）

③ 如王夫之"德谓秉以为性者"，戴震曰："德，常德也。"马其昶曰："问其何等体性也。"

④ 闻一多读德为得，游国恩评之"其说虽新，恐非文义"。游说是也。

"命"相对应的名词，"夜光何德"句的语境，不宜理解为动词之"得"，而应理解为通常的名词之"得"（德）。这个德与"圣人之一德"的"德"内涵上并无二致，只是在使用层次上略有差别罢了。就其含义和功用而言，主要有两端：一则统括全部问天地部分，犹如说这些宇宙中的日月星辰是否有个灵性的主宰？而以夜光为特例（如前文"登立为帝"的例子然）。二则"夜光之德"代表二元结构中的"天心"，和后文的人伦之德形成对比。这里的德，乃具有形而上的意义。它弥漫于屈子《天问》的宇宙观和伦理观，和"天命"一样，是个具有丰富内涵的词语。

"舜服厥弟"的发问中，诗人对"圣德"和"犬豕"之行态度鲜明。王逸注说舜弟象"无道"而放肆，① 何以最终却没有遭到任何惩罚，天意固当如此吗？舜并不是以暴易暴，而试图用德行感化他的弟弟。象也没有遭到什么惩罚，被舜封于有庳，而大舜也被孟子（前372—前289）称为仁人。② 从传统伦常的角度看来，尽管舜乃是圣德之人，其兄弟伦常却是不完满的，舜需要全身之术，这便是亲爱兄弟之道。③ 大舜封象，遭到孟子弟子万章的质疑，他问何以舜能够诛灭四凶，却优待自己的弟弟，让他蹂躏有庳的百姓，是否有徇私情之嫌，这还称得上是仁人吗？④ 孟子则给出了两种解释，舜可能是封之，不过也可以理解为放流。仁人对兄弟，应该有亲亲之道，不论兄弟善恶，都不应该愤恨。哥哥是天子，弟弟却还是普通百姓的话，那就有违亲亲之道，也便称不上是"仁人"了。⑤ 至于有庳的治理，象只是有个虚衔，不能亲自理事，而是由中央派人托管，因此也不可能对百姓造成伤害。从这个意义上讲，是名为封赏，实为流放。⑥ 通过这种处理方式，大舜既完善了德行，又化解了和象的矛盾，而成为圣人的典型。不过舜德虽足以服象，何以象如此放肆却不受惩罚，这真的是一种"天意"吗？⑦ 是否"天意"且不说，但舜的问题却引申出一对矛盾，就是"德行"和"犬豕之行"对立并行，何去何从？面对这种两难选择，往往是考验一个人的关键。

---

　① 王逸注：舜弟象"施行无道""肆其犬豕之心"。所谓犬豕之心，就是无耻之极、猪狗不如的意思。柳宗元更指斥他是"犬猾于德"。将"犬"看作和"德"对立的另一个道德终端。

　②《孟子正义》卷一八，前揭，第631页。

　③ 黄文焕："舜之于象，以不贤之弟而处变者也。"

　④ 万章问曰："仁人固如是乎？在他人则诛之，在弟则封之？"（《孟子正义》卷一八，前揭，第628页）

　⑤ "仁人之于弟也，不藏怒焉，不宿怨焉，亲爱之而已矣。"（《孟子正义》卷一八，前揭，第630页）

　⑥ "象不得有为于其国，天子使吏治其国，而纳其贡税焉，故谓之放。"（《孟子正义》卷一八，前揭，第631页）

　⑦ 李陈玉曰："（象）身安如故，岂天纵其无行耶？"

《天问》问了诸如象这一类"眩弟"，但远不如问"眩妻""惑妇"之类问题丰富、激越而深邃。就诗歌形象而言，无论"眩弟"还是"眩妻"，都是"无德"这一品性的象征，她们（他们）的对立面是圣人。眩妻、惑妇们虽然也会遭到惩罚，然较之其得志之时为非作歹、暴戾恣睢而言，不可同日而语。正是因而这种不平不公，《天问》问"何圣人之一德，卒其异方"一问，饱含深情，充满悲愤和惶惑。然而，古典思想中，圣人是一种何样的人格呢？

古文献中的圣人还不曾像后人所理解的那样，不食人间烟火，远游高蹈，超凡脱俗。所谓圣人，是现实生活中有至高人格力量的平凡人。诸家学术皆推崇圣人，庄列推崇德行道术的至高境界，将圣人和贤人放在不同的道德位阶上。① 韩非则从"知心"和"知事"两个角度来衡量是否圣人，② 带有某种完美主义者的色彩。当然，这是从智慧的角度说的，其实韩非子还从儒家的"仁"的角度给了圣人另一把衡量标尺，认为圣的最高境界便是爱天下所有人。此处，圣是一种理想品格，和怯、仁、疾一起构成一组道德判断。③ 他的思想或许是来自乃师荀子，普通人比较而言，圣人是五仪当中最高的一个级别。④ 他还从天人之际的角度给予圣人定位。⑤ 《荀

---

① 《庄子·天下》："不离于宗，谓之天人。不离于精，谓之神人。不离于真，谓之至人。以天为宗，以德为本，以道为门，兆于变化，谓之圣人。"成疏："冥契宗本，谓之自然。淳粹不杂，谓之神妙。巍然不假，谓之至极。以自然为宗，上德为本，玄道为门，观于机兆，随物变化者，谓之圣人。已上四人，只是一耳，随其功用，故有四名也。"（《庄子集释》卷十下，前揭，第1066页）此处四名，不是等级上的称呼，而是一。成玄英恰当地理解了庄子的思想。其《徐无鬼》（《列子·力命》说同）通过"德"与"财"的标尺划分出圣人和贤人，曰："以德分人谓之圣，以财分人谓之贤。"

② 《韩非子·说林下》："崇侯、恶来知心而不知事，比干、子胥知事而不知心，圣人其备矣。"（《韩非子集解》卷八，前揭，第187页）

③ 《韩非子·诡使》："先为人而后自为，类名号言，泛爱天下谓之圣。"（《韩非子集解》卷一七，前揭，第411页）

④ 《荀子·哀公》引孔子曰："人有五仪：有庸人，有士，有君子，有贤人，有大圣。"注曰："言人之贤愚，观其仪法有五也。"（《荀子集解》卷二〇，前揭，第538页）

⑤ 《荀子·王制》："人有气、有生、有知，故最为天下贵也。力不若牛，走不若马，而牛马为用，何也？曰：人能群，彼不能群也。……圣王之用也，上察于天，下错于地，塞备天地之间，加施万物之上……一与一是为人者谓之圣人。"王先谦按："与，读为举。上言'以一行万，是上之一也'，丧祭、朝聘、师旅诸事，皆所以一民，是下之一也'。以上之一，举下之一，故曰'一举一'。《富国》篇云：'故曰上一则下一矣'，义可互证。"（《荀子集解》卷五，前揭，第165—166页）荀子指出：第一，人和物的差别在于人能"群"，群则能使物。第二，人物分别的前提下，人类内部亦应有所划分，并制定出相应的行为准则。而圣人便是能够遵循这个准则的典范（所谓"以一行万"，意思是"行于一人，则万人可治也。皆谓得其枢要也"）。第三，圣人的理想人格是，能够推己及人，在各种场合下身体力行，为芸芸众生树立榜样。圣人和庶民之间的关系正如《墨子·尚贤上》所云："上之所以使下也，一物也；下之所以事上也，一术也。"（《墨子校注》卷二，前揭，第66页）

子》赋予圣人强烈的道德色彩。比如，圣人理应尽善尽美，① 圣人备有美德，却毫无矜人之意。②

诸家都将圣人和天道联系起来考察，所谓"天人之际"，这实际是先秦诸子的共同话题。如《管子》一派首先从"形""名"两个角度给圣人制定规范，将圣人和天地万物纳入全范围内予以思考，最后则点明了圣人和避难防灾的关系。管子学派认为不为外物所惑，自不会有灾难性发生，天殃人祸都不能伤害到他，这便可以称为圣人。③《管子》思想中有个核心的"精"，他指出万物皆得之而生。此"精"颇似《老子》书中的"一"以及《庄子·大宗师》中的"道"，遍布于天地之间，化为鬼神和圣人之属。④ 这一思想发展到董仲舒，就明确地提出了"行天德者谓之圣人"⑤。

从诸子的理论看，圣人正是一种克服人类现实灾难，实现自我完善的理想人格。圣人人格是潘多拉——"惑妇"的对应面，是引导众生出离苦难的选择。屈子《天问》中"何圣人之一德"不是就某个具体人物的发问，而是因具体问题推而广之，是针对人类普遍困境的茫然和困惑。理解了这个原则，也就明了：圣人一问乃是借具体人物而发的普遍之问。虽然他紧接此问了"梅伯受醢，箕子详狂"⑥，却不能拘泥地将圣人就理解为这两人。⑦"圣人"固然包含梅伯与箕子，却只是以点带面，侧重点还是通篇涉及以及未及的所有堪称圣人的人，而这个问题呼应于此前的"天命反侧，何罚何佑"。这一系列的圣人名单包括甚多，既有尧舜禹汤等圣君，也有伊尹、周公、比干、梅伯、箕子等一系列贤臣。贺宽略带悲慨地指出，古今圣人都有

---

① 《荀子·儒效》："修百王之法若辩白黑，应当时之变若数一二……此其道出乎一。曷谓一？曰：执神而固。曷谓神？曰：尽善挟治之谓神，万物莫足以倾之之谓固。神固之谓圣人。圣人者，道之管也。"王念孙曰："挟与浃同。全体皆善，故曰'尽善'，全体皆治，故曰浃治。"（《荀子集解》卷四，前揭，第130—133页）圣人是一种尽善尽美而又伟岸坚实的理想人格。

② 《荀子·君子》："备而不矜，一自善也，谓之圣。"注曰："一，皆也。德备而不矜伐于人，皆所以自善，则谓之圣人。夫众人之心，有一善则阳阳如也。圣人包容万物，与天地同功，何所矜伐为也。"（《荀子集解》卷一七，前揭，第454页）

③ 《管子·心术上》："物固有形，形固有名，名当，谓之圣人。"（《管子校注》卷一三，前揭，第764页。）《内业》："中无惑意，外无邪灾，心全于中，形全于外，不逢天灾，不遇人害，谓之圣人。"（《管子校注》卷一六，前揭，第939页）

④ 《内业》："凡物之精，此则为生，下生五谷，上为列星。流于天地之间谓之鬼神，藏于胸中谓之圣人。"注曰："精，谓神之至灵者也，得此则为生。"（《管子校注》卷一六，前揭，第931页）另参见《老子》三九章"昔之得一者"及《庄子·大宗师》"夫道，有情有信"以下。

⑤ 《春秋繁露·威德所生》。参见《春秋繁露义证》卷一七，前揭，第462页。

⑥ 洪兴祖《补注》："详，诈也，与佯同。"

⑦ 游国恩等按："盖圣人即谓梅伯与箕子，而异方即谓受醢与详狂。"

辅佐君王的相似信念，结局却各不相同，然不论怎样的终局，都保持了德行之全。屈子自沉的念头，在此已有所萌芽。① 屈子此问也确有悲凉之慨，并非仅仅是关于史传叙事的疑案，而是以古况今，浇自己胸中块垒。他以自沉的行动给出了"何圣人之一德"的答案。

二　"惑妇""眩妻"

将圣人理解为《天问》中道德准则一极的话，那么便会很快发现《天问》的另一极，正是妲己、褒姒等"眩妻""惑妇"以及她们所迷惑的庸主。立足于"天人之际"的人事这面看，《天问》有个"圣人—庸主""贤妃—惑妇"二重对立的结构。这一结构的道德象征意义是很明晰的，"圣人"是道德完善的理想人格的典型，而"惑妇"之流恰恰是德行败坏的象征。前文已点明了"惑妇"问题的意蕴，它并非仅止于对女性的消极评价这一经验层面的理解，而是人之现实困境的一个隐喻，与潘多拉所代表的人类诸恶呼应。《天问》"圣人"与"惑妇"的对立结构，包蕴的是"德""色"的矛盾这一命题。② 孔子去鲁、周游列国至卫两次发出感慨，以为好德好色两端实为人生取舍的大节。③ 孔子所感慨者，恰恰也就是《天问》的问题："殷有惑妇，何所讥?""好德""好色"点明了人类心灵深处最为隐微的活动，④ 乃人兽关的分野。屈原《天问》所营造的"圣人—惑妇"结构，和《论语》"好德"—"好色"的命题，可谓一脉相承，遥遥呼应。

《天问》之"好德""好色"问题很早便进入古今思想家的视野。人类智慧逐步开明，渐渐领悟到外在和内涵之间并不总是表里如一。美貌之下很可能藏着颗丑恶的心灵，而外形丑陋的人（或物）反倒可能拥有美德。⑤ 比如屈原问过的"女娲有体，孰制匠之"，蛇身的女娲拥有大圣之德。《会饮》中的苏格拉底被比作林中的

① 贺宽："天生圣人辅君，以咸有一德者也，其卒也不复能同。即圣人矢身之初，未尝不一，暨乎致命之日，又不能不异，或剖、或醢、或奴、或逃，皆所以全其一德者，沉湘之念，盖蓄之于心久矣。"

② 《论语·子罕》："吾未见好德如好色者也。"《孔子世家》载孔子居卫，卫灵公与夫人乘车，使孔子次乘，故有此慨。程树德以为好德即好贤之意，非泛言道德（《论语集释》卷一八，前揭，第612页）。程说虽不误，然古人用语多简，随文生意，不必泥于一旨。

③ 《论语·卫灵公》孔子说："已矣乎! 吾未见好德如好色者也。"《考证》以为季桓子受齐国女乐而郊不致膰，子欲去鲁而发。皇侃以为："疾时色兴德废，故起斯叹也。此语亦是重出，亦孔子再时行教也。"（《论语集释》卷三二，前揭，第1094页）

④ 《四书说约》："此书揭人肺腑隐微之病，体验之，乃见其言之至。"（《论语集释》卷一八，前揭，第612页）

⑤ 《庄子·德充符》兀者王骀，孔子称之"圣人也"（《庄子集释》卷二下，前揭，第188页）另外他还说了一串形体有损伤而德行完满之人，如叔山无趾、支离疏等。

精怪西勒诺斯和萨提尔，一打开这个外壳，内中充满着智慧和美德。① "德"与"色"之间存在着紧张关系，这种关系指引着人类的思考。"好色"终究是人类难以避免的弱点，人类行事常为表象迷惑而错失把握真实的契机。当然，这并不意味着，好色便是无德。

孟子很风趣地探讨了德色之辨。齐宣王（约前350—前301）通过"寡人好色"的托词，推辞孟子要他行王政的建议。孟子旋即援引太王的典故，太王妻太任乃"磬天之妹"②，而太王爱之，形影不离，但百姓并不因此指责他，而是扶老携幼追随太王。"王如好色，与百姓同之。"③ 所谓"与百姓同之"，绝不是像柏拉图那样主张公妻主义④，而是立足于"教化"的王道政治。孟子虽似仅仅就"好色"问题发论，却大大拓展了问题的思想境界。好色作为人类心灵中最具有破坏性的激情，如果不得到正确的疏导或遏制，便会泛滥成灾。孟子抓住齐宣王"好色"的话头，基于王道理想循循善诱地讲解"天下为公"的理想，这对食肉之徒无疑是一剂良药。

《天问》中"惑妇""圣人"好似对立的两极，难以调和。若依照孟子之论，"好色""好德"原可达到如此完善的统一，即"与百姓同之"。然而，谁代表百姓？《天问》中出现了"黎服大悦"的字样，然而他们只是失语的盲从者，只是仪式性地欢迎商汤罢了。真正表达百姓意愿的（商汤时代还没有产生普选制，换言之，普选制能否真正代表民意这还是个问题）还是"天"或"帝"，因为"民之所欲，天必从之"⑤，天意本是民心的体现，也是天道的彰显。⑥ 从孟子的与百姓同之理论看，"好色"并不一定就导致败亡的命运，关键在于是否符合"天心""民意"，

---

① S. K. Dover ed.，*Plato*：*Symposium*，Cambridge：Cambridge University Press，1980，215B. 这两神都是相貌丑陋，为此阿尔克比亚德拿来和苏格拉底。在 215B 第四行使用了比拟 τόγγειδος这一词组，苏格拉底的"貌"丑和盛"德"与潘多拉美"貌"和"恶"德又是一对有韵味的矛盾。

②《诗经·大雅·大明》句。所谓"磬天之妹""犹言竟是天之妹也。"（《诗三家义集疏》卷二一，前揭，第831页）

③《孟子正义》卷四，前揭，第139页。

④《理想国》卷五。苏格拉底通过"朋友之间一切共有"的原则（424A）推导出这个原则也适用于妇女儿童，从而主张"女人应该归男人共有，任何人之间都不得组成一夫一妻的小家庭"（457D）。其政治理想以斯巴达制度为样板，这和孟子以先王之道为原型有所不同。柏拉图的公有制理想和孟子的王道政治都针对潘多拉问题提出了个人的解决方案。

⑤《左传》襄三一年穆叔引"泰誓曰"，昭元年子羽引同。另《国语·周语》单襄公、《郑语·史伯》并引之。孙星衍辑为《泰誓》逸篇（《尚书今古文注疏》卷三〇下，前揭，第590页）。

⑥"登立为帝，孰道尚之"句闻一多曰："岂非人之秉德，原不在貌，无貌则无色荒，而德自昭。"女娲之"道"，实际和妹嬉何肆，惑妇何讥等问题形成一个具有张力的弹性结构，将"德""色"和"道"的紧张关系凸显出来。

是否真有"天下为公"的情操，是否真有为百姓办事的公心。① 照古人看来，有此公心，好色便不一定是恶德。只是，好色必须以好德为其前提。

正唯如此，《天问》于"惑妇""眩妻"之外，另有一条关于"吉妃"的线索。"何乞彼小臣，而吉妃是得？"王逸将其看作"吉善之妃，以为内辅"，而柳宗元赞曰"既内克厥合，而外弼于德"②。《天问》中关于简狄、姜嫄等诸位吉妃的提问，都传达出一种美德的渴求。吉妃为内辅，贤臣为外辅，所以屈原会采用"何乞彼小臣，而吉妃是得"这样的倒装文法。③ 吉妃—贤臣正是不可分离的一体两面，分任内外辅佐，象征好德与好色的和谐统一。人如果拥有慎独的诚意，对善的追求理应如同追求美色一般热情。④ 为了德行的提升，"好色"不应成为一种谴责之词，而是一种褒扬和值得效法的行为。⑤ 这就不难理解，何以屈原《天问》愤激地质问三代的亡国之君惑于女性的行径，而其《离骚》中却用三次"求女"。原来，教化是好色与好德和谐统一的保证，良好的教化得以避免女性成为"惑妇"或"淫妃"，文质彬彬然后君子，实现内美与修态的完美统一。

除了表彰"圣人"德行之外，对于"孰使乱惑"问题的应答似乎是，"吉妃是得"。强调贤配（《诗经·周南·关雎》《大雅·皇矣》等）和贤臣本来就是三代的一个重要政治议题。婚姻是政治命运的第一块基石，政治兴亡往往与婚姻联系在一起，⑥《天问》的情感生活无一例外的是基于政治背景的结合。尽管"吉妃"这条线索不及"惑妇"清晰，却不能低估它的分量。《天问》问人事部分有一个圣人（吉妃）—惑妇（谗诡）的诗学结构，"圣人"代表至善，而吉妃为辅；惑妇代表至恶，而谗诡为辅。在此，"淫妃惑主"的问题就不是普通的伦常问题，而是政治

① 古代"天下为公"，鲍宣上哀帝书云："夫官爵非陛下之官爵，乃天下之官爵也。"谷永曰："天下乃天下人之天下，非一人之天下也。"（《汉书》，前揭，第 3089、3466 页）

②《天问纂义》，前揭，第 347 页。

③ 黄文焕曰："明属乞彼吉妃而小臣是得，乃倒言之者，庆得贤臣，则尹反为专求，而吉妃反若为连及也。"

④《大学章句》："所谓诚其意者，勿自欺也，如恶恶臭，如好好色，此之谓自谦，故君子必慎其独也。"朱熹集注："使其恶恶则如恶恶臭，好善则如好好色，皆务决去，而求得之，以自快足于己，不可徒苟且以殉外而为人也。"（《四书集注》，前揭，第 7 页）

⑤ 在《会饮》篇里，狄俄提玛对苏格拉底的教导中，也存在一条由爱好肉体之美到精神之美的线索，和《论语》《大学》等所主张的"好德如好色""如好好色"（隐含着由"好色"而"好德"的精神升华意蕴）等颇有不少相通之处。

⑥《国语·周语》周襄王欲以狄女为后，富辰谏言："夫婚姻，祸福之阶也。利内则福由之，利外则取祸。"并讲了一串关于女戎的典故。（《国语集解》第二，前揭，第 46 页）故而诗人对贤妃多赞美之词。比如《邶风·燕燕》："仲氏任只，其心塞渊。"集疏："人静默则心深莫测，而又诚实无伪，故美之曰塞渊。"（《诗三家义集疏》卷三上，前揭，第 141 页）

道德问题，它关乎一个群体的整体利益。通过对《天问》的阐释，我将其从政治层面提升到哲学层面，潘多拉—惑妇问题不能仅仅局限于传统的女祸论理解，而应当放在人类所处的艰难境遇中进行阐发。它只是天理—人欲之辨的一个特殊案例，这分化为两条道路。克己复礼的德行之路和放任欲望的乱惑之路，这需要个人自主的选择。

　　总而言之，这两首诗都面对潘多拉和惑妇各自提出了自己的解决方案。《神谱》通过普罗米修斯兄弟，象征了人类的两种，节制和纵欲。而《天问》则通过圣人—惑妇的二重结构，呼应了《论语》"好德"与"好色"的命题。虽然表述语境、方式各异，但是两者却存在思想上惊人的一致性。赫西俄德为人类留下了希望，在灾难面前，人有自己选择道路的权利，从而可以通过求知过上正义的生活。屈原虽然惶惑不定，但在呵问"天命"的字里行间却指出了"德行""乱惑"两条道路。他以发问的方式暗讽，人类只有克己复礼，才可以走向不乱惑的德行之路。

结　　语

本书采取平行比较的研究方法，以《神谱》和《天问》为中心分析了赫西俄德和屈原这两位大诗人的诗学思想。主题是超验意志下的灾难和爱欲关系，其中的一个特殊案例是女性之"恶"这一现象。分别言之，《神谱》中是奥林波斯神系建立过程中插叙的潘多拉叙事，而《天问》则是关于"惑妇""眩妻"等各种淫妃惑主的问题。著者并非站在传统女祸论的角度看待女性之"恶"问题，而试图将其看作超验意志下的一个象征，通过对这个特殊案例的分析，探究关于天（或神）人（或民）之间的关系，这个关系也可以表达为超验与经验、秘索思与逻各斯乃至理性与信仰，等等。下文即对全文思路做一总结。

首先，在韦斯特所提出的"神谱文学"概念基础上，我重新审视了古今中外的此类文献，将其重新命名为"谱属文学"。韦斯特立足于《神谱》这一诗作的命名，将世界各个文化中讲述天地开辟以及神灵诞生等叙事的文学统称为"神谱文学"，这固然有其词源依据和合理性。不过立足于中国传统文献，我们也可以从"谱属"的角度理解，将这一类文学拓展为"谱属文学"。它不但包含"神谱文学"这一类别，而且也能包含"人谱文学"（其实，许多英雄诞生记更多地属于"人谱"）。更重要的是，这个概念试图从理论上根本改变以往的认识。"神谱"侧重关注内容，而"谱属"则更加注重整体结构形式。"神谱"关心神灵衍生的创世内容，注重诸神世系脉络的扩张。而"谱属"则抽空内容，无论神谱还是人谱，只要符合"谱属"这个形式，并通过该形式传达制作者的思想意图。在这个修订基础上，找到了《天问》《神谱》的共性，两首诗都是"谱属诗"。这个特征不依赖于内容的相似，从而可以在更本质的层面进行比较研究。为此，笔者介入对诗人笔法和视角的探讨。

通过研究诗人的笔法，著者发现两首诗创作视角上的相似，将其称为"超视角"。分别言之，那就是《神谱》是"代缪斯立言"，而《天问》则是"设天以问人"（也可以称为"代天立言"）。通过对《神谱》缪斯的言辞的疏解，笔者认为：赫西俄德观念中划分了两种真实："真话"（ἐτύμος、ἐτήτυμος）和"真理"（ἀληθῆς）。"真话"是经验层面的、对现象的表达，而"真理"则是超验层面的、对本质的表达。前者属于诗人，后者则只属于缪斯之神。前者是有局限的、凡俗的视角，而后者则是全知的、神灵的超验视角。同样，依据"谱属诗"结构形式，笔者也将《天问》阐释为"超视角"诗作。笔者提供了两个论据：第一，全诗的"曰"字没有主语，有异于屈原的《卜居》。其主语是"天"，而"天"是超验的。只有在这个角度，才能理解《天问》无所不见、无所不疑、无所不问，穷诘万物之理的恢宏构建。第二个论据是《淮南子》"怪物"—"鬼神"—"圣人"的关系，《淮南子》代表了一种思维模式，就是"神道设教"，而要窥测神道，无疑需要具有圣人的超验视角。《天问》恰恰是一首关于"天命"这类"神道"的诗。为此，《神谱》《天问》是超视角的谱属诗。

鉴于此，笔者归纳出来两首诗的二分结构。这分为三个层面。第一，超验层面和经验层面的二分（第三、四章）。第二，超验层面的主宰者的二分（第五章）。第三，经验层面的人生道路选择的二分（第六章）。但是，这些二分只是理论归纳，实际行文中不会这样整饬。

从超验层面说，《神谱》和《天问》都有至上的主宰。但是，这个至上主宰并不唯一。从表面看来，宙斯是《神谱》的主宰者，而"帝"是《天问》的主宰者。可是实际上，前者并不拥有绝对的权限，他的权力受到莫伊赖三神灵的制约。而后者也不是独一无二的至高者，在他之外还有一个力量强大的"天命"。一言以蔽之，《神谱》中宙斯和莫伊赖共管，而《天问》则是"帝""命"并存。这就是至上主宰的分权，可以形象地称为"并封"结构。但是，进一步说，宙斯和"帝"代表了至高主宰中相对具体的、可触摸的一面，而莫伊赖和"天命"则代表着相对含混的、隐晦的一面。当然，这种划分并不绝对。这个"并封"结构表达了超验意志若隐若现、似有还无的不确定性。

超验意志提供了超验视角，在超验视角下对人间的爱欲和灾难会有不同的理解。《神谱》和《天问》这两首诗，爱欲和灾难交织在一起。诗人将通过工蜂和雄蜂的比喻，叙述了她给人间带来欲望同时，也相应地带来了灾难。参照《神谱》的叙事，对《天问》的整体结构就有新的认识。该诗主体部分呵问的是王朝更迭，主旨是政治事件中的"孽""忧"等灾难，但却围绕着女色与政治这个话题发问。《天问》的主题也是爱欲与灾难。而且，这两诗并不仅仅着眼于经验的、现象的层面来理解爱欲问题，而是试图通过谱属诗的形式，表达更为本质的、超验的哲理。这一点分三步予以论证：首先从《神谱》《天问》的女性之"恶"现象入手，分析它们各自的喻词；其次，在全诗的谱属结构中理解女"恶"的意义；最后，将爱欲主题提升到超验视角的层面。

谱属诗这种形式注重结构的完整性，结构的完整性也体现为思维的全局性。超视角不单单只是关于超验视角本身的，而是在这个视角下，重新审视经验的生活世界。超视角叙事因此连接着两端，一端关于超验世界的叙事，另一端关于经验世界的叙事。《神谱》《天问》因此呈现为二元的思想结构，前者可以概括为神民之辨，后者可以概括为天人之际。这两者处理的问题相似而侧重又有所不同。

赫西俄德通过潘多拉叙事表达其神民之辨的思想。赫西俄德两次讲述了潘多拉故事，其一是《神谱》建构诸神谱系中间位置；其二是在《劳作》的开端。因此，对潘多拉叙事的理解就相应地有两个角度。首先是其在《神谱》这一谱属诗中的意义。其次是它在赫西俄德诗作中的意义，亦即《神谱》《劳作》对比所呈现出的意义。《神谱》中潘多拉叙事处于整个谱属叙事的中间位置。她是神人分裂的象征，也是谱属叙事中宙斯神统建构历程中的重大转折。潘多拉事件之后，会死的凡人和不死的诸神分道扬镳，诸神和提坦则通过战争解决神权之争，奥林波斯神统得以建成并巩固。潘多拉是神民之辨的象征。她体现诸神对人类的统驭威权，也体现了大地上以谷物为食者生存的意义和价值。《神谱》和《劳作》关于潘多拉叙事不同，这不同表示了不同的思想意图。《神谱》是关于诸神的知识，侧重点在"神"；而《劳作》则是关于人间生存的知识，侧重点在"民"。《神谱》主题是诸神的统治秩序，虽然包含神界的秩序和人间的法则，但其侧重点还是诸神之间的权益划分。而《劳作》则主要强调了人类的生存境遇，重点在诸神对凡间的统治，以及人类的"正义"。这两诗又构成一个神民之辨。

《天问》则在"天人之际"的思维框架中呵问女色和政治问题。参照潘多拉叙事（这也正是比较的意义所在，它使我们获得一个理解自身文化的视野），在对《天问》特殊书法分析基础上，将该诗作所问的女"恶"问题阐释为人类自身必然命运的象征（当然也有其他象征，比如"怪物"），表象化的男女故事影射了人类难以逾越的命限。《天问》的发问也呈现出一个二元结构，诗人通过天人对话的发问语境，在历史兴亡中深情而严肃地思考了人类的必然命运。《天问》的"孽""忧"不只是现实生活或史传叙事中暂时的、偶然的困难或灾祸，而是对人类政治共同体整体命运之必然灾难的终极关怀。屈子通过谱属诗之重复发问的形式，将爱欲问题引入形而上的层面。诗人通过"惑妇"的发问传达了历史命运难以摆脱的必然灾难,体现的是天道规律。

神民之辨、天人之际一面是神或天,另一面就是民或人。天、神的意志难以揣度,充满含混性和神秘性。人如何选择自己的道路?《神谱》《天问》都通过各自特殊的表达方式给出或暗示了两条可能的道路。《神谱》中的普罗米修斯兄弟尽管是提坦之神,却在和诸神对阵的过程中成为人类的代表。厄庇米修斯以"事后诸葛"式的迟钝代表了人类的现实境遇,而普罗米修斯的"先知先觉"隐喻了人类的可能性。人间诸"恶"当然和潘多拉相关,诸神赐予人类的必然命运不能摆脱。但这并不意味着人类没有希望,厄庇米修斯兄弟代表了两条不同的道路。人被潘多拉所诱惑,从而浑浑噩噩,走向沉沦。但也可以效法普罗米修斯的谨慎,从而走向一条自我更新的道路。

普罗米修斯兄弟象征着《神谱》的选择,《天问》则是通过"圣人"—"惑妇"的二元划分呼应《论语》"好德"—"好色"的命题。是走克己复礼的道路还是为欲望所俘获?这对于人类个体而言,是个自由选择的问题。为此,《天问》并不止于追问"天命",而是在"天命"的基石上返回头来呵问人事,由"天心"进一步探究"人心","人心"才是《天问》的第一关怀。屈原尽管提出许多超验问题,落脚点还是在人事上。因此,屈原看似问天,其实问题背后深埋着一颗厘正杂说、归因至善的道德关怀。

总而言之,诗人赫西俄德和屈原都通过"谱属诗"的创作形式,通过超验—经验这两个叙述层面,表达了对人类面临的灾难和人性自身弱点的关切,爱欲(女"恶")是其中一个突出的案例。两位诗人通过不同的叙事,传达了共同的主题,就是人类在超验意志下的艰难选择。这个选择带有必然性,必然走向至善而不能作恶,人类方可自我救赎。

参考书目

一　中文参考书目

1. 传世文献典籍

（清）孙星衍：《尚书今古文注疏》，中华书局 1986 年版。

（清）皮锡瑞：《今文尚书考证》，中华书局 1989 年版。

（清）马瑞辰：《毛诗传笺通释》，中华书局 1989 年版。

（清）王先谦：《诗三家义集疏》，中华书局 1987 年版。

（清）孙希旦：《礼记集解》，中华书局 1989 年版。

（清）洪亮吉：《春秋左传诂》，中华书局 1987 年版。

（清）钟文烝：《春秋谷梁经传补注》，中华书局 1996 年版。

（宋）朱熹：《四书章句集注》，中华书局 1983 年版。

（清）刘宝楠：《论语正义》，中华书局 1990 年版。

程树德：《论语集注》，中华书局 1990 年版。

（清）焦循：《孟子正义》，中华书局 1987 年版。

（汉）许慎：《说文解字》，中华书局 1963 年影陈昌治刻本。

（清）段玉裁：《说文解字注》，上海古籍出版社 1981 年影经韵楼藏版。

（清）王聘珍：《大戴礼记解诂》，中华书局 1983 年版。

方向东：《大戴礼记汇校集解》，中华书局 2008 年版。

（汉）司马迁：《史记》，中华书局 1959 年版。

（汉）班固：《前汉书》，《四部备要》本，中华书局 1999 年影印版。

（南朝宋）范晔：《后汉书》，中华书局 1965 年版。

（汉）宋衷注，（清）秦家谟等辑：《世本八种》，中华书局 2008 年影印版：商务印书馆 1957 年排印本。

方诗铭、王修龄：《古本竹书纪年辑证》，上海古籍出版社 2005 年版。

（民国）徐元诰：《国语集解》，中华书局 2002 年版。

缪文远：《战国策新校注》，巴蜀书社 1987 年版。

（清）郝懿行：《山海经笺疏》，《四部备要》本，中华书局据郝氏遗书本校刊，第 285 册。

袁珂：《山海经校注》，上海古籍出版社 1980 年版。

（清）王先谦：《荀子集解》，中华书局 1987 年版。

王利器：《新语校注》，中华书局 1986 年版。

阎振益、钟夏：《新书校注》，中华书局 2000 年版。

王利器：《盐铁论校注》，中华书局 1992 年版。

（清）苏舆：《春秋繁露义证》，中华书局 1992 年版。

汪荣宝：《法言义疏》，中华书局 1987 年版。

（清）陈立：《白虎通疏证》，中华书局 1994 年版。

彭铎：《潜夫论笺校正》，中华书局 1985 年版。

杨明照：《抱朴子外篇校释》，中华书局 1991 年版。

王利器：《颜氏家训集解》，中华书局 1993 年版。

钟肇鹏：《鹖冠子校理》，中华书局 2010 年版。

黎翔凤：《管子校注》，中华书局 2004 年版。

（魏）王弼：《老子道德经注》，中华书局 2008 年版。

王利器：《文子疏义》，中华书局 2000 年版。

（晋）郭象注、（唐）成玄英疏：《南华真经注疏》，中华书局 1998 年版。

（清）郭庆藩：《庄子集释》，中华书局 1961 年版。

（清）王先谦：《庄子集解》，中华书局 1987 年版。

刘武：《庄子集解内篇补正》，中华书局 1987 年版。

杨伯峻：《列子集释》，中华书局 1979 年版。

黄怀信：《鹖冠子汇校集注》，中华书局 2004 年版。

王明：《抱朴子内篇校释》，中华书局 1985 年版。

蒋礼鸿：《商君书锥指》，中华书局 1986 年版。

（清）王先慎：《韩非子集解》，中华书局 1998 年版。

（清）孙诒让：《墨子间诂》，中华书局 1986 年版。

吴毓江：《墨子校注》，中华书局 1993 年版。

许维遹：《吕氏春秋集释》，中华书局 2009 年版。

（宋）洪兴祖：《楚辞补注》，中华书局 1983 年版。

（宋）朱熹：《楚辞集注》，上海古籍出版社 1979 年版。

（明）黄文焕：《楚辞听直》，中国社会科学院善本书库藏本。

（清）王夫之：《楚辞通释》，中华书局上海编辑所 1959 年版。

（清）蒋骥：《山带阁注楚辞》，上海古籍出版社 1984 年版。

（清）屈复：《天问校正》，道光间吴江沈氏世楷堂刻《昭代丛书》本。

（清）丁晏：《楚辞〈天问〉笺》，光绪间刻广雅丛书本。

闻一多：《楚辞校补》，巴蜀书社 2002 年版。

游国恩主编：《天问纂义》，中华书局 1982 年版。

2. 今人学术著作

程嘉哲：《天问新注》，四川人民出版社 1984 年版。

陈中梅：《言诗》，北京大学出版社 2008 年版。

——《荷马的启示》，北京大学出版社 2009 年版。

力之：《楚辞与中古文献考说》，四川出版集团巴蜀书社 2005 年版。

林庚：《〈天问〉注解的困难及其整理的线索》，《文学杂志》1948 年 3 月第 2 卷 10 号。

——《天问论笺》，人民文学出版社 1983 年版。

刘小枫：《〈天问〉与超验之问》，载其《拯救与逍遥》，华东师范大学出版社 2007 年版。

吕微：《神话何为》，社会科学文献出版社 2001 年版。

孙作云：《天问研究》，中华书局 1989 年版。

苏雪林：《天问正简》，文津出版社 1992 年版。

王昆吾：《中国早期艺术与宗教》，东方出版中心 1998 年版。

杨义：《楚辞诗学》，人民出版社 1998 年版。

叶舒宪：《英雄与太阳——中国上古史诗的原型重构》，上海社会科学院出版社 1991 年版。

于省吾：《泽螺居诗经新证·泽螺居楚辞新证》，中华书局 2003 年版。

赵逵夫：《屈原与他的时代》，人民文学出版社 1996 年版。

3. 域外译介

［古希腊］柏拉图：《巴曼尼得斯篇》，陈康译注，商务印书馆 2008 年版。

——《柏拉图文艺对话集》,朱光潜译,人民文学出版社 1959 年版。

——《柏拉图对话集》,王太庆译,商务印书馆 2004 年版。

——《理想国》,郭斌和、张竹明译,商务印书馆 1986 年版。

——《法律篇》,张智仁、何勤华译,上海人民出版社 2001 年版。

——《斐多》,杨绛译,中国国际广播出版社 2009 年版。

[美] 伯纳德特:《弓弦与竖琴——从柏拉图解读〈奥德赛〉》,程志敏译,华夏出版社 2003 年版。

[日] 赤冢忠:《楚辞〈天问〉篇之新解释》,载《楚辞研究》,研文社 1986 年版。

[法] 居代·德拉孔波编:《赫西俄德:神话之艺》,吴雅凌译,华夏出版社 2005 年版。

[古希腊] 赫西俄德:《工作与时日·神谱》,张竹明、蒋平译,商务印书馆 1991 年版。

——《神谱译笺》,吴雅凌撰,华夏出版社 2010 年版。

《劳作与时日和笺疏》,吴雅凌撰,华夏出版社 2014 年版。

[古希腊] 荷马:《奥德修记》,杨宪益译,上海译文出版社 1979 年版。

——《奥德赛》,王焕生译,人民文学出版社 1997 年版。

——《奥德赛》,陈中梅译注,译林出版社 2003 年版。

——《伊利亚特》,罗念生、王焕生译,人民文学出版社 1994 年版。

——《伊利亚特》,陈中梅译注,译林出版社 2000 年版。

二　外文参考书目

1. 西学古典文献

Allan, W. ed. *Euripides*: *Helen*, Cambridge: Cambridge University Press, 2008.

Dover, K. J. ed. Aristophohes: Clouds, Oxford: Oxford University Press, 1968.

Dover, S. K. ed. *Plato*: *Symposium*, Cambridge: Cambridge University Press, 1980.

Flower, M. A. and Marincola, J., eds. *Herodotus*: *Histories* (*Book* 9), Cambridge: Cambridge University Press, 2002.

Griffith, M. ed. *Aeschylus*: *Prometheus Bound*, Cambridge: Cambridge University Press, 1983.

Hesiod's Works and Days, trans. Tandy, D. W. and Neale, W. C., California: University of California Press, 1996.

Hesiod: *Theogony / Works and Days*, trans. Wender, D. , Penguin Books, 1973.

Homer: *The Iliad*, trans. Murray, A. T. , The Loeb Classical Library, 1919.

Homer: *The Odyssey*, trans. Murray, A. T. , The Loeb Classical Library, 1919.

Lamb, W. R. M. ed. *Plato: Protagoras*, The Loeb Classical Library, 1924.

Lattimore, R. ed. *Hesiod*, Michigan: The University of Michigan Press, 1959.

Mastronarde, D. J. ed. *Euripides: Medea*, Cambridge: Cambridge University Press, 2002.

Murray, P. ed. *Plato on Poetry*, Cambridge: Cambridge University Press, 1996.

Plato: *The Republic*, trans. Shorey, P. , LL. D. , LITT. D. , The Loeb Classical Library, 1930.

Race, W. H. ed. *Pindar: Olympian Odes / Pythian Odes* , The Loeb Classical Library, 1997.

Rowe, G. J. ed. *Plato: Phaedo*, Cambridge: Cambridge University Press, 1980.

——*Pindar: Nemean Odes / Isthmian Odes / Fragment*, The Loeb Classical Library, 1997.

Rusten, J. S. ed. *Thucydides: The Poloponnesian War* (*Book* 2), Cambridge: Cambridge University Press, 1989.

West, M. L. ed. *Hesiod: Theogony*, Oxford: Oxford University Press, 1966.

——*Hesiod: Works & Days*, Oxford: Oxford University Press, 1978.

——*Homeric Hymns / Homeric Apocrypha / Lives of Homer*, The Loeb Classical Library, 2003.

——*Greek Epic Fragments*, The Loeb Classical Library, 2003.

Works of Hesiod and the Homeric Hymns, trans. Hine, D. , Chicago: The University of Chicago Press, 2005.

2. 西语研究著作

Clay, J. S. *Hesiod's Cosmos*, Cambridge: The Cambridge University Press, 2003.

Edwards, A. T. *Hesiod's Ascra*, California: University of California Press, 2004.

Edwards, G. P. *The Language of Hesiod in Its Traditional Context*, Hertford: The Philological Society, 1971.

Hunter, R. *The Hesiodic Catalogue of Women*, Cambridge: Cambridge University Press, 2005.

Janko, R. *Homer, Hesiod and the Hymns: Diachronic Development in Epic Diction*, Cambridge: Cambridge University Press, 1982.

Lincoln, B. *Theorizing Myth*, Chicago: The University of Chicago Press, 1999.

Solmson, F. *Hesiod and Aeschylus*, Cornell: Cornell University Press, 1949.

Stoddard. K. *The Narrative Voice in the Theogony of Hesiod*, The Netherlands: Koninklijke Brill NV, 2004.

附　　录

附录一

《劳作》和《神谱》中有关"恶"的词例

词	《劳作》	《神谱》	总计
κακòν	14/57/58/88/89/223/271/ 327/684/708/721	219/512/570/585/600/602/ 609/612/798/900/906	11：11
κακή	214/238/356/638（κακήν）/ 761	（κακήν）160/165/222/527/ 770	5：5
κακὰ	103/265（出现两次）/266/ 472（κακήστη）/352/499/ 645（κακὰς）	551	8：1
κακòς	161/193/287/740 （κακότητα）/346/348		6：0
κακοή	201/496/703（κακῆς）	876	3：1
κακῶν	91/101/115/191/669/716	55/595	6：2
κακῶ	179（κακοίσιν）/331/640 （κακῆ）	158/874（κακῆ）	3：2
κακόχαρτος	28/196		2：0
κακοθημοσύνη	472		1：0
πὰγκακον	813		1：0

附录二　《神谱》古体译文

据 M. L. West 笺疏本 Hesiod Theogony 校勘，Oxford University Press，1966。译文主要参考 Works of Hesiod and the Homeric Hymns，by Daryl Hine，The University of Chicago Press 2005；Hesiod Theogony. Works and Days，by Dorothea Wender，Penguin books，1973；同时用 loeb 古典丛书（1914 年版）对照，其中个别句子参考了广川洋一的日译和张竹明、蒋平的汉译段落小标题为译者所拟。

序歌（1—21）

赫利孔之缪斯兮，焉始歌而肇倡；

謇诸女之所司兮，山峻高以休祥。

耸轻躯以跳踊兮，舒皓足之靡曼；

時宙斯其武毅兮，环山泉之芘靘①。

帕尔索休斯之濑兮，濯玉体之便娟；

或于奥勒梅乌斯兮，或神圣之马泉。

般纷挐以作舞兮，跗摩趺其翩翩；

仪翩翩而嫽妙兮，遂婆娑乎山巅。

莤清灵之习习②兮，乃发轫于兹岭；

杳冥冥其遂行兮，音泠泠而乍兴。

讴宙斯之操橹③兮，及赫拉之端谨，

阿尔戈斯所出兮，羌双履其耀金；

雅典娜其清矑④兮，操橹帝之佽女；

福波斯兮曰君，喜彀女兮月神；

波塞冬兮浮舆⑤，謇渊抃兮海灵；

---

① ιοειδέα：此词ιον（紫罗兰）和ειιος"颜色、外表"合成。常形容海水，深蓝的。芘，汁液紫色，可染色；拟紫罗兰。

② 原文是"空气"，神明隐身于重重清气之中，凡人一般不可见。习，重也。

③ 橹，大盾之谓。

④ 矑，眸子，意思是"眸子清澈的"。也有理解为"灰眼睛的"，或"清澈的绿眼睛的"。

⑤ Γαιήοχος，"环绕大地的"。

忒密斯兮俨然，爱神曼睩兮流眄；

赫柏兮金鬟，狄娥涅兮婵娟；

乐托兮巨灵①，克洛诺斯兮谲讛；

耀灵晔兮纁曦，明月洁兮皎皎；

盖娅兮冥夜，溟渤迴兮浩浩；

佗百灵兮悉颂，羌群神兮永寿。

赫西俄德（22—34）

忆昔赫西俄德兮，缪斯授之以嘉倡；

赫利孔之山麓兮，謇牧羊乎神岗。

启余心以展辞兮，诸缪斯兮教我②；

宇奥岳之神峻兮，帝操橹之众娥：

"但果腹兮无耻，尔野略兮牧竖；

娴诡辞以虚作兮，若诚言之仿佛；

苟余心之所愿兮，稔申明乎隐微（$\alpha\lambda\eta\theta\acute{\epsilon}\alpha$）。"

维泰帝之诸女兮，言伶俐以陈辞；

嘉桂树之纷缊兮，折其荄③以为赐；

杖要眇其淑尤④兮，沃朕心以玄音：

歌夫往者余弗及兮，来者吾不闻。

颂诸神之衎乐兮，灵永在而不朽；

序引与夫终乱兮，恒讴兹缪斯九⑤。

缪斯神女（35—103）

缪斯之歌（35—51）

胡为兮兹语，吾今谭兮橡石？

来吾始兮诸女，謇将歌兮宙斯：

---

① 伊阿帕托斯。

② 兮字用法见《远游》："朝濯髮于汤谷兮，夕晞余身兮九阳。"又《神女赋》："怀贞亮之絜清兮，卒与我兮相难。"

③ 《魏都赋》："弱荄系实"，注云："荄，木之细枝者也。"

④ 以桂枝为杖，诗人的象征。淑尤，美好。《远游》："绝氛埃以淑尤兮"，用意不同。

⑤ 倒词以就韵。《九歌·东皇太一》："吉日兮辰良"，辰良谓良辰也。

悦其心兮滂浩，羌所居兮嶔奥①；

述往古兮将来，今之事兮爰告。

同音兮异唇，流其声兮潺湲（ἀκάματος）；

涣漱兮天阙，启朱唇兮笑的砾：

若百合兮雾霏，飏帝庭兮鸣雷；

皑奥巅兮积雪，缭神宫兮焉绝。

吐清吟兮恒在，咏神族兮寅畏。

初所颂兮本始，维天地兮生产；

謇堪舆兮遂出，彼百神兮赐善。

次乃及兮宙斯，人与神兮迪焉；

维神女兮作歌，曲引兮终乱；

处百神兮至尊，居众灵兮尤武。

焉乃歌兮黎庶，佽巨灵兮跋扈；

咏以豫兮帝心，奥岑兮宅宇。

缪斯兮奥媛，父宙斯兮操橹。

出生·职司（52—103）

司忆谟倪墨茜妮兮，乃俄②山之所守；

媾宙斯而遂产兮，生九女乎瑞丘③；

意逍遥而不害兮，思伴奂其无忧。

彼宙斯之譞慧兮，邈百神而相遘；

寝闺榻之圣洁兮，憺九夜以淹留。

岁奄忽其不驻兮，春与秋其代序；

夥耀灵之俄景兮，謇夜光之疾汩。

乃诞兮九女，同其心兮乐倡；

一其好兮律吕，女欣欣兮乐康。

皑皑兮雪巅，毗其宇兮奥岗；

嚣舞庭兮滴滴，羌闺壶兮炜煌；

邻司媚兮如愿，宅闱阁兮郁芳（ἐν θαλίης）。

---

① 双关。奥林波斯，又谓隐奥深峻。
② 俄利希色若斯山。山名字面含义是"自由"。
③ 皮尔瑞亚，缪斯所在的圣山。

启朱唇兮遂歌，发妙音兮引吭；

咏百神兮经制（ἐν θαλίης·），颂其风规（ἤθεα）兮雅量，

声要眇兮浏亮。①

睿将之兮奥岗，心飞扬兮浩荡；

绽妙音兮会舞，纤后土兮黑垆；

遂朝兮父宫，音萦萦兮纤足。

宙斯帝兮苍穹，执震雷兮燹霆；

克其父兮以武，施美治兮众灵；

制礼（νόμους）兮允当，班爵（τιμάς）兮洽均。

彼故事（ταῦτ᾽）兮焉详，所宇居兮奥岗？

兹九女兮将咏，羌宙斯兮所生：

彼司咏兮掌豫，侍宴兮操曲，

悦舞蹈兮婵娟，善咏兮天讴②，

妙音③兮数九，众女兮其首；

彼王后之耿介兮，此元女恒在其侧。

孰其生而降览兮，睿群后上皇之所毓；

媛宙斯之登闳兮，缪斯焉乃耀誉；

渥后唇以流馨兮，霖其舌以甘露。

羌众兆之所望兮，履直道其荡荡；

言辞无私阿兮，断验可以向方；

疾听其要讼兮，奄忽寝之而稔详。

故萌隶立贤达以为后兮，推明哲以为王；

倏焉正其回遹兮，速尔校其曲枉；

吐温辞以纾恤兮，羌黎诐轨乎会堂（ἀγορῆφι）。

王后庪止中庭（ἀγῶνα）兮，萌仰之其若神；

貌寅厉以和柔兮，态卓荦其不群：

---

① 单行句《九歌》多有，此拟之。

② 乌拉尼亚，意思是"讴歌宙斯天界称王"。

③ 此处意译其名。分别为科蕾娥（歌唱）、幽特尔魄（欢乐），萨蕾雅（宴饮）、梅尔颜媚娜（舞曲）、特尔魄西蔻若娥（喜欢舞蹈的）、娥若托（可爱的）、魄流莫妮娅（有许多歌曲的）、乌拉尼娥（歌唱宙斯天界称王的）、卡丽娥佩（声音美妙的）。

既陈兹其神圣兮，维缪斯之所腴。

下土之倡优兮，謇琴师其独异；

乃缪斯之所出兮，阿波罗之遥弋；

维彼群后兮，宙斯之所育。

孰其禄臧兮，畴缪斯之所怿；

遂焉饴饧其口兮，霖醴其谣。

孰被新伤兮，逢忧而遭愍；

形憔悴而枯槁兮，思蹇产其隐隐；

羌缪斯之所仆兮，令优伶其讴吟；

咏先公与百灵兮，神衍乐以宇峻；

忧毒寝其忽止兮，悲苦阒其无存。

是缪斯之所觇兮，乃悉宁其纤轸。

楔子（104—15）

其临其临，宙斯诸女，歌婉扬兮；

讴彼不朽，百神恒光兮；

天地所产，上焯列星兮；

司夜黯默，咸海潜灵兮。

邃古之初，畴生百神？①

爰土焉成？川渎焉形？

潢洋汹涌，孰成沧海之无垠？

高天安设？耀星安陈？

百神赐善，父母何灵？

爵禄焉秩？财贿焉分？

增城叠墉，邃初焉攻此峻岭？

嗟汝缪斯兮，宇居奥林之嵯；

自邃古而陈诗兮，赋畴昔之所初生。

---

① 以下原文为叙述句，转译为问句，效《天问》。

诸神谱系（116—452）

遂初诸神（116—153）

邃古之初兮，谅虚廓（Χάος）其先出；

次盖娅之滂胸兮，羌灵基之永固；

皑奥峻之雪颠兮，百神据以为宇。

次归墟（Τάρταρά）之冥蒙兮，壑杳窱以广衢；

维百神之不朽兮，典欲（Ἔρος）①嫷其弥代：

骹筋蹶骨兮，人与神其奚怠；

謇心臆其不守兮，孰婴嫇②之可赖？

自虚廓生冥昒③兮，与司夜之黯默；

夜与昒其匹合兮，羌缱绻以接欢；

乃结胎而遂产兮，维埃特（Αἰθήρ）与白昼。

天熠耀以列星兮，謇盖娅之首产；

伊其相埒兮，遂悉覆而尽弇；

设灵基之永固兮，羌诸神之衍衍。

娅腹崚之绵邈兮，维宁芙之幽居；

何神女之婉媚兮，宇闇蔼之丘谷。

滔扬踊其洶洶兮，盈沧海其永溢；

生此鹏托斯（Πόντον）④兮，靡款洽以效爱。

地天接其育多子兮，溟渤湛其溶潏；

寇伊俄斯兮科瑞奥，赫幽佩瑞翁兮巨灵；

忒娅兮瑞娅，忒密斯兮谟倪媛⑤，

福伊波兮金冠，忒丢斯兮婉娈；

---

① 以上为原初四神。虚廓，《淮南子·天文》曰："道始于虚廓，虚廓生宇宙"；归墟，《列子·汤问》"有大壑焉，实为无底之谷，其下无底，名曰归墟"。与赫西俄德此两处描述近似，故借用之。典欲通常翻译为爱神，侧重于肉欲而精神。

② 《说文》"女"部："婴嫇"，段注以为小心之态。

③ 《天问》曰："冥昒蒙闇"，天地未成形前的状态。不同之处是，赫西俄德这里大地已经产生，而苍天系大地所产。

④ 大海。《庄子·逍遥游》曰："其名为鹏，海运则将徙于南冥"，化用此典。鹏托斯，鹏托于此。

⑤ 谟倪墨茜妮，九缪斯之母。

彼稚子其后诞兮，克洛诺斯之诡谲；

何此子之怖覆兮，毒乃父之淫耽。

复生库克洛珀斯①兮，志旁唐其畔涣；

号鸣雷与闪电兮，与耀目之恣肆；

觌宙斯以惊雷兮，复为造作兮霹雳；

言行迹乎佗神兮，情貌拟于他灵；

居其中额兮，维此一目其独异。

一目团圞兮，居其额中；

圆目巨灵兮，因是以为名。

膂力不竭兮，作艺专精。

复有三子兮，天地之所孕；

既恣肆以律魁兮，孰敢称其名！

寇、布②与古格斯兮，羌卓跞其英挺。

彼有百掌兮，夭矫肩生；

五十其首兮，出乎顝颈；

膂臂僈劲兮，造化巧施；

形貌特伟兮，孰敢亲之？

天神去势（154—210）

彼诸神嗣兮，父天而母地；

维皇考其竺之兮，謇惮怖以憭慄；

伊畴初生兮，孰其将诞，

乌拉诺斯郫之兮，幽处之而不见日；

瓮盖娅之窬穴兮，愉其行之猖狓；

维后土之圹埌兮，膺愤潡而瘭里。

羌偓促以局蹐兮，谟枉策之凶咎；

疾造砥砺（ἀδάμαντος）③兮，石硙硙以为俦；

因其石以制銛④兮，告诸子以其猷；

---

① 含义为圆目巨灵，参后。

② 寇托斯、布瑞阿若斯。

③ 神话中的石头，质地坚硬，色苍白。

④ 《广雅·释器》"銛……镰也"，王念孙疏证引《说文》曰："銛，大镰也"，并云"銛之言钊也"。

慨陈词以激励兮，罥其心之忧忧：
“汝父浩荡兮，謇汝弟兄；
报狂夫之攘攫兮，维我言其憖从？
始图画其无耻兮，先猷谋其害凶。”
既陈词而群慑惧兮，众莫孰其云对；
有律魁而振奋兮，克洛诺斯之譎诡；
答其嫡母兮，羌硕词（μύθοισι）其疾应。
“肩母氏之所嘱兮，畔遂就此功用；
羌吾父之秕誉兮，构难言之孽行；
始图画其无耻兮，先猷谋其害凶。”
盖娅既聆兹对兮，衷土窃快在中心；
僝其手以修鋁兮，謇锯齿之捄捄；
乃覼缕以诡策兮，幽其身于曲隐。
携夜幕其降临兮，乌拉诺斯之登闳；
就盖娅而展布兮，欲汲汲以相拥；
伏于曲隐兮，稚子舒其左手；
鋁巨硕以修延兮，謇镰齿之捄捄；
椓乃父之牡具兮，撰其刃于掌右；
既持父私兮，乃捐之乎身后；
物不虚掷兮，无毫厘其空投；
血滴沥以溅迸兮，盖娅其悉受：
乃孕三灵兮，春与秋其迭代；
彼雪愤①之强暴兮，何长人②之奇伟；
介与胄其荧荧兮，操矛戈之伐器；
墨莉亚之仙娥兮，下土块圠其命此。
彼牡具其先割兮，以长鋁之砥砺；
离陵陆以汩没兮，海叠滔其层汰；
久随波而泛滥兮，聚其周以滈沫；

① 报仇神俄瑞纽斯。
② 巨人族格尔干斯特。

謇灵物其无死兮，孕季女而中作；

厥初所底兮，库特若之圣洁。

乃次于库浦若斯①兮，水纤萦其交错。

神媕婳以妩媚兮，遂践土而辞波；

芳草生其萋萋兮，托靡曼之素足。

人神交呼其名兮，命曰阿芙洛狄特：

謇波生之神女兮，库特瑞娅之妖鬟；

由沫化而为名兮，因初抵而号焉。

或谓库浦若之媛兮，生地错流其萦川。

或称悦阳兮，因牡具而化显。

嫽如愿以相随兮，维典欲其恒伴；

偕与从乎诸神兮，謇兹女其初诞。

唯离合②其是职兮，伊始则其所掌；

司百神之不朽兮，与彼烝氓：

季女喁喁以含笑兮，竞纬繣其訑谩；

忽娱愉以乍喜兮，托素心之甘谭。

诟诸子以胥詈兮，父号之曰提坦；

固群嗣其嫡子兮，乌拉诺斯之介岸；

孰作恶而无应兮，施害凶其狂诞；

兹孽绲其紧随兮，所以报之不远。

夜神诸裔（211—232）

憭主命维夜生兮，三典殁与殒命；

复诞瞑神兮，共掌梦之群灵。

莫之与寝处兮，謇司夜之暗冥；

爰产谤渎之神兮，及悔懊之伤情；

羌纁黄之众女兮，垠溟渤之耿著；

金苹果其葳蕤兮，焉乃卫此林薄。

---

① 今习惯称为塞浦路斯，此据原文发音校译。

② 原文为"份额""秩禄"，此处略作转译。

复育司命[1]之冱心兮，仍[2]殒命三其数；
纺运兮占禄，断命兮焉与。
冥萌之初诞兮，贻之以善恶；
人与神之僭慝兮，駈三灵其相逐；
惩彼肆恣兮，欸兹神兮无祜。
靡有恶而不报兮，孰寝其赫怒？
复生神兮报应女，为祸尤兮黎庶；
訾夜神兮骇遽。
乃申之以诈慝兮，与夫司友之神明；
耄耋神之哀吟兮，袭以震悼之舋灵[3]；
维可畏兮舋灵，诞廑神[4]兮劳心；
重遗忘与饥馑兮，隐闵涕其淫淫；
司斗兮典役，施害兮主戮；
喧阗兮訾言，辞令兮辩谭；
枉度兮瞀思，诸女同心兮扬膻。
舋灵复生誓言兮，羌贻孽乎两间；
孰憖以为誓词兮，嗟黎萌之甘餍。

海神诸裔（233—370）

海神之子（233—239）

澥翁[5]无虚以纯德兮，鹏托斯之所诞；
众以海叟呼之兮，羌钜海之子元。
中敦厖以慈仁兮，乃无忘乎信直；
谌謇謇以雍雍兮，惟冯心其念兹。
钜海[6]匹合盖娅兮，乃生陶玛斯[7]之奇伟；

---

① 莫伊赖，一组司命之神，共三位。

② “和”还是“或”，是一组还是两组神灵？商务译本认为是一组，因其赐给凡人运命也同时给予死亡。但广川洋一的日译本当作两组。此处存疑。

③ 不和之神。

④ 劳苦之神。

⑤ 海中老人讷若乌斯。澥，海别枝也。

⑥ 海若、钜海皆指鹏托斯。

⑦ 雌霓女神之父。

福尔库斯之磅礴兮，科鼍靡颜以腻理；

幽如碧雅兮，秉㳽心之盱睢。

海仙女（240—264）

瀎翁女其无量兮，维诸神①之淑媛；

居钜海之潢洋兮，母道瑞斯之鬒鬟；

道维溟渤之佚女兮，羌回水以周旋。

引舻兮灵盛，宁鹬兮参波②；

淑贻兮忒提斯，寝汏兮澜滈；

扬湍兮漩穴，睿汾沄之③绰约；

帕西忒兮娉好，玫瑰臂之嘉伏；

饴女之娴雅，婷泊兮卓娥；

施赠兮定分，偕舟兮海力；

渚居兮海隅，临泱漭之司值；

道瑞斯兮普聆，伽拉忒之倩影；

骠骑之婵娟兮，玫瑰臂之思骏；

億澜神其息涌兮，泛钜海之逢浡，

戕风其啸呼兮，共寝滔女兮静波，

三女粲以速效兮，安菲特丽特之秀踝。

彼司潚与皋女兮，羌海姬之华鬘；

滈场④玓瓅其宜笑兮，与夫涉海之淑媛；

维盈利与获臧兮，拉俄美狄亚；

彼层思与自省兮，加以吕西安娜萨；

幽阿诺之多羊兮，体便绢而貌娉；

---

① 海中仙女乃道瑞斯和瀎翁之女，此处为复数"诸神"。τέκνα θεάων：女神们的诸女。241 行说她们全部是道瑞斯所生，因此这里的 θεάων "女神们的" 是个难题，类似的困难亦见 366 行，那儿俄刻阿诺斯和忒丢斯之女被称为 θεάων ἀγλαὰ τέκνα "诸女神光辉的女儿们"。这一现象或许是一种特殊表达方法，针对某个人用复数人称讲话，参见荷马史诗《伊》6. 127、21. 151 的例子。或者是 θεάων 的形式由其形容词限定，形容词是复数从而影响到该词形也采用复数，这个解释在第 366 行更为适用。

② 安菲特丽特，有解释其意思为"第三波浪潮"的。

③ 此五十名皆为海仙，凡形容词以"之"区别。

④ 意为亮晶晶的牧场。

羌沙嫔①之媞媞兮，媚尼珮之蠾蠾；

岛姑兮安航，先画、信直兮敦厖；

唯此三女兮，绍明父兮灵扬。

海嫭兮五十，澥翁兮所生，

无瑕兮淑性，诸艺兮娴稔。

风女神（265—269）

回水兮澹澹，玓瓅娥②兮女佚；

陶玛斯兮焉娶，遂尔诞兮三姬；

雌霓神兮翾捷，攫飂兮曼发；

飙风兮欻翅，振羽兮凌飞；

大块噫兮飔女，疾偕鹜兮从鸷；

謇层举兮矫厉。

科罿与福尔库斯之后（270—294）

维神姥③之脘颜兮，科罿诞以其夫；

甫生则皓然白首兮，众号之云神姥：

謇诸神之不朽兮，彼烝民其驰鹜：

黄蜂兮妙袍，恩诺兮绛服。

复产戈尔贡兮，庐溟渤之耿著；

处夜域之极边兮，对曛娥之清曲；

森诺鸥与幽如阿雷兮，哀梅杜萨之荼毒；

二女不老以终古兮，梅杜萨兮凡灵。

黑发神④兮降临，就芳甸兮与寝；

春草萌兮萋萋，英华绽兮缤纷；

佩尔萨斯兮项刃，厥首用夫颠陨。

金剑骙兮腔生，天马⑤共兮跉踔；

马得名兮生地，众流出兮溟渤；

---

① 海仙女中，只有参波、忒提斯以及这位沙滩神女有所生养，故下一"嫔"字。比照古典洛嫔，宓妃之称。

② 大洋的女儿，喻义为"发光之物"，故此翻译为"玓瓅娥"。

③ 戈如皑，词义为老女人。

④ 海神波塞冬。

⑤ 飞马匹伽索斯。

彼亦号兮由育，睿金剑兮在握。

马腾骧而辞下土兮，群羊之母；

参百神以翱翔兮，焉居太帝之所都；

携惊雷与闪电兮，与宙斯之多慧。

金剑诞者三首怪兮，格瑞奥尼乌斯；

妻溟渤之佚女兮，与倩流①其相匹。

赫拉克勒斯之孔武兮，搏而戮之畴昔；

俄瑞赛之萦流兮，牛蹄跚以勃屑；

复戕其伺犬于枥兮，遂尔屠其牧竖②；

赫驱牛之頯颡兮，抵逖洳幽之圣地；

莽洋洋其遂发兮，波淼淼而津渡。

科鼍之后（295—325）

宅兹窟穴，巨怪焉产，孰其克勘些。

科鼍③之胤，异乎人神些。

女蝰④之神，狼戾其心些。

嬉光妙眹，靥辅嫮英些。

蜿蜓蚴虬，骇遽其虺身些。

往来倏忽，生肉是餍，穴案衍以潜灵些。

科鼍之穴，下地杳窱些。

窍石隐弟，人神邈些。

百神贶兹，居要眇些。

峨岭⑤焉卫，下地以为庐，女蝰憭些。

终古恒寿，青春葆些。

众口腾胪：提丰女蝰，闵妃缱绻些。

提怖、僭、睢，女目姡些。

乃育数子，戾以残些。

---

① 卡丽如娥，意思是"鸣流溅溅的"。

② 伺犬俄尔索斯，牛倌幽如蹄翁。

③ 门承接270行而来，指科鼍，其夫为福尔库斯。

④ 雌蝮，俄克伊德娜。

⑤ 阿瑞莫伊，究竟系部族名还是地名，众说纷纭。姑置不论。

俄尔索斯，以为伺犬①些。

次以冥獢②，畴其以齿，莫克勘些。

金声镗鎝，生肉以为餐些。

敦朕无耻，五十其首些。

三许德拉，解孹娱尤些。

粉臂赫拉，扰之勒③薮些。

赫叔孔武，凭怒之所由些。

帝胤焉戮，安菲④之裔，雪刃霜锋些。

伊奥⑤颉颃，战神所钟些。

雅典娜猷，师旅是从些。

复生牝羒⑥，烈焰喷些。

律魁憭慄，捷奋迅些。

怪有三首，羊首两间，

狮首鹜眈，虺首謇些。

狮首虺尾，羊躯身些。

嫖煟炎炎，骇其怖震些。⑦

天马协诛，与彼良人，伯勒若丰些。

科伊迈如阿之后（326—336）

生菲克⑧之憯毒兮，患乎卡德摩斯之嗣胤；

复生涅昧亚之狮兮，羌合伺犬乎牝羒。

赫拉焉乃畜之兮，宙斯妻其炜晔；

扰此兽于涅昧亚兮，謇烝民之忧孽；

踞兹野以彷徉兮，噬虐乎下黎；

---

① 格瑞奥尼乌斯的看牛狗。

② 冥府的看门狗，科尔狈若斯。

③ 勒奈俄，许德拉的居所。

④ 安菲特吕翁。

⑤ 伊奥拉俄斯，赫拉克勒斯的战友。

⑥ 母羊怪。《国语·鲁语》云："土之怪曰羵羊"，移用此语。

⑦ 此两行保存异说。狮首在头上，羊首在身体上，蛇首为尾。烈焰从羊头喷出。

⑧ 注疏家以为此乃斯芬克斯的波俄提亚拼写，译从其音。

霸乎陲特斯①之坰兮，阿帕萨斯山②其所及。

赫拉克勒斯之孔武兮，力挫之兮虺颓。

科、福③绸缪以为欢兮，诞一子其末胤；

謇修蛇之憭慄兮，沕藏乎地穴之杳冥；

窟于块圠以无垠兮，守苹果其纯金。

诸河·大洋神女（337—370）

忒丢斯婚与溟渤兮，诞川流之湛漩；

尼罗河兮阿尔菲俄斯，赫瑞达讷斯之澹澹，

斯特律萌④兮迈安德若斯，伊斯特若斯之鸣湍；

帕溪泗⑤兮若索斯，阿克娄俄斯之银澜；

内索斯兮若狄俄斯，哈莉阿科萌兮七派⑥；

格软泥科斯兮埃西珀斯，溪牟诶斯之神濑；

泊内俄斯兮赫尔眸斯，凯克司之澶洄；

萨伽瑞俄斯之巨流兮，及腊冬与女贞⑦；

幽娥诺斯兮阿尔德斯库斯，斯卡曼德若斯之神圣。

复生溟女其圣洁兮，巡州土以周游；

抚黎萌以为民正兮，共阿波罗王与众流；

宙斯之明命兮，羌定分之所休：

谏箴兮未字，紫泉兮玓瓅⑧；

道瑞斯⑨兮思源；乌拉尼⑩之若神；

马泉兮科流媚娜⑪，罗狄亚兮倩流⑫；

---

① 涅昧亚下辖之地，在东南。
② 涅昧亚境内最高峰，在东北。
③ 科鼍、福尔库斯。
④ 今色雷斯境内。
⑤ 在黑海东岸。
⑥ 原文：Ἑπτάποϱόν，意思可能是有七个支流的河。
⑦ Παϱθένιόν，寓意为"少女，处子"。
⑧ 雌霓女神之母，参见第266行。
⑨ 诸位海仙女之母，参见第241行。
⑩ 缪斯中有一位与此同名，翻为"天讴"。参见第78行。
⑪ 伊阿帕托斯之妻，普罗米修斯之母，参见第508行。
⑫ 格瑞奥尼乌斯之母，参见第288、981行。

结褵兮闻馨，颖悟兮圆涓①；

泊湍兮伽水②，狄娥涅③之婵娟；

牧羊女兮激湍，盈觊之婉曼；

科尔珂伊斯之皓质，女禄之牛睛；

泊尔涩伊斯兮伊安内亚，阿卡斯特兮克珊忒；

佩特如哀之靡丽，梅讷蒐兮欧罗巴④；

谟逊斯兮廓牧⑤，环流之绛裙；

科如涩伊斯兮亚细亚，潜隐姬⑥之荡魂；

饶贻兮嘉运，萦滔兮奔汛；

及诸媛之长女兮，司盟之神。

忒丢斯与溟渤之所出兮，久历年其德勋。

伣女其尤众兮，姱嫙娇媚⑦以三千；

名曰鸥科阿尼娜⑧兮，縆其踝之纤纤；

布陵陆与渊潭兮，悉皆遍以周咸；

謇神胤⑨之众女兮，信炫耀其玮环。

复生众流兮，羌浩浩以汩汩；

溟渤之子兮，俨忒之所毓；

厥名甚夥兮，下民孰能强语；

彼川渎毗其所居兮，道其名而觐缕。

天神诸裔（371—403）

忒诶娅之所倾兮，赫幽佩瑞翁与欢欣；

诞耀灵与明月兮，与曙曦之启晨；

---

① 海仙女中有一位与此同名，那位翻为"帕西忒"，参见第246行。

② 泊乐科萨乌如娥、伽拉科萨乌若娥，据云这来源于"水"的古词，译文采取意译加音译的办法。

③ 参见序诗，第17行。

④ 下文还有亚细亚，不宜看作是欧亚两大洲之名。

⑤ 谟逊斯为宙斯第一位妻子，参见第886行以下。廓牧（幽如讷谟）为宙斯第三位妻子，嫣媚三女神之母，参见第907行。

⑥ 卡吕普索，意为"隐藏"，参见第1017行。

⑦ 叠词连用，此句法屈赋多有。《天问》"闵妃匹合"，即"婚配匹合"；《九章·惜往日》"虚惑误又以欺"。两例皆系四字同义连用。

⑧ 意思是"大洋的女儿们"。

⑨ 原文意思是"诸女神们的孩子们"，参见第241行。

烛耀乎后土兮，謇照临此下民；
暨百神之不朽兮，寓穹窿之森冥。
幽如碧雅之圣洁兮，悦科瑞奥斯而为婚；
产星源①之倬倬兮，及帕拉斯三仲昆；
佩尔塞斯②兮，慧逴绝伦乎芸芸。
纁曦匹合星源兮，诞列风之饕餮③；
羌丽风之逐云兮，彼炎风之飙儇；
与凉风而为三兮④，女与男兮合欢。
维纁曦兮继产，謇启明兮有烂；
暨列星兮煌煌，灼熠耀兮穹苍。
帕拉斯兮厥配，溟渤女兮司盟；
诞捷女兮緉踝，产妒神兮于⑤堂；
复生兮二子，威、暴神兮鹰扬；
謇无路兮靡居，舍帝宫兮焉往？
彼何所兮潜神，非帝令兮导将？⑥
阒宙斯兮骇鼓，永懵兮帝旁。
溟渤女之永存兮，司盟畴昔而造猷；
闪电神其令百灵兮，赴奥峻之高丘；
曰孰其从之兮，伐提坦其相雠；
焉乃申之以威权兮，既无替于其勋旧；
彼爵禄之曾获兮，于诸神之不朽。

---

① 阿斯特瑞埃乌斯，寓意是“众星之父”。

② 和《劳作与时令》中诗人所训诫的兄弟同名。那个兄弟是个“糊涂虫”，这位却聪慧绝伦。

③ 字面理解为“心性强大的”，风神接纳人的献祭，故谓之“饕餮”。《周礼》有“磔犬祀风”的记载，有助理解此处的行文。

④ 此处分别为西风（泽福若斯）和东北风（波瑞阿斯）以及西南风（诺托斯）。《淮南子·地形》：“东北曰炎风……西南曰凉风……西风曰丽风。”译名参此语境。

⑤ 或以为“兮”字有代词、连词、虚词等功能，其后不当跟“于”字（如《楚辞今注》“杳冥冥兮以东行”等句注）。然《九歌·东君》“杳冥冥兮以东行”，《山鬼》“采三秀兮于山间”“云容容兮而在下”，《九怀·通路》“谁可与兮寤语”，《九思·逢尤》“虎兕争兮于庭中”。以上皆虚字与“兮”连用之例。实则古文乃以意会，无一定之规，不可以西方之语法逻辑强解。如“之”“诸”时通用，时“诸”同于“之于”，安可拘泥？

⑥ 原文陈述句，此转为问句。

孰遘克①而无禄兮，羞在昔而不耀；

许颁爵而显荣兮，謇中正（θέμις）之所道。

司盟之永世兮，遂尔来服乎神奥；

偕其诸子兮，从厥父之所告。

宙斯乃赍之兮，贶厚而与丰；

百神之誓则兮，措以为祝宗。

彼其诸子兮，毗厥母而永居；

宙斯咸践其辞兮，尽诺其所许；

乃帝于天人兮，雄上下而为主。

乐托·赫卡特（404—452）

福伊波兮寇伊俄斯，升女神床第之侈靡。

男女神之欢合兮，焉乃孕而结胎；

诞乐托之玄裳兮，更统世其温良；

逢百神与烝民兮，愠愉以淑芳；

彼温良而自初兮，羌奥峻之所尤。

寇伊俄斯复产兮，阿斯特瑞娅之嘉名；

呼其名以己妻兮，佩尔塞斯归之其宫。

遂生女曰赫卡特兮，宙斯殊赐其独异；

帝贻兹女，煌贶腆兮；

分（μοῖραν）命下土，潆钜海兮；

申爵清宇，列星熠兮；

百神永寿，殊赐以逾迈兮；

孰今享祭，下土黎兮；

粢盛蠲盈，祀以礼（κατὰνόμον）兮；

畴焉于祷，赫卡特兮！

休荣荐臻，神所易兮；

女神壹心②，受兹告兮；

封建厥福，司所宜兮。

---

① 克洛诺斯。

② 《左传》庄公三十二年："夫神，聪明正直而壹者也"，用此意。

天地所诞，诸灵颁斌兮，

女班爵秩，命其宜分（αἶσαν）兮。

宙斯靡暴，亦无所替兮；

处兹众神，彼提坦之畴昔兮；

仍其旧贯，邃初所志兮。

爵秩靡削，乃反隆崇；

天地钜海，神女其孤胤兮，

增益所掌，宙斯焉弘兮。

孰其宣佑，神所善兮，

旁协明辟，正义（δίκη）践兮。

齐民（λαοῖσι）① 博议，於烁其所眷兮。

凌轹戎行，介胄众彦兮；

女神在侧，竭力以襄之兮；

既捷且获，耿其光之兮。

良御顾怀，裨而臧之兮。

校场驰逐，女焉临莅兮；

神其在侧，助我庶桀兮。

迈力轶勇，声称扬兮；

忽其显荣，耀家邦兮。

渔乎浩溿，洪滔澹荡兮；②

祷赫卡特，及抪地神之霆吼兮；

剡神皇灵，倏其曹以厚兮；

恣其所欲，廓落其篓兮。

赫尔墨斯，槛牢协与蕃滋兮；

牛羊之群，黇、角③之伦；

少而使挚，蕃而克微兮；

恣其所欲，伴奂其心兮。

---

① 《汉书·食货志下》："世家子弟富人或斗鸡走狗马，弋猎博戏，辞齐民。"颜师古注引如淳曰："齐，等也。无有贵贱，谓之齐民，若今言平民矣。"

② 第429—440行文多舛互，据 M. L. West 校勘本。

③ 黇，绵羊；角，山羊。

一脉孤绍，母独胤兮；

百神所司，悉其霑均兮。

宙斯爰立，少艾司命兮；

晨曦遍耀，婴其初觌兮。

肇承兹职，女神所膺兮。

奥林波斯神统（453—1020）

宙斯与克洛诺斯（453—506）

宙斯降生（453—491）

瑞娅既婚乎克洛①兮，乃诞诸子之显闻：

司馕、农正其神女兮，赫拉履其金屦；

孰居下地宫阙兮，何秉心之忍毒，

哀地斯之孔武兮，抃地②声其若霆；

彼宙斯之多慧兮，人与神其君父：

袤土被其雷威兮，亦悗悗而震怖。

克洛诺斯之赫赫兮，皆甘之而在嗌；

孰自胞之蠲蠲兮，伊母膝其爰底。

庶无襫其所治兮，乃猷谟之我先：

彼颖秀于百神兮，轶天界之炤烂。

从天地之所料兮，戴列星之爝爝；

维遂事其夙命兮，遘胤子其必败：

煌煌宙斯兮炜歊，纵武厉兮不犹。

乃观纛以遂烈兮，恐瞀视其靡功，

嗌诸子以瘰瑞娅兮，意慊慊其焉穷。

迨宙斯之将诞兮，帝黎庶而君百神；

瑞娅乃告父母兮：地及天其戴星。

冀夫谋猷济之兮，庇此子之将降；

实有狡心兮，复谲克③之煌煌；

---

① 克洛诺斯。

② 撼动大地的，海神波塞冬。

③ 克，克洛诺斯。

雪父耻以诸子兮，维狡童之所戕。

彼嫡女之陈词兮，今既聆而遂允；

翁与媪其揄演①兮，羌夙命之不远；

何宙斯之逖猷兮，及克氏其将颠。

瑞娅至夫鲁克特兮，克里特之沃壤；

迨宙斯之将降兮，何之子之煌煌。

乃受婴于其女兮，伊盖娅之圹埌。

于兹土之广袤兮，将燠咻而使壮。

越暮色之冥冥兮，携宙斯乎倏眒②；

鲁克特其焉止兮，潜婴儿之在抱；

隐下地之窈穴兮，神圣而杳窱；

艾盖额之山峦兮，覆草木其葱茏。

爰襄巨石兮，献帝君之威稜；③

乌拉诺斯之子兮，先宙斯其王百神。

遂攫巨石兮，投诸其腹；

幸心迷而未察兮，何吞状之骇怖。

因石代而子存兮，莫其胜而孰害；

恃厥勇与力兮，疾克父而令败。

遂禅其父之位兮，王百灵之恒在。

宙斯营救众叔伯（492—506）

岁忽忽其力滋兮，嗟四体其耿介；

宙斯方将兮，春与秋其迭代。

惑盖娅之智计兮，蛊地母之多猷；

虽谲克之炜煌兮，出厥子而呕之；

蹈乎宙斯兮，力与智其莫及。

先出其石兮，晚斯以噬。

普索斯之广逵兮，宙斯焉置：

出帕纳索斯之谷兮，斯则圣地。

---

① 揄、演，皆引发义，此谓预言。

② 倏眒，迅疾貌。

③ 《文选·东都赋》"瞰四裔而抗稜"，李善注引李奇："神灵之威曰稜。"

示其来者兮，羌众兆之所尤（θαῦμα）。
释我诸父兮，脱桎梏之艰忧；
乌拉诺斯诸子兮，克瞢闇以幽囚。
厥惠不忘兮，其懿德（εὐεργεσιάων）之来酬。
赠雷霆及儵爚①兮，与夫霹雳之煽焰：
维盖娅之圹埌兮，匿此物其在先。
王百神以君众兆兮，既信义其树旃。

伊阿帕托斯诸子（507—616）

普罗米修斯用计（507—584）
唯夫伊阿帕托斯兮，乃迎溟渤之佚女；
科流娟娜其秀踝兮，往升床而同处。
诞阿特②之雄恣兮，复生梅诺③之淫放；
唯此前知④兮，心要眇其靡测（ποικίλον αἰολόμητιν）；
唯此后觉⑤兮，意恍惚而流荡（ἁμαρτίνοόν）。
于众兆之粒食兮，实为祸先：
受处子之埏埴兮，宙斯所遣。
梅诺之侈心兮，乃下投诸幽冥；
既咆烋以诞妄兮，又申之以偃蹇。
掷霹雳之烟燗兮，伊宙斯之旷瞻。
阿特拉斯兮，垠大地而长跖；
对嘌娥之清音兮，擎苍天之悠远。
首与掌其赑屃⑥兮，嗟定数之无竞；
其命若斯兮，乃宙斯之所颁。
维普罗之百譋兮，桎其足而累楚；
羌胡绳之重艰兮，索于楹而中梏。

---

① 儵爚，古谓电光。
② 阿特拉斯
③ 梅诺伊提俄斯。
④ 普罗米修斯。
⑤ 厄庇米修斯。
⑥ 《文选·西京赋》“巨灵赑屃”薛综注：“赑屃，作力之貌也。”

扬鹰鹯之修羽兮，啄其肝之不朽；
朝啄暮复生之兮，埒所啄而均酬。
既还昼食之旧兮，噎鹰鹯之修羽。
彼赫叔①之显扬兮，母水灵②之踝秀；
焉乃戮此鹯鹰兮，爰释普罗之殃咎；
既寝其怛伤兮，复驱前识之所忧。
乃无违于厥懋兮，伊宙斯之奥峻；
赫叔之出忒拜兮，今更彰其嘉闻；
胜其先誉于兹土兮，骞其物之阜蓁。
张其威稜（τίμα）兮，嗟帝胤之皇皇；
息其宿怒兮，犹未释其旧怅；
孰与竞智兮，彼宙斯之至上？
莫科涅之畴昔兮，人与神其途殊；
普罗竭其诚心兮，析剔硕牡。
二分其肉兮，于帝心其惑蛊！
皮其肥牛兮，择其膂之多脂；
纳之腮下兮，遂隐微而匿此。
总其白骨兮，妙其策与巧智；
乃作诈以藏之兮，膂之以脂。
人神之父兮，遂陈词而问之，曰：
"巨灵之胤兮，汝诚遑踪乎诸王；
噎尔先生兮，何不一概而相量？"
宙斯诰而藏讥兮，亘厥志而不秕；
普罗实有狡心兮，遂对问而陈词；
谲其术而弗忘兮，往奉答而含哈：
"上皇宙斯其至尊兮，王百神之恒存；
相其宜而择之兮，简在帝心。"
普罗既致其辞兮，乃叵测而怀异。

---

①　赫拉克勒斯。
②　阿尔科莫娜。

宙斯察而不惑兮，帝智亘而不秕。

羌民生之多艰兮，心既谟而遂施。

摭其手而焉获兮，脀白骨而为堆；

窃恚恨在中心兮，愤夫人之忼慨；

觇牛骨之鲜洁兮，察夫普罗之诡计。

维烝民其土宇兮，焉乃肇禋乎百神；

烟袅袅于坛墠兮，燔白骨以上馨。①

乃冯怒而为词兮，嗟宙斯之缙云：

"汝巨灵之胤嗣兮，智迥出而无上；

噫尔先生兮，谲其术而弗忘。"

言既出而怀忿兮，帝智亘而不秕；

自今而往兮，唯谲术其萦怀；

火燬焱而不熄兮，空桛木而不赍。

哀黎烝之无爟兮，维下土其所居；

嗟巨灵之嘉子兮，复窃帝爝而相愚；

纳阿魏之内茎兮，喈帝心其揭宇；

焰熊熊而不灭兮，焱烁烁而远耀。

维雷神之铿鏰兮，心隐隐而嗔懊：

眺燿爝之远光兮，监下土之众兆。

潘多拉（585—616）

焉乃造为此患（κακòν）兮，惩烝氓之所获；

埏埴以为像兮，何工巧之赫赫。

状（ἴκελον）佚女之娩婠兮，遂宙斯之前猷。

束其腰以修姱兮，雅典娜之嫭眸；

缟其衣之楚楚兮，幂其面以靡绣；

帝子②躬为兮，羌遗视之所尤（θαῦμα）。

络英葩之始绽兮，鬓其冠之陆离；

帕拉斯之③雅典娜兮，顺其鬌（καρήατι）而环戴。

①　《东京赋》："飓橘燎之炎炀，致高烟乎太一"，堪为此行注脚。
②　雅典娜。
③　古语有烛之武、尹公之他，之皆衬字，无义。

既先鬘此新葩兮，又申之以金冠；

维工巧之显闻兮，铸此冠之瑰玮（ἀσκήσας）。

躬身而手造兮，博宙斯以儇媚。

穷变态其不可迹兮，羌众兆之所尤；

兽諆诡其谲怪兮，海所生与陵畴。

造诸物之繁饰兮，艳陆离其炫耀；

肆刳刜之奇巧兮，兽蠢蠢其若嗥。

伊其恶以尝所获兮，造此患之蚩眩（καλòν）。

携姬至于他所兮，人与神其杂糅；

婍修饰其儋爐（ἀγαλλομένην）兮，女其稜父而嫣眸。

神永寿而民否兮，悉皆被此眩害（θαῦμα）；

羌烝黎之罔策兮，觏罻罗（δόλον）之逢殆；

维蛾眉之荏弱兮，伊其肇兴；

众女之为祸兮，乃伐性而戕生（ὀλοίόν）。

处人间此鞠讻兮，侪庶士而同居；

富与贵固可共兮，夫孰贱贫而与俱！

工蜂奉其雄蜂兮，居蜂窠之高揭；

维彼雄蜂兮，俦同恶其沆瀣。

日采蜜之鲜洁兮，羌工蜂之鞅掌；

自曦辉之乍现兮，至日落其亙光。

雄蜂俟食在窠兮，羌蜂房之訬訬；

唯口腹是营兮，飧他人之所劳。

何雷神之堞霓①兮，置众女之蚩眩（κακòν）；

与庶士而共处兮，享稼穑之多艰；

宙斯申其所赐兮，伊其恶以尝所获：

彼不室而鳏处兮，苦妇人之为瘼；

及耄龄之惨怛兮，悼无人之先我（χήτειγηροκόμοιο）。

生则足而不匮兮，迨吾亡其何如？

分其室之披离兮，伊亲戚与姻娅。

---

① 堞霓，高居貌。

或以婚媾，从命所宿兮；

琴瑟和谐，得贤妇兮；

终其有命，善恶相仍兮；

嗣之不肖，遣悯无穷兮；

抚情效志，害之不泯兮。

帝心不可惑，夫孰堪与较兮；

免其赫怒，数（ύπ' ἀνάγκης）其焉逃兮；

巨灵之子，普罗允臧兮；

大哉智巧，终罹夫运网兮！

提坦之战（617—710）

圆目巨人（617—663）

彼布瑞阿若斯兮，及夫寇托斯与古格斯；

被父嫉而壅郭兮，索胡绳①之纚纚；

憎形貌之修美兮，心儌豁其畔援（ἠνορέην ὑπέροπλον）。

剖抑之以下地兮，衢修远而博衍；

曾伤爱哀兮，在下地而居焉；

宇大地之绝垠兮，堮扩埌之极边；

曼遣悯之长鞠兮，心纡轸其永恸。

遭宙斯而获释兮，与夫百神之永恒；

母瑞娅之盛鬃兮，媾克洛而为婚；

从盖娅之袭智兮，重觌光而见明。

盖娅乃诚百神兮，靡事而不陈；

俦三子而争胜兮，获嘉名其懿问。

嗟此役之悼栗兮，何迁延其久长；

竞靡迤以婵媛兮（διὰκρατερὰς ὑσμίνας），敌与我其交争：

敌提坦而我百神兮，神维克洛之嗣胤；

彼提坦之偃蹇兮，恃乔岭之隐磷②；

此百神之赐善兮，据神峻之奥峻。

---

① 胡绳，《楚辞》以为香草，此用字面意义。胡，巨也。

② 奥特如斯山。隐磷，《西京赋》曰："隐磷郁律"，山形容也。

母瑞娅之盛鬒兮，媾克洛而为婚。

羌争战之悼栗兮，岁既迁而十稔；

敌与我其颉颃兮，役不决其犹仍；

孰其解而终之兮，哀此役之多艰；

终之日邈以远兮，力既均而永延。

琼浆（νέκταρ）玉英（ἀμβροσίην）兮，唯百神之所以；

班夫三子兮，洵享之其胥宜。

既爵琼浆之馨香兮，复飨玉英之芬芳；

廓其志之飞扬兮，滂其心之浩荡。

宙斯焉乃谕之兮，人与神之父君。曰：

"敢告诸君之炜晔兮，天与地之所胤；

维我心之所基兮，布其中谌。

敌我干戈兮，其期久淫；

角力争胜兮，彻日鏖兵；

提坦百神兮，克洛之胤。

汝其勇武兮，刚强不可凌；

其往事夫提坦兮，从战役之凄惨。

我馨德其弗忘兮，释夫索缧之曾隐①。

何罹忧之惨怛兮，乃今重见夫耀灵②；

恃我所画兮，逸幽冥之阴森。"

寇托斯之靡瑕兮，遽对宙斯之方陈：

"噫汝我所天（δαιμόνι）兮，敢不知汝所云！

维汝我其尽悉之兮，智凌轹其思绝伦；

夫百神之所倚兮，追遽厄之惨廪③（κρυεροῖο）。

嘉汝猷画兮，我乃今返乎阳春；

脱索缧之无乐兮，逸幽冥之阴森。

幸此际之不意兮，感克胤之两君④；

---

① 曾，层也，重也；隐，痛也。

② 耀灵，日也。《天问》曰："耀灵焉藏"，《远游》曰："耀灵晔而西征。"

③ 《文选·甘泉赋》"下阴潜以惨廪兮"，李善曰："寒貌也。"廪，今之凛字。

④ Κρόνουυἱὲἄναξ：此处是双数，或以为指宙斯和波塞冬。

秉思其靡他兮，壹心而不豫；

竭中情其辅君兮，羌交争之酷烈；

固干戈其悼栗兮，面提坦而相决！"

巨人助战（664—686）

维百神兮赐诸善，言既尽兮皆欢忭；

竞请缨兮逾在昔，闻此语（μῦθον）兮士争先；

战无豫兮情激越，女神奋兮迈斯男；

克氏胤兮维百神，择之日兮事提坦。

三子困兮幽冥间，宙斯拯兮返春阳；

神既勇兮又以武，灵赑屃兮孰与伉！

百手生兮出臂膊，头五十兮状若一；

肩臂劲兮敦其脣。

拒提坦兮战苦辛；

石崴嵬兮逸健掌；

提①不躐兮固阵防；

皆勇武兮事戎行。

喧嚣厉兮海泱漭；

骇后土兮怵穹苍；

奥峻惕兮山麓荡；

灵肆怒兮声惊惶；

归墟（τάρταρον）暝兮竞骙瞿②；

疾矢飞兮遽逃亡。

交殳惨兮相搀揱③；

呼号戾兮天星夥；

吼哮混兮纷喧嚣。

宙斯参战（687—710）

宙斯豫兮蹇屯④，遽怒发兮振威灵；

---

① 提坦。
② 奔走状。
③ 搀揱，贯刺之。揱，音浊。
④ 《易经》："雷出地奋，豫"；又曰："云雷，屯"。此借用其意。

施勇武兮并击，蝉联兮袭攻；

自奥峻兮神峻，洎天宇兮戴星；

吐儵燏兮叠耀，糅霹雳兮雷惊；

高掌兮疾劲，焰连蜷兮允圣；

后土兮番阜，灼于火兮悲吟；

林莽兮翁郁，燏烈兮无伦。

地尽燎兮川渎蒸，熏流派兮海无罄；

火光耀兮谌难喻，邈玄天兮炎上腾；

灼浪盈兮燥气升，众提坦兮困地中①。

尝勇武兮褫其明；

煐（αὐγή）倏烁兮糅雷霆；

暑（καῦμα）赫炎兮盈虚廓（Χάος）；

目所睹兮耳以聆；

高天隤兮厚地沦：

犹地震兮响铿鍧；

若天坠兮音隆隆。

百神拊兮兴斯声；

忽震动兮飏风尘；

雷电作兮浓烟霆；

帝激矢兮啸纷纭；

喧嚣惧兮斗酣醇；

力既运兮胜负倾。

短兵接兮不旋踵；

战事激兮志何恒；

处先锋兮扬威灵；

博不餍兮我三雄。

石以百兮坠纷纭；

困提坦兮矢蔽云；

拘下地兮衢逵曼；

---

① 在地面和塔尔塔洛斯之间。

索繩缚兮以悲辛；

故跋扈兮踣吾伦。

冥界景象（711—819）

铜杵（711—745）

下地嶔岩①，均其距以两间②些。

归墟矏莽，洎地之距等均些。

九日既盈，十之日乃庋乎地，

自天之上，下陨铜砧些。

归墟矏莽，洎地之距若是程些。

九日既盈，十之日乃庋乎归墟，

自地之上，下陨铜砧些。

唯此归墟，樊之以铜垣些。

夜冪三袭，颈之其团圞些。

地柢之所萌，海芽③之所由些。

提坦于牢，乃遂缙云之猷些。

托此曹闇（ύπὸ ζόφῳ），栗烈以潜幽些。

堮乎后土，块圠其无侔些。

海若④巧施，禁其无所逃些。

阈以青铜，闬⑤则层挠⑥些。

三子儆戒，贞臣而不豫，

古、寇、肆（μεγάθυμος）怖，宙斯操橹些。

四大枢机⑦，骈罗列布些。

归墟矏莽，后土黑垆，

苍天戴星，沧海布濩（ἀτρυγέτοιο）些。

百神所骇，怵惕惨懔些。

---

①　《甘泉赋》曰："深沟嶔岩而为谷"，注云："深貌"。嶔岩本以形容山高，反义为训，亦指谷深。

②　天地之间。

③　省略其衬词："不竭的"或"不生果实的"。

④　海神波塞冬。

⑤　闬，犹垣也，音汗。

⑥　环曲貌。《远游》曰："雌霓便娟以层挠兮"，桡、挠之借字。

⑦　四大，借指天地归墟及沧海。枢机，原文是"根脉"，起点处。

噫此大壑（χάσμα μέγ'），君慎无如其门些。

载祀未盈，彷徨无所倚，

回飚荡飏，汗漫无所凭些。

遥意想象，百神震惊些。

黑云祁祁，孰其所居，

恍惚暖硋，司夜之宇些。

昼夜之神·誓言之神 （746—819）

巨灵之子，垠堮永跖，

擎此苍苍，首、掌顩扅些。

擎天之所，昼夜递代些。

兄弟交问，铜阈阊些。

此于室处，彼必外扃，

兄及弟矣，壹无两并些。

外内各一，其则恒些。

我游八裔，汝俟在房些。

尔辰既至，轫其遂往些。

我光叠耀，周流四荒些。

汝携掌梦，其胞则注亡①些。

司夜狠戾，层云芊眠（ηεροειδεῖ.）些。

及其诸子，攸宇攸宁，

掌梦、注亡，亶慘惮些。

永沍不照，晔耀灵些！

陟则赫戏，降其杳冥些。

谥以周游，恬愉庶众些。

中州既览，泊沧海其无穷些。

彼则虺蜴其心，蜂虿以为性些。

苟有获人，攫之不使脱些。

神之永寿，亦以为恶些。

邃宇耸峙，旋响辚辚，

---

① 掌梦，梦神。借用《招魂》成语。注亡，四神。六朝志怪书有"南斗注生，北斗注死"之说。

冥伯①仡仡，其妇悫谨些。

猛犬狱狱，使纠关些。

秉贼忍性，肆蛊眩些。

既入其门，旋尾贴耳，

候其欲出，攫之以为餐些。

往不得脱，犬瞵瞵②些。

冥伯仡仡，其妇悫谨些。

女神焉居，百灵畏咎些。

司盟俨翼，溟渤长女，父其回流些。

宫阙寋产，百神远以邀些。

巨石崴嵬，拱揭矫些。

楹柱皓白，乔堞霓以造天些。

雌霓骩足，塔幽（Θαύμαντος）之女，

凌滔越海，鲜有谕告些。

明神有以，宙斯爰遣些。

百神兴礜，绐蛊虚作，

奥峻攸宇，绳墨其背价些。

女挈金罍，迥酌此洌寒些。

嵌岩高濆，名号其夥些。

杳窱下地，衢则坛曼些。

越夜渡冥，圣流澶湉③些。

十派之一流，溟渤所演些。

九派在地，川渎宛转些。

朝宗沧海，终入溟渤些。

兹水石濆，神之巨祸些。

孰酹以诡誓，维彼百神，

皑皑雪巅，宇此奥峻，

偃息幽默，一稔迄盈些。

---

① 死神哈迪斯，其妇魄尔色芬娜。
② 瞵，视也。成语云虎视眈眈。
③ 澶湉，安流貌，音缠田。

琼浆玉英，远馈飧些。

偃以寝处，不语不聆些。

床帐精设，暝害幂历①些。

穤岁既盈，离此大难，

仍试（ἄθλος）荐臻，膺其蝉联些。

褫其所以神，曼九年些。

猷谟不预，远神宴些。

盈以九载，十年乃复些。

往会百神，宇奥峻些。

恒泉古邈，坚石汩溢，

司盟之所设，神誓之所以些。

四大枢机，骈罗列布些。

归墟曭莽，后土黑垆，

苍天戴星，沧海布濩些。

百神所骇，怵惕惨慄些。

间阎熠耀，青铜限些。

固基亘鸟，汁协②其自生些。

对寤虚廓，提坦攸宅，

伵众神以遥居些。

宙斯铿訇，辅弼彰些。

溟渤之坻，寇、古以为家些。

抃地之神，声侔雷霆些。

库茉魄蕾雅，海灵之女，

翁乃择布③以为婿，佳哉其所膺些。

　　　　　　　　宙斯降服提丰（820—885）

彼其提坦兮，宙斯既流之乎下土；

盖娅之聊浪（πελώρη）兮，理④于爱神之耀金；

---

① 幂历，分布覆被貌。

② 汁，叶。

③ 交代寇托斯、古各斯、布瑞阿若斯三子始末。

④ 理，媒妁。《离骚》："吾令蹇修以为理"。

产提丰之稚子兮，既婚媾乎归墟：
偎爪僄劲，拇敽戾只。
诡首妖頞，跖駓駓只。
百首项出，骇然毂①虺只。
黑舌夭矫，头蹇②诞只。
目灼眉下，睒以为熛爓只。
虺首所抵，悉煨烬只。
众音杂沓，謇其首之可惮只。
百声诡凑，穷其变而博衍只。
忽作异声，维神克悟只。
忽发洪哞，靡有止息，若健牡只。
忽效狻猊，不餍（ἀναιδέα）秉只。
忽为稚犬，愉君听只。
忽吟忽啸，嵚岑应只。
遂其罔度，苟其不察，
彼则为帝，君神人只。
神民之父，洞其图画若颖只。
菈攋③雷硠，震霆惊只。
后土、归墟，悠悠上苍；
百川沧溟，铿聒鸣只。
神足所蹴，荡奥峻只。
帝赫威稜，地唸咿只。
灼浪（καῦμα）幂历，漫绛海只。
宙斯雷电，巨怪熌只。
列缺霹雳，飓风劲只。
天地蒸腾，海沸喧只。
长滔淼漫，汩薄岸只。

① 《庄子·达生》载齐桓公见委蛇，“其大如毂，其长如辕”。此借用之。
② 《大招》：“王虺蹇只”，蛇头低昂作态状。
③ 菈攋，崩塌之声。音拉列。

百神①并击，震延绵只。

下地之王，骉冥②怖只。

提坦觳觫，克洛共宇此归墟只。

博捔惨烈，蜓杀戮只。

宙斯扬灵，俦伐器只。

雷电刀铍，燻霆以为铗只。

跃自奥峻，陆踉以挟只。

巨怪妖首，萦燠焱只。

宙斯克敌，施鞭策只。

跛而颠踣，袤土哀吟只。

王③焉裔殪，击乎震霆只。

幽谷飏焰，山嶙峋以嶪冥（αιδνῆς）只。

谲雾蒸蔚，袤土泰半其融只。

攻金④冶锡，炼具镂孔，

维兹何功，地之融其等竟只。

下土云圣，铁亦至坚；

炉此幽谷，烁烁燧焰；

熔于卓艺，謇其司爟只。

盖娅其融，熛燉熊熊只。

提丰含戚，窜之归墟只。

彼之所出，海矖多瀼只。

迥乎凉、炎，歧于丽风之逐云只。

三风神赐，胅我庶萌只。

骤飙疾肆，飏沧海只。

戕风苦窳，民鞠讻只。

幂历汪洋，雾漤淳只。

时価飂异，落鹙吞航只。

---

① 此处乃宙斯与提丰对决，忽出现百神。未详。

② 骉，壮武之貌。冥，幽冥神哈迪斯。古诗有此文法，《天问》曰"眩妻爰谋"。

③ 对提丰的称呼。

④ 《周礼·考工记》有"攻金"一职。

鼓骊沧溟，苟无明弼，

孰遭兹风，必离害伤只。

陬落之甿，葘亩斯衺土，

卉木夭曼，飓风败其原田只。

惊沙飏尘，声喧阗只。

维百神之衍衍兮，羌吾既终此长艰；

事提坦以武功兮，耀众灵之威权。

从盖娅之谩画兮，王宙斯之旷瞻；

遂推之以为帝兮，宰奥峻而为君；

既班禄而循度兮，羌授爵其洽均。

宙斯诸妻、男神与凡女诸裔（886—962）

宙斯之妻（886—929）

百神辟兮宙斯，谟逖斯兮元配；

黎民兮众灵，女神慧兮逴异；

雅典娜兮将诞，清瞳女兮未降；

謷其言兮虚惑，谲其策兮曲枉；

帝吞之兮于腹，謇巧舌兮造谎；

从天地兮谋猷，天戴星兮煌煌。

彼帝胤兮将王，预告兮二皇①；

宙斯兮永世，勉褫其位兮灭丧。

谟逖斯兮嗣胤，数所定兮慧颖；

迨元女兮既生，雅典娜②兮瞳清；

智计兮超绝，与乃父兮垺并。

王百神兮庶烝，次子兮数定；

偭蹇兮其性。

宙斯兮预谋，乃吞之兮腹中；

女神兮施智，休咎兮与共。

---

① 盖娅和乌拉诺斯。

② 此处称为特瑞托戈内雅，雅典娜的别名。

次妻所生兮时令，忒密斯兮娴冶；

嘉秩兮义方，和平女兮春洋溢；

謇下黎兮诸绪，此三灵兮所序。

纺运、占禄兮断命，三司命兮复鞠；

关捩兮所掌，慧神兮焉设；

冥萌兮其初诞，赆之兮善恶。①

三娶兮廓牧，生嫣媚兮顣魇；

溟渤兮佚女，形与貌兮都绝；

艳溢兮悦豫，妙龄神兮绰约；

含睇兮转媚，目成兮销魂；

妖蛊流兮睫下，曼睩兮荡余心。

司稷神兮饶盈，宙斯升兮榻茵；

玉臂女兮焉产，魄尔色芬娜兮其名；

冥伯掠之兮其母，慧神宙斯兮赐婚。

宙斯兮四娶，记忆神②兮鬈鬓；

九缪斯兮爰诞，金髮带兮班玢；

式宴兮衍乐，清歌兮欣欣。

阿波罗兮日君，喜穀女兮月神；

乐托与会兮缠绵，宙斯兮持盾；

熠耀兮众灵，诚淑美兮天庭。

末妻兮赫拉，艳冶兮婑媚；

生赫柏兮战神，助产女兮诶蕾秀雅；

人神帝兮云遒，羌合欢兮款洽。

帝独生兮自首，清矑女兮雅典娜；

神勘战兮寅畏，謇女王兮乐杀；

彼戎首兮博未餍，好攻击兮征伐。

赫拉无合兮焉孕，司爔兮显闻；

憑怒兮冲冲，与其夫兮阋焉；

---

① 命运女神身世在文中出现两次，参见第 217 行以下。前者属于夜神谱系，此处属于宙斯谱系。

② 谟倪墨茜妮。

睿匠作兮天庭，百工兮稔娴。

男神与凡女之后（930—962）

安菲特丽忒兮云合，抃地神兮声震霆；
特瑞通兮因诞，力畔涣兮魁岸；
与父母兮共宇兮，金殿兮爱居；
此神兮怖惮，海底兮沕潜。

匹阿瑞斯兮贯革，爱神生兮遁、惺；
应战神兮隳颓，凌师阵兮躐行；
羌征伐兮哀楚，彼二神兮狂夒。

哈尔莫尼娥兮于娶，卡德摩斯兮鸿猷。

阿特拉斯兮佚女，迈亚升兮帝床；
生赫尔墨斯兮辉耀，睿神使兮恒光。

卡德摩斯女兮塞媚乐，生子兮剡剡；
遘宙斯兮绸缪，狄俄尼索斯兮衍衍；
凡女生兮灵胎，母子俱兮神班。

阿尔克媚娜兮生子，赫拉克勒斯兮大力神；
与帝兮欢会，宙斯兮缙云。

司爁兮遒瞀，阿格睐雅兮焉妻；
嫣媚神兮季女，信姱嫭兮冶丽。

狄俄尼索斯兮金发，阿瑞阿德涅兮粟鬈；
米诺斯兮佚女，以为妻兮娉婷；
宙斯帝兮遗命，女永寿兮艳盈。

阿尔克媚娜子兮剡灵，妻赫柏兮缅踝；
赫拉克勒斯兮大力，历险巇兮多哀；
泰帝兮佚女，母赫拉兮金鞋；
乃得之兮娇妻，寓奥峻兮雪皑皑；
朓臧兮戬縠，鸿勋兮纂遂；
无鼠忧兮不老，居兹颠兮永在。

辉溟渤兮佚女，合赫戏①兮不息；
乃诞之兮二子②，泊尔涩伊斯之所鞠；
埃厄特斯兮赫胤，光普耀兮中州；
妻溟渤兮佚女，羌回水兮漩流；
伊丢雅兮妖魇，从百灵兮谋猷；
阿芙洛狄特兮耀金，爱神襄之兮好逑；
生美狄亚兮美踝，既合欢兮绸缪。

女神与凡人之后（963—1020）

噫诸神其临兮，彼宇乎奥峻者；
或居洲渚岛屿兮，或处陵陆以咸海。
讴吟女神兮，汝其甘倡如蜜；
操橹宙斯之女兮，奥峻之缪斯。
神其嫔乎庶男兮，寝处下黎；
既育既鞠兮，神明以疑。

司稷兮容冶，珀娄托斯兮其子；
欢会兮缱绻，雅西翁兮君王；
于新地兮屡耕，克里特兮膏壤；
珀在陆兮钜海，謇神明兮朓臧；
逅之兮偶然，孰祈之兮告襄；
富阜兮焉赐，丰与兮厚贶。

---

① 赫利俄斯，太阳。
② 科伊尔珂和埃厄特斯王。

哈尔莫尼娥兮爱神女，阿芙洛狄特兮耀金；
于忒拜兮层城，生卡德摩斯兮诸胤；①
伊、瑟与②冶卓娥兮③，奥托诺娥及广应；
奥托诺娥兮，妻阿瑞斯泰俄斯之浓鬈。

金剑合乎倩流兮，溟渤之佚女；
缠绵以为欢兮，阿芙洛狄特之殷裕；
产格瑞奥尼乌斯兮，谌众庶其尤武；
遭赫叔其逢殆兮，因群牛之勃屑；
踣乎俄瑞赛兮，水周周其萦纡。

提④、曦合生门农兮，介胄耀其晧旰；
埃逊俄浦之王兮，俄玛逊翁之俨然。
复遭科法洛斯兮，产嗣胤其剡剡；
法厄同之英挺兮，羌若神兮斯男；
葩龄兮初蕊，华岁兮芬菲；
侲绮想兮要眇，神玓瓅兮宜笑；
爱神焉迎兹童兮，处神圣之宗庙；
以为祝宗兮，灵恍惚以离合。

埃厄特斯之女兮，埃宋子取于其父旁；
百神猷其永世兮，宙斯育之辟王；
羌揭矫以登闳兮，历险巘何多殃；
迫栗斯倨傲以流荡兮，其命苦心以鞅掌；
抵夫伊奥乐克斯兮，謇所劳以多方；
偕佳人兮眄眄，遄吾舟兮翩翩；
之子兮葩年，埃宋子兮妻焉。
伊厄松兮民牧，女眷怀兮婚姻；

---

① 参见第 937 行。
② 伊诺鸥、瑟茉勒、
③ 247 行有一海女与之同名。
④ 提透诺斯。

默德伊俄斯兮其子，凯戎①教之兮山林；
謇泰帝兮宙斯，厥画猷兮遂行。

澥叟兮二女，海中翁兮众谭；
沙嫔兮婵娟，埃阿科斯与欢；
爱神伐柯兮金耀，福鸥科斯兮因诞。
皤流斯兮以妻，忒提斯兮银足；
阿喀琉斯兮为嗣，狮心兮桀武。

安卡塞斯王兮与欢，库赛瑞娅兮美鬟；
林晻蔼兮层峦，在伊达兮山巅；
埃涅阿斯兮因产。

科伊尔珂兮赫戏女，赫幽佩瑞翁兮其祖；
奥德修斯所历兮多艰，乃匹合兮绸缪；
阿格瑞俄斯兮长子，拉丁努斯兮淑武；
复生忒勒哥若斯兮，经阿芙洛狄特之金耀；
图阿森诺斯之邦兮，洲逖逖其绵邈；
维此诸子王之兮，治乎兹岛。

匹合奥德修斯兮，潜隐姬之窈窕；
欢会以缱绻兮，乃诞生夫二猱。②

兹则神其嫔乎庶男兮，寝处下黎；
既育既鞠兮，神明以疑。

讴吟庶女兮，汝其甘倡如蜜；
操橹宙斯之女兮，奥峻之缪斯。

---

① 菲吕如阿之子，人头马。
② 猱希素俄斯、猱希诺俄斯。